幽霊島

A・ブラックウッド他

『吸血鬼ドラキュラ』『怪奇小説傑作集』等の翻訳、恐怖の愉しみを説いた名解説で、多くの怪奇小説ファンを育ててきた斯界の第一人者、平井呈一（1902-76）の怪奇短篇翻訳を集成。ラヴクラフト「アウトサイダー」、ブラックウッド「幽霊島」、ポリドリ「吸血鬼」、クロフォード「血こそ命なれば」、ベリスフォード「のど斬り農場」、ワイルド「カンタヴィルの幽霊」他、全13篇。付録として、生田耕作とのゴシック小説対談、伝説の同人誌《THE HORROR》をはじめ、雑誌新聞に発表したエッセー・書評を多数収録。

幽霊島

平井呈一怪談翻訳集成

A・ブラックウッド他

平　井　呈　一　訳

創元推理文庫

A HAUNTED ISLAND

and Other Horror Stories

translated by

Teiichi Hirai

目次

幽霊島

平井呈一怪談翻訳集成

各篇の扉裏に付した作家紹介、平井呈一による作家評の引用出典。
（世）＝『世界恐怖小説全集』東京創元社・解説（数字は巻数）
（怪）＝『怪奇小説傑作集』創元推理文庫・解説（数字は巻数）
（恐）＝『恐怖の愉しみ』創元推理文庫・中扉解説（上・下）

アウトサイダー

H・P・ラヴクラフト

H・P・ラヴクラフト　Howard Phillips Lovecraft (1890-1937) ——アメリカの怪奇小説家。ロードアイランド州プロヴィデンスで生まれ、人生の大半をこの地で過ごした。*Weird Tales* 誌をはじめパルプマガジンで活躍したが、生前に出版された刊本は数冊のごく少部数の小冊子のみ。しかし、没後、友人のダーレスとワンドレイが出版社アーカム・ハウスを設立してラヴクラフト作品の出版を進め、人類以前に太古の地球を支配した異形の神々「旧支配者」の復活を描く「クトゥルー神話」と総称されるラヴクラフトの創造した擬似神話は、多くの作家に共有されて、独自の発展をとげることになった。異次元の世界の恐怖をリアリスティックに描写したことを高く評価した平井呈一は、「その影響力からいって、ポオ以降のアメリカがうんだもっとも大きな鬼才」（怪3）と位置づけ、クトゥルー神話については「ゴチック・トラディションの上に、さらにまた一つの新しい領域をひらいたもの」「このコスミック・ホラーがきっかけになって、今日《こんにち》のSFが誕生したともいえる」（怪3）と評している。「アウトサイダー」"Outsider" は一九二六年に *Weird Tales* 誌に発表。平井訳は「異次元の人」の題で『宝石』一九五七年八月号（江戸川乱歩が編集長に就任した最初の号）に掲載され、同年八月刊の江戸川乱歩編『怪奇小説傑作集I』（東京創元社）に「アウトサイダー」として収録された。「乱歩先生も好きな作品だといっておられたが、私もこれは、ラヴクラフトが自分の心境をつづった散文詩として愛好している」（世5）。

その夜男爵は凶夢《まがゆめ》あまた結びけり
賓客《まろうど》の武士《もののふ》らことごとく
あるいは鬼女、羅刹《らせつ》、さては大いなる蛆虫と化し
長く夢をば脅かしぬ

キイツ

幼少時代の思い出が、ただ恐怖と愁思《しゅうし》のみしかもたらさぬ者こそ、不幸なるかな。狐色の帷帳《とばり》うち垂れ、古書珍籍が頭のへんになるほどずらりと並んだ、だだっ広い陰気な広間でのひとり居のおりとか、あるはまた、はるかなる天空に槎牙《さが》たる枝を音なく揺する、おぞましい巨人のごとき蔓《つる》うちからむ木々の下闇に、恐ろしい眠られぬ夜をすごした時とか、そんな昔を今にしのぶ者こそ、みじめなるかな。神は人間に、そうした運を授けたもうたのだ。怕明《はくめい》と失意、菲才《ひさい》と敗耗《はいもう》――このおれに授けられたものは、これだった。そのくせ、おれの心が折にふれて、手のとどきもせぬ別の運に伸びようとしかけると、ふしぎとおれは心足りて、そうした昔の思い出に、死ぬほど切なくすがりつくのである。

おれは、この城のほかに、自分の生まれたところを知らぬ。まっ暗な廊下ばかりむやみと多

く、見上げる高い天井には、蜘蛛《くも》の巣と暗がりよりほかに見えぬ。この数《す》の知れぬほど古く、数の知れぬほど恐ろしい城のほかには。――根太《ねだ》の落ち朽ちた廊下の敷石は、いつもジメジメと湿っているふうで、どこもかしこも、さながら亡《ほろ》び去った歴代の屍骸《むくろ》が累々《るいるい》と積り重なっているような、えも鼻もちならぬ臭いがした。光というものは、ついぞささぬ。だからおれは、よく蠟燭《ろうそく》を何本もともしては、気晴らしに、その灯をしげしげと見入ったものだ。また、恐ろしい樹木が、てっぺんまで登れる高い物見やぐらの上まで、うっそうと生《お》いかぶさっていたから、城のそとは、ために天日もむなしいありさまであった。その樹梢よりもなお高く、見も知らぬ天際にとどかんばかりに、巍然《ぎぜん》としてそびえたっている一つの黒い塔があったが、その塔とても、はやところどころ、いたく壊れ朽ちて、そこへ登るには、切り立った屏風《びょうぶ》のごとき外壁の、ほとんど不可能な石から石をよじ登りでもせぬかぎり、とても登れたものではなかった。

おれはこの場所に、もう幾年《いくとせ》久しく住んでいるのにちがいないのだが、どうも時というものを計量することが、おれにはできない。どうせおれの入用なものは、だれかが世話をしてくれたのに相違ないが、そのくせおれは、自分のほかに、どんな人間をも思いだすことができない。生きているものといえば、音をたてぬ鼠と、蝙蝠《こうもり》と、蜘蛛がいるばかり。おれを育ててくれたやつは、どんなやつかは知らぬが、とにあれ、おれが生れてはじめて持った、生きた人間の観念というのが、このおれをどこやらそっくり真似たような、それでいて海老《えび》みたいに腰の曲った、しわだらけな、ちょうどこの城と同じように、ヨボヨボに壊れかけたやつだったところを見ると、どうやらとんでもなく年とったやつだったにちがいないと思われる。この城の礎《いしずえ》のあいだには、深く掘った石窖《いしぐら》がある。その石窖のなかには、人間の白骨だの骸骨だのが、おびただしく散乱しているが、あんなものは、おれにはいっこうおかしくもなんともないものだった。おれは、その白骨や骸骨に、日々の出来事をあれこれと夢のように結びつけては、あんなものにくらべれば、それこそかびだらけな多くの書物の中に見つけた、生きた人間の彩色画のほうが、どのくらい真性《ましょう》なものかしれぬと思っていた。そういう書物から、おれは自分の知っていることを、すべて学んだのだ。べつに小やかましく小言を言ったり、手引をしてくれる教師もなかった。そのせいで、おれはこの年月、人間の声というものを——いや、自分の声さえ、耳に聞いたおぼえがない。というのが、言葉は音読したことはあったけれども、大きな声を出して口をきいてみようなどと思ったことは、ついぞなかったからだ。同じように、自分の姿というものも、おれのついぞ考えてみたことのない代物《しろもの》だった。それは、鏡というものが、城の中にはひとつもなかったからだ。おれはただ自分の姿を、書物の中の色のついた絵、色のつかない絵にある若者の姿に似たものと、そう自分の勘で考えていたにすぎなかった。なにしろ、記憶というものがまるきしないのだから、いつまでたっても若い気でいられた。

ときおり、おれは城の外に出て、くさった濠《ほり》をこえ、しんと暗い森の下かげに寝ころんでは、書物で読んだことについて、何時間も夢想にふけったものだった。そうしては、果て知れぬ森のかなたの日のさす世界にいる、陽気な人間の群れのなかに、いつかは立ちまじる自分というものを、しきりとあこがれるように思い描いたものだった。いちど、おれはこの森を抜けだそうと試みたことがある。ところが、城からだんだん遠ざかるにつれて、あたりの影がいよいよ濃くなり、そこらじゅうのけはいが、立ちこめる不安の気に満ちてきたので、おれはこのまっ暗な寂莫《じゃくまく》の迷路の中で、道でも失ったらそれこそたいへんだと思って、ほうほうのていで逃げもどってきてしまった。

こうして、おれはいつ果つるともなきこの幽冥《ゆうめい》の中で、夢のようなことばかり考えながら、ただ待ちに待ち暮していたのである。なにを待っていたのか、自分にもわからぬ。そのうちに、この暗澹《あんたん》たる孤独の中で、光をあこがれるおれの思慕が、しだいに狂おしいものになってきた。おれはもうこれ以上、安閑と尻をおちつけていることができなくなって、森の上の見も知らぬ外界の天空に、稜孤《りょうこ》としてそびえ立つあの壊れ朽ちた塔に、悲願のもろ手をさしのべたのだ。そうして、とうとうおれは、なに、落ちたら落ちたまでのことよ、いつまで日の目を見ずに生きるよりは、ひと目なりと大空を見て死んだほうがました、よし、あの塔へよじ登ってやろうと、そう覚悟のほぞをきめたのであった。

陰湿な暗がりの中を、おれはボロボロに朽ち古りた階段の、平らなところまでやっとのことで登りつき、それから先は、上へ登る小さな足がかりに、死物狂いでしがみついて行った。はしごも段々もない、のっぺらぼうな岩の円筒は、身のすくむほど恐ろしかった。中はまっ暗で、崩れほうだいに荒れ果て、おりおり羽音をたてぬ人驚かせな蝙蝠がいたりして、その不気味なことといったらない。が、そんなものよりも、さらに身にしみて恐ろしかったのは、足のはかどりのいかにも遅々として進まぬことであった。攀《よ》じれど、登れど、頭上の闇はいっこうに明るくならぬ。さては物の怪《け》か、はたまた鬼神にでもみいられたかと、そんな新しい戦慄が惻々《そくそく》とおそってくる。なぜ明るみへ出ないのだろう? おれはそれがなんとしても不審で、ぶるぶる震えながらも、おもいきって下を見ようかとさえしたくらいだった。知らぬまに、にわかに夜になったものと見える。おれはそう思いながら、あいている片方の手で、もしや窓の口でもありはせぬかと、そこらを探ってみた。しかし、そんなものは見つからなかった。窓でもあれば、そこからのぞいて、自分の登った高さを測ってみようと思ったのだが。

と、その時であった。中窪みに切り立った命がけの岩壁を、視界はかいもくきかず、はてしもない戦々兢々たる思いで、虫の這《は》いずるように這いのぼっていくと、なにやら固い物にコツリと頭がさわったのをかんじた。これはてっきり屋根か、さもなければ、床のようなところへ出たのにちがいない。おれはそう合点して、あいているほうの手を暗闇の中へあげてみると、なるほど、柵がある。石の柵で、揺すってみたが、ビクとも動かぬ。それから、ツルツルした壁に、つかむ物があれば何にでもしがみつきながら、命がけの堂々めぐりがはじまった。片手で探り探りしながら、ようやくの思いで、石の柵は離れたものの、けんのんな登攀《とうはん》のこととて、両手はまだ塞《ふさ》がっている。とびらだか板石のようなものを、なおも、頭でグイグイ押しながら、おれは重ねて上のほうを仰いでみた。頭上には、ひとすじの光すらない。そのうちに、すこし高いところへ手が届いたのを見ると、登攀はもうそこで終りであることがわかった。してみると、このとびらだか板石のようなものは、これは、塔の下部より周囲の広い、平らな石床へ出る入口の落し戸のわけだから、その床は、広い物見櫓《ものみやぐら》かなにかの床であることは疑いない。おれは用心しいしい、その落し戸の口へ這いずりこんだ。そして重い戸を、バタンと元へ落ちないところまで持ち上げようとして、しきりとやってみたけれども、この企ては徒労に終った。落し戸の落ちたものすごい反響の音を聞きながら、おれは疲れはてて、石の床にゴロリと横になったが、その戸は、ぜひもいちど押し上げる時のくることを願った。

今、おれは途法もなく高いところにいるのだ。あの小癪《こしゃく》な森の木の枝なんかより、はるかに高いところにいるのだ。そう自分で思いこみながら、おれは何よりもまず第一に、空と、それから書物で読んだ月と星を見ようと思い、床の上から身を起すと、どこかに窓はないかと、あたりを探りまわしてみたが、手が行くたびに、がっかりした。見つかったのは、大理石のとてつもなく大きな棚であった。棚の上には、これまた面食らうほどの大きさの、細長い、妙な箱がのっかっている。おれはよくよく考えてみて、下界の城からそれこそ幾百千劫という間たちきられているこの高い櫓には、いったい、どのような劫をへた秘密が住んでいるのかと怪しんだ。と、そのとき、思いもかけず、おれの手が、なにやら戸口のところに行き当った。その戸口には、妙な彫り物のしてある、荒石のとびらがかかっていた。押してみると、錠が下りている。おれがいかなる邪魔も押しきらんず勢いで、渾身の力をふりしぼると、石のとびらは奥のほうへギーと開いた。石のとびらが奥に開いたそのとたんに、おれは生れて始めて知る真実の歓喜が、思わず知らず、胸元につき上げてくるのを覚えた。そのはずだ。飾りのついた鉄格子の間から、今見つけた戸口の低い石の階《きだ》の上へと、流れるようにサッとさしこんでいた静かな光は、こうこうたる満月の光だったからである。それまではただわずかに夢寝《むび》のうち、あえて記憶とは呼ばれぬ、取りとめもない幻影のほかには見たこともない、月のかげだったからである。

　さては、城の天主にたどりついたかと、おもわずおれが石とびらの奥へ二、三歩、よろよろとあゆみ出ると、たちまちその時雲が月のおもてをかくしたものだから、おれはどうと躓《つまず》き、あとは闇の中をソロリ、ソロリと足さぐりで、ようやく鉄格子のそばまでにじり寄って行ったが、その時はまだ月のおもては暗く、闇の中でしさいに鉄格子を探ってみると、どうやらこれには錠が下りていないようす。しかし、めったにあけると、ここまで攀じ登ってきた目のくらむような高みから、転落する恐れがあったから、そこはそのままあけずにおいた。そのとき、月が顔を出した。

　およそ衝撃《ショック》のうちで、最もたちの悪いのは、金輪奈落《こんりんならく》思い設けぬこと、あるいは、笑止なほど信じられぬことから受ける衝撃だ。今おれが見て、愕然とおどろいた驚きは、おれがこれまで経験したもののなかで、これに匹敵するものは何一つないほどのものであった。その光景は、まさに奇々怪々なものを含んでいた。光景そのものは、ただ啞然とするばかりの、なんの変哲もないもので、つまり、次のようなものに過ぎなかった。——高稜たる高みから見下ろす樹海の眺めは、それだけでも目くるめくばかりの奇観であるのに、その鉄格子からさしのぞくおれと同じ高さのところに、大理石の板、円柱などに装われた、大地とすこしも変らぬ平地が、四方にぐるりと広がり、そこに一宇の年寂びた石造の堂観がそびえ立ち、荒れはてた尖塔がさながら物の怪のごとく、おりからの月光の中にほうふつと光り輝いていたのである。

　おれはもうなかば無意識で、そこの鉄格子をガラリと開くと、二方にのびている白い砂利道へフラフラとよろめき出た。おれの心頭はすでに茫然自失、ほとんど麻のごとくに錯乱していたけれど、それでもまだ、光を求める妄執の念は捨てかねた。たまたま目の前に起った夢のごとき驚異も、おれの初一念をとどめることはできなかったのである。おれは、自分の今経験していることが、狂気の沙汰とも、夢中の痴とも、はたまた魔界の法術とも、そんなことはいっさい知りもしなければ、また意にも介さなかったが、ただ、光輝と陽気だけは、これはなにをおいても見守っていようと思った。おれは自分がだれなのか、何者なのか、身のまわりにどんなものがあるのか、そんなことは知りもしなかった。ただしかし、そうやってよろめき歩いていくうちに、おれは、自分のしようと思うことが、ただの偶然のことではないのだと、自分にそう思わせる、なにか恐ろしい潜在的記憶のようなものを、うすうす感づいていた。拱門《アーチ》をくぐり、石の板と石の柱の領域からぬけ出て、おれは広々とした田野のなかをぶらぶら歩いて行った。あるときは、道とわかる道をたどり、またあるときは、その道から分れて、野のおちこちにところどころある、今はむなしい廃墟の跡が、昔そこに往還のあったおもかげをそれと語り顔な、草ぶかい原の中を、もの珍しげにたどって行った。いちどなどは、流れの急な川を泳いで渡ったが、川のほとりに、かたぶきかけた一棟の苔《こけ》むした屋形の跡のあるのが、久しいあと、そこに架かっていた橋のなくなったことを語っていた。

どうやらそれが目的地とおぼしい、樹木のこんもり茂った苑の中にある、木蔦《きづた》のからんだりっぱな城に着いたのは、かれこれ二時間あまりもたってからだったに違いない。その城は、自分ではもうじれったいほどよく知っている城であったが、さて来てみると、戸惑いするような珍しいことだらけであった。外濠が新しく掘られており、名高い塔の中には、いつのまにか壊されて、跡形のなくなったものがあったり、そうかと思うと、新しく建て増された翼室が、見る者の目をまごつかせたりした。しかし、そのなかで、何よりも興味とうれしい思いでおれの目に止まったのは、あけ放してある窓々であった。窓には豪華な灯火がこうこうと輝き、陽気な飲めや歌えやの騒ぎが、にぎやかに外まで聞えていた。その窓の一つに近寄って、おれが中をのぞいてみると、おかしな風俗をした連中が、おおぜい集《つど》うているのが見えた。みな愉快の最中で、おたがい同志、いいきげんで話しあっている。どうもそれが、聞いたこともないようなことばで、言っていることが、おれにはおぼろげにしか見当がつかぬ。そのなかの幾人かの顔が、なんだか途方もなく遠い昔の思い出をひき出すような、そんな顔つきをしているように見えた。あとのものは、これはぜんぜん他所《よそ》の国の者どもであった。

おれは、すぐにそのとき、そこの低い窓から、灯火のこうこうと点《とも》っている部屋の中へ足を踏み入れた。ところがそれがナント、明るいひたむきな希望の瞬間から、絶望と成就がごちゃまぜになった暗黒の中へ、足を踏み入れたことになったのである。たちまちにして、おれは悪夢でも見ているのではないかと思った。なぜというのに、おれがその部屋の中へはいったとたんに、まるで肝《きも》をつぶすようなえらい騒ぎがもちあがったのだ。後にも先にも、あんな騒ぎは見たことがない。おれが敷居をまたぐかまたがぬかに、いきなりそこにいた連中の上に、猛烈な恐怖の嵐が突如として降って湧き、面々みな顔をひきつらせ、声をからして、愴絶な阿鼻叫喚を呈しだした。われもかれも、蜘蛛の子を散らすがごとく、いっせいに雪崩《なだれ》を打って逃げだし、絶叫と恐懼《きょうく》のうちに、転《こ》けてまろぶ者がある、それをまた、狂乱のていで逃げまどいながら、引きずっていく仲間がある。多くの者は両手で目をふさいだまま、盲滅法につっ走り、われがちに先を争うから、椅子テーブルはひっくり返る。壁にぶつかって転《こ》ける。幾つかある戸口の一つへ、ようやくのことで行き着くまでが、この騒ぎであった。

叫喚の声は、魂潰《つい》えんばかりであった。こうこうと燦《きらめ》く部屋の中に、消えていくその反響を聞きながら、ひとり茫然と立ちつくしていると、ふとそのとき、だれかおれの近くに隠れている奴があるなと思って、おれはわなわなからだが震えてきた。見渡したところ、広間のうちには、人の気《け》はもうなくなったように見えたが、おれが壁ぎわの凹所《アルコーブ》のほうへ行こうとすると、なんだかそこに、人のけはいを見たように思った。金色の拱門《アーチ》のついた出入口がそこにあって、どうやら同じ造りの別室へ行かれるようになっているらしい。その戸口の奥のところで、なにかチラリと動いたけはいがしたのである。拱門《アーチ》のほうへ近づいていくと、だんだんその姿がはっきり見えてきた。とたんに、おれは、あんな声を出したのはあれが始めで終りだろうが、まるで何かの毒気にでもあてられたような、われながら、もの凄い唸《うな》り声を叫んだ。と同時に、おれは見た。――ただそれがそこへ現われたというだけで、あの陽気な連中をあの気違いじみた逃げ惑いに追いこんだ、およそ考えることも、述べることも書くこともできないような怪物を、おれはもろに真正面から、縮み上がるほどはっきりと見たのである。どんなものであったか、口ではそのあらましも言えぬ。不潔で、怪奇で、どこでも歓迎されぬ、畸形の、嫌われものの――それを打って一丸としたようなものであった。腐朽、古物、荒頽、それが亡霊となって、ドロンドロンと出てきたようなもの。見るからに不健康を身にさらけだし、穢《きたな》いものが滴《しずく》になってポタポタ垂れている変化《へんげ》もの。慈悲ぶかい大地がふだんは隠蔽しておいてある物の、それは恐るべき露呈であった。これはこの世のものならぬ——いや、とうにこの世のものでないことは、神がご存じのはずだ。しかも、まだその上におれが恐ろしかったのは、肉落ち骨露《あら》わなその姿のうちに、いかにも巧妙に人間の姿をまねた、じつに小面《こ》憎《づら》い擬態を見たことであった。そいつの着ている、黴《かび》だらけな、ボロボロになった衣装は、さらに心胆の寒くなる、なんとも言いようのない凄味があった。

おれはもう、ほとほと失神せんばかりで、逃げようにも逃げるだけの力がなく、やっとの思いで、うしろへよろよろと退《さが》ったが、そんなことでは、とてもこの名もなく声もない化物が、おれにかけている術は破れはしなかった。胸の悪くなるほどじっとこっちを睨みすえている、そのガラスのような目玉に魅入られたなり、おれの目は、閉じることもならずにいた。もっとも、ありがたいことに、最初のショックでおれの目はすでにボーッと上がってしまっていたから、恐ろしい相手もぼんやりしきゃ見えなかったが。おれは目を塞いじまおうと思って、手を上げようとしてみたが、神経が痺《しび》れてしまって、どうにも腕が言うことをきかぬ。そんなことでジタバタやるうちに、ついおれはからだの平衡を失って、倒れぬように二、三歩前へヒョロヒョロと出なければならなかった。とたんに、その腐った奴が、いきなり目と鼻の先にいるのを知って、おれはギョッと飛び上がった。さぞや凄い息づかいだろうと想像していた、その息づかいを、おれは聞くことができた。おれはもう半狂乱だった。が、それでもまだ、目と鼻のすれすれのところにいるその悪臭い化物を、自分で手をのばして突き飛ばすだけの力が、残っていた。その時だ。天地の夢魔と地獄の異変がいっぺんに押し寄せたような一大動顛のその刹那《せつな》に、おれの指先は、金ピカの拱門《アーチ》の下にいる件《くだん》の怪物の、腐ってダラリとのびた手に触れたのである。

おれは悲鳴をあげなかった。ところが、夜風にまたがる残忍凶悪な物の怪どもが、この時早くかの時遅く、こぞりこぞっておれの心に、精魂消しとぶ記憶の雪崩をドッと叩きつけるように、おれにむかってものすごい悲鳴の声をあげた。その刹那に、おれは今までのいっさいのことを了解《りようげ》した。おれは、あの恐ろしい城と森をおもい出し、今おれの立っている、この変った建物がどこであるかをはっきり知った。そして、なかで最も恐ろしかった物——おれがそいつの指先から、汚《よご》した自分の指をひっこめたとき、おれの面前でジロリと横目をくれながらつっ立っていた、あの穢《けが》らわしい醜怪な物が誰であったかを、はっきり知った。

それにしても、この天地の間には、辛痛というものがあれば、同時にまた、それを和らげ鎮める薬もある。心痛の鎮静薬は忘れ草《ネペンシス》だ。あの刹那、あの極度の恐怖のなかにあって、おれは、このおれを恐れ怯《ひる》ませたものが、なんであったかを忘却した。不吉な記憶は、あの擬態の巧みな映像のもやもやの中に、はじけ消えてしまったのだ。おれは夢でも見ているような心地で、この呪うべき化物屋敷をそっと逃げだすと、そのまま月光の中を音もなく、疾風のごとくに走った。やがてかの大理石の寺院の境内にもどって、石段を下りた時、そこの石の落し戸は、押してみたがビクとも動かなかった。だが、おれはべつになげきもしなかった。なぜというのに、もともと古怪なその城と森は、まえからおれは大嫌いだったのだから。……さておれは今、あの物真似のうまい、しんせつな友だちの幽霊どもと夜風に打ち跨《また》がり、昼はナイルの川のほとり、ヘイドスなる開《あ》かずの谷の、ネフレンカの墓窖《はかぐら》の中で遊び戯れている。おれはもはやネブの岩窟にさす月かげのほかは、光はおれのものでないことを承知している。また、大ピラミッドの下、ニトクリスの名もなき饗宴《うたげ》のほかは、浮れ騒ぎは、おれのものでないことも承知している。それでいながら、おれはおれのこの新しい放縦と自由の中で、むしろ、のけものにされてる者の身の辛さを、喜んで迎えようとしている。

というのは、なるほど忘れ草《ネペンシス》はおれを鎮めてはくれたが、つまりは、おれが自分は局外者だということを、つねに心得ているからのことだ。おれは現世紀の、まだ人間でいるやつらの間では、他所者《よそもの》なのだ。このことを、おれは、あの金ピカの大きな枠の中の厭《いと》わしい物に自分の指をさしのべた時以来、つねに心得ている。——さしのべたおれの指先が、冷たい、ツルツルなガラスの、はね返す表面にさわったあの時以来。……

幽霊島

アルジャーノン・ブラックウッド

アルジャーノン・ブラックウッド　Algernon Blackwood (1869-1951) ——

イギリスの作家。曾祖父は英国海軍副提督、父は政府高官という上流家庭に生まれ、エディンバラ大学で農業を学ぶが、二十歳でカナダへ渡る。酪農会社、ホテル経営、金鉱掘りから新聞記者まで、様々な職に就きながらカナダ、アメリカで十年を過ごしたのち帰国。超自然的恐怖を描いた短篇を書き始め、三十七歳で最初の短篇集 *The Empty House and Other Ghost Stories* (1906) を上梓した。『心霊博士ジョン・サイレンス』（一九〇八）の成功で専業作家となり、「柳」「ウェンディゴ」『人間和声』『ケンタウロス』など数多くの長短篇を発表、ラジオやテレビにも出演して「ゴースト・マン」の異名を取った。十代の頃から東洋思想や神智学に傾倒し、オカルト結社〈黄金の暁〉団に入団したこともある。カナダの大森林を舞台にした怪異譚「幽霊島」"A Haunted Island" は、一八九九年に *Pall Mall* 誌に発表した最初期の短篇で、*The Empty House and Other Ghost Stories* に収録された。《世界恐怖小説全集》でブラックウッドに一巻を充てた平井呈一は、「怪異のリアリズムを極端に発揮した、つまり怪異の不気味な雰囲気だけをテーマにした作品」（世2）を「純粋怪談」と名づけたが、その好例として本作を挙げ、因果や因縁からはなれ、ただ恐怖と戦慄のみを追求したこうした作品にこそ、怪奇小説の真味があるとした。

これはカナダ湖にある小さな離れ小島であった話。——あすこの小島は、夏になると、モントリオールやトロントの人たちが、避暑、ないしは慰安がてら、よく泳ぎに行くところだ。これから述べるような、奇怪至極なおもしろい出来事が、証人ひとりそばにいず、まじめな医学生がたった一人でいたところへ起ったというのは、なんとも残念千万な話だが、あいにく、そういうところへぶつかったのだから、どうもしかたがない。

ちょうどその日、かれこれ二十人ほどいた仲間の連中が、みなモントリオールへ引きあげてしまったので、自分は、夏のあいだ下らなく怠《なま》けてしまった法律書を、ちっとでも身を入れて読んでしまおうと思い、あと一、二週間ばかり、ひとりで島にいのこることにしたのである。

時は九月の末、大きなマスやダツが湖水の深いところで、しきりと動いていた。北風と早い霜で水温が下がるものだから、そろそろ魚は水面へ浮きだしてくるのだ。モミジはもうすっかり紅葉して、夏のあいだはまるで声を聞かなかったカイツブリのけたたましい鳴き声が、島かげの入江にこだまをかえしていた。

島ぜんたいが自分のひとり占めで、二階建の粗末な小屋に、丸木舟が一そう、訪れるものといっては、縞《しま》リスと、七日目ごとに玉子とパンを届けてくれる百姓爺さんのほかに、なにもわずらわすものはない。読書には願ってもない環境で、なにもかも頼もしいづくめだった。

連中は帰りぎわに、土人に気をつけろよとか、なにしろ零下四十度ぐらいにまでなる所なんだから、霜にやられぬよう、あんまり長居をするなよとか、いろいろ注意を与えていってくれた。連中が行ってしまうと、さすがに離れ小島の寂寥感が、なんとなく薄気味わるい感じで迫ってきた。島の周辺六、七マイル、そのあいだにほかの島は一つもない。島の背後二マイルほどのところに、本土の森林が模糊《もこ》として水涯につらなっているけれども、それは、人跡を見ない千古の処女林である。もっとも、そうした孤寥閑寂《こりょうかんじゃく》の島ではあったけれど、夏のあいだ二月ばかり、ほとんど毎日毎時、笑ったりどなったりの人間の声をこだましていた、そこらの岩根や木立には、どこを見ても、いまでも懐しい思い出のあとが染《し》みついているようで、よく岩づたいに散歩している時など、だれかおーいと呼んでいる声を聞いたような気がしたり、自分の名を大きな声で呼んでいるのを聞いたと思ったりしたことも、一再ではなかった。

島の小屋には、荒っ削りの松板でしきられた小さな寝室が六部屋あった。木造の寝台に、敷ぶとん一枚、椅子一脚、どの部屋にも、これだけのものが備えてあった。ほかに鏡が二枚あったが、一枚は欠けていた。

歩くと床板がミシミシ鳴り、どこを見ても、つい最近まで人のいた跡がのこっているので、なんだかひとりずまいをしているという感じが、あまりしなかった。だれかまだいのこっている者があって、それが見つからないように、箱か何かの中へ隠れている、そんな気がしてならなかった。二階にひと部屋、ドアの固い部屋があって、そこの扉を開けようとしたら、どうしても開かなかった時など、なんでも中に誰か把手《とって》を握っている者がいるような気がして、明ければ、いきなりワッと人間の目玉に出っくわすような、そんな気がしたくらいだった。

一階、二階と、家じゅうすっかり調べ歩いたのち、自分は、階下のベランダの屋根の上に、小さな露台のつきでた小部屋を、寝室に選んだ。ばかに狭い部屋だったが、ただし寝台が大ぶりで、敷ぶとんも家じゅうで一ばんいい品だった。そこは、自分が読んだり、書いたり、物を食ったりする階下の居間のま上にあたる部屋で、小さな窓があり、そこから朝日が眺められる。玄関かベランダから下りて、木立のあいだを舟着場まで行く狭い小道が一本あるほか、全島、カエデ、トガ、杉などの樹木がうっそうと茂っている。家のまわりも、そういう樹木がびっしりと取り巻き、すこし風でも出ると、木の枝が屋根をガリガリひっかいたり、したみの板を叩いたりするくらいである。日が落ちて、二、三分もすると、あたりはもうすっかり闇で、居間にある四つの窓からさす灯影の十ヤードも先のほうは、一寸先も見えず、立木へぶつからないでは一歩も歩けない。

その日、自分はテントから居間へ持ち物を運んだり、食料部屋の貯蔵品をしらべたり、ストーブに焚く一週間分の薪を切ったりして、午後を暮らした。それがすむと、ちょうど日の沈む前だったので、用心のため、丸木舟に乗って二時間ほど、島のまわりを漕ぎまわった。前には、そんなことをしようなどとは夢にも思って見なかったのに、人間というやつは、ひとりぼっちになってみると、大ぜいでいっしょにいた時には考えもしなかったようなことを、するものである。

舟から陸へ上がったとき、なんという寂しい島に見えたことだったろう！　日はもう落ちていた。このへんの北国には、夕闇というものがまるでない。日が落ちると、とたんに闇がくる。丸木舟をひきずり上げて、うつぶせにし、自分は手さぐりで狭い小道をベランダまでたどりついた。そして、すぐと六つのランプを、とっつきの部屋に賑やかにともしたが、「食堂」にあてた台所まではランプの灯がうまくとどかないので、そこはいやに薄暗く、天井の節穴から星がのぞくというていたらくだった。

自分はその晩は早目に二階へひきあげた。しずかな晩で、風ひとつなく、聞こえるものは寝台のきしむ音、岩に打ちよせる波の音ばかり。いや、そればかりではなかった。寝ながら目をあいていると、家の中のガランとして人気《ひとけ》のない感じが、へんに気味わるく、惻々《そくそく》と身に迫ってくる。そこらの廊下や明いている部屋に、大ぜいの人の足音、すり足の音、裳裾《もすそ》のサヤサヤすれる音、さてはいつ止むともない低い囁《ささや》きの声、そんなものが聞こえてくるような気がする。そのうちに、いつとなく自分は眠りに落ちたが、怪しい物音は、夢のなかの声といっしょになって、そこまでまぎれこんできた。

一週間たった。自分の読書は順調にすすんだ。すると、ひとりずまいになってからちょうど十日目に、不思議なことが起った。前の晩ぐっすり寝て、その朝目がさめてみると、自分の寝ている部屋が、なにかこう、ひどく嫌な感じがするのに気がついた。部屋の中の空気が、なんだか息がつまりそうになるようなぐあいである。なぜこんな厭《いや》な感じがするのか。その原因をつきとめようとすればするほど、ますます得体《えたい》がわからない。どうも部屋の中に、なにか自分を恐がらせるような物がある。馬鹿げた話のようだが、この感じは、着替えをする間も、しつこく自分につきまとって離れなかった。一度ならず、自分は身ぬちがゾーッとして、早くこの部屋から飛び出してしまいたいと、そんな思いに駆られた。一笑に付そうとしたが、そうすればするほど、ますます本物になってくる。やっとのことで着替えをすまして、廊下へ飛びだし、急いで階下《した》の台所へ駆け下りた時には、われながらほっと救われたような思いがした。まるで熱の高い伝染病患者のいるところから逃げ出した時の気持は、こうもあろうかと想像される、そんな気持だった。

朝食をこしらえながら、自分は二階の寝室で過ごした毎夜のことを丹念に思い出してみた。自分が今しがた感じた厭な感じは、前にあの部屋で起った、なにか不愉快な出来事と関係がありはしないかと、そう思ったからである。そういえば、たった一つ思いだすことがあった。二、三日前の雨風の烈《はげ》しかった晩、自分はふと夜中に目がさめると、廊下の床板がいやにミシミシ鳴っている。自分は家の中に誰か人がいるなと思った。たしかに人がいる。そう思って、自分は銃を手にとり、階下へ降りて行ってみると、扉も窓もちゃんと鍵がかかっており、床の上にいたのは、わずかに鼠と油虫だけだった。そんなことがあったけれど、しかしこれは、自分の今の強い感じを説明するたしにはならなかった。

自分は朝のうちを、おちついた読書に過ごした。正午近く、自分は水泳と中食に時間を割《さ》いたが、おどろいたのは、二階の寝室を嫌悪する自分の気持が、ますます強くなっていることであった。本をとりに二階へ上がって行くと、寝室へはいるのがとても厭な思いがした。そして、その部屋にいる間じゅう、半ば不安な、半ば気がかりな、一種おちつかない不快な感じを自分はおぼえた。その結果、自分は読書をうちきり、午後は湖上の舟遊びと魚釣りに過ごした。そして、日の落ちるころ、鱸《すずき》の大物を六尾ばかり、晩飯の菜と、あとは塩にして貯《と》っておくつもりで、ぶら下げて帰ってきた。

とにかく、今の場合、自分にとって睡眠は重大事だ。もし帰ってみて、二階のあの部屋が、いまだにどうしても自分の気に食わなかったら、階下の居間にベッドを下ろして、そこで寝ることにしようと自分はきめた。これはべつに恐いからそうするというような、馬鹿くさい疑心暗鬼の気持からではなく、ひたすら熟睡を確保したいという用心から考えたことであった。夜よく寝られないと、翌日の読書にたいへんな損失をきたす。この損失は、予定していない損失だった。

そんなわけで、自分は寝台を階下の居間の、入口の扉とま向かいの隅に移した。がらくたをかたづけ、もとの寝室のドアを最後に閉じた時には、それまで部屋のなかにあった暗い影と、沈黙と、あの不思議な恐怖も、いっしょに中へ封じこめてしまったような気がして、ばかに嬉しかった。

台所の時計が風邪をひいたような音で、八時を打った。自分はいくらもない皿小鉢を洗いおえ、厨《くりや》のドアをしめて、とっつきの居間へはいった。六個のランプは全部ともされ、昼間のうちに反射鏡をすっかり磨いておいたので、部屋の中はまぶしいくらい、こうこうと明かるかった。

そとは静かな、暖かな夜だった。風はそよりともなく、波の音もしずかに、あたりの樹木もひっそりとして、空には厚い雲が重苦しいカーテンみたいにかかっていた。宵闇がいつもにない早さで、あたりを罩《こ》めてしまったようで、日の沈んだ方角の知られる残光の色らしいものも、もうどこにものこっていない。なんとなく嵐の前ぶれによくあるような、へんに圧迫するような静けさが、あたりにみなぎっていた。

自分はいつにないはっきりした頭で、書物に向かっていた。心のなかでは、五匹の鱸が冷蔵庫にしまってあることや、あしたの朝になれば、例の百姓の爺さんが新しいパンと、玉子を持ってきてくれることなどを、楽しく考えていた。そして、まもなく自分は読書に惹きこまれていった。

夜はしだいに静かにふけわたっていく。今夜は縞リスも静かだ。床板も壁もギーギー鳴らない。自分は一心不乱に読書をつづけた。やがて台所の時計がだみ声で九時を打った。その音がいやに大きく聞こえた。まるで大きな鉄槌で、ガンガンひっぱたいたような音だった。自分は読んでいた本を閉じて、べつのを開いた。やっと仕事に油が乗ってきた感じだった。

ところが、こんどはそれが長続きしなかった。同じ行を――たいして難解でもない個所を、二度もくりかえして読んでいる自分に気づいたりした。そのうちに、いつのまにか他のことに心が動きだし、いくら考えをまとめようとつとめても、どうもそのつど、本筋から脱線してしまう。精神の集中が一刻々々困難になってきた。そのうちに、気がつかずにページを二枚いっしょにめくったりして、しかも、めくったページを全部読んでしまうまで、まちがいに気づかなかったりしている。これはただごとではなかった。こう気持が乱れるのは、一たい何なのだろう？　体が疲れているせいではあるまい。逆に、頭はいつになく冴えていて、なんの抵抗もないのである。自分は緊褌《きんこん》一番して、ふたたび書物に向かい、しばらくのあいだは、書いてあることに全精神を傾注することができた。ところが五分とたたぬうちに、いつのまにか椅子の背にもたれて、ぼんやり空間を見つめているしまつだ。

どうもなにか、自分の潜在意識のなかに働いているものがある。なにか忘れてしなかったことがあるのにちがいない。台所の戸か窓でも、締め忘れたのだろうか。そこで、立って行ってみると、ちゃんとそこは締っていた。火の用心を忘れたのかな。そう思って、また見に行ったが、竈《かまど》はちゃんと始末がしてある。ランプを見、二階へ上がって一部屋一部屋順々にしらべ、家のまわりを見てまわり、冷蔵庫まで点検してみた。どこにもなんの異状もない。なにもかも、あるべきところにちゃんとある。しかし、なにかへんなところがあった。その感じが、時のたつにつれ、だんだん心の中に強くなってきた。

やがて自分は、ふたたびまた階下の居間にもどって、読書をそのまま続けようとしたが、その時はじめて部屋の中が、いやに寒くなっているのに気づいた。その日はいちんち蒸暑かった日で、夜に入ってからも、いっこうほとぼりがさめなかった。それに、大きなランプが六つもともっているので、その余熱で、室内は気持いいくらい暖まっていた。だのに、部屋のなかで覚えるこのゾクゾクする肌寒さは、おそらく湖面から忍びよってくるのだろう。そう思って、自分はベランダへ出るガラス戸を締めに立った。

自分はしばらくそこに立って、窓から表へさすランプの灯影を眺めていた。あかりの影は、下の小道からすこし先へ行った、湖面を五、六フィート出たあたりまでさしていた。と、見ているうちに、その光の道のなかを、一そうの丸木舟が滑るように過《よぎ》ったのを自分は見た。丸木舟はまたたくまに光の中を過って、闇の中へ消えさった。おそらく、岸から百フィートぐらい離れたところだろうが、舟は矢のように走り去ったのである。

自分は驚いた。この夜ふけに、島のあたりを丸木舟が通るなんて、そんなわけがあるはずがない。向こう地から来た避暑客たちは、ぜんぶ、一週間以上も前に引き揚げてしまったあとなんだし、だいいち、船の便からいっても、この島はどの航路からも遠く離れている離れ小島だ。

自分の読書は、この時から、ますますもってはかどらなくなった。まっ黒な湖面の細い光線の縞の中を、もうろうと、矢のように滑り去った丸木舟の姿、それがいやにまざまざと、灼きつけたように心の底に影を落して、どうしても離れない。印刷してある本のページと自分の目のあいだを、その丸木舟がしょっちゅう行ったり来たりする。考えれば考えるほど、自分は奇異な感じがしてきた。その丸木舟は、自分がその夏の幾月かのあいだに見たこともないような大型の舟で、むかし土人がいくさ船に使ったような、舳《へさき》と艫《とも》が弓のように反《そ》った、舟幅の広いやつだった。自分は本を読もうとあせればあせるほど、いよいよ気が散ってくるばかりなので、とうとう本を閉じ、しばらくそこらを歩いたら、この骨の芯《しん》までしみるような寒気がふるい落せるかと思って、立って外へ出て行った。

夜は沈々《ちんちん》として、あたりはうば玉の闇である。小道をつまづきつまづきして、小さな舟着場まで行くと、足場の下で、湖水の水がタプリ、タプリと小さな波を寄せている。はるかかなたの本土の森のなかで、大木が倒れる音でもあろうか、遠く湖をこえて、夜襲の大砲のような轟然たる音が、夜気を揺ぶるように響いてきたほかに、草木も眠る寂莫《じゃくまく》たる夜のしじまを乱すなんの物音もない。

居間の窓から自分を追ってくる灯影を受けながら、自分が舟着場に立っていると、ふと湖面のおぼろな光のなかを、またしても一そうの丸木舟が忽然と音もなく通って、あっと思うまに、はるか向こうの闇の中へ消え去ったのを自分は見た。先の時よりも、こんどはもっとはっきりと見た。それは大きな樺《かば》の木をくりぬいた、旧式の、舳と艫の高く突き上がった、舟幅の広い丸木舟で、二人のインディアンが擢《かい》でそれを漕いでいた。一人は舳におり、もひとり艫にいるほうは、これはひじょうに大きな男らしく見えた。自分にはそれが手にとるようにはっきり見えた。しかも、二度目に見たこの丸木舟は、最初に見たのよりも、ずっと島に近かった。自分は、きっとこれは二艘とも、十五マイルほど離れた本土の公認部落（土人のために政府が指定した居留地）へ帰っていく舟だろうと判断した。

が、いくら土人にしろ、なんでまたこんな夜ふけに、湖水のこんなところを通るのだろうと、内心自分は不審に思っていると、またしてもその時、同じ恰好をした三度目の丸木舟が、やはり二人の土人を乗せて、舟着場のすぐ先を音もなく通った。こんどはさらに前よりも岸に近かった。ふと自分は、この三艘の丸木舟はじつは一つで、同じ舟なのではないか、という考えが頭にひらめいた。同じ舟が、島のまわりをグルグル漕ぎ回っているのではあるまいか！

これは、どう考えても、あまり気持のいい考えではなかった。なぜというのに、こんな夜ふけに、場所もあろうに、こんな湖水の寂しいところを、丸木舟が三艘もうろうろしているとは、これはただごとではない。てっきり、あの二人の土人には、何か目的がある。その目的というのは、まず自分に関連がありそうだと、こう考えるのが理の当然だからである。自分はインディアンが、かれらとともに未開洪荒《こうこう》の土地を共有している、白人の開拓者に危害を加えたという話は、まだいちども聞いたことがないが、しかしそういうことだって、ぜったいにあり得ないことではなかろう。……自分はしかし、この際そういういまわしい可能性は考えないことにし、ぜんぜんべつの結論に救いを求めようとして、いろいろ想像をめぐらしてみたが、なるほどと首肯できるような結論は、どうもうまく出てこなかった。

そんなことを考えているうちに、自分は今まで立っていた明かるい灯影のなかからつと足を返すと、——おそらく本能みたいなものが、そうさせたのだろう——もういちど丸木舟があらわれるかどうかを見るために、とある岩かげに身をひそめて、じっと待っていた。ここなら、こっちからは見えるが、向こうからは見えない。用心に頭を働かしたのである。

すると案にたがわず、五分とたたぬうちに、四たび目の丸木舟があらわれた。こんどは舟着場から、三十ヤードと離れていない。見ていると、土人は舟から上がる魂胆と見える。まもなく、二人の土人は自分のすぐ目の前を滑るように通りすぎて行った。艫にいたほうの土人は、なるほど大男である。同じ丸木舟であったことは、もはや問うまでもない。やつらは、おそらくなにか目的があって、しばらく島のまわりを回りながら、上陸の機会をねらっていたものにちがいない。自分は目を皿のようにして、闇の中を滑って行く舟のあとを見送ったが、舟はたちまちあやめも分かぬ夜陰にのまれてしまい、土人が力いっぱいに漕ぐ長い櫂の、水を切る音さえ聞こえなかった。舟はもういちど島をまわって、たぶんこの次に上陸するだろう。用意をするのは今のうちだ。やつらの魂胆は自分にはわからないが、とにかく一対二で、（しかも相手はでかい土人だ！）しかも真夜中の、ほかに誰もいない寂しい島ときては、あんまり気色《きしょく》のいいお付合いじゃない。

居間のすみには、壁によせかけて、自分のマーリン・ライフル銃が立てかけてある。薬筒に十発弾丸がこめてあるし、油をひいた銃底にも、あと十発はいっている。これからすぐに家へもどって、あの隅のところを防衛陣地にしよう。スワというので、一刻の猶予もあらばこそ、自分は気をつけて灯影のさしているところを避《よ》け避け、木蔭の小道を拾って、ベランダへ一目散に走った。部屋へはいると、すぐにベランダへ上がる扉をしめ、大急ぎで六個のランプを一つ一つ消してまわった。ランプのこうこうと輝いた部屋にいては、外から中の一挙一動を見られてしまう。窓という窓をまっ暗にしておけば、敵にむざむざ見すかされないという戦略である。敵だかどうだかまだわからないが、かりに敵とすれば、この敵は、相手が上手《うわて》だろうとなんだろうと、容赦会釈もない兇暴残忍な蛮人だ。

自分は部屋の隅の壁に背をよせ、手にヒヤリとするライフル銃を握って立った。入口と自分とのあいだには、本をいっぱいとりちらけたテーブルが置いてある。灯火《あかり》を消した最初の数分間は、あたり四面まっ暗けで、なにも見分けがつかなかった。が、そのうちに、部屋の中の物の形が少しずつ見えてきて、窓の輪郭がひとりでにボーッと目に映ってきた。

しばらくすると、入口の扉（上の半分はガラスがはまっている）と、ベランダに面した二つの窓が、とりわけはっきりと見えてきた。こいつはありがたいと、自分は喜んだ。これなら土人がたとえ家へやってきても、近づいて来るところが丸見えだし、やつらの目的もなんとか見当がつく。案にたがわず、しばらくすると、汀《みぎわ》につけた舟を岩の上へひき上げる、丸木舟特有のうつろな響きが聞こえてきた。櫂を下におく音が聞こえた。そのあと、パッタリ物音がしなくなったのは、やっこさん達、いよいよ家へ忍びよってきたんだな、と自分は解した。

ここで自分が、それこそ、何がおっぱじまるかわからないこの土壇場《どたんば》へ来て、べつに驚きも恐がりもしなかったといったら、そんな馬鹿なことが、と一蹴されるかもしれないが、正直のところ、そう自分で手も足も出ないほど、恐い感じはしなかった。たしかにその晩は、神経が正常とは思えない心理状態に、自分はいたようである。肉体的な恐怖などはぜんぜん感じなかった。なるほど、ライフル銃はおっ通し手に握っていたことはいたが、そんなものは、自分が直面した恐怖に対してはくその足しにもならないことを自分で承知していた。ふしぎなことに、自分はべつに事件の中の人物ではない、じっさいには事件の中へ巻きこまれない人間だ、いわば見物人——それも実際、そこに陣どって見ている見物人ではなく、心理的な見物人、自分はそういう役をしているのだと、そんな心持がいくどとなくした。とにかく、その晩の自分の意識状態は、どうも摑《つか》みどころがなく、もうろうとしていて、説明も解剖もできないけれども、ただ、これだけは自分が死ぬ日まで忘れられまいと思ったのは、その晩の恐ろしい戦慄と、こんな緊張がこのまま続いたら、自分の頭はじっさい参ってしまうにちがいないという、およそ心細い感じだった。

ややしばらく、自分は部屋の隅に立ったまま、じっと我慢をしながら事態を待っていた。家の中は墓のようにしんと静まりかえっているのに、自分の耳には、なんとも得体の知れぬ夜の物音がジンジン鳴り、血が血管のなかを流れ、脈の中で踊っている音が聞こえるような気がした。

土人がもし裏口から来れば、台所の戸も窓も、厳重に締まっているから、そこをこじあけてはいって来なければならない。とすれば、いやが応でも、ガタン、ピシン、音が聞こえるはずだ。してみると、どうもやつらが押し入ってくる道は、自分の目と鼻の先にあるこの入口の扉口よりほかにない。そう思って自分は、一刻一秒も取り逃さぬように、入口の扉にぴたりと目を貼りつけていた。

そうしていると、一刻一刻、だんだん目が闇になれてきた。テーブルがほとんど部屋いっぱいにのさばっているさまが見え、通り路といえば、その両側にほんのわずかしかない。二、三脚の木造の椅子が、切っ立った背をそこに並べているのも見えるし、白い卓布の上に紙やインク壺がのっているのも見える。自分はこの夏ひと夏のあいだ、この卓のまわりに集まっていた友人たちの陽気な顔を思い浮かべた。じっさい、その時くらい、太陽の光を恋しいと思ったことはなかった。

自分のいるところから、台所へ行く左手の廊下までは、三フィートそこそこしかない。そして、二階の寝室へ行く階段は、その廊下、というよりも、ほとんどこの部屋の中にある。窓からのぞくと、じっと動かぬ樹木の姿がぼんやり見えた。葉っぱ一つ、枝一本、そよりともしない。

この薄気味悪い沈黙がしばらく続いたと思うと、やがてベランダの床板に、しずかな足音が聞こえた。聴覚に訴えたというよりも、直接脳に伝達されたかと思われたほど、ごく忍びやかな盗み足であった。と、すぐにそのあと、黒い人影がガラス戸に暗く映った。ガラスに顔をペッタリと押しつけているのが見えた。自分は背筋がゾーッと寒くなった。髪の毛が一本一本、ひとりでに逆立ちしたような気がした。

人影は、肩幅の広い、雲突くようなインディアンの影であった。むかしサーカス小屋の前で大男を見たことがあるが、まさにあれだった。自分は、いきなり脳天からなにかピカッと光がとびだしでもしたように、ガラスに押しひしゃげた隆々たる鷲っ鼻、頬骨のとびでた、まっ黒けな逞《たくま》しい顔を見た。相手がどこを睨《にら》んでいるのか、自分にはちょっと見当がつかなかったが、おぼろな夜の光のなかで、ギョロリとした大きな目玉を、白目を見せながら、ぐりぐり回しているあの目つきでは、どこの隅も洩れなく探りまわしたにちがいない。

かれこれ五分たっぷり。まっ黒けな影は、ガラス窓に頭をかがめるために、大きな肩をグッと前にこごめながら、そこに立ちはだかっていた。そのうしろには、図体《ずうたい》はそれほど大きくない、今ひとりの土人の黒い影が、なにかしなった木の枝みたいな物をゆさゆさ揺すりながら、控えていた。やつら、どう出て来やがるかと、自分はなにか待ち遠しいような、ワクワクするような気持で待ちかまえていたが、そのあいだ氷のような寒気が、背骨をゾクゾク下がったり、上がったり、心臓がピタリと止まるかと思うと、またドキドキ早鐘のように打ち出したりした。土人たちにも、自分の頭のなかで血のガンガン鳴るこの音は、きっと聞こえたにちがいない！のみならず、自分は冷たい汗がダクダク顔を流れるのが自分でもはっきりわかり、だしぬけにキャーとかワッとかいって、どなりたいような、あるいは駄々っ子みたいに壁をバタバタやって騒ぎ立てたいような、とにかく、この中ぶらりんなハラハラした気持からのがれ、早く事を頂点まで持っていけるようなことなら、なんでもしたい、そんな気持が一方ではしていた。おそらく、どこかに刷《は》け口を見つけたい気持だったのだろう。そこで、やにわに自分は、うしろにかくしていたライフル銃をとり上げて、ガラス戸を目がけて発砲しようとすると、どうしたものか、まるで手足の力が抜けてしまって、動くことができない。全身の筋肉が、恐怖のために痺《しび》れてしまって、まるで言うことをきかないのである。これには動顚した。

その時、真鍮の把手がかすかにガチャリと音を立てて、ガラス戸が一、二寸、外から押しあけられた。そして、そのまままちょっと休んで、しばらくすると、またグーッと大きく開かれた。あとの二つの影は、耳につくほどの足音もたてずに、部屋のなかへ滑り入るようにはいってきた。あとの男が、しずかにあとの扉を締めた。

四方を閉じた部屋のなかに、自分と二人の土人きりになった。やつらは、部屋の隅にじっと立っている自分を、見やしないだろうか？　いや、おそらくもう、知っているのではないか？そう思うと、自分の血は、オーケストラの太鼓のように鳴りだした。一所けんめい息を殺そうとするが、まるで自分のつく息が、圧搾空気の管を空気が通るような音をたてる。

どうなることかと、自分は戦々兢々としていたが、まもなくそれがやんだと思ったら、そのかわりに、前よりもさらにまた凄い、新規の驚きが取ってかわった。土人はべつに言葉も合図もかわさないが、とにかく、テーブルのどっち側かをまわって、こちらへ動いてくるにきまっている。もしこっち側を来るとすると、自分の体とは六インチと離れぬところを通ることになる。えらいことになったと思っていると、小さいほうの土人が（小さいといっても、大きいのに比較しての話だが）いきなり片手を上げて、天井を指した。大男も首を仰向《あおむ》けて、相棒の手のさすほうを見上げた。ははあ、やつら、二階へ行くんだな、と自分は思った。やつらの指さすこの真上の部屋は、自分がゆうべまで寝室にしていた部屋だ。朝起きると、妙な悪寒《おかん》を感じたあの部屋である。あのいやな感じさえなければ、今夜も自分はあの窓ぎわの狭いベッドに寝ていたはずだったのである。

土人は物も言わず、音も立てずに、歩きだした。二階へ行くので、自分のいるほうの側をまわってくる。虫も殺さないような抜き足さし足で、おそらくこっちの神経が病的に敏感になっていなければ、足音など聞こえなかったろう。ところが、こっちはもう、全身が神経なんだから、やつらの猫みたいな足音がはっきり聞こえる。まるでまっ黒けな大きな化け猫が二匹、テーブルをまわってこっちへやってくるみたいで、その時はじめてよく見ると、小さいほうの土人は、なにか、うしろへ曳きずって歩いている。ズルズル、ズルズル、床を引きずってくるその音から、自分はなにかそれは羽根の生えた大きな鳥の死骸か、あるいは葉をひろげた杉の枝か何かだろうと思った。なんにせよ、正体ははっきりわからない。もっとも、たとえ自分の筋肉に力があったとしても、とても首をつん出して正体を見とどけるなんて、恐くてできやしなかったが。

やつらは、一歩々々、だんだんこっちへやってくる。先に立ったのが、歩きながらテーブルの上に、大きな手のひらをついてくる。自分は口が糊《のり》づけになったようで、鼻の穴が吐く息で燃えるように熱くなった。土人がそばを通る時に、どうかして見ないようにと思って、目を閉じようとしたが、瞼《まぶた》がつっぱらかって、いうことをきかない。どうかして自分のそばへ来ないように。両足とも、まるっきり感じがなくなったようで、まるで木か石の支《つか》えで立っているようだった。なお悪いことに、体の平衡がなくなって、しゃんと立っている力どころか、壁に背をもたれている力さえなくなってきた。なにか自分を前へつんのめらせようとする力があって、ちょうど土人が自分のそばを通った時には、今にもフラフラッと土人のほうへよろめきかかりそうな、強い目まいのようなものを感じた。

何時間もの長いあいだに思われたその数秒が、いつ終ったともわからぬうちに、気がついた時には、すでに土人は自分のそばを通りぬけて、二階へ行く階段の一ばん下の段に足をかけているところだった。むこうとこっちのあいだは、六インチと離れていないのに、自分の感じたものは、ただ一陣の冷たい風だけであった。土人は自分にさわりもしなかった。してみると、土人は自分のことを見なかったのだ。うしろにズルズル引きずっていた物さえ、自分の足にはさわらなかった。こっちはそれを恐れていただけに、まあ助かったと、ホッと胸をなでおろした。

しかし、土人がもうすぐそばにいないことがわかっても、自分はまだ安心ができなかった。部屋の隅にまだガタガタ、ブルブルと震えながら立ったまま、息もらくにできず、すこしも気がおちつかなかった。それに、も一つその時気がついたことは、どこから出るのか光源もさだかでないし、はっきりそれと見えるわけではなかったけれども、とにかく、何か一導の光があって、その光で、自分は土人の挙措《きょそ》動作を目に追うことができたのだが、土人が行ってしまうと、その光もいっしょに部屋から掻き消えてしまったことだった。ところが、その光が消えてしまった今、部屋の中を占めているものは、これはただの闇ではなかった。奇怪なその闇は、部屋の隅々まで行きわたり、今までぼんやり見えていた窓も、ガラス戸も、まるで見分けがつかなくなってしまった。

前にもいったように、自分のその時の状態は、たしかに異常だったにちがいない。ちょうど夢を見ている時みたいに、驚きを感ずる能力がぜんぜん欠けてしまっていた。感覚は、なるほど異常な正確さをもって、どんな微小な出来事をも洩れなく記録するが、それから引き出せるものは、ごく単純な、たわいもない推理だけであった。

まもなく土人は、階段の上まで行って、そこでひと休みした。それから先きどう出るものやら、自分には見当もつかない。土人は、どうやら階段の上でためらっているようすである。あたりをうかがっているのであろうか。そのうちに、一人が――足音から察して、大男のほうにちがいない――狭い廊下を渡って、頭の上の部屋――つまり、自分の寝室だった部屋へはいるけはいが聞こえた。もし自分がけさ、あのなんともいえない不気味な感じを経験しなかったら、今ごろは自分の寝ているベッドのそばに、あのインディアンの大男がヌッと立ちはだかっていたのだ。

それから約百秒ばかりのあいだは、万籟《ばんらい》一時に絶えたように、物音一つしなかった。まるでこの世に音響というものが生れなかった時は、こうもあったろうかと思われるような静けさだった。と、そのすぐあとへ、たちまちギャーッと、けたたましい、恐ろしい叫び声が起った。その声は静かな夜の空気の中をつんざくようにひびき、あとまだ続くのを途中でぶった切ったように、ウーンと断末魔のような声で終った。それと同時に、も一人の土人が、階段のてっぺんから動いて、寝室にいる相棒のそばへ行ったようであった。例の床をひきずる音が聞こえた。つづいて、なにかドサリと物の落ちたような音がして、それきりあとは物音が絶え、またもとの静けさにかえってしまった。

と、この時であった。昼のうちから雷雨もよいで蒸蒸《むしむし》していた空模様が、きゅうに刷《は》け口を見つけたと見え、たちまちピカッと光ったと思うと、耳をつんざくばかりの轟然たる雷鳴だった。ものの五秒ばかりのあいだ、室内にある物は、まぶしいようなあざやかさでパッと目のまえに浮き出し、窓からは、もっそりと並んで立っている大木の幹が見えた。雷鳴は湖上にひびき、遠く離れた島々にこだまし、やがて大空の底が抜けたような豪雨が、車軸を流すいきおいで、沛然《はいぜん》と降ってきた。

大粒の雨は、静かな湖面にザーッというものすごい音を立てて、しぶきをはねあげ、カエデの葉や軒に乱射の音をあびせた。しばらくすると、またピカッと来る。最初のよりも強くて長い閃光が、空と水をパッと明かるくし、部屋のなかを目のくらむような白さで塗りつぶした。まるで外の木の葉や枝に、雨が光の粉を撒きちらしているようだった。そのうちに、きゅうに突風が吹き上げてきたと思うと、一分とたたぬうちに、朝から催していた暴風雨が、たちまち堰《せき》を切って落したように、猛然と暴威をふるいだしてきた。

ところが、階上の部屋の物音は、この天地騒然たる風雨の音にもまぎれず、それこそ針を落したような微かな音までが、はっきりと聞こえた。さっきの恐怖と苦悶の悲鳴の声のあとにつづいた、数分間の深い沈黙の中から、ふたたびまた動くけはいのはじまったのが自分にわかった。土人どもはいまや寝室を出て、階段の上へとかかっているところだった。そこでしばらく止まって、それから階段を降りはじめた。一段ずつ、ミシリ、ミシリと降りてくるにつれて、そのあとから、例のひきずっている「物」が、いっしょにズシン、ズシンと降りてくるのが聞こえる。その音が、気のせいか、さっきよりも大きくなったようであった。

自分はやつらの近づいて来るのを、わりあい平静な気持で――いや、ほとんど無感動に近い気持で待っていた。つまり、「自然」が家伝の痺《しび》れ薬を一服盛ったあとは、むざんな唖みたいな痴呆状態になる、とでもいったら説明がつくような、そういった無感動な状態だった。やつらは一歩一歩、だんだんこちらへ近づいてきた。それといっしょに、ズサリ、ドシンと引きずってくる音も、しだいに大きくなってきた。

と、階段の中途までやつらが降りてきた時、ふっと自分はある恐ろしいことを考えて、改めてまたガタガタ震え上がってしまった。それは、もしもやつらが、部屋の中へゾロゾロはいってきたときに、いきなり稲妻が光ったら、その時はどうなるだろうと考えたのである。自分の前を通る時に、ピカッとやられたら、相手の姿は捷毛《まつげ》まで一本一本見えるかわりに、こっちも同じように見られてしまうにちがいない！　そう思って、自分は息を殺して待っていた。その待っているあいだは、一分が一時間にもあたるような思いだった。行列は悠長な足どりで、部屋を目ざしてやってくる。

ようやくのことで、土人達は階段の下まで降りてきた。先頭の大男の姿が、廊下の入口へヌッとあらわれたと思うと、例のズルズル引きずってくる物が、階段の一ばん下の段をドサリと落ちる音がした。来たなと思って、自分が固唾《かたず》をのんで見ていると、大男がちょっとうしろをふりかえって、相棒に手を貸すために体をかがめた。もっとも、立ち止まったのはほんの目ばたきする間のことで、すぐと行列はまた前に動きだし、部屋の左手へはいったと思うと、ソロリソロリと、テーブルの縁をつたわって、自分のほうへと歩いてきた。見ているうちに、先頭の大男は早くも自分のそばを通りぬけて、そのあとから、例の得体のしれない物をズルズル床にひきずってくる男が、ちょうど自分の前まで来たその瞬間に、不思議や、今まで暴威をふるっていた雷鳴と豪雨がパタリと止み、風も死んだようにパタリと鳴りをひそめてしまった。

同時に、自分の心臓も、五秒ばかりのあいだ、ピタリと止ったように思われた。そして、それからあとがえらいことになった。いきなりピカッ！　ピカッ！　と、稲妻が二度続けざまに光って、部屋の中の物を容赦もなく、まっ光の中にさらけ出した。

先頭の大男は、自分の右手、五、六フィート先に立っていた。いまや前に進み出ようとして、片足上げているところだった。ちょうど相棒のほうをふりむいて、山のように大きな肩をこちらへねじ向けたところだったから、獰猛《どうもう》兇悪なその面相が、こちらへ丸見えに見えた。ギロリとしたその目は、相棒が床の上にひきずっている物を見下ろしていたが、大きな鷲鼻に高くとびでた頰骨、一本一本つったたった黒い髪の毛、がっしりした顎——その恐ろしい横顔は、あっという瞬間に、終生忘れぬ印象を自分の脳裡に灼《や》きつけた。

大男の雲突くような図体にくらべると、ずっと小柄なも一人の土人のほうは、すぐ目と鼻の先、十インチばかりのところに、グイと身をかがめて、例のひきずっている物をのぞきこんでいたが、その恰好がいかにもぶざまで、立っている時よりも、よけいゾッとするように気味悪い。長い幹をつかんでひきずっているのは、葉のボサボサ茂った杉の木の枝で、その上に白人の死体がのっている。頭の皮をきれいにひん剝《む》かれて、額から頰にかけて、血のりがべっとりついている。

と、その時はじめて、今まで自分の意志と総身の筋肉をしびれさしていた恐怖が、自分の良心から不吉な呪文を解いたのである。自分は、えいっ！　と大喝一声、やにわに猿臂《えんぴ》をのばして大男の咽喉笛にグヮッと躍りかかったとたんに、空《くう》をつかみ、よろよろと前に倒れたと思うと、そのまま気を失ってしまった。

自分は倒れた拍子に、木の枝にのっている死体を見た。その死体の顔は、ほかならぬ自分の顔であった。……

だれかの声がして、われにかえった時には、いつのまにか、あたりは明かるいまっ昼間になっていた。自分は倒れたところに転がっていて、部屋のなかには、パンを両手にかかえた百姓の爺さんが立っていた。前夜の戦慄は、まだ自分の心の中に尾をひいてのこっていた。朴訥《ぼくとつ》な百姓の爺さんは、自分を叱りつけるように助け起して、そばにころがっているライフル銃をひろい上げ、親切に介抱してくれながら、いろいろわけをきいてくれたが、おそらく、その時答えた自分のかんたんな答では、爺さんにも事情はよくわからなかったろうと思う。

その日、自分は家の中を隈《くま》なく調べてまわったが、べつにこれといって発見したものもないままに、とにかく島を去ることにし、その後十日ばかり、爺さんの家に厄介になっていた。読書もいちおう片がつき、自分の神経もようやく平衡をとりもどしたので、いよいよ引き揚げる時がきた。

出発の日、百姓の爺さんは、自家の大きな舟に自分の荷物を乗せて、二十マイルほど離れた汽船の発着所まで、ひと足さきに出かけてくれた。狩猟家が来るので、一週に二回、汽船が通っているのである。自分は午後になって、だいぶ日が闌《た》けてから、帰る前にもういちど、あの奇怪な経験をなめた島を見たいと思って、爺さんとは反対の方角へひとりで丸木舟を漕ぎだした。

まもなく自分は舟着場に着いて、島のあちこちを歩いて見てまわった。そして、例の小さな家へも行ってみた。二階の寝室へはいった時には、やはり妙な心持がしたが、しかし別状はないようであった。

やがて舟をふたたび漕ぎもどしながら、ふと何の気なしに見ると、はるか島の鼻を、自分よりも先に漕いでいく一そうの丸木舟がある。晩秋というよりも初冬に近い今ごろ、そんなところに丸木舟を見かけるなんて、例のないことだし、しかもその舟は、いつどこからともなく出てきたようであった。自分は舟の向きをすこし変えながら、なおよく見ていると、その丸木舟は、もひとつ先の岩鼻をまわって、見えなくなった。舳《へさき》のグッと高く上がった舟で、中にインディアンが二人のっていた。自分はへんに胸騒ぎをおぼえながら、もういちどあの舟が島影から出てくるかどうか、それを見届けようと思って、ゆっくりと擢をあやつっていると、はたせるかな、五分とたたぬうちに、丸木舟はふたたびあらわれてきた。こちらとむこうのあいだは、二百ヤードそこそこしか離れていない。と、舟の中に坐りこんでいる二人の土人は、なにを思ったか、いきなり自分のいるほうへ、矢のような早さで漕ぎだしてきた。

スワというので、自分も負けずに漕ぎだしたが、あんなに猛スピードで漕いだことは、生れてはじめてだった。五、六分逃げて、そっと、うしろを振りかえって見ると、土人たちは方向を変えて、ふたたび島のまわりをゆっくりと漕ぎまわっていた。

日はちょうど本土の大森林のうしろに沈むところで、茜《あかね》色の夕焼雲が、湖水の水に美しい彩《あや》を映していた。最後に自分がふりかえって見ると、樺の木をくりぬいた大きな丸木舟は、二人の黒人をのせて、まだ島のまわりを漕ぎまわっていた。やがて夕闇がたちまちのうちに濃くなり、湖面は墨を流したように黒ずみわたり、島の鼻を曲がると、にわかに吹きだした夜風が顔にあたり、切り尖った断崖の岩のかげに、島も、それからあの丸木舟も、とうとう見えなくなってしまった。

吸血鬼

ジョン・ポリドリ

ジョン・ポリドリ　John Polidori (1795-1821) ――エディンバラ大学で医学を学び、二十歳で当時人気絶頂の詩人バイロン卿の侍医となった。一八一六年にイギリスを離れたバイロンに同行し、スイス、レマン湖畔のディオダティ荘でP・B・シェリー、メアリー・ゴドウィン（後のシェリー夫人）らと共に一夏を過ごす。長雨の気晴らしに提案された怪談競作で、バイロンは吸血鬼を扱った小説を構想するが、書き出しだけで完成させることはなかった。その腹案に基づいてポリドリが書きあげたのが「吸血鬼」"The Vampyre" (1819) である。出版社が「バイロン作」として刊行したことでこの作品は評判を呼び、舞台化や翻訳によって西欧に吸血鬼ブームを巻き起こした。作者に擬されたバイロンは不快の念を表明し強く抗議したが、若い男女に魔的な力を振るう誘惑者ルスヴン卿に自身の戯画を見ていたのかもしれない。バイロンと袂を分かったポリドリは絶望と賭博の借金苦から、二十六歳で服毒自殺を遂げた。『吸血鬼ドラキュラ』解説で、平井呈一は本作について「バイロン作という誤伝で過当の評判」を博したが「作品それ自体は、ポリドリが文学者ではなく、すぐれた怪奇作家でないことを立証して終わった」と冷静な評を下している。とまれ、この小説が文学におけるロマン主義的な貴族吸血鬼の嚆矢となったことは間違いない。なお、佐藤春夫が昭和七年『犯罪公論』に本作の翻訳を発表しているが、その下訳を春夫に師事していた平井が担当した。本訳は平井にとっては二度目の翻訳ということになるが、訳文はまったく別物である。

時はたまたま、ロンドンの冬の恒例の饗宴歓楽いまを酣《たけなわ》のおりから、流行の先達《せんだつ》たちが集まりつどう諸所ほうぼうの宴席に、一人の貴人があらわれた。貴人といっても、この男は爵位身分よりも、いっぷう変わっている点で、人目をひいていた。宴席に列していても、まるで自分はそのなかに参加することができないかのごとく、周囲の歓娯《かんご》をただじっと打ち眺めているばかり。見ていると、さすがに美人の嬌笑《きょうしょう》には注意をひかれるらしいが、しかしこの男の顔を見ると、せっかくの笑語の声もたちまちにして消え、無分別ざかりの若い女たちの胸に、なにか恐怖の念を投げこむらしい。

この畏怖の感じをうけたものは、どこからそれが起こるのか、説明することができなかった。あるものは、この男の死人のような灰色の目のせいだといった。なるほどこの男の目は、人の顔を見るとき、かくべつ鋭い目つきともみえぬのに、なにかひと目で相手の肺腑《はいふ》の奥をふかく突きさすものがある。しかも、チラリと見たとおもうと、すぐにその目をしじゅう鉛のような鈍い色が肌にどんよりとよどんでいる頰に伏せてしまうのである。

こういう一風も二風も変わった変人ぶりのおかげで、この男は到るところの家に招かれた。だれもかれもがこの男を見たがった。強烈な刺激にさんざん慣れっこになり、いまでは退屈《アンニュイ》の重さにあぐねている連中は、とにかく、目のまえに注意をひくものが現われたということで、よろこんだ。顔のかたちや輪郭は美しいのに、なんとしてもその顔の色が、はにかみからも、激情からも、血の気《け》らしいものはついぞのぼったことがない。まったく死人のような色である。にもかかわらず、悪物《あくもの》食いにかけてはいずれ劣らぬ海千山千の女どもは、われこそはこの男の気をなびかせて、岡惚れはもとより承知の助、せめて「色」の「い」の字ぐらいはせしめたいものと、鵜《う》の目鷹《たか》の目であった。マーサー夫人などは、嫁《とつ》いでからこのかた、どこの客間にも顔を出す札つき紳士連の笑いものであったが、これがナント、かの男の前にしゃしゃり出て、どうせむだとは知りつつも、派手な一張羅《いっちょうら》のひれ振り袖振り、ピラリシャラリと男の前に立ったとき、あきらかに双方の目と目は合ったというのに、かんじんの男の目は見猿《みざる》も同然だったから、さすが鉄面皮の彼女もガックリきて、すごすご旗を巻いて引き揚げたとやら。もっとも、ちと品下《しなくだ》ったアバズレ女どもは、こんな男の目くばせに乗るようなことはなかったけれども、まず大方の御婦人がたが、この男には無関心ではいられなかったらしい。

ところが、この男がこれと目をつけて話しかける相手は、貞淑な人妻か、さもなければ無垢《むく》な娘にかぎられていたので、まさかこの変人が自分のほうから名のりをあげて話しかけるとは、だれも知らなかったのである。そのくせ、かれはなかなかの弁達者《べんだっしゃ》だという評判であった。その弁達者、口前のよさが、持ちまえの変人めいた性格のいやらしさをカバーしたものか、あるいは、悪徳・不品行は大きらいらしいその態度にみんなが動かされたのか、そこのところはどっちだかわからないが、いずれにしろかれが、女の家庭的美徳を売り物にしている婦人たちのあいだに、それとはまったく逆の、わが身の不品行ゆえに家庭的美徳を汚している悪女たちのなかにいたと同じくらい、しばしばいたことは事実であった。

ちょうど同じころ、オーブレーという名前の若い紳士が、ロンドンへやってきた。かれはたった一人の妹とともに、まだいとけない子供の時分に亡くなった両親から、ばく大な財産をのこされた、みなし児であった。いくにんかの後見人がいたけれども、これはもっぱら遺産の管理だけを自分の務めとかんがえている連中で、それよりもだいじな遺児の精神教育は、金でやとった教師どもにまかせっきりで、とんと顧みないでいたあいだに、当のオーブレーは、判断力よりも想像力のほうを多分に身につけるようになった。そこからかれは、廉直と率直の高邁でロマンティックな感情をいだくようになった。じつは、この廉直と率直が、こんにち、多くの婦人帽子屋のお針子たちを日に日に堕落させているのである。

かれは浮生《ふせい》の万民はことごとく善行美徳に共鳴するものと信じ、悪徳とは小説稗史《はいし》に出てくるごとく、ただ場面の美しい効果をあげるために、神から投げあたえられたものだと思っていた。茅屋《ぼうおく》のみじめさは衣服にあり、衣服は暖をとるに足りればいいようなものの、そのふぞろいな襞《ひだ》や色どりの継ぎはっこうのほうが、かえって画家の目にはよく見えるのだと、かれは思っていた。要するにかれは、詩人の夢こそ、この世の現実だと考えていたのである。

男前はよし、気どったところはなし、それで金持と、こう三拍子そろっているのだから、はなやかな上流社会へ顔を出したりすると、たちまちかれは大ぜいの母親たちにかこまれて見えすいた世辞追従《ついしょう》でちやほやされる人気者になり、同時に若い娘たちからは、近くへ寄れば輝いた顔で迎えられ、口をひらけばさっそく寄ってたかって、かれの才能長所の誤った理解に、かれをおだてあげるといったぐあいであった。小説稗史は三度の食事よりも好きだったから、ひとりでいるときにはよく読んだものであるが、楽しい挿絵や記述のふんだんにのっているそういう書物から学んだものは、どれもこれも、べつに幽霊が出たせいではなく芯《しん》を切らないためにチラチラまたたく蠟燭《ろうそく》の灯影のなかにあるだけで、現実の人生にはなんの根拠もないことを知って、かれは啞然とした。もうもう、夢なんか捨ててしまおう、そのかわりに、なに不足ないこの恵まれた浮世に、その埋め合わせを見つけようとした矢先に、前に述べた異様な人物が、これから世の中に出ようというかれの前をよぎったのである。

　オーブレーは、かの男に注目した。だが、まるっきり自分一人に凝《こ》りかたまっているような人間の性格など、どう考えてみようもない。しかも、おたがいに暗黙のうちに認めあう以外に、相手が外面的な観察のしるしも与えてくれないとなれば、これは交際を避けているものと見なければなるまい。そこでかれは、とかく突飛な考えに走りがちな、得意の想像力をはたらかせて、さっそく相手をロマンスの主人公に仕立て上げ、自分のまえにいる人物よりも、むしろ自分の空想が産んだものを見ることにきめた。そして、いちおう面識を得て、注意をはらっているうちに、先方もだんだんこちらを注目するようになり、オーブレーが顔を出せば、むこうでもすぐにこちらを認めるようになった。

　そうこうするうち、だいぶルスヴン卿の手元が不如意な事情などもだんだんわかってきたし、まもなく——街から、目下旅行の準備をしているという手紙をもらって、先方が旅に出ようとしていることを知った。それまでは、ただ好奇心をそそられていたにすぎなかったのだが、このいっぷう変わった奇人に関する知識をもう少し得たくなって、かれは後見人にそれとなく、ぼくもそろそろ旅行に出てもいい時分だろうと、かまをかけてみた。むかしから、若いものを一人前のおとなにするには、早いところ悪所《あくしょ》通いをさせるにかぎる、とかんがえられている。ただし、あまり外聞のよくない情事《いろごと》などは、たとえそれをあやなす手練手管《てれんてくだ》の腕のほどで、そいつはおみごと、豪勢だね、などといいそやされても、事、天に背《そむ》くようなことは、これは許されない。それを御承知のうえで、ということで、後見人も賛成してくれたので、オーブレーは飛び立つ思いで、さっそくルスヴン卿に自分の意向をのべると、意外にも、先方からその旅行に同道したいという申出を受けたのには、いささか驚いた。世間の凡くらどもとはおよそ類を異にするこの人が、それほどまでに自分のことを買ってくれていたのかとおもうと、悪い気持はしない。よろこんで、オーブレーは先方の申出を容れ、それから日ならずして、一行《こう》は海峡を越えたのである。

　これまでかれは、ルスヴン卿の性格を研究する機会が一度もなかったが、こんどこうしていっしょに旅に出てみると、相手の行動は大体自分の目にさらされているけれども、どうも行動の動機とはだいぶ違う結果がでてくるような結果になることがわかった。

　だいいち、この連れは、ずいぶん金づかいが荒かった。――遊び人、浮浪者、乞食などが、ほんの鼻もとの不如意を助けてもらうのに余りある多額の金を、かれの手からもらった。ひと口に貧乏といっても、行ないの正しいものにとかくついて回る不幸から起こる貧乏もある。しかし、ルスヴン卿が恵んでやるのは、そういう正直貧乏ではないと、オーブレーは指摘せざるをえなかった。そういう喜捨は、門口から軽蔑したような嘲笑をもって投げ与えられたが、飲んだくれどもがその日の糧を助けてもらうためではなく、酒代《さかて》をもらうため、つまり、罪の上塗りをさせてもらうために、なにがしかのものをねだりに来るようなときでも、かれは惜しげもなく、たっぷり恵んでやって追っ払った。これはしかし、そういうならず者に罪の上塗りをさせるのは、恵んでやる側にそもそも罪があるので、これはとかく口では堅いことをいって憤慨する人が、よく自分のひっこみ思案、はにかみ性からやることである。ただ、ルスヴン卿の慈善については、いまでもオーブレーの印象にのこっていることが一つある。それは、かれの喜捨にありついたものは、あとでかならず、その喜捨には祟《たた》りのまじないがかけられてあったことに気づいたことであった。それが証拠には、そういう連中は一人のこらず、絞首台にのぼるか、さもなければ、目もあてられないどん底の苦境におちるか、どちらかになったからである。

もう一つ、オーブレーが意外に思ったことは、一行が通過したブラッセルその他の都市で、ルスヴン卿が今はやりの悪徳の盛り場を、きまって鵜の目鷹の目で捜しまわったことである。賭けトランプをやるテーブルのあるようなところへは、のがさずはいって行く。そして、賭ければかならず大勝ちをした。ただし、こちらの腕を上越す名だたる商売人《ばいにん》を向こうにまわすようなときはこれは別で、そういうときには、儲けた以上のものをきれいさっぱりはたかされた。でも、いつもたいてい顔ぶれが同じだったところを見ると、自分のまわりの社会はふだんからちゃんと心して見ていたのであろう。そのかわり、若い無分別なトウシロや、家族を大ぜいかかえた一軒の家のあるじで、あいにくつきの悪いのと顔が会ったりしたようなときは、そうではなかった。そういうときには運命の法則こそがかれの望むところらしく、ポカンとした心は脇へおいて、目が半殺しの鼠をなぶる猫の目よりも烈《はげ》しい、燃えるような輝きをおびてくるのであった。どこの町へ行っても、かれは以前つきあっていたような裕福な若者や、自分が飾りになっていたような交際圏とはふっつり縁を切って、どこかの地下室の寂しいところへもぐりこんで、この博奕《ばくち》という魔の手のとどくところへ自分を引きずりこんだ運命を呪っていた。その一方には、昔はたんまりあった財産も今は鐚《びた》一文もなくなったおやじどもが、空腹をかかえた子供たちのもの言いたげな顔の並んでいるなかで、それだけあれば今のこのひもじさは満たせるはずのなけなしの金を賭けて、さながら半狂乱の体《てい》で坐っていた。そのくせ、こういうおやじは、勝ってもテーブルの上の金は一銭もとらない。その金も、たちまちのうちに、多くのおちぶれ者の手にかかってすってんてんになり、あげくの果てには、罪もない子供が震える手に握りしめている、最後の金までもぎりとってしまうのが落ちであった。これなどは、自分よりも場数を多く踏んだ者の巧妙さには、ぜったいに太刀打ちはできないという、ある程度の知識の結果なのだろうが。——オーブレーは、しばしばこのことを友人に言って聞かせ、どうせ喜捨をもらった者がみんな破産するのは目に見えていることなんだし、そのうえいっこうに自分のためにはならない、そんな施しや楽しみは、いいかげんにもう止めてくれといって、頼んでみようかと思ったけれども、けっきょくかれは一寸延ばしにそれを延ばした。というのは、この友人が、なんとかして正直に心をうちあけて話してくれる機会を与えてくれればいいがと、毎日かれはそれを待ち望んでいたからである。

しかし、ついにそれは起こらなかった。馬車に乗って、野外の豊かな自然の風光のなかにいるときのルスヴン卿は、あいかわらずいつも同じであった。目は口ほどに物を言うというが、かれの目は口よりも物をいうことが少なく、そのためにオーブレーは、せっかく自分の好奇心の対象がすぐ身近にいるのに、いつもあの謎を破りたいという空《むな》しい望みに、気ばかりあせりながら、より大きな満足を得たためしがなかった。そしてその謎は、ちかごろでは、なにか超自然めいた、怪奇な様相をさえおびるようになってきた。

まもなく、一行はローマに着いた。すると、ルスヴン卿の姿がときどき見えなくなった。なんでもイタリーのさる伯爵夫人の朝のつどいに出席するのだとかで、毎日、一人で出かけていく。オーブレーのほうは、そのあいだに、荒廃したよその町へ記念物をあさりに出かけた。そんなことをしているうちに、イギリスから手紙が幾通かとどいた。かれは封を切る手もおそしと開封した。まず、いの一番は妹の手紙、これは全文、愛情のことばで埋められていた。あとのは後見人からよこしたもので、それを読んでオーブレーは仰天した。かりにもし、前まえから、自分のつれには悪魔の力が宿っているということが、かれの想像のなかにはいっていたならば、おそらくその手紙の文面は、じゅうぶん信ずるに足る理由をかれに与えたことだったろう。後見人は、即刻その友人から離れるように力説し、その男の性格はたいへん凶悪なもので、とても避けることのできない誘惑力をもっており、その放埒癖《ほうらつへき》は社会に危険なものと目されている云々《うんぬん》、と勧告していた。

手紙によると、問題の男の姦婦に対する侮辱は、姦婦の性格への嫌悪から発したものではなく、手切れ金の増額を姦婦に要求したこと、そして共犯者である犠牲者は、傷つけられた貞操の頂点からおっぽりだされて、汚名と堕落の奈落《ならく》の底へ落ちた、というのである。要するに、その男が求めた婦人たちは、ことごとく、その貞操のために、かれの出発後、仮面をひんむかれ、犯した悪業の醜い全貌を公衆の目のまえに仮借《かしやく》なく暴露された、と報じていた。

問題の相手の性格は、今もってまだ注目するような鮮明なものを現わしていなかったけれども、オーブレーはこの際、かれときっぱり袂《たもと》をわかつことに腹《はら》をきめた。それには、もうしばらく相手を近くで注視し、別れることはけぶりにも気《け》どられぬようにしながら、相手を見捨てるための格好な口実をかんがえなければならない。そうかんがえて、オーブレーは、ルスヴン卿が出入りしている社交仲間のなかへもはいって行ってみた。

するとまもなく、ルスヴン卿がおもに足しげく出入りをしている家の、まだなにも知らないおぼこ娘に、しきりとかれが働きかけているのを見た。いったい、イタリーでは、上流社会の嫁入り前の娘に会えるなどということは、めったにないことである。してみると、ルスヴン卿はよほどむりをして、極内《ごくない》で計画をはこんだのにちがいない。ところが、かれのうろつくところを虱《しらみ》つぶしに克明に追ったオーブレーの目は、まもなく、その娘とルスヴン卿との密会がすでにとりきめられたことを知った。どうやらこれで、無分別だがまだ罪を知らない潔白な娘が一人、破滅の窮地に追いこまれることになるらしい。そこでオーブレーは、時をうつさず、ルスヴン卿の借りている部屋へ押しかけて行って、いきなりその娘についての当人の意向をただしてみると同時に、じつはきみと同じ晩に、自分も彼女に会うことになっているのだと告げた。するとルスヴン卿は、ぼくの意向といったって、それはまあ、そういうばあいに誰もが考えるようなものさ、と答えた。では、きみはあの娘と結婚するつもりなのか、と押してたずねると、それに対してはただ笑っているだけであった。

オーブレーは辞去すると、すぐに書面をしたため、本日限り、小生は約束の旅行の残りを、卿と行をともにすることをお断わりする、という旨を述べ、下男に命じてさっそくほかの貸し部屋をさがさせ、自分はかの令嬢の母人を訪ね、令嬢に関することのみならず、ルスヴン卿の性格についても、自分の知っているいちぶしじゅうを話した。こうして密会は妨害された。そしてその翌日、ルスヴン卿は先方の下男をよこして、袂をわかつことに異存のない旨を知らせてきたが、オーブレーが水をさしたために、自分の計画がお流れになったことについては、ひとことも触れてこなかった。

ローマを発つと、オーブレーは一路ギリシァに足をのばし、半島を横断して、まもなくアテネについた。アテネでは、さるギリシァ人の家に仮寓することにきめ、やがて、今では色あせた昔の栄えた日の記録を刻んだ、古墳や古跡めぐりに忙殺されだした。そうした記録は、むろん土中に深く埋めかくされ、あるいは麻布でいくえにも巻かれた、むかし奴隷の前だけで勝手放題をふるまった、公民たちの愚行を記録した恥ずべきものであった。

止宿した家の同じ屋根の下に、一人の美しい楚々《そそ》たる娘が住んでいた。画家のモデルをしている娘らしく、彼女の望みはキャンバスに、マホメットの天国の忠誠なホープとしての像を描いてもらうことだったが、誰が見てもその娘の目は、とてもこんな信心ぶかい心があるとは見えなかった。よく原っぱを踊り歩いたり、山道をピョンピョン飛び跳ねたりしているのを見ると、彼女のかぼそい美しさに人はカモシカをおもいだした。彼女と目をかわすと、なるほどいかにも生き生きとした目であったが、しかしそれはいかにも漁色家の好みに合いそうな、トロンとした、眠たげな動物の目であった。

イヤンテというこの娘の軽やかな足どりは、古跡あさりに行くオーブレーとよくいっしょに連れ立った。そして、無邪気で、無自覚で、若い彼女は、よくカシミヤ蝶などを夢中になって追いかけながら、オーブレーが眺めている目のまえで、まるで風にのって舞いでもするかのように、自分の美しいところを丸出しにして見せ、思わず小娘のようなその姿におもい入るオーブレーに、やっと判読しかけた碑面の文字を忘れさせることが、しばしばあった。そうやって、かれのまわりを跳ねまわっているうちに、つかねた髪がハラリと解けて、それが刻々にうつろいゆく夕焼け空の残照のなかで、古くさい古代文字など忘れてしまう口実になるほど、じつに美しく映《は》えるのである。そうなると、以前はポーザニアス（紀元二世紀のギリシアの地質学者）の一行を正解することが、それこそ命をかけての大事と思っていたその碑文さえ、つい頭から逃げ出していってしまう。それにしても、人間というものは、なぜ万人が美しと感ずるものを文字に書こうとするのだろう、だれも味解などできもしないくせに？——これこそは、まさに、人の大ぜい集まる客間や、息のつまる舞踏会などの感化をうけない、ほんとうの無垢と若さと美しさであった。

彼女は、オーブレーがのちの記念のためにと思って、あたりの古墳風景を写生しているそのそばにつっ立って、自分の生まれた土地の景色をながめながら、オーブレーの鉛筆の魔法のような出来ばえに見とれつつ、問わず語りにいろんな話をした。広い野原で踊る輪舞のはなし、そうかとおもうと年若い記憶の鮮烈な色彩をつかって、幼いころに見た、豪華な結婚の行列を描写してみせたりした。そのうちに、話題がもっと大きな感銘をうけた話になると、きまって彼女は、子供のころに乳母からきいた怪談ばなしをもちだした。その話をする彼女の熱の入れかたと、話のなかに出てくることがらをまっこうから信じている、その素朴な信仰が、オーブレーの興味をいたくそそった。彼女はよく、生きている吸血鬼の話を語った。生きている吸血鬼は、友達だの親兄弟や妻子のなかで何年でも暮らしているが、自分の血がだんだん冷えてくるので、毎年何ヵ月かの間は、命を永らえるために、美しい女の生命を食って、栄養をとるのだという。そんな根も葉もない気味の悪い想像を、オーブレーが一笑に付そうとすると、イヤンテは実在の老人たちの名前をあげてみせた。その老人たちは、親戚のものや子供四、五人に、この魔物の貪婪《どんらん》な食欲の烙印を見つけたのち、とうとう、自分たちのなかに生きている吸血鬼のいることを探り当てたのだという。それでもまだオーブレーが信じられない顔つきをしているのを見て、イヤンテは、頼むから自分の言うことを信じてくれ、吸血鬼の存在に最初は疑問をもった人も、動きのとれない証拠を見せれば、みんな否応なく、嘆きと落胆をもって、なるほど本当だと白状しているのだから、後生だからわたしのいうことを信じてくれといって、拝むように頼むのであった。そして彼女は、昔から言い伝えられているこの魔物のすがたや格好を、くわしく並べ立てた。オーブレーの恐怖は、ルスヴン卿にまったくそっくりの描写を聞かされたことによって、まえよりいくらか増したが、それでもかれは、きみの恐怖には真実性がまるでないといって、彼女を説得しようとした。が、そういいながらも、かれは、どうもルスヴン卿の超自然力を信じざるをえない心をそそる偶然の一致が多いような気がした。

オーブレーは、しだいにこのイヤンテという娘に心をひかれだしてきた。これまで自分が小説稗史のなかにさがし求めてきた女の貞淑さとは、まったく対蹠《たいせき》的な彼女の無心さが、かれの心情を征服したのである。かれは、イギリスの習俗のなかで育った一人の青年として、無学な一ギリシァ人の娘と結婚しようなどという考えを、滑稽におもう心が一方にありながら、しかもなお、目のまえにある仙女にちかい美しい女のすがたに、いよいよ愛着がつのるばかりであった。いっそのこと、この女から自分をひき裂いて、なにか考古学の研究プランでも立て、そしていざ出発したら、目的の達成するまで帰らないことにしようと、心ではそうきめながらも、いざとなると、自分の周囲にいくらでもある廃墟旧跡に注意を釘づけにすることができない一方、心のなかには、この女こそ自分の考えを正しくつかんでくれると思われる一つの映像が、いつもデンと控えているのであった。

しかし、当のイヤンテは、かれの恋ごころには気づいていなかった。彼女は、はじめてかれが知ったときと同じように、あいかわらず飾りけのないあけすけな孩児《ねんねえ》であった。いっしょに野に出て、ひとりで先に帰るようなときには、彼女はいつもかならずいやいやそうにして、別れるのを渋っていたが、それはオーブレーがスケッチに忙殺されていたり、時の破壊の手を免れた断碑の洗いに忙しかったりしたことも、あることはあったけれども、一つには、彼女が近頃、まえにはよく入り浸っていたモデルのおとくい先へぱったり行かなくなっていたからでもあった。

吸血鬼のことについては、イヤンテは、まえにも両親に問いただしてみたことがあった。そのとき、父も、母も、そこに居合わせた二、三人の人たちといっしょに、たしかに吸血鬼はいると太鼓判を押し、その言葉を口にしただけで、二人ともまっ青になって震えあがっていた。それからまもなく、オーブレーは四、五時間行程の遠足に出かけることをもくろんだ。すると、行く先の場所の名をきいた人達が、みな異口《いく》同音に、むこうで日が暮れたら帰って来ないでくれといった。あすこへ行くには、往復に、どうしてもある森のなかを通らなければならない。その森は、ギリシア人なら、どんなよんどころない用事があっても、日が暮れてからは絶対にはいらない、曰《いわ》くつきの場所だというのである。かれらの話によると、吸血鬼というものは、夜、血を吸いに出るものだが、その森道を夜になってから通った人は、かならずえらい目にあっているのだそうだ。オーブレーは人びとの主張を軽視して、一笑に付そうとしたが、その名を聞いただけでも血が凍るほどの凶《まが》まがしい魔物の力を、かれがそんなふうに馬鹿にしたというので、みんながガタガタ震えているのを見て、オーブレーも口をつぐんだ。

翌朝、オーブレーはただひとり、供もつれずに遠足に出かけた。出がけに、宿のあるじの浮かぬ顔を見て、オーブレーは意外な気がしたが、考えてみると、前夜、恐ろしい魔物の信仰を笑った自分の言葉が、主人の恐怖心をそそったことがわかった。——いざ出発というときに、イヤンテが馬のそばへきて、魔物が活動をはじめる夜にならないうちに、ぜひ帰ってきて下さいとせがむように頼むので、かれは堅く約束した。ところが、調査にわれを忘れていたせいか、よもやこんなに早く日が暮れるとは気がつかず、地平線のかなたに、夏雲がむくむく入道雲をせりだし、雨乞いをしていた村むらに、早くも沛然《はいぜん》たる慈雨を降らしだしたことにも気がつかずにいた。やがて、ようやくのことで馬にまたがり、遅れをとり返すために馬を急がせることにしたときには、時すでに遅かった。

南の国では、たそがれというものがほとんどない。日が沈めば、たちまち夜がはじまる。そして、オーブレーがまだ遠くも行かないうちに、夕立は早くも頭の上にきていた。殷《いん》いんたる遠雷の音は、ほとんど休むひまもなく、そのうちに大粒の雨が天蓋のごとき木の茂みをかきわけて、たたきつけるように降ってきたとおもうと、青い稲妻がさや形に走って、今にも落雷するかとばかり、足もとをピカッと照らした。馬はたちまち棒立ちになると見るまに、オーブレーは、クモ手に枝をさしかわす森のなかを、疾風のごとき早さで運ばれた。やがて馬はついに疲れて立ち止まる。閃々《せんせん》たる電光に、あたりを見れば、いつのまにか自分は雑木林にかこまれて、うず高く積もった落葉の山の上の、一軒の木小屋のそばに立っていた。そこで馬から下り、だれか町へ出る道を案内してくれる人でもいるか、さもなければ、にわかの夕立に雨宿りでもさせてもらえばと、一縷《いちる》の望みをかけながら、かれはその木小屋へ近よって行った。

近よっていくと、雷鳴は一時鳴りをしずめたかわりに、耳にきこえたのは、絹を裂くような女の悲鳴であった。そしてそれにまじって、なにやら息を殺して嘲笑《あざわら》うような声もきこえ、その二つが一つになって、きれぎれな音になってつづいている。かれはギョッと驚いたが、おりからまたもや頭の上で鳴りだした雷鳴の音に力づけられて、かれはいきなり小屋の戸を力まかせに押しあけた。中はまっ暗であったが、声をたよりにはいっていくと、どうも様子がおかしい。声をかけたのに、依然として悲鳴と冷笑の声はつづいたままで、人の来たことに気がつかぬらしい。と、そのとたんに誰かにぶつかったので、とっさにそいつに摑《つか》みかかると、「また邪魔しやがったな」と叫ぶ声につづいて、大きな笑い声がした。と思ったとき、オーブレーは、なにか超人的な力をもったものにはね飛ばされて、四つん這《ば》いに投げだされた。えい、どうせ命を売るなら、できるだけ高く売りつけてやれ！　そう覚悟をきめて、組みついてかかった甲斐《かい》もなく、相手は体当りでオーブレーをねじ倒すと、胸の上に馬乗りになり、両手で咽喉《のど》をしめあげた。と、その時、おびただしい炬火《たいまつ》のあかりが壁の穴からさしこんで、昼間のような明るさをあたえたのに、曲者《くせもの》はひるみ、やにわに立ち上がると、獲物をその場にのこして、入り口から一目散、立木の枝をバリバリへし折り、森をかきわけ破りぬけ、あと白浪と音もなく、――嵐もしずまった。

オーブレーは身動きもならずにいると、やがて表の数人がけはいを聞きつけて、ドヤドヤ小屋の中へはいってきた。炬火の光が泥壁にさし、見ると、一本一本わらで葺《ふ》いた屋根裏には、厚い煤《すす》がつもっている。オーブレーの頼みで、村の連中は、さきほどかれが悲鳴をききつけた女をさがしに行った。オーブレーはふたたび闇のなかに置き去りにされたが、やがて炬火の光がもう一度あたりを明るく照らしたとき、自分の美しい女案内者イヤンテのあの快活な姿が、命なき死体となって担ぎこまれてきたのを見たときのかれの驚愕は、そもいかばかりであったろう。オーブレーは眼を閉じて、すべてこれは、心みだれたおのれの妄想からおこった、一場のまぼろしであれかしと願ったが、ふたたび眼をひらいてみれば、やはり自分のかたわらに伸びている同じ姿を見た。女の顔には色がなく、唇にも色がなかった。しかもその顔には、かつてそこに宿っていた生命と同じように、いまは静止がはりついていた。――首と胸に血痕がついており、咽喉には血管を食い切った歯形のあとがあった。それを指さして、アッと恐怖に打たれた村びとたちは、口ぐちに、

「**吸血鬼だ！　吸血鬼だ！**」

と叫んだ。戸板の輿《こし》が手早くしつらわれ、オーブレーはつい今のさっきまで、自分にとってあれほど多くの明るく美しい夢をあたえてくれたのに、いまは命の花を胸に枯らして死んでしまった女のそばに、自分の身を横たえた。なにを考えていたやら、自分にもわからなかった。頭は唖になり、反省を避け、なにもない真空のなかに遁《のが》れかくれてしまったようであった。――いつとも知らぬまに、かれの手には、一振りの変わった細工のしてある、裸身の匕首《あいくち》が握られていた。それは小屋のなかで見つけた品であった。一同は、ほどなくべつの団体の人たちに出会った。それは、娘が帰らないのを母親が案じて捜しにきた人達であった。

町に近づくにつれて、その連中の嘆き悲しむ泣き声は、町じゅうの親たちに、恐ろしい惨事のあったことを知らせた。両親の嘆きは、もとより筆紙につくされないほどであったが、わが

子の死因を確認したとき、両親はオーブレーの顔をつくづくと見て、娘の死骸を指さした。
——どう慰めるすべもないままに、ほどなく二人の親たちは、傷心のあまり世を去った。

ベッドに寝かされたオーブレーは、高熱がでて、ときどき譫言《うわごと》をいった。そして譫言のあいまには、たぶん、ルスヴン卿とイヤンテに会っていたのであろう。どういう結びつきなのかよくわからぬが、オーブレーはしきりとルスヴン卿に、自分の愛するものから手を引いてくれといって頼んでいるようであった。かと思うとまた、頭にくった呪いの人形に祈りをこめて、彼女を殺した相手を呪っていることもあるらしかった。

ちょうどこのおりから、ルスヴン卿も偶然アテネの町に着いた。そして、どういうきっかけからか、オーブレーの容態を伝え聞くと、さっそく同じ宿に宿をとって、ずっとかれのそばに付き添った。オーブレーは譫言をいう錯乱状態からようやく脱すると、自分の枕元に、その人間の映像を「吸血鬼」の映像に結びつけていた当の人物がいるのを見て、胆《きも》をつぶすほど驚いた。ところが、ルスヴン卿のほうは、例のいんぎんな言葉で、二人が袂をわかつようになった自分の前非を悔いるような口ぶりを洩らし、以前にもまして細心な心づかいと、憂慮と、なにくれとない世話とによって、まもなくオーブレーに面と向かって、自分のほうから和解を乞うた。ルスヴン卿もだいぶ変わったようであった。まえにオーブレーが呆《あき》れ返ったような、冷酷無情な人間とは、もはや見えなくなった。

しかし、オーブレーの回復が濡れ紙をはがすように急速になったとたんに、相手はだんだんまたもとの料簡《りょうけん》に戻って、オーブレーの見たところでは、以前のかれとなんら違ったところもないように見受けられた。ただ、ときどきルスヴン卿の目が、意地の悪そうな微笑を口のあたりに浮かべながら、じっとこちらを見つめているのに出会うことがあり、なぜか知らぬがこの微笑が、しじゅうオーブレーの心にまつわりついて離れなかった。

病人の回復が最後の段階にはいったころ、どうやらルスヴン卿は、涼しいそよ風に寄せる波なき汐《しお》の動きを、——つまり、この宇宙世界でいうならば、動かぬ太陽を中心にした星辰《せいしん》の運行を見まもることに、しきりと心を傾けていたようである。——なるほど、そういえば、いやに人目を避けたがっているふうであった。

こんどのショックで、オーブレーの心はだいぶ弱気になった。まえにはあれほど顕著だった精神の弾力が、いまはまるで永久にどこかへすっ飛んでしまったようであった。近頃のかれは、ルスヴン卿と同じように、多分に孤独と沈黙を愛する人であった。ひとりぼっちになりたい気持は山やまだったが、しかしこのアテネの町の近くでは、かれの心は孤独に浸れそうもなかった。まえによく行った廃墟のなかにそれを求めても、そこへ行けばイヤンテの姿が自分のそばに立っている。森のなかにそれを求めれば、そこでもイヤンテの軽やかな足どりが、スミレの花をさがしながら、森の下草のなかを歩いているのが見えてくる。ふっとうしろをふりかえってみると、イヤンテの青ざめた顔と傷口のある咽喉が、やさしい微笑を唇にうかべながら、狂おしいような想像のなかに現われるのである。かれはもう、自分の心のなかにそういう苦い連想の生まれてくる風景と人の姿から、どこかへ逃げ出してしまおうと決心した。

病中、なにくれとなくやさしい看護をしてくれたルスヴン卿には、かれも少なからぬ恩義を感じていたので、どこかギリシァのうちで、ふたりがまだ見ていない土地へ行ってみたいがといって、ルスヴン卿に提言してみた。ふたりは諸所ほうぼう、あらゆる方角へ旅をした。そして思い出になるようなところを、くまなく捜し求めて歩いた。だが、そんなふうにそれからそれへと慌しく旅をつづけたけれどもどうやらふたりとも、べつに見るものなどはどうでもいいようなふうであった。追剝《おいはぎ》の出るうわさをあちこちで聞いたが、どうせそういう話は、嘘っぱちの危険にも護衛をたのむような大様《おおよう》な人たちをけしかける、酔狂な、人間のつくり話にすぎないとおもって、そういう報告はしだいに軽視するようになった。そんなことから、しまいには土地の人達のまじめな忠告まで無視するようになって、一度などは、むりに反対を押し切って、ほんの二、三人の護衛者――というより案内者――だけをつれて出かけたまではよかったのだが、さて道がとある狭い峡谷にさしかかり、見下ろす谷の底は急流の川床で、近くの断崖から落ちた巨岩大石が峨々《がが》塁々《るいるい》としているのを見たときには、さすがのふたりも、忠告を無視したことを後悔した。すると、一行が細い谷道にさしかかるかかからないうちに、いきなりすぐ頭の上を、鉄砲玉がヒューッと掠《かす》めたのに、一同、胆をつぶした。さっそくこちらも三、四挺の銃で応戦したが、護衛者たちはふたりをそこへ置いたまま、それぞれ岩のかげにかくれ、そこから玉の飛んでくるほうを目がけて、ドンパチ撃ちはじめた。

ルスヴン卿とオーブレーは、案内人のやったとおりのまねをして、谷間のひっこんだかげにしばらく隠れていたが、考えてみれば、敵は嵩《かさ》にかかって大声でどなりながら進んでくるのに、こっちはこのとおり敵に罐詰にされ、そのうえ、もしも敵が上へ登って、うしろから攻めてきたら、それこそ手も足も出ない、無抵抗な殺しにさらされてしまう。それが業腹《ごうはら》なので、ふたりは敵を見つけに同時に飛びだすことに覚悟をきめた。ところが、岩のかげから飛び出したとたんに、ルスヴン卿が肩に一発くらって、地べたに倒れた。——オーブレーは急いで助けに駆けつけたが、もうこうなれば、身の危険もなにもあったものではない。そのうちに、賊どもの顔がぐるりとかれを取り巻いたので、びっくりした。護衛の連中は、ルスヴン卿が撃たれたのを見ると、さっさと銃をすてて、ひと足さきに降参してしまった。

礼金をたんまり出すという約束で、オーブレーはまもなく賊どもに指図をして、怪我をした友人を最寄《もよ》りの小屋まで運ばせることにした。身のしろ金に同意したのだから、もう賊の前にいても安心であった。賊どもは、オーブレーが取りにやった約束の金を、仲間が持って帰ってくるまで、ただ小屋の入り口の張り番をするだけで満足していた。

——ルスヴン卿の体力は急激に弱り、二日目には傷口から脱疽《だっそ》をおこして、どうやら死は急ぎ足でやってくるかにみえた。そのくせ、そんな危篤の状態になりながら、動作やようすには少しも変わったところがなかった。まるで木か石にでもなったように、苦痛というものを全然感じないようであった。

でも、最後の晩が終わるころになると、さすがにようやく不安になってきたらしく、しばしばオーブレーの顔をじっと見つめるようになった。オーブレーもふだんに増す熱意をこめてなんでも助力を惜しまないから、言うことがあったら、なんでも言ってくれといった。

「きみ、力になってくれ！　きみなら、ぼくを助けられそうだ。いや、それ以上のことだってできそうだ。——ぼくのいうのは、命のことじゃない。自分の死ぬことなんか、こうして毎日過ぎていく日ほどにも、ぼくは思っちゃいない。きみには、ぼくの名誉を救ってもらいたいんだ。きみの友だちの名誉を救ってほしいんだよ」

「どうやって。——やり方をおしえろよ。ぼくは、なんでもするよ」とオーブレーはいった。

——

「なに、大したことじゃないんだがね。——ぼくの命は、いまどんどん退《ひ》いていっている。——全部の説明はいまできないけれども、——きみがね、ぼくのことで知ってることを全部隠していてくれれば、ぼくの名誉は、世間のやつらの口からしみをつけられないですむんだよ。——そしてね、もしぼくの死が、しばらくの間、イギリスで知られずにすめば——ぼくは——ぼくは——」

「大丈夫だよ、知らせやしないから」

「誓ってくれ！」と瀕死の男は、勝ち誇ったようにガバとはね起きながら、叫んだ。「金輪際《こんりんざい》、誓ってくれよ。きみの全霊、きみの全性をかけて、誓ってくれよ。いいかね、一年と一日だぜ。その間きみは、ぼくの犯した罪、ぼくの死についてきみの知っていることを、どんな方法だろうと、相手がどんな人間だろうと、どんなことが起ころうと、どんなことを見ようと、ぜったいに洩らさないことを誓いたまえ」

それをいうルスヴン卿の眼は、眼窩から飛びだすかと見えた。

「よし、誓う！」とオーブレーはいった。ルスヴン卿は笑いながら、枕に身を沈めた。そして、それきり息が絶えた。

オーブレーはすこし休もうと思った。でも、眠りはしなかった。ルスヴン卿と知りあってからのその時どきのさまざまなことが、群がるように心頭に去来した。そして、なぜか知らぬが、今のさっき約束した誓約のことを思い出すと、まるでなにか恐ろしい凶事が自分を待ちもうけている予感のように、全身に寒気が走った。

翌朝早く、かれは死骸をおいてきた小屋へはいろうとすると、中から出てきた賊の一人に出会った。賊のいうには、死骸はここにはない、ゆうべあなたが引き揚げたあと、仲間のものといっしょに、じき近くの山の頂上へ運び上げた。それは、あの旦那が死んだら、死骸はかならず月ののぼる最初の光にあててやると、あの旦那に約束したからだ、という。オーブレーは驚いて、さっそく賊どもを呼びあつめ、とにかく死骸の置いてあるところへ行って、とりあえず死骸をそこへ埋めることにした。ところが、山の頂上へ行ってみると、賊が死骸をおいたのはここだという岩の上には、死骸はおろか、衣類までが影も形もなくなっていた。オーブレーはしばらくの間、狐につままれたような心持でいたが、やがて小屋へ引き返してから、さては賊が衣類を剝いで、死骸はどこかへ埋めたのだなと悟った。

そんな恐ろしい不幸に会ったうえに、見ること聞くことが、なにか迷信くさい暗い感じをあたえる田舎に厭気《いやけ》がさしたので、オーブレーは早々にそこを去ることにし、そこからまもなくスミルナに着いた。スミルナで、オトラントかナポリへ行く便船を待つあいだに、かれは、現在自分の手もとに預っているルスヴン卿の遺品を、いちおう整理してみることにした。数ある遺品のなかに、どうやら多少とも犠牲者の死をまねくのに用いられたとおぼしい、凶器のはいった箱があって、中には幾振りかの短刀とトルコ人の用いる剣がはいっていた。

　そんなものをひっくり返して、珍しい形などを調べているうちに、オーブレーは、自分があわや死ぬところだった例の小屋のなかで見つけた匕首《あいくち》と、同じ飾りのついた鞘《さや》を発見して、おやっと思った。そして、からだがブルブル震えだしてきた。で、いそいで証拠の匕首のほうを捜してみると、その品が出てきた。変わった形の匕首だったが、それが今手に握っている鞘にぴったりはまったときのかれの戦慄は、いかばかりであったか、大体想像されよう。かれの目は、もはやそれ以上の確証を必要としないようであった。まるでその匕首に目が縛りつけられたように、ややしばらくかれはそれを凝視していたが、それでもまだかれは信じたくないと思った。が、形が変わっているし、それに、刀身に塗ってある色と鞘に塗ってある色がみごとな点でも、まったく同じなので、疑う余地はなかった。刀身にも、鞘にも、それぞれ血痕がついていた。

　スミルナを発つと、かれは一路帰国の途についたが、ローマに着いてまず第一に尋ねたことは、ルスヴン卿の誘惑の魔手から、自分がもぎりとろうとしたかの若い婦人のことであった。婦人の両親は、破産寸前の不幸に沈んでいた。そして、かんじんの彼女は、ルスヴン卿が旅に出て以来、杳《よう》として消息がしれないというのである。オーブレーの心は度かさねて繰り返されるかずかずの戦慄に、ほとんど壊れたようになってしまった。ひょっとするとあの若い婦人も、イヤンテを襲ったやつの血祭にあげられたのではなかろうかと、かれは心配になった。そして、言葉少なに鬱々《うつうつ》とふさぎこみ、今の自分のただ一つの務めは、二頭馬車を全速力で急がせることだとばかり、まるで愛する人の命を助けにでも行くように、ひたすら道を急いだ。

やがてカレーの港へ着くと、おりから海上は、かれの意志に従うように順風で、まもなくかれはイギリスの海岸に着いた。それから亡き父母の邸に急ぎ、そこで妹と抱きあい、たがいの無事を慰めあうと、しばらくは旅の記憶も忘れたようにみえた。この妹もつい先頃までは、まだ子供らしいあどけなさで、兄の愛情を得ていたのが、いまでは見たところから娘寂《むすめさ》びて、一人前の女になり、兄にとっては一人の友として、愛着はなおかつ前よりも増すものになっていた。

大体、オーブレー嬢は、客間にとぐろを巻いている連中に目をつけられたり、褒めそやされたりするような、そんな人目につくような派手な美しさをもった娘ではない。人のゴヤゴヤ集まった部屋の、瘟気《うんき》のこもった雰囲気のなかだけに存在するような、そんな軽佻浮薄《けいちょうふはく》な輝きなどは、どこに一つなかった。彼女の水色の目は、心の低い人間の軽薄さなどでは、けっして点火することはできなかった。彼女の目には、どことなく憂いをふくんだ美しさがあった。それはしかし不幸から生じたものではなく、より光輝ある世界を知っている魂を示す、ある感情から発する憂いであった。歩き方なども、蝶や花がひきつけるところを浮かれて歩くようなそんな浮いた歩きかたではなく、おちついた、慎重な足どりであった。一人でいるときは、顔が喜びの微笑で明るく輝くようなことは、めったになかったけれども、そのかわり、ひとたび兄が愛情の息吹《いぶ》きを吹きかけると、彼女の顔は、兄の安らぎを乱すような悲しみさえ、妹の前にいればつい忘れさせてしまうほどの和やかな笑顔になる。酒と色とに日を暮らしているような女の誰に、あのような笑顔がかわせるだろう？　そういうときの彼女のあの日、あの顔は、まるでそれが生まれた古里の光のなかで踊っているように見えた。

彼女はまだほんの十八歳で、まだ世間へお目見得には出ていなかった。後見人たちは、どうせ兄が保護者になるのだから、兄が大陸から戻ってくるまで、初のお目見得は延ばすことにしようと考えていた。そんなわけで、兄も帰ってきたことであるし、もうすぐ間近に迫っているこんどの謁見を、いよいよ彼女の「活舞台」にしようという相談が、後見人たちのあいだで、いましがたきまったところであった。

オーブレーはしばらくこの邸に留《とど》まるつもりでいたが、どうにもやりきれない憂鬱な思いが、日に日に募るばかりであった。自分が目撃してきた重ね重ねの事件で、気が滅入っているようなとき、見ず知らずの上流社会の連中のおべんちゃらなどに興味を感じることはできなかったけれども、妹の保護者ということになれば、自分の気ままは犠牲にする覚悟でいた。兄と妹は、まもなく、いよいよ明日ときまった謁見の予行準備に、町へ出かけた。

町はたいへんな人出であった。――このところ、だいぶ久しく謁見が行なわれなかったので、陛下のおんにこやかな龍顔を拝したがっている人びとが、みんなその方角へ急いでいた。オーブレーも妹とそこにいた。かれはとある片隅にひとりで立って、あたりの人びとには目もくれずに、ほかでもないこの場所で、ルスヴン卿にはじめて会った時の思い出にふけっていた。――と、ふいに自分の腕をつかまれたのを感じた。同時に、耳もとで、知りすぎるほど知っている声がささやいた。

「誓約を忘れなさんなよ」

ハッと思ったけれども、いずれは自分を殺すにきまっている幽霊を見るのが怖くて、ふり向いて見る勇気が出なかった。とそのとき、すこし離れたところに、かれがはじめて社交界へ出たときに、この場所で注意をひかれた姿とまったく同じ姿を、オーブレーは見た。かれは自分の足が自分のからだの重みに耐えられなくなるまで、茫然としてその姿を眺めていたが、やがてそこを通りかかった顔見知りの友人の腕をむりやりに取ると、人ごみのなかをかきわけ、馬車に転げこむように乗って、家に帰った。家に帰ると、部屋のなかをせかせかした足どりで歩きながら、まるで自分の思考が頭からはちくれ出るのを恐れるかのように、両手でしっかりと頭をかかえこんだ。ルスヴン卿がまたもや自分の前へ。――しかも、事は恐ろしい手順ではじまった。――匕首。――誓約。――かれは居ても立ってもいられなかった。

まさかそんなことが。――とても信じられない。――死んだ者が生きるなんて！　いやいや、これは自分の想像がしじゅう心を離れない幻影をつくりだしたのだ、とかれは思った。あんなことが現実にあるわけがない。そこでかれは社交界へまた顔を出すことにした。というのは、さっきはルスヴン卿のことを人に尋ねようとしても、名前は口まで出かかっているのに、どうしてもそれがうまく言葉になって口から出なかったからである。

それから二、三日たった夜、かれは近い親戚の集まりへ妹をつれて行った。妹の保護を年長の婦人に頼んでおいて、かれは休憩室にはいって、ひとりで考えに耽《ふけ》っていた。やがて大ぜいの人達が部屋を出ていくので、自分も起《た》って別室へ行ってみると、そこに妹が四、五人の人にかこまれて、なにか話に花が咲いているようすであった。で、自分もそのそばへ行こうとした時、だれかにちょっと退《ど》いてくれといわれたので、ふり向いてみると、ナント、目の前に自分の最も忌み嫌う顔がヌッと現われた。かれはいきなり前へとび出すと、妹の腕をひっつかむなり、大急ぎで表の通りのほうへグイグイひっぱって行った。玄関のところで、お偉方の着到を待っている召使の群れに押し止められたが、それをふみ切って通り抜けようと揉みあっていると、またもや耳もとで囁く声をきいた。

「誓約を忘れなさんなよ」

オーブレーはもうふり返る勇気もなく、妹を急がせて、まもなく家にたどりついた。

オーブレーは気も狂わんばかりになった。たとえ以前、かれがなにか一つのことに夢中になった時があったとしても、まだまだ自制力があった。ところが今は、怪物の生きている確証が、心にのしかかっているのである。妹の注意などかまっていられなかったし、あんな突拍子もない行動をなぜしたのか、そのわけを説明するように妹がしむけてみても無駄であった。妹は兄が二言三言いっただけで、おびえあがってしまった。

考えれば考えるほど、かれは迷うばかりであった。例の誓約を思い出し、いまさらのように愕然とした。あの時あんなことを誓ったのが、あの怪人物の跳梁《ちょうりょう》をほしいままにしたのだろうか？　あの男が親密になった連中に、やつの囁き一つに破滅を負わせながら、その進展を自分は妨げなかったことになるのか？　だけど、よしんば自分が誓約を破って、自分の考えてい懸念《けねん》を人に披露したとしても、一体だれが自分のいうことを信じてくれるか？――かれはあのような卑劣な男の手に世間が被害をこうむらぬよう、なんとか自分の手で食い止めてやることを考えたが、しかし、死はすでに嘲弄の手をのばしているのだ……こんな状態で、それから幾日かの間、かれは部屋に閉じこもったきりで、だれにも会わず、食事も妹がくればするというふうであった。妹は涙を流して、兄のために、なんとかして元気を保ってくれるように、手を合わせて頼んだ。

そのうちに、とうとうかれは、もうこれ以上ひとりでじっとしているに耐えられなくなって、家をとびだし、自分につきまとって離れないまぼろしの消え去ることを願いながら、町から町をうろつき歩いた。身なりなんかもかまわなくなり、日中帽子もかぶらず、夜は夜露に濡れしょびれたまま、当てもなくうろうろほっつき歩いた。まるで人が変わったように、ちょっと見てもわからないくらい、すっかり見る影がなくなってしまった。はじめのうちは、日が暮れると家に帰ってきたが、しまいには、疲れればどこへでもゴロリと横になるようになった。妹は兄の身を案じて、家の者にあとをつけさせてみたが、当人は、何よりも足早に自分を追いかけてくるもの――思考から逃げて行くのだから、その足の早いことといったらない。追手の連中はすぐに撒《ま》かれてしまった。

ところが、かれの行動がとつぜん変わった。久しく顔を出さないのだから、友人の連中――仇敵をも含めて――が、みんな自分に気がついてくれない。このことに気づいたので、オーブレーはふたたび社交界に出て、敵を身近に監視し、誓約なんかどうでもいいから、ルスヴン卿が馴れ馴れしく近づく相手には、片っぱしから警告を発してやろうと肚《はら》をきめた。しかし、そういう部屋へかれがはいっていくと、窶《やつ》れはてた胡乱《うろん》なかれの姿に、並みいる人達はみな驚いて、ソワソワと落ちつきのない心の震えを丸出しにするので、しまいには妹までが、兄さんがせっかく御執心の社交界だけれど、どうかわたしのために、ああいうところへ出入りするのは遠慮してくれといって嘆願した。後見人たちも、そういってやるのが当然だと考えた。しかし、この忠告もいっこうに効き目がなかった。それを見て後見人たちはオーブレーの両親から年来受けてきた信頼に酬《むく》いるのは、この時をおいてはないと考えたのである。

毎日出歩く際に、怪我や災難にあわれては困るし、世間さまに馬鹿と思われるようなざまもさらさせたくないところから、家の人達や後見人たちは、医者を一名邸内に住みこませて、若主人の監視と世話を怠らなかった。当人はそんなことにはいっこう無関心なようすであった。かれの頭は、今や一つの恐ろしいことに占められていたのである。オーブレーの支離滅裂は、ついにはなはだしいものになったので、かれは自室に監禁された。その監禁室で、どうかすると幾日も寝たきりで、起きられないことがしばしばあった。しだいに衰弱してきて、目がガラスのような光をおびるようになり、情愛や記憶らしいものは、妹がはいってきた時だけに、おのずから発動するにすぎなかった。そういうときには、どうかすると起《た》ってきて、妹の両手をとり、咎《とが》めるようなきびしい顔つきをして、自分にさわられるのを厭がった。

「兄にさわらないで下さい。わたしを愛していると思ったら、どうか兄に近寄らないで下さい！」と、兄のことを案じてくれる人に妹がそういうと、兄はそばから、「ほんとだ！　ほんとだ！」とうなずいて、そのまままた、妹でさえ起こすことのできない深い眠りに落ちてしまうのであった。

そんな状態が幾月もつづいた。すると、年の瀬が近づいたころ、かれの乱心はだいぶ治まって、発作の間が遠くなり、一時のような苦虫を嚙みつぶしたような陰気なところが、拭いて取ったようにきれいになくなったのはいいが、そのかわりに、日に何度となく、自分の手の指の数を一本一本勘定してはニヤニヤしているのを、後見人たちが見るという騒ぎになってきた。

その年も、余すところあと一日となった大つごもりの日、後見人の一人がかれの部屋にきて、オーブレーの憂慮すべき容態について相談をはじめた。ちょうど、妹の婚礼の日が明日に迫っていたのである。すると、オーブレーはとつぜん耳をそばだてて、妹の縁組の相手は誰だといって、案じ顔にたずねた。家の者は、もう永久に剝奪されたものと思っていたかれの知能が、ふたたび戻ってきた印だと喜んで、妹の結婚の相手は「マースデン伯」だといって、名前をおしえた。オーブレーは、妹の結婚の相手が、まえに社交界で自分も面識を得たことのある若い伯爵だと知ると、たいへん喜んで、自分も結婚式にはぜひ出席するから、妹に会わしてくれ、といいだしたので、一同はあいた口がふさがらなかった。

家の者はそれには即答しなかったが、妹はまもなく兄のところへ会いにやってきた。そのときは、どうやら傍目《はため》にも、妹の愛らしい笑顔の力で、兄にもふたたび情愛がもどってきたようにみえた。なぜというのに、兄は妹を自分の胸にしっかりと抱きしめて、妹の頰に口づけをしてやったからである。妹の頰は、愛情がもういちど生き返った兄の上を思って流れ落ちる涙に濡れていた。兄は全心の温情をこめて妹にことばをかけ、身分といい教養のほどといい、まことに申し分のないりっぱな人のもとに縁づくことになって、ほんとに目出たいといって、祝いのことばを述べた。

そのとき、ふとかれは妹が胸にかけている胸飾りに目をとめ、なにげなくそれを開いてみて、アッと驚いた。胸飾りのなかにかれは自分の生命に長いこと影響を与えている、かの怪人物の顔を見たのである。たちまち怒り心頭に発して、狂気のごとくその胸飾りを鷲摑みにしたオーブレーは、あわやそれを足下に踏みつけようとした。あっ、わたくしの未来の夫《つま》の似顔絵を、なぜそのように……といぶかり尋ねる妹の顔を、狂える兄は見定めもつかぬふうにジロジロ眺めていたが、やにわに彼女の両手を握ると、血走った乱心者の目《ま》ざしで妹をハッタと睨みつけ、この化け物とは金輪際《こんりんざい》結婚せぬと、さあ、今ここでこの兄にきっぱりと誓え、といきまいた。それから先は言うことができなかったのは、どうやら例の声が、またしてもかれに誓約を思い出させたからだったらしい。かれはルスヴン卿が自分のそばにいるものと思って、クルリとうしろをふり向いたが、だれもいやしなかった。

まもなく、様子を聞きつけて、さてはまた逆上したなと思った後見人と医者がドヤドヤはいってきて、むりやり妹から兄を引きはなし、兄上をそのままにしておいてあげてくれといった。オーブレーは、どうか一日だけ式を延ばしてくれと、手を合わせて頼み入った。医者も後見人も、これはまた気が狂って、見境いがつかなくなったものと思って、しきりとなだめすかしながら、部屋を出て行った。

これよりさき、ルスヴン卿は謁見のあった翌朝、いちどオーブレーの邸を訪ねてきたのであるが、そのときは他の来客といっしょに面会を謝絶された。かれはオーブレーが病気だという噂をきくと、すぐに病気の原因は自分だなとわかったが、その後気がふれたらしいと聞いたときには、その知らせをもたらした人達の前で、明らかに昂奮と喜びをかくしきれなかった。そしてさっそく旧友の家へ駆けつけて、つききりで看護をし、オーブレー嬢の令兄には絶大の愛情をいだいているふりをして、ほんとにふしぎな御縁だなどといって、しだいにオーブレー嬢の耳を言葉たくみに説得した。この男の魔力に、だれが抵抗できるものがあろう？　かれの舌三寸には危険なものがあり、あとで勘定しなおさないとわからないところがあった。自分のことを語るときには、この人間で埋まっている地上で、自分の言い寄った女以外には、自分はだれにも同情をもっていない男だと、うそぶくし、――オーブレー嬢を知ってからは、たとえば彼女のおっとりとした言葉の抑揚を聞くだけでも、自分の存在をどれほど大事にしていかなければならなくなってきたか、などと抜けぬけと言う男であった。――要するに、かれは蛇の妖術をよくこころえた男なのである。あるいは自分が女の愛情をせしめたという、その運命の意志のようなものを、じつによく心得た男なのである。総領の分家ということで、とうとう爵位も自分に落ちて、大使の要職にありつき、一つにはそれが（花嫁の兄の発狂という事情があったにも拘《かか》わらず）婚儀を急がせた口実にもなったのであった。晴れの婚儀は、かれが大陸へ鹿島立つ前日に行なわれることになった。

さて、オーブレーは医者と後見人が部屋を出て行ってから、召使を買収しようと試みたが、これはむだに終わった。かれは紙とペンを持ってきてくれと頼み、それをもらうと、妹に手紙を書いた。それは妹に、彼女自身のしあわせと名誉と、それからむかし彼女を腕に抱いてくれ、今は地下に眠っている亡き父母の名誉をよく考えるように、彼女にまじないをかける手紙であった。わが一族の希望は、この呪われた結婚をほんの数時間延期することにある。——そういって、まじないをかけたのである。召使はかならずその手紙をお届けすると約束し、それを妹に渡さずに、医者に渡した。医者は、気違いの考えた痴言《たわごと》なんぞで、いまさらオーブレー嬢の心をこれ以上悩ますことはないと考えた。その夜は、多忙な邸の人達に休むひまも与えずに、更《ふ》けて行った。オーブレーは、口に言うより頭で考えるほうが易い不安と、恐怖をもって、忙しい準備の音を聞いていた。

やがて朝になり、馬車の音が耳にひびいてきた。オーブレーはもう半狂乱であった。召使たちの物見高さも徹夜の眠けには勝てないとみえて、オーブレーのことを頼りない婆やに見張りをさせたまま、一人去り、二人去り、みんなコソコソ寝に行ってしまった。オーブレーはこの時とばかり、いきなり監禁室からとび出すと、ほとんどの家人がみんな顔をそろえている客間へはいって行った。最初にかれのことを見つけたのは、ルスヴン卿であった。かれはツカツカとオーブレーに近づくと、いきなり有無を言わせず腕をつかみ、そのまま部屋からひきずり出した。そして階段を下りながら、オーブレーの耳もとでささやいた。

「誓約を忘れるなよ。いいか、きみの妹は、おれの花嫁に今日ならんと、操《みさお》を汚されるんだぞ。女なんて弱いものさ！」

そういいながら、ルスヴン卿は、ちょうどその時婆やに起こされて、若主人のことを捜しにきた召使のほうへ、オーブレーを力まかせにグイと押しやった。オーブレーはもはや、自分で体を支えることすらできなかった。かれの憤恚《いかり》は、はけ口を見つけることができずに、かれの血管を破った。そして、ベッドに運ばれた。

このことは、かれの妹には知らされなかった。兄が客間へはいってきたときには、医者が興奮させるのを心配して、ちょうど彼女はそこに居合わさなかったのである。婚儀はおごそかにとり行なわれ、新郎新婦はロンドンを発った。

オーブレーの衰弱は刻々に増した。出血は、死が間近に迫っている兆候をあらわした。かれは妹の後見人たちを呼んでくれといった。そして十二時を打つと、さきに読者がかれの手紙で読まれたようなことを、落ちついて述べてから、そのあとまもなく息をひきとった。

妹の後見人たちは、オーブレー嬢の身を守るために急いだが、かれらが先方に着いたときには、時すでに遅かった。ルスヴン卿の姿はすでに見えず、オーブレーの妹は、「**吸血鬼**」の渇きを満腹させたあとだったのである。

塔のなかの部屋

E・F・ベンソン

E・F・ベンソン　Edward Frederic Benson (1867–1940) ――カンタベリー大主教エドワード・ホワイト・ベンソンの三男として生まれた。兄アーサー・クリストファー、弟ロバート・ヒューにも怪奇小説の創作がある。ケンブリッジ大学の文学会ではM・R・ジェイムズの薫陶も受けた。上流社交界をスキャンダラスに描いた小説 *Dodo* (1893) で流行作家となり、**Mapp and Lucia** シリーズや伝記、自伝などその著作は多岐にわたるが、本邦ではもっぱら四冊の短篇集にまとめられた怪奇小説で知られている。吸血鬼、怪物、幽霊、魔術など多彩な題材を取り上げ、「だいたいが〈ヴィクトリアン＝エドワーディアン〉の流行作家だから、地道な筆で手堅く叙述していくという方で、その点どれを読んでもソツがなく安心して読める」「スプーキーな雰囲気を積み上げていく段どりも堂に入ったものだし、やはりその道のヴェテランである」、ベンソンが好きな人は「心から怪談好きなのだろう」（恐・上）と、平井呈一もその職人的手腕を認めている。「塔の中の部屋」"The Room in the Tower" は第一怪奇小説集 *The Room in the Tower, and Other Stories* (1912) の表題作で、「アムワース夫人」と共に吸血鬼小説アンソロジーでは定番の作品。平井は他に「いも虫」「チャールズ・リンクワースの懺悔」の翻訳を手掛けている。

ふだん、常習のようにしょっちゅう夢を見ている人には、よくそういうことがあるらしいが、とにかく、夢のなかでおこったある出来事の経験、もしくは、睡眠中に頭にうかんだ一連の状況のそのあとのことが、そのまま現実の世界のなかで、目《ま》のあたりに現われることが、よくあるようだ。

もっとも、わたしに言わせれば、こんなことは不思議なことでもなんでもない。だいたい、われわれの見る夢というものは、ふだんこちらが知っている人間、見なれている場所に関係がある以上、そういうことが目のさめている時、つまり白昼の世界で起こるのは、ごくあたりまえのことであって、かりに今いうような現実が稀にしか起こらないとしたら、そのほうがよっぽどおかしいくらいなものだ。なるほど、そういう夢は、しばしばなにか途轍《とてつ》もない、幻想的な出来事でいきなりはじまるが、そのあとの結末なんてものは、ぜんぜん考えていやしない。ただ、いくつかの偶然を想定したばあい、夢の常習者の想像した夢が、たまたま事実になることは、ぜんぜんないこともなさそうである。たとえば、先頃、わたしもそういう自分の見た夢のあとのつづきを経験したことがある。べつに大した夢でもないし、とくに心霊的な意味があるとも思えないが、だいたい次のような次第である。

わたしの友人で、外国に住んでいるものがいる。わりかし愛想のいい男で、二週間に一回ぐらいずつ手紙を送ってくる。そんなわけで、たよりをもらってから十四、五日もたつと、意識するしないは別として、そろそろもうやつから手紙のくる時分だなと、自分でも待ち受ける心持になる。

先週のある晩、晩餐の着がえに二階へあがっていく夢を、わたしは見た。夢のなかで、ふだん醒めているときよく聞くように、郵便配達夫が玄関のドアを叩く音がきこえたから、わたしは階段の中途から踵《きびす》をかえして、階下へおりて行った。郵便物のなかには、友人の手紙もまじっていた。ここからあとが幻想にはいるのだが、手紙を開封すると、なかにトランプのダイヤのエースが一枚はいっていて、その表に見なれた友人の筆蹟で、

「イタリアでは、ダイヤのエースを持っていると、思わぬ冒険をするといわれているから、お、い、まもりにこれを送る」

と走り書きがしてあった。

あくる日、夕方着がえに二階へあがりかけると、郵便配達夫のノックする音がしたので、わたしは前の晩、夢のなかでしたとおりのことをした。ほかの郵便物にまじって、友人の手紙があった。手紙には、ダイヤのエースははいっていなかった。もしはいっていたら、わたしは、それだけではただの暗合としか考えられないそのことに、もっと重要性をくっつけたろうと思う。意識的にも無意識的にも、わたしは友人から手紙のくるのをたしかに待ち受けていたんだ

から、それでそんな夢を見たのにちがいない。同じように、友人が二週間わたしに手紙を書かずにいたという事実は、友人に、手紙を書かなければいけないことを暗示したのだ。

でも、ときには、そういう解釈がたやすくすぐにつかない場合もある。たとえば、次のような話は、なんともわたしには説明のつけようがない。まるでいきなり闇から出てきて、そのままままた闇のなかへ消えていってしまったような話だ。

わたしは生まれてこのかた、まるで習癖みたいに、つねに夢を見つづけてきている人間だ。朝、目がさめて、前の晩なにかしら心的経験をしたことに気づかない日は、まずほとんどない。どうかすると一晩中、目のくらむような冒険の連続が身にふりかかることもある。そういう冒険は、ときにはつまらないのもあるけれども、ほとんど例外なく楽しいものだ。ところが、これから話すのは、その例外のやつである。

その夢をはじめて見たのは、たしか十六歳ぐらいの時だったが、以下はその夢の話である。夢は、わたしがある一軒の、赤煉瓦《れんが》づくりの大きな家の玄関の前に、荷物をおろしたところからはじまる。なんでも、わたしはその家に泊まることになっているらしい。玄関をあけた召使の男が、只今お庭でお茶がはじまっておりますといって、わたしの先に立って、天井の低い、腰羽目をまわした、大きな暖炉のある、暗いホールをぬけ、ぐるりに花壇のある、緑のせいせいした芝生の庭へ案内してくれた。芝生のテーブルのまわりに、小人数の人たちが集まっていたが、そのなかの一人を除いて、あとはみんな知らない人ばかりだった。その一人というのは、ジャック・ストーンという、わたしの学校友だちで、むろんここの家のむすこで、わたしのことを父母と二人の妹に紹介してくれた。いまでも憶えているが、わたしは、自分がここの家にいることがなにか意外であったというのは、問題のジャックという少年は、わたしのほとんど知らない子で、むしろ、かれを知っていることに、わたしは嫌悪を感じているくらいであった。それにかれは、かれこれ一年ほど前に、学校をおりていた。

とにかく、やけに暑い日で、耐えられないほどの息苦しさだった。芝生のはるかはずれに、赤い煉瓦塀が立っていて、そのまんなかに鉄の門があり、門の外にクルミの木が一本立っている。われわれは、ずらりと並んでいる細長い窓の列と向かいあった家のかげに坐っていたが、窓のなかには卓布をかけたテーブルが見え、グラスや銀器がキラキラ光っていた。家の正面にあるこの庭は、奥行きがだいぶあって、その奥に、三階建ての塔が立っていた。ほかの建物よりも、この塔はだいぶ古いもののように見えた。

まもなく、ほかの連中と同じように、さっきから黙りこくって坐っていたストーン夫人が、わたしに向かって言った。

「あとでジャックがお部屋へご案内しますわよ。あなたには、あの塔のなかのお部屋をとっておきましたからね」

自分でもよくわからないが、この言葉を聞いたとたんに、きゅうにわたしはふさぎこんでしまった。あの塔のなかの部屋が自分にあてがわれるのは、まえからわかっていたような気がしたし、あの部屋には、なにか恐ろしい、意味深げなものがあることも、まえから知っていたような気がした。そのとき、ジャックがいきなり立ちあがったので、こいつのあとからついて行かなければいけないな、と思った。二人は黙ってさっきのホールをぬけ、いくつも曲がり角のあるオークの大階段をあがって、小さな踊り場へ出た。踊り場には戸口が二つあった。ジャックがその一つをわたしのために明けてくれて、自分はなかへはいらずに、わたしだけなかへ入れて、あとの扉をしめた。わたしは自分の推測の正しかったことがわかった。案の定、部屋のなかには怖ろしいものがあった。そして夢魔の戦慄が疾風のごとくにふくらみ、わたしはそれにすっぽりと包まれ、恐怖の発作のなかで目がさめた。

ところで、この夢、あるいはそのヴァリエーションの夢はその後十五年間、ときおり間をおいては、わたしに起こるのである。今言ったのと全くおなじ形で出てくるばあいが、なんといってもいちばん多い。——そこへ着くと、芝生の庭でお茶、死のような沈黙につぐ死のような同じ文句、恐怖のひそむ塔の部屋へ、ジャックといっしょに登っていく。そして、かならずそれは、その部屋にある戦慄——それがどんなものだか、まだ見たことがないのだが——の夢魔で、いつも幕になるのである。

同じこのテーマのヴァリエーションを、べつの時に見たことも何度かある。たとえば、この夢をはじめて見たときに、窓ごしにのぞいた食堂で、みんなと坐って食事をしている。とにかくどこにいても、われわれがいるところには、いつもかならず同じ沈黙と、あの恐ろしいような息苦しい感じと、なにか不吉な予感が、かならずついてまわる。そしてその沈黙は、いつも判でおしたように、ストーン夫人がわたしに話しかける言葉——「あとでジャックがお部屋へご案内します。あなたにはあの塔の部屋をとっておきましたから」という言葉でかならず破られるのを、わたしは知っている。この言葉をしおに（これは、いつも変わらない）、わたしはジャックのあとから、幾つも曲がり角のあるオークの大階段をあがって、夢のなかで毎度訪れて、そのたびにだんだん怖くなってくる部屋へはいらなければならない。

そうかと思うとまた、目がくらむばかりこうこうたる大シャンデリアの灯った客間で、やはり黙ったまま、自分がカルタをしているときもある。なんのゲームをしているのか、全然わからないが、憶えていることは、悲しい予感とともにストーン夫人が椅子から立って、

「ジャックがお部屋にご案内してよ。あの塔の部屋をあなたにとってあるから」とわたしに言うことである。カルタをしている客間は、例の食堂の隣りの部屋で、ほかの部屋はいつもまっ暗なのに、ここだけはいつも灯火がこうこうとついている。そのくせ、これまた毎度のことだが、それほど光の花束が輝いているというのに、自分の持ち札をいくらためつすがめつして見ても、どういうわけか、いっこうに見えないのである。だいいち、カルタの図柄が変わっている。赤い色のは一枚もなく、ぜんぶ黒で、なかの何枚かは、裏も表もベタの黒だ。こんな札は嫌いだし、気味がわるい。

この夢は、なんども繰りかえし見るものだから、その家の大部分をわたしは知りつくしてしまった。客間のむこうの廊下のはずれには、緑色のラシャ張りの扉のついた喫煙室があった。ここはいつもまっ暗で、よくそこを通ると、だれだか見たこともない人が扉口から出てくるのとすれちがった。それからまた、夢のなかに出てくる人たちに、生きている人間に起こるのと同じような、いろいろ奇妙な発展が起こった。たとえば、ストーン夫人は、最初会ったときに

は黒い髪の毛だったのが、だんだん白いものがふえて灰色になってきたし、「ジャックがあとでお部屋へ案内します」とはじめて言葉をかけられたときには、元気よく椅子から立ちあがったのが、のちには、まるで手足から力が抜けてしまったように、元気なく、よろよろ立ちあがるようになった。ジャックも成人して、茶色の口ひげなんかはやした、少々人相のよくない若者になったし、二人いた妹の一人が姿を見せなくなったのは、結婚したのだとわかった。

そのうちに、たまたま、夢のなかで半年以上もこの家を訪れずにいたことがあった。わたしも、あんな言うに言えない怖い思いをしたので、いいあんばいにもうあの夢も消えてしまったのだと思って、ぜひそうありたいと願っていた。ところが、ある晩のこと、またまたお茶の接待に、あの芝生に案内された。すると、庭先にはストーン夫人の姿が見えないで、ほかの連中がみな黒い服を着ている。わたしはすぐにそのわけがわかって、きょうはたぶん、いつものあの部屋に寝ないですむなと思って、われながら胸がはずんだ。そして、いつもならみんなといっしょに黙りこくって、神妙に控えているのに、その日はほっとしたせいか、いつになくわたしはベラベラ喋ったり笑ったりした。といっても、その場の空気が愉快だったわけでは、けっしてなかった。ほかの連中は、あいかわらずだれも口をきかず、ただおたがいにコソコソ顔を見合わせているだけであった。そのうちに、自分の馬鹿げたお喋りも、いたずらにから回りをするだけで、まえに覚えたよりもさらに輪をかけた不安が、まるで灯火がだんだん暗くぼやけていくように、わたしの心をとらえだしてきた。

するとその時、だしぬけに、わたしのよく知っている声が、あたりの静けさを破った。その声はストーン夫人の声で、「ジャックがあとでご案内しますよ。あなたには塔の部屋をとっておいたから」と言っている。夫人の声は、どうやら芝生を囲んでいる赤煉瓦の塀の門のあたりから聞こえてくるようなので、そちらをのびあがって見てみると、塀の外には墓があって、墓石とおなじぐらいの厚さに、草の種がいちめんに蒔《ま》いてあるのが見えた。妙な灰色がかった光がそこからさし出ていて、こちらに一ばん近い墓石の文字がはっきりと読めた。――「ジュリア・ストーンの悪しき記念に」と記してあった。それからいつものようにジャックが立ちあって、わたしはそのあとからホールをぬけ、曲がり角の多い大階段をあがって行った。なんだかきょうは、そこらがいつもよりも暗くて、塔のなかの部屋へ通ったときには、なかの家具がやっとどうにか見えるくらいであったが、わたしは慣れているから家具の位置は暗闇でもわかった。部屋のなかは、なんだかものの腐ったような、いやな臭いがした。とたんに、わたしはキャッと叫んで目がさめた。

夢は、こうしたヴァリエーションと発展をもって、十五年間、中をおいては断続してきた。二晩も三晩もつづけて見ることもあった。一度などは、まえにもいったように、半年も中がとぎれたようなこともあったが、いちおう平均をとってみると、まあひと月に一回は見るといえる。すでにおわかりのように、この夢は、いつも同じような凄い恐怖でおわり、しかもその恐怖は、だんだんに弱くなるどころか、見るたびに新しい戦慄を加えてくるようなので、どことなく夢魔めいたところがある。それに、この夢には、へんに怖ろしいしつこいところがある。なかに出てくる人物は、前にいったように、ちゃんと年をとり、死や結婚がこの無声《サイレント》家族をおとずれる。ストーン夫人が死んでから、わたしは夢のなかで彼女を見たことがない。そのくせ、声だけはいつもわたしに、塔のなかの部屋が用意してあるといって告げるのである。そして、芝生でお茶をのんでいても、また、それを見下ろす部屋に場面がおかれているような時でも、わたしはいつも、鉄の門のすぐ外に立っている彼女の墓を見ることができるのであった。このことは、結婚した娘のばあいもおなじであった。ふだんは娘は姿を見せなかったが、一、二度、いずれゆくゆくは夫となるらしい男といっしょに、夢のなかに出てきたことがある。その男も、ほかの連中と同じように、ものを言わなかった。とにかく、しょっちゅう、夢のなかで繰りかえされるものだから、いつのまにかわたしは、起きているときには夢のことに、しちくどい意味をつけることをやめてしまった。ここ何年か、わたしはストーン夫人にはまるきり会っていないし、また、わたしの夢のなかに出てくるこの暗い家に似た家も、現実の世界では、一度も見たことがなかった。ところが、そのうちに、へんなことが起こったのである。

ことしは七月の末までわたしはロンドンにいたが、八月の第一週に、友だちがひと夏借りた、サセックスのアッシュダウン森林区の家へ、その友だちといっしょに泊りに行った。ジョン・クリントンというその友だちと、フォレスト・ロウ駅で落ち合うことになっていたので、朝早くわたしはロンドンを発《た》った。

昼間はゴルフですごし、夕方、かれの家へ行った。友だちは自動車《くるま》を持ってきていたので、日いっぱい愉快にすごしたのち、午後五時ごろ、十マイルばかりのところを自動車で出かけた。時間がまだ早かったので、われわれはクラブ・ハウスでお茶をのめなかったが、それは家へ着くまでお預けにすることにした。暑いことは暑かったが、カラリと爽やかだった空模様が、そのころからガラリと変わって、ドライブしているうちに、いやに蒸《む》し蒸しと息苦しいものになってきた。わたしは雷鳴のくるまえにいつも感じる、あのもやもやした、前ぶれのいやな気味合いを感じていた。ジョンはしかし、わたしがきゅうに快活さを失ったのを、ゴルフの試合に二度とも負けたせいにして、わたしの意見にはとりあわなかった。もっとも、わたしの気の滅入った原因が、その晩の雷雨のせいばかりとはわたしも思っていないが、とにかく、わたしの意見が正しかったことは、その晩起こった出来事が立証してくれた。

車は高土手のある細い道の底を走って行ったが、さして遠くも行かないうちに、わたしはぐっすり眠りこけてしまい、エンジンが止まったのでやっと目がさめた。見ると、いつのまにか自分が、夢のなかで見なれた家の玄関の前に立っているので、とっさにゾッとなった。怖くもあったが、怖いというより、奇異な感じがおもだったのだろう。自分はいまも夢を見ているのかしらと、半信半疑の気持で、友だちと天井の低い、オークの腰羽目をまわしたホールを通って、家のかげにお茶の用意のできている芝生へ出た。芝生には花壇があって、鉄の門のついた赤い煉瓦塀が一方をしきっており、門の外には、雑草のしげった空き地があって、そこにクルミの木が一本立っている。家の正面は奥行きがふかく、その奥に、ほかの建物よりも目立って古い、三階建ての塔が立っている。

ところが、ここのところで、自分がくりかえし見た夢との酷似は、プッツリ断たれた。今ここには、あのだれもものを言わない、へんな薄気味わるい家族は、一人もいなかったかわりに、しごく快活で朗らかな、みんなわたしの顔なじみの人たちばかりの集まりがあった。夢がいつもわたしを満たしてきた戦慄のかわりに、今ここには、そんなものをまったく感じさせない光景が目のまえに現出していた。だがわたしは、さてこれからはたして何が起ころうとしているのか、そのことにむしろ深い好奇心をおぼえた。

お茶のあいだは、楽しいコースがつづいた。まもなく、クリントン夫人が席から立ちあがった。その瞬間、わたしは彼女がこれから何を言いだそうとしているかが、わかっているような気がした。夫人はわたしに話しかけた。そしてその言ったことばは――

「あとでジャックがお部屋をご案内しますわよ。塔のなかのお部屋を、あなたにとっておきましたから」

それを聞いて半秒ほどの間、わたしはまたしても夢の戦慄にとらえられた。しかし、その戦慄はすぐにどこかへ消えて、もう一度わたしは、ほかならぬ深い深い好奇心をおぼえた。そして、その好奇心がじゅうぶん満たされるまでに、そんなに長い時間はかからなかった。

ジョンがわたしのほうにふり向いて言った。

「ここの家で、いちばんてっぺんの部屋なんだがね。居ごこちはいいと思うよ。なにしろ、今のところ、うちは完全に満員なんだ。よかったら、今から行ってみるかね？　いやしかし、きみの言うとおりだったな。そろそろ雷雨がやってくるぜ。だいぶ暗くなってきた」

わたしは席を立って、かれのあとについて行った。さきほどのホールをぬけ、いまではもうすっかりなじみになっている大階段をあがった。それから扉をあけて、なかにはいった。得体のしれぬゾクゾクするような恐怖が、わたしをとりこにした。なにが怖いのか、自分でもはっきりわからないが、ただ怖かった。と、そのとき、ふっとわたしは、自分の怖れているものがなんであるかを悟った。ちょうどそれは、久しく記憶から逸していた人の名前をふっと思い出す時のような、あの唐突な想起であった。そうだ、わたしはストーン夫人を怖れていたのだ。夢のなかでなんども見た「悪しき記念に」と不気味な文字を刻んだそのストーン夫人の墓が、ここの窓の下の芝生のすぐ外にある。そのうちに、怖い思いが嘘のようにきれいさっぱり消えたので、なにを怖がることがあったのかと、われながら不審な気がして、あたりに気がついてみると、あれほどなんども夢のなかでその名前を聞き、あれほどなんども夢のなかでなじみになっている、ほかならぬその塔のなかの部屋に、わたしはしらふで、しずかに、正気で坐っていたのである。

わたしは、なにか自分がここの主《あるじ》みたいな心持で、部屋のなかを見まわしてみた。夜ごとの夢のなかでよく知っている部屋のなかは、なに一つ夢と変わっているものはなかった。入り口のドアの左手には、壁ぞいにベッドが一台、壁のかどを頭にしてすえてあり、それと鍵の手に暖炉と小さな本棚がならび、入り口のつきあたりの壁は、格子のはまった二つの窓でぶちぬかれ、窓と窓のあいだに化粧台、四つ目の壁ぎわには、洗面台と大きな食器戸棚が並んでいる。洗面台と化粧台の上に、わたしの着がえと脱ぎすてがきちんと畳んでおいてあり、正餐用の服がベッドの上にひろげてあるところを見ると、荷物はすでに解いたものとみえる。

ふとそのとき、きゅうにわれ知れず狼狽したような心持で、ハッと思って見たものが二つあった。それは今まで夢のなかで見たことのない、それだけにいやに目に立つ品物であった。一つはストーン夫人の等身大の油絵で、もう一つは白黒で描いた、ジャック・ストーンのスケッチ像であった。ジャックは、つい一週間ほど前に見た夢のなかでは、なにか隠しごとでもしていそうな、人相のわるい三十男になって出てきたが、今ここで見るスケッチには、そういう胡《う》散《さん》くさいかれが描かれてあった。そのジャックの像は、二つの窓の間の壁にかかっており、ベッドのわきの壁にかけてあるもう一枚の肖像を、まっすぐに睨《にら》みすえていた。わたしはストーン夫人の肖像画を見ているうちに、もう一度夢魔の恐怖にとらえられた。

夫人の肖像は、わたしが夢のなかで最後に見た姿――年老いて、しなび衰えた、白髪あたまの彼女が描いてあった。しかし、からだは見た目に弱よわしいくせに、なにか気味わるいような張りきった元気が――からだ全体に毒どくしくみなぎる豊満と、まがまがしくたぎる活力とが、いやに肌の色をつやつや光らせていた。そして、まがまがしいものは、ことにその目、――細い冷笑をおびた目から発しており、悪魔めいた口のなかでも、それが笑っていた。なんとなく顔全体に、ある隠微《いんび》な、凄愴《せいそう》な法悦めいた感じがあふれており、膝の上に組んでいる手なども、自分でおさえこらえている、とんでもない快楽に、わなわなふるえているようであった。画布の左のすみにサインがあるので、なんという画家が描いたものかとおもって、よくよく見たら、その文字は、――「ジュリア・ストーン自画像」と読めた。

そこへ入り口をノックして、ジョン・クリントンがはいってきた。

「どうだね、なにか足りないものあるかい?」

とかれはたずねた。

「足りないどころか、お景物までついてるよ」といって、わたしは壁の絵をさして見せた。

クリントンは、あははと笑って、

「人相のわるい婆さんだよ。おまけに、自画像ときてやがる。ちょっとうぬぼれが過ぎるよ、なあ」

「こりゃきみ、人間の顔じゃないよ。魔女のつら、悪魔の御面相だぜ」

ジョンは絵のそばへ寄って、ながめた。

「そのとおりだな。不愉快なんてもんじゃないね。ベッドのそばなんかへ掛けとく代物《しろもの》じゃないぞ。こんなものを枕元にかけて寝たら、ぼくなんざ魘《うな》されちまうな。よかったらはずしちまおうよ」

「そう願いたいな」

クリントンはベルを鳴らした。そして召使の手をかりて、三人して絵をはずすと、それを踊り場へはこび出した。そして、絵を壁のほうに向けて、寄せかけておいた。

「やれやれ、婆さん、なかなか重いや」クリントンは額の汗をふきながら、「なにか魂胆でもあるのかな？」

絵が意外に重いのには、わたしもじつは驚いた。返事をしようとして、なんの気なしに自分の手を見ると、手に血がついていた。かなりの量の血で、手のひら全体にべっとりひろがっていた。

「なにかで切ったんだな」
するとジョンがびっくりしたような声をあげた。

「あれっ、おれの手にもついてら！」

それと期せずして同時に、召使もハンケチを出して、手のひらを拭いていた。召使のハンケチにも、やはり同じように血がついていた。

ジョンとわたしは塔の部屋へもどって、洗面台で手を洗った。だが、ジョンの手にも、わたしの手にも、どこに一つ、ひっかいた跡も、切った跡もなかった。ふたりはそのとき、どうやら暗黙のうちに、このことは二度と口に出して言うまいと、おたがいに堅く黙契したようであった。わたしの場合は、自分が考えたくないある事が、おぼろげながら起こったのである。たんなる憶測にすぎないといえばすぎないけれども、しかしジョンにも同じことが起こったのである。それがわかったとわたしは思った。

予期した夕立はまだ一粒も落ちてこず、夕食をすますと暑さと息苦しさはますますひどくなってきたので、家の人たち（そのなかに、わたしもジョンもはいっていた）はあらかた、昼間お茶をのんだ芝生をかこむ小道に出て、涼んでいた。とっぷり暮れた空はまっ暗で、星かげ一つなく、月の光も空をおおう厚い雲をつらぬくことができなかった。庭に出ていた人たちも、一人減り二人減りして、女たちは早いところ寝室にひきあげ、男たちはこれも喫煙室か玉突場へ散って、十一時ちょっと前には、外にのこっているのは主人のジョンとわたしの二人だけになった。宵のうちから、なにかジョンが考えごとをしているなと、わたしは思っていたが、二人きりになると、さっそくかれは話しかけてきた。

「さっきね、あの絵をはこぶのを手伝った男ね、あいつの手にも血がついてたのに、きみ、気がついたかい？」と、かれは切りだした。「それでね、いましがたぼくは、あの男に手を切ったのかどうか聞いてみたんだが、案の定、切ったあとはどこにもないというんだ。さ、そうなると、あの血は一体、どこから出たんだろうね？」

わたしはそのことについては、金輪際《こんりんざい》考えまいと、自分に言いきかせていたから、さっきからそのとおりにしていたが、ことに寝る時分になって、あのことは思い出したくなかった。

「さあ、わからんな。とにかく、ジュリア・ストーンの絵がベッドのそばからなくなったんだから、おれはべつに気にならんよ」

ジョンは立ち上がって、

「しかし、おかしいな。へへへ、うっかりすると、きみはまた別のへんなことを見るぞ」

といっているところへ、ジョンの飼犬のアイリッシュ・テリアが、家の外へのそのそ出てきた。ちょうどわれわれのうしろのホールの入り口の扉があいていて、そこから細長い灯火の端が芝生の上を横切って、煉瓦塀の鉄の門のところへとさしていた。その門からは、クルミの木の立っている外の空き地へ出られる。ふとそのとき、わたしはジョンの飼犬が、怒りと恐怖に全身の毛を逆立てているのを見た。

犬は唇をまくって歯をむきだし、なにかに飛びかかるような身がまえをして、ひとりでウー、ウーと唸《うな》っている。そして、主人やわたしのいることにはいっこう気がつかぬふうで、芝生をわたって鉄の門のほうへと、全身をかたく緊張させながら歩いて行った。鉄の門の前で、犬はちょっと止まると、鉄棒の間からじっと外をうかがいながら、まだウーッと唸っている。と、やにわに犬は、いままで張りつめていた闘志をきゅうに捨てたらしく、ひと声長く遠吠えをあげたとおもうと、そのまま四つん這《ば》いに這いずるようなへんな格好をして、母屋《おもや》のほうへチョコチョコ引き返していった。

「あいつ、あんなことを日に五、六回もやるんだぜ」とジョンが言った。「なにか嫌いな、おっかないものでも見るんだね」

わたしは門の前まで行って、外をのぞいてみた。門の外の草の上を、なにか動いているものがあった。すると、とっさにはなんの音とも見当のつかぬ、妙な音がきこえる。わたしはその音がなんの音であるかを思い出した。それは猫がのどを鳴らす音だった。わたしはマッチをすって、ゴロゴロのどを鳴らしているものを見た。大きな水色のペルシァ猫であった。猫は、門のすぐ外のところを小さな輪をかきながら、尻尾を旗のごとくピンとおっ立て、足を高くあげ、なにか恍惚と酔い浸っているようなさまで、ゆっくり歩きまわっていた。目がらんらんと輝き、ときどき頭を地に擦るようにして草の葉っぱをクンクン嗅いでいる。わたしは吹きだした。

「なんだ、曲者《くせもの》の正体は、これかい。大猫がワルプルギースの夜を楽しんでるよ」

「そいつは、ダリウスという猫だよ」とジョンが言った。「昼間は半日、夜はひと晩中、そこを歩いてるんだ。いや待てよ、これはしかし、犬の謎の答えにはならんぞ。犬のトビーとダリウスは大の仲よしだが、猫の謎のほうはまだ序の口だぞ。ダリウスのやつ、そんなところで何をしてるんだろう？　だいいち、トビーのやつは怖くって震えあがってるのに、ダリウスのやつは、なんで喜んでいるんだ？」

わたしはそのとき、いま鉄の門から、あの不吉な墓碑銘のある白い墓を見た、夢の詳細をおもいだしていた。すると、ジョンの問いに答えもあえぬうちに、きゅうに盆を覆すような大粒の雨が沛然《はいぜん》として降ってきた。それと同時に、大猫は門の鉄棒の間をすりぬけると、雨宿りでもするのか芝生をすっ飛ぶように走って、母屋のほうへ駆けていった。そして玄関の前に坐りこむと、闇のなかをじっと睨んでいた。入り口の扉をしめるために、ジョンが中へ追い入れてやると、猫はしきりと前足でジョンにじゃれついていた。

ともあれ、ジュリア・ストーンの肖像画を廊下の外へ出したから、塔の部屋には、なにも怖いことはなくなった。なんだかきゅうに体がけだるく、眠くなってきたので、わたしは寝床にはいったが、もう手が血だらけになったことだの、犬と猫の妙なそぶりのことなどは、ぜんぜん興味がなくなっていた。枕元の灯火を消すまえに、わたしが最後に見たものは、ベッドのわきの、さっきまで肖像がかけてあった跡の、空白になった四角な壁の空間であった。そこのところだけ壁紙の色がもとの濃い赤い色になっており、そこ以外の壁面は、壁紙のいろが褪《あ》せていた。わたしは灯火を消すと、たちまち深い眠りにおちた。

眠りに落ちたのも早かったが、目のさめたのも早かった。部屋のなかは鼻をつままれてもわからないような真の闇なのに、そのなかを、いきなりなにかピカッとした光が顔にさしたような印象をうけて、わたしはベッドの上に、棒を呑んだように起きなおった。夢のなかでいつも怖い思いをしている部屋のなかの、どこに自分がいるのか、わたしにははっきりわかっていたが、でも、まえに夢のなかで感じたような戦慄は、いまわたしの頭のなかに忍びこんで、そこに凍りついている恐怖とは、およそ似てもつかないものだった。

目のさめたすぐあと、頭のま上で、ものすごい雷鳴が鳴りひびいたから、たぶんわたしは稲妻の光で目がさめたものらしいが、そう考えてみても、この早鐘のような胸のドキドキを鎮めることにはならなかった。部屋のなかに、自分といっしょに何かがいる。それがわたしにはわかっていた。そいつを本能的に払いのけようとして、わたしは壁に近いほうの右手をグイと伸ばした。するとその手が、すぐそばにかかっている額縁にぶつかった。

わたしは夢中で寝床からすっ飛び出した。枕元の小さな卓がひっくりかえって、懐中時計だの、蠟燭《ろうそく》だの、マッチだのが、飛び散った音が聞こえた。ときおり雲間から、目のくらむような稲妻が光ったから、灯火をつける必要はなかった。その稲妻の光で見ると、ベッドのわきには、ストーン夫人の絵がちゃんとかかっている。部屋のなかは、すぐまたまっ暗になったが、いまの稲妻の光のなかで、わたしは別のものも見たのだ。それは、ベッドの裾《すそ》によりかかって、じっとこちらを見ている人のすがたであった。あちこちに泥のよごれのついた、なにか白いぴったりしたものを着た人物で、その顔は肖像画の顔であった。

頭の上では、ガラガラ、ゴロゴロ、さかんに雷鳴が鳴っていたが、それがいっとき止むと、そのあとは死のようなしんとした静けさが領し、その静けさのなかを、こちらへ近づいてくる衣《きぬ》ずれの音がきこえた。さらに気持わるかったのは、鼻をつくような、ものの腐ったにおいがしたことだった。と、いきなりわたしの襟《えり》もとに手がおかれたと思うと、すぐ耳もとで、はげしい息づかいのけはいがした。わたしはしかし、手にこそ触れね、相手が何物であるか、目と耳でじゅうぶんにわかっていた。もちろん、この世のものではない。肉体をはなれて、それ自体存在する力をもったものである。そのとき、いつも夢のなかで聞きなれている声が、言いだした。——

「おまえは、きっとこの塔のなかの部屋へくると思っていたよ。ずいぶん長いこと待たしたね。でも、とうとう、やってきた。今夜は、腹いっぱいごちそうになるよ。なに、そのうち、いっしょに、はでにやるようになるわさ」

せきこんだ息づかいがわたしに近づき、生《な》ま暖かい息が首すじに感じられた。とたんにわたしは、恐怖の極から一時気が遠くなったように思うが、それをはね返して、必死の自衛本能が恐怖にとってかわった。わたしはもう無我夢中で、手と足でむちゃくちゃに殴りつけ、蹴とばした。すると、ギャッというなにか動物の鳴き声みたいな音がしたとおもうと、なんだかグニャリとしたものが、すぐそばへドサリと落ちた。おもわずわたしは暗闇のなかを、二、三歩前へすすみでた。なんだか知らないが、床の上にころがっているものをもう少しで踏んづけそうになったが、いいあんばいに、手さぐりで扉の把手《とって》が見つかったので、次の瞬間、わたしは踊り場へとびだし、あとの扉を力いっぱいに締めた。それとほとんど同時に、どこか階下のほうで扉のあく音がきこえ、まもなくジョン・クリントンが蠟燭を手に、階段を駆けあがってきた。

「どうした？　ぼくはきみの真下の部屋で寝てたんだが、なんだかえらい音がきこえたんで――や、たいへんだ、きみの肩に血が！」

あとで、かれから聞いたのであるが、わたしはそのとき、顔を紙のように白くして、フラフラしながら立っていたそうだ。そして肩には、血に染まった何物かの手がそこにおかれたように、ベットリと血痕がついていたということだ。

「なかにいるんだ」とわたしは指さしながら言った。「彼女《あれ》だよ、ほら。あの肖像がなかにあるんだ。さっきみんなはずしたところに、また掛かってるんだよ」

それを聞いて、ジョンは笑いだした。

「おい、おい、そりゃきみ、夢に魘《うな》されたんだよ」

そういって、かれはわたしのそばをすりぬけて、部屋の扉を開けた。わたしは恐怖で腑抜《ふぬ》けたようになって、ただ茫然とつっ立っているだけで、かれを引きとめることも、動くこともできなかった。

「フワ！　こりゃすごい臭いだ！」と、かれはいった。

それから、ものも言わずに、かれは開いた扉のかげに姿をかくした。と思った次の瞬間、かれはわたしと同じように、まっ青な顔をして飛び出してきて、大急ぎで扉をしめた。

「あった。肖像、なかにあったよ。それから床の上に、なんだか泥まみれのものが――死びとを墓に埋めたようなものがあった。――逃げよう、早く、逃げよう！」

どうやって階段を下りたものやら、自分でもわからない。からだよりも、なにか心のほうがガタガタ震えて、吐き気がつきあげてきそうなあんばいで、わたしは一度ならず、かれの手で踏段に足をのせてもらった。そのかれも、しきりと階段の上へ恐怖と不安のまなざしを投げていた。二人はようやくのことで、階下の化粧部屋にたどりつき、その部屋でわたしは以上述べたとおりのことを、かれに語った。

そのあとのことは、簡単にはしょることにするが、おそらくこれを読まれた方は、今からかれこれ八年ばかり前、西フォーレーの教会で起こった謎の事件を思いおこされると、わたしの見た怪しいものがなんであるか、およその見当がおつきになるだろうと思う。その教会では、自殺をしたある婦人の亡骸《なきがら》を、三回も埋葬しなおした。ところが、三回とも、埋葬した棺が二、三日たつと、かならず地下から浮き出している。で、三回目に埋葬しなおしたあと、このことが世間のうわさにのぼらないように、遺骸を教会の墓地から別の場所に移した。移した場所というのは、ほかでもない、その婦人が住んでいた家の鉄の門のすぐ外であった。婦人は、その家の塔のてっぺんの部屋で、自殺したのであった。婦人の名前は、ジュリア・ストーンといった。

その後、ひそかに遺骸を掘りかえしてみたら、棺のなかには、血がいっぱいあったという。

サラの墓

F・G・ローリング

F・G・ローリング Frederick George Loring (1869–1951) ――イギリスの海軍士官、作家。代々海軍軍人の家に生まれ、自身も海軍に入隊、戦艦に導入間もない無線電信の専門家となった。除隊後も郵政公社などで無線関係の要職に就いた。海軍通信員として技術的な記事を新聞等に書いていたが、やがて短篇小説や詩にも手を染め、一九一〇年に *Pall Mall* 誌に発表した「サラの墓」"The Tomb of Sarah" は、吸血鬼小説のクラシックとして多くのアンソロジーに採られている。

わたしの父は、約六十年前、教会の修理・装飾を専門とする、ある有名会社の社長をしていた。父は、その事業に深い関心をもち、自分が調査にあたった旧家につたわる伝説口碑、その家の由緒などは、どんなものでも、とくべつに詳しく調べていた。そんなわけで、当然、本もよく読み、民俗学や中世伝説の諸問題には精通していた。自分が実測調査した事例は、かならず精密な記録をとっておくというふうだったので、父の死後、遺稿としてのこされたかずかずの手稿には、特殊な興趣がある。それらの遺稿のなかから、とくに妖異な体験談として、次に掲げるものを選んでみた。これを公表するにあたって、本篇のもつ超自然的性格のために、弁明がましいことを云為《うんい》するのは、蛇足のような気がする。

父の日録

一八四一年六月十七日。——旧友ピーター・グラントから、かれの奉職する西部地方の僻村、ハガーストーンの教会の内陣の拡張修理の依頼を受く。

七月五日。——社の幹部ソマーズと同道にて、ハガーストーンに下向。すこぶる長い、退屈な旅なり。

七月七日。——施工、順調に開始。この古い教会は、考古家垂涎の建物の一つなので、修理に際しては自分としても、なるべく現存の体裁を変えぬようにつとめるつもりであるが、ただ大きな墓が一基あって、これだけは全体を南へ約十フィート移さなければならない。おかしなことに、この墓には、ラテン語でなにやら禁忌めいた碑文がきざんであるが、この特異な墓を動かさなければならないのは、自分としてもまことに残念だ。昔から何代もつづいているこの地方の名門、ケニヨン家の墓所のなかに立っている墓で、その碑文は左のごとし。——

サ　ラ　　一六三〇年

死者の冥福、生者の繁栄のため、
キリスト御再臨までこの墓に触れ、
ここに住めるものを紊《みだ》することなかれ。
天なる父、キリスト、並びに精霊の名において。

七月八日。——「サラの墓」のことで、グラントと協議。われわれふたりとも動かすことを忌んだが、いかんせん、地盤が墓の下でだいぶ沈下しているために、教会の建物の安定が危うくなっているありさまなので、否も応も言っていられない。しかし、動かすにしても、作業はわれわれの指図のもとに、できるだけ慎重にやらせよう。

グラントにいわせると、この墓はケニヨン家の最後の墓、すなわち一六三〇年に絞殺された、悪徳のうわさ高いサラ伯爵夫人の墓だと、この界隈では言いつたえているそうな。サラ夫人が晩年ひとりずまいをしていた古い館《やかた》の跡は、いまもなお、ここから三マイルほど離れたブリストルへ行く街道ばたにのこっている。彼女の評判は、その当時から非道なものであった。彼女は魔女か憑きもの女で、その独居のただ一人の伴侶は、アジア産の大きな狼のすがたをしたものとして知られていた。こいつが幼児をおそい、幼児がないと、羊その他の小動物を捕えて、それを館へもっていくと、伯爵夫人がその血を吸う、とうわさされていた。村びとたちは、公爵夫人はとても殺されるようなことはないと考えていた。ところが、この想像はみごとはずれて、ある日彼女は、ふたりの子どもを奪われて発狂した一農婦に絞め殺されたのである。その女は、ふたりの子どもを伯爵夫人の懇意な者におそわれて連れ去られたといっていたという。この話は、スラブ人やハンガリア人の間に流布する吸血鬼伝説にひじょうによく似た、地方人の迷信をかたる話柄なので、たいへんおもしろい。

墓は黒大理石づくりで、上に同じ材質の大きな板石をすえ、板石には、さまざまな人間のみごとな群像が刻んである。一人の若い美女が長椅子にもたれて、首にまきつけた綱のさきを手に持っている。女のそばには、大きな犬が一匹、牙をむきだし長い舌を垂らしている。長椅子にもたれている人物の顔は、いかにも残忍な面相で、妙につりあげた口から、長い尖った犬歯のさきが見えている。大死刑執行の図であるが、人物はどれもすこぶる不快な感じをのこす。

この墓を動かすとなると、まず蓋の板石とその下の墓石との二つに切りはなさなければならない。明日、まず蓋の板石を動かすことにきめる。

七月九日、午後六時。――奇怪至極の日なり。

正午までに、蓋の石をもちあげる万端の準備がととのい、職人たちの昼飯がすんだところで、ジャッキと滑車の作業を開始。板石は、なかへ空気が完全にはいらないように、座石にぴったりはめこみになっているうえに、さらに漆喰《しっくい》かパテのようなもので目塗りがしてあったが、それはわけなく持ち上げられた。

ただしかし、蓋の石を座石からそっくり持ち上げたとき、まさかあんないやな黴《かび》くさい空気がなかからふきだすとは、だれも予期していなかった。しかも、中味がしだいに見えてくるにつれて、驚きはさらに増した。墓のなかには、正装をした女の遺骸が、まるで餓死でもしたかのように痩せ干からびて、土気色に小さくしなびたまま横たわっていた。死骸の首には、一本の綱がゆるく巻きつけてあって、絞殺したあとの瘢痕《はんこん》が歴然とのこっているところから判断するに、土地の絞殺説はやはりほんとうだったのである。

それよりも、いちばん気味が悪かったのは、遺骸が異様に生《な》ま生ましていることであった。餓死の外見がなければ、まるでまざまざと生きているようで、肌は色白で柔らかく、ぱっちり明けている目のなかには、なにか恐ろしい見抜く力があって、その目でわれわれのことをじっと睨《にら》んでいるようにみえた。遺骸そのものは、刳型《くりかた》のなかにすっぽりと納まっていて、べつに柩《ひつぎ》とか内棺に似たようなものは、なにもない。

一同、ややしばらく、ちり毛の寒くなるような好奇心で眺めていたが、やがて職人たちもやりきれなくなり、早いところかぶせ蓋の板石をかぶせようといいだした。われわれはむろん、それはしたくなかったので、自分は大工にいいつけて、とにかく墓を新規の位置に移すあいだ、一時仮りのかぶせ板をさっそくつくらせることにした。これはわりあい時間をくう仕事なので、二、三日はかかるだろう。

同日、午後九時。――日がまさに沈もうというころ、おそらく村じゅうの犬がいっせいに吠えだしたかと思われるような、ものすごい犬の遠吠えに、われわれは度胆をぬかれた。犬どもは、十分か十五分ぐらい吠えつづけていたが、そのうちに吠えだした時と同じように、パタリといっせいに鳴きやんだ。この犬の遠吠えと、もうひとつ、教会を包んで奇体な霧が立ちのぼりだしたことが、どうもわたしに、「サラの墓」について不安をおぼえさせた。吸血鬼の出没する地方にかならず伝えられている伝説によると、日没時に犬か狼がさわぐのは、魔物があらわれたことを語り、霧が一個所だけに発生するのは、なにかの確実なしるしだと考えられている。吸血鬼は、いついかなるときでも、自分がかくれている場所の近くでの行動をかくすために、そこに霧を発生させる力をもっているのである。

自分のこの不安を、わたしは牧師のグラントには、ほのめかしもしなければ、くわしく述べもしないでいた。相手がこういうことのありうること、もしくはありそうだということを、おそらく当然のことだろうが、てんで頭から信じない男なのを、長年の経験で知っていたからである。したがって、わたしはまず自分がさきに、このことをやり出さなければならぬ。かれの力を借りるときには、どういう方面のことでわたしに力を貸すのか、当人にはわからぬようにしておかなければならぬ。今夜は、とにかく真夜中までは、わたしが見張ることになろう。

午後十時十五分。——まえから心配し、なかば予期していたことが起こった。十時ちょっと前に、またしても犬どものものすごい遠吠えが、突如としてはじまった。とくに、聞くものの血を騒がせるような、気味のわるい長い遠吠えは、明らかに教会の境内にある墓地からはじまった。もっとも、鳴き合いは、ほんの数分で終わったが、その終わったときに、わたしはまっ黒な大きな影を見た。でかい犬のような姿をしたもので、それが霧のなかからいきなりおどり出たとおもうと、ものすごい早足で、広い畑のほうへピョンピョンすっ飛んで行った。自分のひそかに怖れていた怪しいものはこれだと思うから、まもなく真夜中過ぎに、そいつが戻ってくるところをもう一ど見ることにしよう。

午前零時三十分。——思ったとおりであった。十二時を打つか打たぬかに、怪しいけだものは戻ってきた。怪獣は、どうやら霧のわきあがるあたりに立ち止まると、頭をキッとあげて、とくに長い、ゾッとするような遠吠えをうなりあげた。宵に耳にしたのと同じ吠えかたである。今夜自分が見たことは、あす、牧師に逐一話してみよう。そして、もし予想どおり、この近所で飼っている羊のなかに血祭りにあげられたものがあると聞いたら、そのときは、牧師にもいっしょにこの深夜の殺し屋の張り番をしてもらうことにしよう。わたしから前もって話をきかないでも、牧師にもなにか思いあたることがあったとしたら、それを確かめるために、「サラの墓」もよく調べてみよう。

七月十日。——けさ、職人たちに会ってみると、みんなゆうべの犬の遠吠えで、内心だいぶおちつかないようすだ。「だんな、おれ、あれは大嫌いなんですよ」と職人の一人がわたしに言った。「どうも虫が好かねえ。ゆうべはあの不吉な声で、だいぶほうぼうで吠えてやがったよ」

連中は、ほどなく、大きな犬が村のあちこちに散らばっている羊の群を襲って、そのうちの三頭はのど笛をかっ裂かれて、畑におっぽりだされていたというニュースが流れてきたときには、さらにいっそう気色を悪くした。

昨夜わたしが見たことと、村で言われていることを牧師に話すと、牧師は、とにかくそいつをひっつかまえて、わたしの見た怪獣と同一のものかどうかを見なければ、ということに即決した。

「むろんそれは、最近この界隈へよそからまぎれこんできたのら犬だよ。月の晩はものが大きく見えるものだが、それにしても、君のいうようなそんな大きな動物なんか、このへんではわしは知らんぞ」

午後、わたしはちょっと気を引いてみるつもりで、墓の仮り蓋を持ち上げたいのだが、すまんが手を貸してもらえまいかと、牧師にたずねてみた。まともに言ったのではだめだから、じつはとめてあった妙な漆喰がすこしほしいのだといって、開ける理由をこしらえて頼んだのである。牧師は、「そいつはしかし……」と軽く反対したのち、いいだろうと承知してくれたので、われわれは蓋をもち上げた。いきなりまともに見たら、わたしもギョッとしたろうし、すくなくとも牧師は腰を抜かしたろう。

「や、これは！」と牧師は叫んだ。「女は生きとるが！」

言われて一瞬、生きているように見えた。亡骸《なきがら》は、例の餓死したような外見を多分に失って、気味のわるいくらい生ま生まと生きているように見えた。あいかわらず、皺《しわ》だらけに干からびてはいたけれども、でも唇などはしっかりして、まっかな健康色をしていた。目は、じっと動かずに睨んだままだが、まえより凄味が加わっていた。口のはしのところに、どす黒い泡がこびりついているのが目にとまったが、そのときはだれにもそのことは言わずにおいた。

「ハリー、いいから早く漆喰を欠いて取んなさい」とグラントは息をはずませていった。「そして墓を早く閉めよう。神よ、御加護を！　これはえらいこっちゃ。わたしは僧職にある身じゃが、こんな死人の顔には、恐れるて！」

恐ろしい顔を元どおり隠してしまうことに、わたしは心残りはなかったかわりに、漆喰のかけらを手に入れたので、おかげで謎の解決に一歩をすすめたところだ。

午後、墓は新規の位置のほうへ数フィート動かした。ただし、蔽《おお》いの板石を元どおりに置きなおす段どりがつくまでには、あと二、三日はかかるだろう。

午後十時十五分。――日の入るころ、またしても同じ犬の遠吠え、教会をつつむ同じような霧、そして十時に、また同じ怪獣が広い畑のほうへ音もたてずに飛んで行った。わたしは牧師の手をかりて、そいつが帰ってくるところを見張っていなければならぬ。しかし、よほど用心しないといけない。もし怪しいものが、わたしの信ずるとおりのものだとすると、夜なかにむやみやたらに外に出て、吸血鬼に襲われでもしたら、それこそこっちは命がけだ。これはけっしてわたしの早合点ではない。自分の見たあの怪獣のことから、墓のなかの魔物が吸血鬼であることは、どう考えても疑う余地がないのだから。

ありがたいことに、かれこれ二世紀にわたる飢餓のあとなので、今のところ魔物はまだじゅうぶんに力を発揮するまでに至っていない。現在では、やっと狼になって襲撃するのが、せいぜいというところなのだ。しかし、あと一日二日たって、じゅうぶんな力が戻ってくると、新しい力と美しさをもったあの恐ろしい女は、げんざいの隠れ家を出ることができるようになる。そのときは、彼女の恐ろしい欲望を満足させるものは、羊なんかではすまなくなってくる。彼女の愛撫の手にさわられて、グーの音も出ずに生血を提供する犠牲者たち——彼女の恐ろしい抱擁のうちに死んでいく犠牲者たちは、そのままこんどは、かれら自身がかわって他の人間を餌食にする吸血鬼とならなければならないのである。

おかげで、わたしの知識はわたしに自己防衛を授けてくれた。というのは、きょう、わたしが墓からくすねてきた漆喰のかけらは、じつは、あらたかな聖体の一部をふくんでいるものであって、これを奉持している者は、その功力《くりき》をすなおに堅く信じてさえいれば、わたしと牧師が今夜受けるつもりでいるような辛い試煉をも、難なくくぐりぬけることができるのである。

午前零時三十分。——われわれの冒険は、いまのところ一段落ついたので、ひとまず無事に帰宅。

以上記録した最後の事項を記してから、わたしはグラントの部屋へ出かけて行って、殺し屋はふたたびうろつきに出ていることを告げた。

「ところで、グラント。今夜出かけないうちに、きみにことわっておかなければならんが、この事件はいっさい、ぼくの流儀でぼくにやらしてほしい。きみは何事もぼくの命令に従って行動することを約束してくれたまえ。なぜとか、どうしてとか、そんなことは一切問答無用だ。いいね」

牧師はちょっと不服らしく、かれ流にいうと、つまり猟犬でかりだそうというこちらのまじめな意見について自分の役どころを揶揄《やゆ》するような口ぶりで、ふたこと三言いいわけがましいことを言っていたが、けっきょく、こちらの言うとおりに約束してくれた。そこでわたしは、今夜は見張りをして怪しいけだものの跡をつけるが、ただし、どんな方法にせよ、けっしてそいつにかまってはいけないことを言って聞かせた。牧師はこちらの言うことを茶化していたが、とどのつまり、どうやらわたしの用心がしごく尤もだと同感したようであった。

静まりかえった夜のなかへ、われわれがいよいよ踏み出したのは、十一時をすこしまわったころであった。

まず第一の行動は、教会をつつむ濃い霧のなかへはいりこんでみることであったが、そのあたりには、なにかゾクゾクするような寒さと、胃袋も神経もとても我慢ならないほどなんとも鼻もちのならないいやな臭《にお》いが立ちこめていた。そこで、かわりにわれわれは、境内のイチイの木の暗いかげのなかに陣どった。そこからなら、墓地の入り口の小さなくぐり門がまる見えである。

真夜中に、またもや犬の遠吠えがはじまり、それからしばらくたつと、大きな灰色のすがたをしたものが見えた。青い目がランプのようにらんらんと光り、細い小道をわれわれのいるほうへ、早足でフワフワやってきた。

それを見て、いきなり牧師がすすみ出ようとした腕を、わたしはギュッとつかんで、小声で「忘れないで!」と警告した。ふたりはじっとそこに立って、大きなけだものが急ぎ足で通りぬけるのを見まもった。石だたみの上に足の爪がカツカツ鳴るのが聞こえたのだから、幽霊やまぼろしではなく、まさにほんものであった。われわれのいるところから、ほんの二、三ヤードのところを走りぬけて行ったが、痩せさらばえて、毛がゴワゴワで、下顎からしずくがたれており、どこから見ても、大きな灰色の狼以外の何物でもないと見た。敵は霧のわき上がっているところで立ち止まると、あたりをギョロリと見まわした。そのさまはほんとに見るも恐ろしく、流れている血が凍る思いがした。両眼は火のごとくらんらんと燃え、上唇が歯をむき出して反《そ》りかえり、大きな牙をまざまざと現わし、口のまわりにこびりついたどす黒い泡が、ポタポタ垂れていた。

そいつが頭を上げて、長い悲しそうな遠吠えをすると、それに答えて、村じゅうの犬どもが遠くのほうで吠えた。怪獣は、ややしばらくそこに立っていたが、やがてクルリとふり向いたとおもうと、濃い霧のなかに姿を消した。

すると、たちまちのうちにあたりの空気が澄んできて、ものの十分もするうちに、霧はきれいに晴れ、村の犬どもも静かになって、村はつねのすがたを取りもどしてきたようであった。怪獣の立っていた地点を、ふたりで点検してみると、石だたみの上には、はっきりと唾と泡の黒い点々がついていた。

「ねえ、牧師」とわたしは言った。「もうこれで、きみも認めるだろう。きみがきょう見たものの姿と、伝説のことことを考えあわせて、――あの墓のなかの女、霧、犬の遠吠え、それから順序からいうと最後だが、だからといってけっして軽んじられない、あのすぐ目の前で見た怪しいけだもの、これだけ考えれば、なにかそこにただならぬものがあるのを、きみも認めるだろう？　どうだね、きみはぼくのすることがなんであれ、まず第一に確証に念を入れ、とどのつまりは、この夜の戦慄にとどめをさすために必要な処置をとるのに、すなおにぼくの手に自分をゆだねて、手伝ってくれるかね？」

深夜の不気味な力がかれの上に強くはたらいているのを見て、わたしはできるだけこのことに感銘を深くさせてやりたいと思った。

「そりゃ悪魔がやってくれば、当然その必要があるさ」とかれは答えた。「今夜見たものの面《つら》には、たしかになにか不吉な力が働いていると思う。しかし、いやしくも神聖な教会の境内で、いったい、かれらがどんなふうに働けるかね？　それよりむしろ、必要なときにわれわれを助けてもらうためには、神に救いを求めるべきではないのかな？」

「グラント」と、わたしは厳粛な気持でいった。「われわれはね、各自思い思いに、自分のやりかたで事をしなければならんのだよ。神は、汝を助くるものをかならず助けてくださる。この神助と、人間の知恵の光とによって、神、ならびに哀れなる失われたる魂のために、われわれはこの戦いを戦わなければならんのだよ」

それからふたりは牧師館に戻って、それぞれ部屋にはいった。自分は先刻の光景がまだ心のなかに生ま生ましく残っているうちに、記録を書いておこうと思って、いま坐ったところである。

七月十一日。——職人たちは、またまた心中穏やかならぬものがあるようで、夜なかに何人かの村びとたちが見たという、怪犬のはなしで持ち切りである。村の人たちは怪犬狩りをしたという。ストットマンという農夫は羊の番をしていて、(同じ羊の群れが前の晩襲われたのだ)、羊の生ま新しい死骸を囮《おとり》に、怪犬に不意打ちをくわせて追っ払おうとしたが、図体のでかいのと凶猛なのにおどろいて、銃をとりに大急ぎで家に引き返した。そして戻ったときには、怪犬のすがたはすでに見えず、羊の群れのなかに三匹以上の羊が引き裂かれて死んでいるのを発見したとか。

「サラの墓」は、本日、新規の位置に移された。しかし、なにぶんにも長時間を要する重い作業ゆえ、蓋の板石まで元どおりに納める時間がなかった。でも自分は、かえってこれはよかったと思っている。なぜなら、昼間の殺風景な光線のなかでは、牧師も夜間の出来事はまずまず信じまいし、こっちの妄想ですべてが大げさに拡大され、歪曲《わいきょく》されていたのだと思いこむだろうから。

しかし、そうはいっても、わたしもこの凶悪不吉なものを、撲滅する闘争を、ぜんぜん助力者なしでは、とても進められるものではない。といって、ほかに頼むひとはなし、そこでもうひと晩だけ、かれに援助を求めた。——あれはけっしてまぼろしではなく、しんじつ恐ろしい事実であること、われわれはその真実を、われわれのためと同時に、この界隈に住む村びとたちのためにも、ぜひとも戦って、克服しなければならないのだ、ということを悟らせるために。「とにかく、きみのそのからだをおれに貸してくれよ、教区長」とわたしはいった。「すくなくとも、今夜ひと晩だけ。頼む。この問題については、ぼくもいろいろと研究しているんだが、その研究から教えられた警戒は正しいものなんだから、その用心だけはしておこうじゃないか。今夜、きみとぼくは、この教会のなかで張り番をしなければならない。明日になれば、きみにもわかってもらえると、ぼくは確信するし、ぼくが正しいと知っているある恐ろしい手段を、きみもすなおに共にしてくれることを、ぼくは確信している。そこでだ、きみに言っておかなければならんが、あの墓のなかの死骸にだよ、きみがきのう気づいた以上にもっと驚くべき変化を、かならず発見するぜ」

わたしの言ったことばは、ほんとうになった。仮りにかぶせておいた木の蓋をもちあげると、またもや屠場のような生ま臭い悪臭がムッと立ちのぼって、みなこぞって吐き気をもよおしそうになった。吸血鬼はそこに横たわっていたが、二日前にはじめて見たときの、あの飢え干からびた死骸からみると、いかに変わっていたことか！　皺はほとんど消えてしまい、肉はしまって充実し、長い尖った犬歯のつきでたまっかな唇が、気味わるくニタリとほころび、口のはたには明らかに血のりがベットリと流れていた。でも、われわれは歯をくいしばって、心を気丈にした。

やがて蔽いの蓋を元のように納め、その上に、かねて教会の祈禱室のなかの安全な場所に集めておいた品々をおいた。しかし、グラントは今もってまだ、証拠のない死骸の冒瀆に激しく反対したとおり、恐ろしいこの墓のなかにかくされた現実の危険、さし迫った危険のあることを信ずることができなかった。これは今夜、思い知らせてやる。少しあなたまかせに過ぎるかもしれないが、それは神も許してくださるだろう。昔からの言い伝えのなかに、もし真実があるならば、吸血鬼撲滅《ぼくめつ》はいと易いはずなのだが、グラントにはそれはできないだろう。

今夜の仕事の最善を、わたしは心から望む。しかし、待ちかまえている危険はすこぶる大きい。

午後六時。――準備完了。鋭利なナイフ、さきの尖った杭、掘りたてのニンニク、野イバラ。これらの品を全部そろえて、祈禱室にかくしておいた。今夜の厳粛な不寝番がいよいよ始まるときに、これらの品を祈禱室から持ってくる。

万一、われわれのうちのどちらかが、あるいはふたりとも、この恐ろしい仕事の達成を見ずに死んだ場合には、この記録を読む人びとに、われわれはこういうことをしたのだということを見せてやる。そしてその人たちに、自分は厳粛な命令として、次のことを申しておく。

「吸血鬼は杭をもってその心臓をつらぬき、埋葬に際してはその遺骸にむかい、汝はこれをもってようやくその宿命から脱却せる旨を唱えてやること。かくして吸血鬼は存在することをやめ、迷える魂は安らかに眠りにつく」

七月十二日。――すべては終わった。張りこみと戦慄の恐ろしい一夜が明けて、すくなくとも一人の吸血鬼は、これでもう世間を騒がすことはなかろう。それにしても、あの恐ろしい墓が、あの恐ろしい墓の主《ぬし》を処置するのに必要な知識をもたぬ誰からも紊《みだ》されずにすんだことを、われわれは恵み深き神に、いかに感謝すべきであるか！　今これを書きながら自分は自己満足の気持など、一片だに持ってはおらぬ。ただ、年来この問題に傾倒してきたおのれの研究に、ひたすら感謝するのみである。

さて、自分の話にもどろう。

昨夜、日の落ちるちょっと前に、牧師とわたしは教会に錠をおろしてなかに立てこもり、説教壇に陣どった。この説教壇は、どこの教会にもある説教壇の一つで、祈禱室から出入りができ、説教者の姿が壁のアーチ口からほどよい高さに見える位置にある。ここなら教会の内部はすみずみまでひと目に見渡せるし、祈禱室にかくしておいたいろんな道具類も、すぐに取りに行かれるので、防衛（これはぜひとも必要とおもった）には屈強の場所と考えたのである。

日は落ちて、薄暮の色がしだいに濃くなり、やがて残照のいろは消えた。そのときまでは、例の怪しい霧の立ちのぼるけはいもなく、犬の遠吠えもまだおこらなかった。九時を打つと月が昇り、青白い月光がしだいに側廊へさしこんできたが、それでも「サラの墓」からは、なんのけはいもおこらない。牧師のグラントは、さっきからしきりと自分の予想をのべては、わたしに図っていたが、わたしは自分のことばや考えが相手に影響してはいけない、かれはかれなりの分別で会得すべきだと、かたく心にきめていた。

十時半ごろには、ふたりともだいぶ退屈してきて、このぶんだと今夜はなにも見られないのかなと、わたしも思いだしてきた。ところが、十一時を打つとまもなく、「サラの墓」から一条の光の霧のようなものが立ちのぼるのが見えた。まるで火花か閃光みたいで、しだいにそれが光の柱か尖塔のように、クルクル回りながら高く伸びていった。わたしはなにも言わずにいたが、わたしの膝をギュッとつかみながら、牧師が息をはずませているのが聞こえた。

「や、これは！」とかれは小声で囁《ささや》いた。「だんだん形になってくるぞ」

ほんとうにそのとおりで、見る見るうちに、墓のわきに、サラ公爵夫人の恐ろしい姿がスックと立ったのを、われわれは見た。

彼女は今でもまだ痩せさらばえた姿で、顔も死人のように白かったが、ただまっかな唇が青白い頬に深い傷口でもえぐったように見え、そして両眼が教会の薄闇のなかで、まるでまっかな石炭の火のように燃えかがやいていた。

さながら衰弱と疲労で足もとがふらつくかのように、心もとない足どりで、側廊をフラフラ歩いてくる彼女を見まもっているのは、ハラハラするような恐ろしいことであった。でも考えてみると、よく腐れ朽ちもせず肉のままでいられた不吉な力は持っていても、やはりその遺体は長いあいだの幽閉で、肉体的に多くの損傷をこうむったにちがいないから、おそらくこうなるのは自然なことだろう。

われわれは彼女が入り口のほうへ行くのをじっと見まもりながら、このあとどういうことになるのかしらと思った。でも、べつにめんどうなようすは、どこにも見えなかった。彼女は入り口の扉にスーッと溶けこむように消えてしまったのである。

「グラント、どうだい、信じるかね？」とわたしはいった。

「うん」とかれは答えた。「信じなきゃならん。万事、きみにまかす。わしは一言一句、きみの命ずるままに従う。きみがわしの哀れな教区民たちを、この言いようもない恐怖から救う方法を教えてくれさえすればな」

「おれは神の助けによって、やりぬくよ」とわたしはいった。「だが、まずもってきみに、まだまだもっと知ってもらいたいことがある。われわれは恐ろしい仕事をするんだからね。その答えはこれから先にある。――つまり、われわれが明朝、この教会を出るまでにあるんだ。これからその仕事にかかる。今のところ、あの吸血鬼はまだ弱体なので、さして遠くまでは行けないから、いずれ戻ってくる。そのとき、こっちが不用意でいるところを見つかってはいけない」

われわれは壇を下りて、祈禱室からかねて用意の野イバラの花とニンニクをとってくると、それを持って墓のほうへすすんで行った。わたしが先に着いて、木の蓋をとりのけた。

「見たまえ！　ほら、中はからっぽだ！」

墓のなかは藻抜けの殻であった。湿った大きな窪みのなかには、亡骸《なきがら》のあった跡がある以外には、なにもなかった。

わたしは野イバラとニンニクの花をとって、墓のまわりに輪のかたちに置きならべた。昔からの言い伝えで、吸血鬼は、どうしてもそこを跨《また》がなければならない場合でも、この特別な花の上は跨ぐことができないと教えられているからである。

つぎに、そこから、八、九フィート離れた敷石の上にも、花の輪をこしらえた。この敷石は、牧師とわたしがふたりで中に立っていられるほどの広さがあり、わたしは前もって教会のなかへ自分で運びこんでおいた杭その他の道具を、そのなかに置いた。

「ところで、きみは、穢《けが》れたものが中へはいれないこの輪のなかにいて、吸血鬼と御対面することになるんだから、よく見ていたまえよ。吸血鬼のやつ、もとの穢れた隠れ家へ戻ろうとしても、墓のまわりに野イバラとニンニクの花の輪があるから、そこを跨ぐのが怖い。ところが、やつは自分のものでない力を持っていて、ちょうど蛇のように、自分の睨んだ犠牲者をすすんで身を滅ぼさせるように誘いこむことができるもんだから、きみが立っている神聖な敷石のなかへは、けっして踏みこもうとはしないよ」

さて、こちらの準備は大体これですんだので、わたしは牧師を呼んで、ふたりで敷石の花の輪のなかへはいって、吸血鬼の戻ってくるのを待つことにした。

それも、そんなに長くは待たなかった。待つほどもなく、一陣の湿っぽい、ひんやりとした冷気が、教会のなかを領したようであった。おもわず髪の毛が総毛立ち、鳥肌が立つような冷え冷えとした気合いであった。やがて、われわれの張りこんでいたものが、足音もたてずに、側廊のほうからやってきた。

牧師がなにやら口のうちで祈禱を唱えているのがきこえた。見ると、牧師のからだがガタガタふるえているので、わたしはかれの腕をしっかりとかかえこんだ。

吸血鬼の顔かたちがはっきり見分けがつくかなり前から、わたしにはギラギラ光っているその目と、まっかな肉感的な唇が見えていた。彼女は自分の墓のほうへまっすぐに行ったが、わたしの仕掛けておいた花の輪にであうと、ハッと立ち止まった。中へはいる場所を捜すために、墓のまわりをグルリとひとまわり歩いているうちに、彼女はわれわれのことを見た。悪魔的な憎悪と激しい怒りが、顔にサッと浮かんだが、すぐにそれは消えて、まえよりもさらに悪魔的な、色じかけのほほえみにかわった。彼女は長い腕をグーッとわれわれのほうにさしのべた。そのとき、彼女の口のはたにベットリと血のりの泡がこびりついているのが見え、唇の下からキラキラ光る、長い、尖った犬歯が、カチカチ鳴っているのが見えた。

彼女はなにかものを言った。それでこちらを呪文にかけようという、いやにやさしい猫なで声で、ふたりとも妙にその声にひかれたが、ことに牧師はそんなようすであった。わたしは、こちらの命が危険に落ちない程度に、なんとかして吸血鬼の妖力を試してやりたいとおもった。

「おいで！」と彼女はいった。「おいでなね！　眠りと安らぎをあげるよ。——眠りと安らぎだよ。——眠りと安らぎ……」

そういって、彼女はわれわれのほうへツ、ツ、ツとすすんできた。しかし、そばまではこなかった。神聖な花の輪が、まるで鉄《くろがね》の手のように、しっかりと彼女をうしろへ引きとめているらしかった。

わたしの相棒は、いつのまにか魔に魅入られて、呪文に金縛《かなしば》りになっているようすであった。かれはひと足前へ出ようとしたが、わたしに引きとめられたのを知って、小声でささやいた。

「ハリー、放してくれ！　おれは行かなければならん！　女が呼んどるんだ！　行かなければ！　おれは……！　おお、助けてくれ！　わしを助けてくれ！」といって、もがきだした。

今がとどめを刺すべき時だった。

「グラント！」とわたしはきっぱりした声でどなりつけた。「きみが神聖なものとして奉持する一切のものの名において、男らしくふるまえ！」

牧師はガタガタ震えながら、息をはずませて、「わしはどこにいるのだ?」

そのとき、かれはハッと思い出し、いきなり発作的にわたしにしがみついた。

このようすを見て、今の今まで目の前でニッコリ笑みをふくんでいた吸血鬼の顔が、なんとも名状しがたい怨《うら》めしい表情にかわり、キャッという絹を裂くような悲鳴とともに、よろよろとうしろへよろめいた。

「かえれ！」とわたしは叫んだ。「きさまの穢れた墓へ帰れ！　もうきさまには、これ以上この苦の娑婆《しゃば》の邪魔はさせぬぞ！　きさまの末期はほど近いわ！」

そのとき、あとへあとへとしさりながら、身をわなわなと震わせつつ、禁断の花の輪をあわや跨いだとき、女の美しい顔（恐ろしい顔なのに美しかった）におのずから現われたものは、恐怖であった。やがて女は、低い、さめざめと歎くような声をあげながら、とうとう、自分の墓のなかへ消え入るように戻っていった。

彼女が墓のなかへはいると、おりから朝日の最初の光が、この世を照らしだした。わたしは、これできょう一日の危険は終わったとおもった。

わたしはグラントの腕をとって、いっしょに花の輪のなかから外へ出て、墓のところへつれて行った。墓のなかには、吸血鬼がついいっときまえにわれわれの見た、あの悪魔的生命に生きていた状態のまま、生ける死のなかに、もういちど静かに横たわっていた。だがじっと開いているその目のなかには、あの恐ろしい怨みの表情と、すくみ怖れている恐怖の色がのこっていた。

グラントもようやく元気をとりもどした。

「どうだね、グラント」とわたしはいった。「きみはこの戦慄を永久に世の中からとり除くために、最後の恐ろしい仕事をする気があるかね？」

「ああ、神かけて、やるとも」とかれはまじめな顔をしていった。「なにをすればよいのかね？」

「まず彼女を墓から出すから、手伝ってくれたまえ。もう人間に害はしないから、大丈夫だよ」

われわれはなるべく顔をそむけながら、最後の恐ろしい仕事にとりかかるために、敷石の上に彼女を横たえた。

「さてと、きみはこの哀れな亡骸《なきがら》に、葬《はふ》りの供養の経を誦《とな》えてやってくれたまえ。それがすんだら、この女をがんじがらめにしている、生きながらの地獄から解放してやることにしよう」

牧師は朗々たる声で、美しい偈《げ》をうやうやしくとなえ、わたしも敬虔なこころで、必要な答唱をいくつか修した。それが終わったところで、わたしは例の杭をとりあげて、自分に考えるひまを与えず、渾身の力をふるって、遺骸の心臓部にその杭をエイと打ちこんだ。

遺骸は、まるでほんとうに生きているかのように、一瞬、身をよじらせ、発作的にのけぞり、胸のつぶれるようなすさまじい絶叫の声で、静かな教会じゅうをいっぺんに揺すぶりさました。

それから、ふたりでまた哀れな遺骸をかつぎあげて、もとの墓のなかへおさめた。もう、しめた！ 言い伝えにいわれている慰謝は、われわれが最後にやったような、ああいう恐ろしい仕事をやらなければならない人間にとっては、けっして否定できないことだ。見よ、顔には神《こう》神《ごう》しいくらいの平和が忍びより、唇は真紅の色を消し、つきでていた鋭い歯は口のなかにかくれ、われわれは一瞬、眠りのなかで微笑している美人の、おっとりとした白い顔を、目のあたりに見ている思いがしたのである。それから四、五分もたつと、彼女はわれわれが見まもる目のまえで、さらさらと塵に化し去ってしまった。われわれは後片付けをして、われわれのやった仕事の証拠となるようなものは、ひとつ残らずきれいに片付け、それから牧師館へひきあげた。なによりも一ばんありがたかったことは、あの身の毛のよだつような恐ろしい連想をもった教会から、すがすがしい夏の朝の茜《あかね》いろの暖気のなかへと一歩出たことであった。


以上のごとき結びで、父の日録は終わっているのであるが、さらにそれから二、三日あとのところに、次のような記事がある。——

七月十五日。——十二日以来、万事平静になり、平日どおりになった。今朝、「サラの墓」を据えなおし、すっかり封印をした。職人たちは、遺骸が消えてなくなったのを見て、びっくりしていたが、空中にさらしたために、自然そういう結果になったものと、かれらは解釈していた。

ただ、ひとつ妙なことが、本日、わたしの耳にはいった。なんでも、村の一軒の家の女の子が、今月十一日の晩、家からふらふら迷い出て、翌朝、教会の近くの雑木林のなかで、まっ青になって疲れ果てて眠っていたところを発見されたらしい。女の子ののど首のところに、小さな傷痕が二ヵ所あったが、いまはもう消えてしまったという。

これは一体、どういう意味なのか？　いまはもう吸血鬼はいないのだし、その女の子にもまたほかのだれにも、このうえ危害のないことは自明のことなのだから、このことは、今もって自分の胸だけに畳んでおいてある。死後、自分がかわって吸血鬼になるのは、吸血鬼に抱かれて死んだ者のばあいに限るのである。

血こそ命なれば

F・マリオン・クロフォード

F・マリオン・クロフォード　Francis Marion Crawford (1854–1909) ——ロマンティックな大衆小説で世紀転換期に人気を博したアメリカの作家。イタリアで生まれ、ケンブリッジ、ハイデルベルク、ローマ大学で学び、インドでの新聞編集者を経て、アメリカに渡り文筆活動を開始。インドを舞台にした第一作 *Mr. Isaacs* (1882) で人気作家の仲間入りをする。その後イタリアに定住してロマンスや歴史小説を量産、幻想小説の傑作に『プラハの妖術師』、アラビアン・ナイト風の東洋幻想譚『妖霊ハーリド』がある。怪奇短篇の名手でもあり、没後出版の短篇集 *Wandering Ghosts* (1911) は、吸血鬼小説の古典「血こそ命なれば」"For the Blood Is the Life" や海妖怪談の名作「上段寝台」をはじめ、「死骨の咲顔」「泣きさけぶどくろ」などのアンソロジー・ピースを収録している。平井呈一はクロフォードの怪奇小説について、現代派の作品と比べれば新旧の差は争えないが、「そこに盛られた恐怖の比重は、果たして新旧どちらが重いか」、その恐怖は「もはや現代の読者には無縁なのか」（怪2）と問いかけている。

三伏《さんぷく》の夏、炎暑のごくきびしいさなかには、ここのほうがだいいち涼しいし、それに、狭い台所が、ま四角な大きな構えの隅っこのほうにあるのだから、皿小鉢をはこぶのに、年経《ふ》りてあちこち欠けたり、どこもかしこも擦りへった急な石の階段をのぼり下りするよりも、便利なせいもあって、われわれは日の落ちるころに、この古い塔の屋上で夕飯をしたためた。この塔は、十六世紀のはじめ、新教徒がフランソワ一世に加担して、皇帝と教会に反旗をひるがえしたころ、カール五世皇帝がバーバリの海賊どもを撃退するために、カラブリアの西海岸一帯に建てた望楼《ぼうろう》の一つであった。こんにちでは、あらかた見る影もない廃墟に帰して、昔のすがたをとどめているものはいくつもないけれども、そのなかでも、わたしのはいちばん大きいものの一つである。そんなものが十年前に、どういういきさつでわたしのものになったか、また、毎年ある一定の期間を、なぜわたしがここで過ごすのか、そんなことはこの物語には、なんの関係もない。

塔は、イタリア南部でももっとも辺鄙《へんぴ》な土地の一つである、彎曲した岩山の突端に立っている。小さな入江であるが、ここはポリカストロ湾の南のはしの自然の良港をなしており、この地方の言い伝えによると、ユダ・イスカリオテの生誕の地だといわれている、スカレア岬のちようどま北にあたる。塔は、鉤《かぎ》のような形に、つきでたその岩山の上に、ぽつんと立っていて、あたり三マイル四方、人家は一軒もない。ここへ来るときには、わたしはいつも二人の水夫をつれてくるが、その一人は腕っこきのコックで、わたしがるすのあいだは、もと鉱夫上がりの、妙な縁からわたしのそばを離れないでいる、もう一人のちんちくりんの男に管理させてある。

夏の一人ぐらしのなかを、ちょくちょく訪ねてきてくれる友人は、画《え》かき商売の男で、身は浮き雲の風まかせ、飄々乎《ひょうひょうこ》たる一介の風来坊である。わたしたちは落日を眺めながら飲み食いをしたが、赤あかと輝いていた夕日のいろもいまはすでにさめて、むらさきいろの暮色が、東にひろがる深い入江をかかえこむようにして、南のかたへしだいに高上がりに聳《そび》えている、大きな山なみをすっぽりと包んでいる。夕凪《ゆうなぎ》どきのひとしきり暑いときで、われわれは塔の屋上の陸に面した一隅に陣どって、やがて低い山から吹いてくる夜風を待っているところであった。五彩の色もいつしか空から消え、いまは濃い灰色の暮れなずみのひとときで、台所のあいている戸口から、黄いろいランプの灯影がひとすじ流れ、そちらは下男たちが食事の最中である。

やがて岬の山の端《は》に忽然《こつねん》として月がのぼり、夕月の光は屋上の床をひたし、眼下にひろがる夕凪の、波ひとつないしずかな水際《みぎわ》まで、だらだらとなぞえに下がっている岩場や草山を、明るく照らしだした。友人はパイプに火をつけて、丘の中腹の一点に、じっと目をこらしていた。かれがそこを眺めていることは、わたしにもわかっていたし、じつはさきほどから、なにかそこに注意を集中するものを見つけやしないかと、内々気になっていたのである。その地点は、わたしもよく知っていた。どうやら友人は、ようやく関心をひかれだしたようすであったが、口をひらくまでにはだいぶ間があった。獅子がおのれの力に信頼し、鹿が自分の足に自信があるように、かれも多くの画家とおなじく、視力には自信をもっていた。そして、自分の見るものが、自分が当然見ると信じているものとぴったり一致しないと、いつもいらいらしてくる男であった。

「へんだな」とかれはいった。「あすこのまるい石のちょっと手前のところに、小さな塚が見えるね？」

「ああ、見えるよ」とわたしはいって、そーら、おいでなすったな、とおもった。

「あれ、墓みたいに見えるね」とホルゲルはいった。

「ほんとだ、墓みたいに見える」

「そうだろ」と友人は、その地点から目をはなさずに、つづけた。「だけど、おかしいのは、あの上に死骸が横たわっているのが見えるんだよ。むろん――」とホルゲルは、画家がよくやるように、首を片方にかしげながら、「――光線のかげんにちがいないけどさ。だいいち、墓でもなんでもないんだろうし、かりにもし墓だとすれば、死骸は中にあるべきで、外にはないはずだものな。だから、やっぱり光線のぐあいだよ。きみには見えないかい？」

「ちゃんと見えているよ。月の晩にはいつだって見える」

「なんだか、あんまり大して興味なさそうだな」とホルゲルはいった。

「いやあ、ないどころか、大ありさ。ただ、しょっちゅう見慣れてるもんだからね。きみの言うことは、どっちみち、まあ当たらずといえども遠からずというところさ。あの塚はほんとうに墓なんだよ」

「冗談いえ！」とホルゲルは頭から信じられないというふうに、「おい、まさかあの上に寝てるように見えるものが、ほんものの死骸だなんていうんじゃないだろうな？」

「いや」とわたしは答えた。「あれは死骸じゃない。ぼくはまえに、わざわざあすこまで見に下りて行ったことがあるんで、知っているのさ」

「じゃ、何なんだ？」

「なんでもないんだ」

「なら、やっぱり光線のかげんだというんだね？」

「たぶんね。ただ、どうにも不可解なのは、月の出、月の入り、あるいは月の満ち欠けに、ぜんぜん関係ないんだ。月が東にあろうが、西にあろうが、頭のま上にあろうが、月あかりがありさえすれば、あの墓を照らしているかぎり、あの上に死骸の輪郭《りんかく》が見えるんだ」

ホルゲルはナイフの先でパイプの雁首をほじくっていたが、やがて指をストッパーがわりに使って、うまくタバコに火がついてきたところで、椅子から立ちあがった。

「かまわなければ、おれ、ちょっと行って見てくるぜ」

そういって、かれはわたしのそばを離れると、屋上をつっきって、暗い階段にすがたを消した。わたしはそのまま食卓から動かずに、画家が下の塔から外へ出てくるのを見下ろしていた。やがて、古いデンマークの民謡を鼻唄まじりにうたう声がきこえたとおもうと、かれは月のキラキラさしている空地をつっきって、そのまま怪しい塚のほうへまっすぐに歩いて行った。塚から十歩ほど手前のところで、ホルゲルはちょっと立ち止まると、そこで二歩三歩前に出、つぎに三歩あとに下がり、そこに立ち止まった。なぜかれがそんなことをしているのか、わたしにはその意味がわかっていた。つまり、ある地点まで行くと、怪しいものがパッと見えなくなる——かれのいわゆる光線のかげんの変わる地点にたどりついたわけである。

つぎにかれは、またふたたび歩きだして、こんどは塚のすぐそばまで行き、その上につっ立った。わたしのいるところからは、怪しいものは依然としてまだ見えていたけれども、でもそれは、先刻のように横に寝ているのではなくて、いまは両膝をつき、白い腕をホルゲルのからだに巻きつけて、下からかれの顔を見上げていた。そのとき、ひんやりとしたそよ風が、わたしの髪を吹いて通った。夜風が山のほうから吹きだしてきたのである。なんだかそれが、あの世から吹いてきた風のような心持ちがした。

怪しいものは、どうやらホルゲルのからだを支えにして、立ち上がろうとしているらしい。ホルゲルのほうは、そんなことはまるで知らぬが仏で、塚の上にしゃんと立って、月光を片側にあびると絵にかいたように美しくなる、この塔のほうを眺めているようすである。

「おーい、下りて来いよう！」とわたしはどなった。「夜通し、そんなとこに立っているのか！」

塚から下りてくるかれが、なんだかいやにしぶしぶ動いているように、でなければ、妙に下りにくがっているように、わたしには見えた。それもそのはず、怪しいものの両腕は、いまもってかれの腰に巻きついているものの、かんじんの足が墓から離れられないでいるのだ。画家がおもむろに歩きだすと、それにひっぱられて、怪しいものはほの白い霧の帯のようになって長く伸び、そのうちにホルゲルが、きゅうに寒けをおぼえた人みたいに、ブルブルッと身震いをしたのが、こちらからはっきりと見えた。とたんに、どこからか、いかにも苦しげな、かすかな泣き声が、風にのってきこえてきた。――ひょっとすると、それは岩山にすむ小さな梟《ふくろう》の声だったかもしれない。――すると、霧のように見えていたものが、歩いていくホルゲルの五体からサッと離れたとおもうと、たちまちまた元のとおり、塚の上にながながと横になった。

と、そのとき、またしてもわたしは、ひんやりとした夜風を自分の髪に感じた。が、なぜかこのときは、氷のようなゾクリとするものが背すじを走り下った。いつぞや、やはり、月明の晩に、自分が一人で塚のところへ下りて行ったときのことを、いまでもわたしはよく憶えている。あのときも、塚のすぐそばまで行ったのだが、なにも見えなかった。今夜のホルゲルのように、わたしもあのとき、塚の上に立ってみた。そして、塚の上になにもないことを確かめて帰る途中、今うしろをふりかえれば、結局なにかがそこにあるぞという、そんな確信がふっとそのとき閃《ひらめ》いた。そのときの、うしろをふり向いてみたいという強い誘惑、それをわたしは、常識ある人間にあるまじきものとして懸命に抵抗したあげく、誘惑を払いのけるために、いまホルゲルがしたと同じように、自分もからだをふるったことをはっきりと憶えている。

そして、今になってわたしは、あの白い霧のような腕は、あのときの自分にも巻きついたのだ、ということを知った。そのことを、わたしは一閃のうちに知り、そういえばあのときも梟の声がきこえたことを思い出して、おもわずゾッと身震いがした。ところが、今にして考えると、あれは梟の声ではなくて、あの怪しいものの泣き声だったのだ。

　わたしはパイプを詰めかえて、強い南国の酒をグラスについだ。ものの一分とたたぬうちに、ホルゲルは、ふたたびわたしのそばに坐りこんでいた。

「むろん、あすこにはなんにもなかったよ」とかれはいった。「だけど、なんだか薄気味わるいところだな。いや、それがね、戻ろうとすると、なにかうしろにあるぞという気がして、へんにふりかえって見たくなってさ。見まいとするのに骨折ったぜ」

　かれは軽く笑いながら、パイプの灰をはたいて、手酌でブドー酒をコップに注《つ》いだ。二人とも、ややしばらく、無言でいた。月はようやく高くのぼった。二人は、塚の上に横たわっているものをじっと眺めた。

「あれで小説が一篇書けるぜ」とホルゲルが、しばらくしてからいった。

「じつは、あるんだよ、一つ」とわたしは答えた。「眠くなかったら、ひとつ聞いてもらうかな」

「うん、聞かせろよ」と小説好きのホルゲルはいった。

　アラリオ爺さんが、あの山のかげの村で死にかけていた。爺さんのことは、きみもきっと憶えてるよ。人のうわさだと、なんでも南アフリカでインチキ宝石を売って、金をこしらえたとかで、それがバレると、儲けた金をもってズラかったんだとさ。ああいう手合はみんなそうだが、なにがしかのものを持って国へ帰ってくると、さっそく自分の家の増築拡張にとりかかったのさ。このへんには石工の職人がいないもんだから、やっこさん、職人を二人、パラオから呼びよせた。これがまた、見るからに荒くれた、やくざ者の二人組でね、一人は目っかちのナポリ生まれ、もう一人のほうは、左の頬ぺたに深さ半インチばかりの古傷のあとがあるという、シチリア人だ。この二人は、ぼくもちょいちょい見かけたよ。日曜になると、よくこの下へきて、岩場で磯釣りをしてたから。

アラリオ爺さんが命とりの熱病にとっつかれたときも、この二人組はまだ仕事をしていた。飯《シャリ》と宿代《ドヤ》は手間のうちから差っ引いてもらうという契約で、爺さんは二人を自分の家に寝泊りをさせていたんだ。爺さんのかかあはとうに亡《な》くなって、一人息子のアンジェロというのが、これが鳶《とび》が鷹をうんだというやつで、親に似合わぬ出来物《できぶつ》でね。なんでも村一ばんの物持ちの娘と結婚することになったそうだが、妙なはなしで、縁組は親同士がきめたものなのに、当人同士はとうから出来ていたんだそうだ。

その点にかけては、村じゅうがアンジェロに惚れていた。そのなかに、クリスチーナという、野育ちだがちょいと渋皮のむけた娘《こ》がいて、このへんでよく見かける娘たちにくらべると、いかにもジプシーらしい娘だった。まっかな唇にまっ黒な目もと、グレイハウンドみたいな体つきで、言うことは悪魔も顔負けするくらいあらっぽかった。これがアンジェロにぞっこんだったんだが、アンジェロのほうは彼女に鼻もひっかけない。だいたい、アンジェロという男は、前にもいったように、海千《うみせん》山千のタヌキおやじとはまるで違って、どっちかというとお人好しの純情な若者で、まあ世間並みの事情だったら、おそらくかれは、おやじがきめてくれたかなりの持参金つきの丸ぽちゃで愛くるしい、娘以外には、どんな子にも目をくれなかっただろう。ところが、どっこい、事情は世間並みでも常態でもない。とんだことが持ち上がったのさ。

一方、クリスチーナのほうはほうで、マラテアの上の山奥から出てきた、若い、男っぷりのいい羊飼いに、ぞっこん思いつかれた。が、これはどうやら女のほうでけんもほろろのようすでね。大体、クリスチーナという娘は、これまでこれというきまった身すぎのない子だったが、気だてはいいし、仕事に骨惜しみはせず、一斤《きん》のパン、一皿の豆にありつけて、雨露しのぐところで寝られさえすれば、どんな遠いところへでも喜んで使いにいく。とりわけ、アンジェロのおやじの家になにかする用があれば、喜んでいた。村には医者がいないから、アラリオの爺さんが危篤と見た近所の連中は、さっそく医者を迎えに、クリスチーナをスカレアまで使いにやった。それがもうかれこれ日の暮れ時で、なんでまたそんなに遅くなったかというと、死にかけている渋チン爺がまだ口のきけるうちは、そんな浪費《ついえ》なことはするなするなといって、強情はっていたからなのだ。ところが、クリスチーナが使いに出かけたあいだに、容態は急変して、司祭の牧師が枕元によばれ、型どおりのことをすませたあとで、老人はただいま息をひきとってこの家を去ったと、見舞にきていた近所の衆に言いわたした。

こういう村の連中のことは、きみも知っているだろうが、かれらは死というものに対して、肉体的な恐怖をもっているんだね。牧師が言いわたすまでは、部屋のなかは近所の衆でいっぱいになっていたのだが、死んだという言葉が牧師の口から出たとたんに、部屋のなかはからっぽになってしまった。あたりはもう夜で、見舞いにきていた連中は、まっくらな階段を先を争って、あたふた駆け下りると、いっさんにおもてへ飛びだして行っちまった。

まえにも言ったように、せがれのアンジェロは留守だし、クリスチーナはまだ帰ってこない。まえから病人の世話をしていた田舎者の雇い婆も、ほかの連中と逃げだしてしまったから、爺さんの死骸は、土器《かわらけ》の油ランプのチラチラする灯影のなかに、一人ぼっちで置き去りにされていたという始末だ。

それから五分ののち、二人の男があたり四方に目をくばりながら、抜き足さし足でベッドに忍びよった。一人は目っかちのナポリ男、もう一人は、いわずと知れた相棒のシチリア男だ。二人とも、お目当てのものがどこにあるか、ちゃんと知っていた。アッというまに、ベッドの下から、小さいけれどもズッシリ重い、鉄ばりの箱をひっぱりだすと、村の連中はだれ一人死びとのそばへ引き返すことなど考えもつかないその隙に、二人はこっそり家をぬけ出し、闇にまぎれて村をずらかった。こんなことは、それこそ朝飯前のしごとで、アラリオの家はこの谷あいへ下りるとっつきのところにあったし、賊は裏口から出て、そこの石塀をのりこえれば、あとはなんの危険もありはしない。遅くなって家にかえる百姓に出会う惧《おそ》れはないでもなかったが、それもふだんからこの道を通る人はめったにないことを思えば、その心配もまずない。というわけで、つるはしとシャベルをかついだ賊どもは、なんのこともなく、無事、ここまでやっこらやってきたというわけだ。

ことわっておくが、ここのところは、むろんだれも見ていたやつはないいんだから、さだめしこうだったにちがいなかろうという、当てずっぽの話をしてるんだぜ、いいね。とにかく、賊は谷づたいに、ここまで箱をはこんできた。どこかへひとまず埋めておいて、あとでまたやって来て、そのとき舟で持っていこうという魂胆《こんたん》だったんだな。なにしろ、金の一部は札《さつ》だと眼《がん》をつけたくらいだから、なかなかどうして、すばしっこいやつらにちがいないやね。でなければ、さっそく浜の濡れた砂のなかへ埋めたはずだよ。そのほうがずっと安全だからね。そのかわり、埋めっぱなしで長いこと取りにこられないような破目《はめ》になると、札《さつ》は腐ってしまう。そこでやつらは、ついそこの下の、あの丸い石のすぐそばに穴を掘った。そう、ちょうどあの塚が今あるところさ。

クリスチーナはスカレアへ行ったが、あいにく、医者はいなかった。サン・ドメニコへ行く途中の谷の上の村へ往診に行って、留守だった。医者がおりよくいたら、さっそく、上街道《かみ》をロバでトコトコやってきてくれたろう。上街道はまわり道にはなるが、道はずっといいんだ。しかたがないから、クリスチーナは近道をして、岩山づたいに帰ってきた。その近道というのが、あの塚の五十フィートばかり上を通っている道でね。あすこの角のところでグルッと曲がっている。そこを通りかかったとき、男たちは穴を掘ってるところで、その音が彼女に聞こえた。もともと、世間に怖いものなしの彼女のことだから、そんなとき、なんの音だか確かめもせずに、そのまま行ってしまうなんてことは彼女に似合わしからぬことだ。それに、このへんは、ときどき漁師が夜、錨《いかり》にする石をとりにくるとか、浜へ燃し木を集めにくることなどが、よくある。その晩は闇夜だったから、おそらく、賊どもがなにをしているかが見えないうちに、彼女はそのすぐそばまで行ったんだろうとおもうよ。むろん、男たちは顔見知りだし、よく知ってる同士だ。賊は、とっさに、こいつは彼女に痛いところを押さえられたなと思った。こうなるうえは、自分たちの身の安全のためとなれば、やることは一つしかない。それをやつらはやってのけた。いきなりクリスチーナの頭を殴って、穴を深く掘り、鉄ばりの小箱といっしょに、手早く彼女を穴のなかに埋めた。きっと賊どもは、嫌疑をのがれる唯一の手だては、自分のいないことが村の連中に気づかれないうちに、村へ戻っているしかないと思ったに相違ない。これからすぐに引き返せば、三十分後には、アラリオ爺さんの棺桶をこしらえている大工と、なに食わぬ顔をして、世間ばなしかなにかしていられる。この大工はやつらの仲間の者だし、爺さんの家の普請《ふしん》のときにも働いていた男だ。ところで、ぼくが割り出した考えだと、爺さんの宝のかくし場所を知っている人間は、せがれのアンジェロと、それから前に言った雇い婆と、この二人だけだ。そのアンジェロは留守、となると、宝が盗まれたことを発見したのは、あの雇い婆ということになるわけだ。

なぜ、ほかに金のありかを知っているものがいなかったのか。これを知るのは、いと易いことだ。爺さんはいつも外出するときには、入り口に錠をかけて、鍵はポケットに入れて出かける。自分がその場にいなければ、爺さんは、雇い婆を掃除にもはいらせない。でも、村の連中は一人のこらず、爺さんがどこかに金をかくし持っていることは、みんな知っていた。二人の賊は、おそらく爺さんの留守のときにでも、窓によじ登って中へはいり、金箱のありかを見つけておいたんだろうな。かりに爺さんが熱病に浮かされて、意識不明におちいらなかったとしたら、爺さんは、おそらく金のことが気になって、心中戦々兢々、さぞ悩みに悩んだことだろうよ。主人思いの雇い婆は、みんなといっしょに家から逃げ出した、ほんの数分間だけは、死の恐怖に圧倒されて、金のありかなんか、おそらく念頭になかったにちがいないさ。それから二十分後に、この雇い婆は、村に埋葬があるときには、かならず死びとの支度に呼ばれる二人の老婆といっしょに、主人の家に戻ってきた。このときだって、はじめはベッドのそばへ近づく勇気などさらになかったが、でもなにか物を落としたふりをして、それを捜すように床に膝をついて、ベッドの下をのぞきこんだ。部屋の壁は、つい近ごろ、床のところまで新しくまっ白に塗りかえたばかりだったから、彼女はひと目で金箱のなくなっていることがわかった。昼過ぎには、ちゃんとそこにあったのだが、してみると、彼女が部屋から逃げ出したあと、ほんのわずかな隙に盗まれたわけだ。

村には、駐在の巡査もいなければ、部落自治会の夜警程度のものも置かれていない。自治会そのものが、どだい、存在していないんだから、話になりゃしない。こんな土地は、昔からまずあった試しがないだろうと思うよ。スカレアあたりが、なにか得体のわからないやり方で、そういうことを管理しているらしいんだが、そこからだれかに来てもらうにしたって、ざっと二時間はかかる。この雇い婆さんも、一生をこの村で暮らしてきた人間だから、その筋の人に助けを求めるなんて考えは、浮かびっこなかった。彼女はただ、まっ暗闇のなかを、死んだ主人の家に泥棒がはいったと金切り声でどなりながら、村じゅうを駆けずりまわっただけだった。

大ぜいの村びとたちは、それを聞いて窓から首を出したが、最初はだれ一人、彼女に手を貸そうとするものもなかった。たいがいの人は、婆さんのいうことを手前勘《てまえかん》で判断して、おおかた、あの婆さんが金を盗んだんだろう、とささやきあった。と、一番槍に動きだしたのが、アンジェロが結婚することになっていた娘の父親だった。この人は家じゅうの者を集めて――集まったものは、いずれ縁組によってこの家へ流れこんでくる財産に、手前勝手な関心をよせている連中ばかりだった――金箱は、あの家に寝泊りしていた、渡り者の二人の石工が盗んだにちがいないと、自分の意見を吐いた。そして捜索隊を組織した。捜索は、当然のことながら、アラリオの家からはじまって、大工の仕事場でおわったが、賊どもは、その仕事場で、石油と獣脂を入れた土器《かわらけ》ランプの灯影の下で、半分出来かけの棺桶を前にして、大工と酒の計りかたのことですったもんだやってるところを、押さえられた。捜索隊は、ただちに犯人を盗みのかどで糾明し、スカレアから警官を呼ぶまで、地下室に監禁するといって、おどかした。二人の賊は、とっさにチラリと顔を見あわせると、やにわにランプの灯を吹き消し、出来かけの棺桶をひっつかむなり、そいつを掛矢《かけや》のごとくに使いながら、まっ暗闇のなかで捕人《とりて》の連中に打ってかかった。そして、あわやというまに、あと白浪と逃げ去ったり。……

これで、第一巻は終わりさ。宝は消えて、行きがた知れず。だから世間では、賊がまんまと持ち去ったものと考えた。アラリオ爺さんは埋葬され、やっとのことで帰ってきたアンジェロは、みすぼらしい葬式を出すために、借金をしなければならないという始末で、いろいろそこに苦労をした。遺産がなければ、花嫁も鳶に油揚げぐらいのことは、人から言われるまでもなく、かれは知っていた。一体この地方では、結婚はいやに厳格な事務的方針で行なわれていてね。約束の結納金なり持参金なりを、かねて指定の日に耳をそろえて持っていかないと、親が金の調達のできなかった花婿、ないし花嫁は、これは晴れの式があげられないんだから、まず雲隠れでもしたほうがいいということになりかねない。かわいそうに、アンジェロはそのことを充分知っていた。自分のおやじは、土地といったら猫の額ほどのものも持っていないし、南アフリカから持って帰った現金は消えてなくなる。あとに残ったものといえば、古家の建て増しにつかうために買いこんでおいた、建築材料の借金ばかり。アンジェロは乞食同様の身におちぶれて、かつては、自分のものになるはずだった、例の丸ぽちゃの愛くるしい娘も、そうなると、これ見よがしに鼻もひっかけてくれない。

一方、クリスチーナはというと、これは、あれから四、五日たってから、やっとゆくえのわからないことが知れた。医者を迎えにスカレアへ行ったことなんか、医者が来なかったもんだから、みんな忘れてしまっていたんだね。いままでにも、山の奥の農場なんかで、あちこち雑《ぞう》用《よう》仕事をしている時なんか、幾日も姿の見えないことがちょくちょくあったことはあったけれども、まるっきり帰ってこないとなると、村のひとたちも怪訝《けげん》に思いだした。そしてけっきょく、とどのつまりは、おおかた、あの石工どもといっしょに逃げたんだろうということにして、みんな一応けりをつけたような心持になった、というわけさ。

わたしは一息入れて、グラスを乾《ほ》した。

「そういうことは、よその土地ではまず起こるまいな」とホルゲルは、立てつづけに吸っているパイプにタバコを詰めかえながら、言った。「ここみたいなロマンティックな土地だと、殺人とか不慮の死なんてものにも、なにか自然の魅力があるんだな。これは驚くべきことだぜ。よその国なら、ただ残忍目を蔽うものに思われるはずの行為がだぜ、ここがイタリアの国で、しかもこうしてバーバリ海賊防衛のためにカール五世が建てた塔にいるというだけで、いかにもドラマティックな、謎めいたものになっちゃうんだからなあ」

「まあ多少、そういうところはあるね」とわたしはかれの説をみとめた。ホルゲルという男は、夫子自身が世界一のロマンティックな男なのに、なにごとにつけ、なぜそう感じるのか、それを注釈する必要があると、つねに考えている男なのだ。

「で、その気の毒な娘は、けっきょく、金箱といっしょに発見されたんだろう？」と、しばらくして、かれはいった。

「だいぶ気になるようだから、話のあとを話しちまおうかね」

おりから、月は天心にのぼって、塚の上の怪しいものの形が、さっきよりもさらにくっきりと見えてきた。

まもなく、村は、ささやかな、退屈な、本来の生活におちついた。アラリオ爺さんが死んでも、べつにだれも惜しいとおもうものもない。半生をほとんど南アフリカへの航海に明け暮れていたほうが多かったんだから、故郷の村にはなじみの人もなかったわけだ。アンジェロは、半分出来かけの家に住み、雇い婆さんに払う金もなし、婆さんもいまさら住みこむ気はなかったが、でもそこは昔のよしみでたまには顔を出して、シャツぐらい洗ってやったりしていた。この家のほかに、アンジェロは、村からすこし離れたところにある、ちっぽけな土地を遺産としてもらった。かれはそこを耕してみたけれども、仕事にはさっぱり身がはいらなかった。身のはいらないのもむりはないさ。そこの地租とか家屋税など、今の自分にはとても払いきれないことがわかっていたし、いずれそのうちに政府に没収されるか、さもなければ、例の建築材料――それを回してくれた建材屋は、いまさらそんなものは引き取れないといって、断わってきた――の借金のかたに差し押さえられるにきまっているんだものね。

アンジェロは、ほんとに踏んだり蹴ったりだった。おやじが存命中は金もあったし、村の娘っ子という娘っ子は、みんなかれに想いを寄せていたが、いまはそれがドンデン返し。うそにも人から褒められ、ちやほやされ、年頃の娘をもった親たちから、まあ一杯と酒をよばれたりするのは、そりゃなんといってもいい心持のものだ。それにひきかえ、世間から冷たい目で見られ、ときには、せっかくの遺産をあたら人に盗まれた間抜けさを笑われる、その辛さ。アンジェロには、三度三度のたしない食事も、いまは自分で煮炊きをするありさまだ。その辛い悲しさが積もりつもって、かれはだんだん陰気にふさぎこむようになっていった。

夕方、一日の仕事がおわると、自分とおなじ年頃のわかものたちは、教会前の広場をぶらつき歩くのに、アンジェロは一人で村のはずれの寂しい場所へ行って、暗くなるまで、そのへんをほっつき歩く。やがて、こっそり逃げるように家に帰ると、油代を節約するために、すぐにそのまま床《とこ》のなかへもぐりこんでしまう。ところが、そうした一人ぼっちの寂しいたそがれ時に、かれは不思議な白日夢を見るようになった。一人ぼっちというけれど、かならずしもかれは一人でいるわけではなかったのだ。というのは、よく谷間へ下りる狭い道端の木の根っこに腰をおろしていると、下の谷のほうから、まるで跣足《はだし》で歩くように足音もたてずに、だれか女のひとが岩をわたって登ってくるなと、はっきりそう思うことがあった。女は、ほんの五、六ヤード離れた下の道の、栗の木立の下に立って、ものも言わずに手まねきをする。ほの暗い下闇のなかに女はいるのだが、かれには女の唇が赤くて、その唇をすこし開いてニッコリ笑うと、二本の尖った小さな糸切り歯がのぞくのが、ちゃんとわかっている。これは、見たというよりも、はじめからわかっていたのだ。そして、女はクリスチーナであること、そのクリスチーナはすでに死んだということも、かれにはわかっていた。それでいて、すこしも怖いという気がしない。ただ、これは夢なのかと思うだけだった。だって、目がさめているんだったら、当然怖いはずだものね。

だいいち、死んだその女の唇が、まっかな色をしている。夢でなければ、そんなことが起こるわけがない。日が沈んでから谷間の近くへいくと、女はいつもそこへすでに来ていて、かれのことを待っている。でなければ、すぐにどこからか現われる。そして、女が毎日ちっとずつ、こちらへ近づいてくるのがわかってきた。最初は血のようなまっかな唇ばかりが目についたが、いまでは目鼻立ちも一つ一つはっきりしてきたし、青白い顔が深いむさぼるような目で、じっとこちらを見つめるようになってきた。

その目が、だんだん暗く曇ったようになってきた。すこしずつ、ほんの少しずつかれは、今にきっとこの夢は、自分がそこから踵《きびす》をかえして家に帰ったところで終わらずに、まぼろしの現われる谷間へと自分をひっぱっていくようになる、ということがわかってきた。女が手まねきをするとき、いまはまえよりもぐっと近寄ってきた。女の頰は、死人のような土気色《つちけ》ではなくて、飢えと、その目にまざまざとあらわれている、こちらを飲みつくすような、激しい、飽くことを知らぬ肉体的な渇望感とで、青ざめた色をしている。かれの魂を愛弄し、呪文をかけ、はてはかれの目にぐっと近寄って、手も足も動かないようにしてしまう。女の息が火のように熱いのか、氷のように冷たいのか、どっちだかよくわからなかった。まっかな唇が、かれの唇を焦がしたのやら、凍らしたのやら、また女の五本の指が、かれの手首に火傷をおわせたのか、凍傷を起こさせたのか、さっぱりわからなかった。自分がはたして起きているのか、眠っているのか、女が生きているのか死んでいるのか、それさえ判然としなかった。ただわかっているのは、女がかれを愛していること、世界中――この世もあの世もふくめて生きとし生けるもののなかで、自分を愛してくれているのは、この女一人だということ、それと、女の呪文が自分に大きな力ではたらいていること、それだけだったんだな。

その夜、月が高くのぼったとき、ついその下の塚の上の怪しい影は、一人じゃなかった。

アンジェロは、夜明けのひえびえとしたなかで、ふと目がさめた。全身、露に濡れそぼち、寒さは血と骨のなかまで浸みとおるばかり。かれは、ほのぼのとした灰色の光のなかに、目をひらいた。そして、頭上にはまだ星が輝いているのを見た。なにかひどく疲れていて、心臓がまるで気を失った人みたいに、いやにゆっくりと打っている。ふだん枕の上でするように、かれは塚の上でそっと頭を横に向けてみたが、相手の顔はそこになかった。きゅうに不安がかれをとらえた。なにか言うに言われぬ、得体のしれない不安だったんだね。かれはガバとはね起きると、夢中で谷を駆けのぼり、村はずれにある自分の家の戸口に走りつくまで、ついにうしろをふりかえって見なかった。その日は疲れたからだで、畑仕事に出た。時間は太陽につれてゆっくりと過ぎ、やがてのことに、夕日は海にふれて沈み、マラテアの上の峨々《がが》たる山やまが、鳩羽色の東の空に、くっきりと紫いろに変わった。

アンジェロは重い鍬《くわ》を肩にかついで、畑を出た。仕事をはじめた朝がたにくらべると、だいぶ疲れは治ったような気がしたが、きょうは道草をくわずにまっすぐに家へ帰って、せいぜいおいしい夕食を食べ、よいキリスト信者らしく、ひと晩ぐっすり眠ることにしようと、自分に誓った。もう二度とふたたび、あんなまっかな唇と氷みたいな息をもった幽霊なんかに誘われて、あすこの細い道は下りないことにしよう。もう金輪際《こんりんざい》、あんな恐怖と歓喜の夢は見まい。そんなことを考えながら、いつのまにかかれは村の近くへ来ていた。日が沈んでから、三十分ばかりたっていた。教会のひびの入った鐘が、岩山から谷だにへと、調子っぱずれなこだまをひびかせ、よき村びとたちに、きょう一日が終わったことを告げている。アンジェロは、村のふたまた道のところで、しばらく足を止めた。左へ行けば村、右へとれば谷へ下りて、栗の木立が枝をさしだしているあの細道へ出る。かれは破れた帽子の鍔《つば》をあげて、暮れいそぐ西のほうの海を眺めながら、口はひとりでに、唱えなれた夕べの祈禱をとなえていた。唇はうごいていたが、頭のなかで追っている言葉は、いつのまにか意味が消えて、べつのものに変わっていた。そしてそれがしまいに、一つの名前になり、その名前をかれは大きな声で、口に出していた。

「クリスチーナ!」

とたんに、今の今まで張りつめていたかれの意志が、きゅうにゆるんで、目の前にあるものが形を消し、またもや夢がかれをとらえたと思ううちに、まるで夢遊病者みたいな足早なしっかりした足どりで、しだいに夕闇の濃くなる右手の坂道を、夢中でかれは駆け下りていった。すると、女がどこからともなく、かれのわきへするりと寄りそってきて、ふしぎな甘い言葉を耳もとにささやいた。目のさめているときに聞けば、まるでちんぷんかんぷんの言葉だとわかっていながら、それが今は、生まれてはじめて聞く妙《たえ》なる言葉にきこえる。そのとき、女は口づけもしてくれたが、でもそれは、こちらの唇にしてくれたのではなかった。なんだかチクリとするような口づけを、かれは自分の白い咽喉《のど》に感じ、その唇がまっかな色をしていたことを知っていた。

こうして激しい、狂ったような夢は、たそがれから宵、宵から月の出と、さやかな夏の夜を夜どおしつづけられた。でも、肌寒い明けがたになって、ついそこの塚の上に、血を吸いとられて半分死んだ人のようになって横たわりながら、うつつともなく夢ともなく、うつらうつらしていると、ふしぎとかれは、あのまっかな唇がむしょうに恋しくなった。すると恐怖がおそってきた。なんとも名状しがたい、ものすごい恐怖——人間が見ることのない世界、われわれが物を知覚するようには知覚しない世界、でも、それが持っている氷のような冷たさがわれわれの骨の髄を凍らせる時、まぼろしの手が髪にさわる時には、われわれにも感じられる世界――そんな世界の境目を護っている、死の恐怖とでもいおうか。アンジェロは、もう一度、塚からガバと跳ね起きると、東雲《しののめ》の光のなかを、まっしぐらに谷を駆けのぼったが、足もとが前の日よりもさらにふらついて、走ると息がせいせい切れた。やっとのことで、丘の中腹にふきでている泉のところまでくると、かれはそこへガックリ膝をついて、顔じゅうを水にひたし、生まれてはじめて飲むように、泉の水をゴクゴク息もつかずにむさぼり飲んだ。むりもないさ、かれの渇きは、戦場で一晩中出血していた傷兵の渇きだったんだからね。

こうなると、女はもう、アンジェロのことをしっかりとつかまえているから、かれは逃げられやしない。このうえは、自分の血の最後の一滴を吸いとられるまで、毎日日暮れになると、女のところへ通いつづけるだけだ。一日がおわって、さてきょうはひとつ、別の曲がり角から、谷のほうへ行かない道をとって家へ帰ろうとしてみても、いっこうに効がなかった。明けがた、浜から村へあがる寂しい道をのぼりながら、もう二度とこないぞと、われとわが身に約束しても、むだだった。夕日があかあかと燃えながら海に沈んで、涼しい夕風が疲れた世界を喜ばせに、どこかの隠れ家からこっそり、吹きだしてくると、かれの足は、しぜんと通いなれた道のほうにいってしまう。そして女は、栗の木立の下影で、かれを待っている。それからあとは、なにもかも、前のとおりのことが起こる。女は片方の腕を男に巻きつけたまま、フワフワ飛ぶように坂道を下りながら、まるで待ちきれないように、男の咽喉ぶえに口づけをする。かれの血が涸《か》れてくるにつれて、女の飢えと渇きは、日ましに激しくなってきた。そして、毎朝、夜のしらじら明けに目をさますと、かれは村へ帰る坂道をのぼるために身を起こすのが、日ましに辛くなってきた。また、畑仕事にいくときも、いかにも重そうに足をひきずり、重い鍬をかつぎ上げる力さえほとんど腕になくなってきた。いまではもう、かれはだれとも口をきかなくなった。ところが村の人たちは、かれが遺産をなくしたときに嫁にもらうはずだった娘に、いまでも恋い焦がれて、「身の痩せる思いをしている」のだといって、みんなその考えに腹をかかえて笑っていた。思うに、それもこの土地が、ロマンティックな土地でない証拠だよ。

さて、ちょうどそんなところへ、この塔の留守番をしてくれるアントニオという男が、サレルノの近くに住む親戚見舞から帰ってきたんだ。この男は、アラリオ爺さんが死ぬだいぶ前から、この土地を離れていたんで、留守中に起こったことは、なんにも知らなかった。アントニオがぼくに話したところでは、やっこさん、午後遅くなってここへ帰ってきて、疲れていたもんだから、すぐに塔にこもって、食事をすますとじきに寝ちまったんだとさ。で、真夜中すぎに目がさめて、外を見ると、ちょうど向こうの山の端《は》に片割れ月が出るところで、やっこさん、なんの気なしに、すぐ目の下の塚のほうを見やると、そこにたいへんなものを見たんだ。それっきり、その晩はまんじりともしなかったそうだよ。で、朝になって、もう一度見に出たときには、日がもうカンカン当たっていて、塚の上には、ごろた石と砂がすこしみだれていたほかは、なにも見えなかったそうだ。でも、アントニオは塚のそばへは近寄らずに、その足で村へいく細道をのぼると、老司祭の家へまっすぐに行った。

「どうも昨晩、いやなものを見ましてな」とかれはいった。「死びとが生きてる人間の血をのむところを見ましたんで。血はあなた、人間の命でござんしょう」

「その見なすったことを、くわしく伺おう」と司祭は答えた。

アントニオは、自分の見たことを逐一話したうえで、さらに言いそえた。

「それで今晩、恐れ入りますが、御祈禱本と御聖水をお持ちくださいますように。日の入りまえに、手前がこちらへお迎いにあがりますんで。お待ちの間に、一口召し上がるんでしたら、そのように支度《したく》をしておきますで」

「お供しましょう」と司祭は答えた。「いや、わしも以前、古い書物のなかで、同じような怪しいもののことを読んだことがある。生きておるでもなし、さりとて死せるものでもなく、墓のなかに生き身のごとくに横たわり、夜な夜な忍びでては、人間の生き血を吸うやつじゃて」

アントニオは、目に一丁字もない男だが、司祭が頼みの筋を了解してくれたのを知って、まずはほっとした。むろん、古い書物のなかには、そういう生きているとも死んでいるともつかない怪しいものを、永久に鎮めるよい手だてが、きっと書いてあるにちがいない。

そこでアントニオは暇をつげて、自分の仕事に帰ってきた。仕事といったところで、昼間はたいてい塔の日かげで、膝をかかえて坐りこんでいるか、さもなければ、岩の上で、釣れもしない糸をぼんやり垂れているぐらいのことだが、それでもその日は、珍しく昼間明るいうちに、二度も塚を見てまわって、どこかに怪しいものの出はいりする穴でもないかと、塚のまわりをグルグル回って捜してみたが、それらしいものは、なんにも見つからなかった。

日が沈みだして、物かげにいるとあたりがひんやりとしてきたころ、アントニオは、柳で編んだ籠《かご》をぶらさげて、司祭を迎えに出かけた。籠のなかには、聖水を入れる瓶と水盤と、じょうろ、それから司祭がきっと要ると思って、法衣も入れておいた。やがて、二人はここへやってきて、外が暗くなるまで、塔のなかで待っていた。ところが、まだ暮れなずみの光がうっすらとたゆたっているうちに、早くも二人は、ちょうどあのあたりに、なにやら動くものを見た。影が二つ——歩いているのは男で、男と並んで、フワフワ飛んでいるのは女だ。女はフワフワ飛びながら、男の肩に首をもたれて、男の咽喉に接吻している。このときのことは、司祭の口から直接ぼくも聞いたが、それを見たときには、司祭は歯の根が合わなくなって、おもわずアントニオの腕をつかんだそうだ。

そのうちに、まぼろしはそこを通り過ぎて、暗い影のなかに吸いこまれるように消えてしまった。そこでアントニオは、よくせきの時にとっておいた、強い酒のはいった革袋をもちだしてきて、老いぼれ爺も若返るというやつを、一杯キュッとひっかけると、角灯をさげて、つるはしとシャベルをかつぎ、司祭には法衣をはおらせて、聖水の瓶を持たせ、いよいよこれからひと仕事やらかす場所を目ざして、二人そろって出かけた。あとでアントニオもいっていたが、いざその場にのぞんでみると、ラム酒のいきおいもどこへやら、膝はがくがく、司祭は司祭で、祈禱のことばをしどろもどろで唱えるという始末。というのは、塚から二、三ヤード手前のところまで行ったとき、角灯のチラチラする灯が、いきなりアンジェロの青ざめた顔を照らしだしたんだね。見るとさながら眠ったように、意識のもうろうとしているアンジェロの、のけぞった咽喉元から、まっかな血のすじがタラタラ流れて、カラが朱《あけ》に染まっている。さらに角灯のちらつく灯影は、その血の饗宴のなかから、こちらをじっと見上げている、もう一つの顔を照らし出した。――落ちくぼんだ二つの目、死んでいるのに見えるその目、生命よりもまっかな色にひらいた唇、鮮血の滴《しずく》に濡れてギラギラ光っている二本の犬歯。それが照らし出されたんだから、たまったものではない。人のいい老司祭は、目をかたくつぶって、夢中で自分の前にやったらめったらに聖水をふり撒《ま》きながら、悲鳴にちかい濁《だ》み声をはりあげて、さかんに祈禱を唱えている。

アントニオのほうは、これはものに動じない男だから、片手につるはし、片手に角灯をふりかざし、この成行きいかに相成るや、そんなことには頓着なく、いきなり前へとび出した。そのとき、キャッという女の叫び声がして、とたんに怪しいものは消え失せた、とアントニオは言っている。アンジェロのほうは、咽喉からまっかな血のすじを引いたまんま、冷たい額に大粒の油汗をにじませて一人、塚の上に気を失って倒れている。二人は半死半生のアンジェロを抱き上げると、ひとまずすぐそばの地面の上に寝かしておいて、それからアントニオは仕事にとりかかった。司祭は寄る年なみゆえ、大したこともできなかったが、それでも猫よりましな手を貸して、二人は深い穴を掘り、アントニオはその墓穴のなかに立つと、おそらく見えるはずのものを見るために、角灯をかざしながら、恐る恐る腰をかがめてのぞきこんだ。

とにかく、ふだんは濃い茶色で、鬢《びん》に白いものがチラホラまじっていたアントニオの髪の毛が、その晩から一と月もたたないうちに、まるでアナグマみたいに白くなってしまったからね。やっこさん、若いころは鉱夫でね、ああいう連中は、よく坑内事故なんかあると、ずいぶんいやなものも見てきているんだろうが、その晩見たものは、さすがのかれも、生まれてはじめて見たといったよ。——生きているんでもないし、死んでいるんでもない、つまり、この地上にも墓のなかにも住めないもの、そいつを見ちゃったんだ。

アントニオは、司祭がまだ気づいていない、ある物を持ってきていた。昼間のうちに自分でこしらえておいた品で、それは堅い流木の切れっぱしで造った、さきの尖った杭だった。そいつをそのときそこへ持ってきていた。かれはその杭とつるはしを持って、角灯をかかげながら、墓のなかへ降りたんだ。そのとき、墓のなかでどんなことが起こったか、それについてアントニオの口を割らせることは、この世のいかなる権力をもってしても、とうてい不可能だろうね。老司祭のほうは怯えきっていて、とても中をのぞくどころの段ではなかった。司祭の話によると、なんでもアントニオが、まるで猛獣みたいな息づかいをしているのが聞こえたそうだよ。そして、まるで自分とおっつかっつの力をもったものと組打ちでもしているような動きかただったということだ。そのあと、なにかが肉と骨に激しく打ちこまれるような、ドスッという気味わるい音がして、最後に、世にものすごい女の悲鳴の声がきこえたそうだ。つまり、死んだのでも生きたのでもない、ただ幾日か土中に埋められていた女の、この世ならぬ断末魔の絶叫というかな。

気の毒に、司祭自身は、ただもう砂の上にヘタヘタとひざまずいたなり、身の毛のよだつようなそれらもろもろの音を消すために、ひたすら声をはりあげて、魔除けの祈禱を唱えるのが精いっぱいだったそうだよ。と、とつぜんその時、なにやら小さな鉄ばりの箱が、穴の底から抛《ほう》り上げられて、そいつが司祭の膝にあたって、コロコロところがった。そのあとから、アントニオが角灯のチラチラする灯に、顔を黄蠟いろに照らされながら、這い上がってきたとおもうと、急いでシャベルで砂や砂利を墓穴のなかへさらいこみ、へりから中をのぞき、のぞきして、とうとう、穴の半分ほどまで埋めてしまった。司祭の話だと、アントニオの手や衣類には、おびただしい生ま血がついていたそうだよ。

わたしの物語も、ようやく局を結ぶことになった。ホルゲルも酒を切りあげて、椅子の背にもたれた。

「そうすると、アンジェロは自分のものを取り戻したというわけだな」とかれは言った。「で、例のいいなずけだった、丸ぽちゃのかわい子ちゃんと結婚したのかい?」

「いや、それがね、かれ、ひどく怖気《おじけ》づいてしまってね。まもなく南米へわたって、それっきり音沙汰なしなんだ」

「その可哀そうな女の死骸は、そのままだあそこにあるんだろ?」とホルゲルは言った。「でもなあ、成仏しきったかしらなあ?」

それはわたしも疑問だった。でも、死んだにしろ、まだ生きているにしろ、そんなもの、たとえ白昼だって、わたしは見に行く気がしない。アントニオはアナグマみたいな白髪あたまになり、あの晩以来、まるで人が変わったようになった。

サラー・ベネットの憑きもの

W・F・ハーヴェイ

W・F・ハーヴェイ William Fryer Harvey (1885-1937) ――イギリスの作家。リーズのクエーカー教徒の家に生まれ、大学で医学を学ぶも健康を害して文筆の道へ進む。第一次大戦では救急隊に志願、その後軍医として軍艦に乗船するが、大破してガスが充満した機関室で救命活動を行なった際に肺を傷め、終生その後遺症に悩まされた。「サラー・ベネットの憑きもの」"Sarah Bennet's Possession" は第一短篇集 *Midnight House and Other Tales* (1910) の収録作。他にも映画化された「五本指のけだもの」や「旅行時計」「コーネリアスの女」など佳篇が多いが、平井呈一は「日常生活の隙間に手をかけて、いきなりそいつをクルリとひんむいて、内側にある恐ろしいものを見せることをはじめた」(怪2) 作家として、ハートリー、ジョン・コリア、ウェイクフィールドらと共に「モダン・ホラー」派に位置付けている。その代表作が平井が自身翻訳を手掛けた、不思議な暗合の恐怖を描いた名作「炎天」である。解説にいわく、「病弱な生涯をもっぱら恐怖小説に終始した人で、光り苔《ごけ》のようなかすかな燐光を放つその作品は、小粒ながらどれにも珍重すべき新しい恐怖がおののいています」(怪1)。

男　古りて欠けたる鏡をのぞきたり
いくとせ拭わぬ鏡ぞも
男　おのれが不心得のさまをまざまざと見て
捨てなんやとぞ思いける
杯盤狼藉こちたき家を掃き浄め
夜ともなれば窓閉じたれど
ろうそくの灯のその影に
笑う悪魔は見ざりけり

長き暗き夜なり　まなこつむれば
見えざるゆえに恐れしずまれど　なお
釘もて木に打ちつけし人形《ひとがた》に　ひざまずきてぞ祈りける
酒の上にて犯せし罪のかずかずよ――
あの音は　鼠の嚙《かじ》る音なるか

はたまた　家に忍び入りし悪魔の笑う声なるか？

七人の悪魔　酒と女をおもいつつ
ひとり笑むなり　そは今もなお
天国と地獄の間に深き淵ありて
黄金の霊場にては耳かすもののなきゆえなり
この男　永久に気ままなる道をたどるならん
――窓を叩くは誰《た》ぞ？
男ひざまずけば　七人の悪魔、またも来りて笑いけり

ライジンガム農場は、大きな鯨の背のようなバークシャ高原の空の涯に立っている。もとは赤かった屋根瓦が、いまは風雪にさらされて苔《こけ》がはえ、ちょうど毛刈りをした羊の毛ほどの短い雑草の、じみな茶色と灰色に、いつもはすっぽりと染まっているように見える。昔のローマ街道を半マイルほど行ったところに、ライジンガム城が今も立っている。農場の名前はそれからとったのだが、城郭は濠《ほり》と城壁をめぐらした、ま四角な、かなり広い郭《くるわ》で、丘と谷を見おろし、周囲五十マイルにわたって、所領の農作地と牧草地がひろがっている。

自分がこの農場をはじめて知るようになったのは、そこが友人のフランク・ダイシーの生家

だったからだ。フランクは自分の乗っている船が、また地球のむこう側へ出帆するまでの間、一週間か二週間の休暇をもらい、よくこの生家で過ごしていた。かれはほんの二年ほど前、この農場から三人王女のいちばん末の娘をもらって、結婚した。

三人王女というのは、かれの従妹《いとこ》たちで、小学生のころ、納屋の裏の木小屋で、グリムの童話に夢中になっていた時分、かれがそういう呼び名をつけたのだ。童話の世界の不文律にしたがうと、女のきょうだいは年の順で、総領が「いじわる娘」、まんなかが「ぶきりょう娘」、末娘が「きりょうよし」と、だいたい相場がきまっている。

この三人姉妹も、フランクとおなじように、みなし子だった。両親は物ごころつかぬうちに早く亡くなり、大伯母のベネット夫人（このひとは、クエーカー教徒のしきたりで、自分ではサラー・ベネットと呼んでいた）の手で、ライジンガムにひきとられ、それ以来、この大伯母は姪や甥にとって、童話に出てくる名親《ゴッド・マザ》になっていたのである。

この夫人のことは、自分ははじめて会った時のことをいちばんよく覚えている。時代ものの品《ひん》のいいライラック色の服を着て、クエーカー教徒のかぶる大きなボンネット帽をかぶっていたのが、まるで紫の後光のなかから顔がさしでているようだった。

静脈のはっきり浮きでたきゃしゃな手が、いかにも弱々しそうにみえたが、じつは見かけによらぬ体力のある、元気かくしゃくたる婆さんだった。声なども澄んだ、はっきりした声で、礼拝のとき人前で話すときには、それが声楽のほうでいう最高音みたいな、甲《かん》高い声にかわった。

この婦人――老人たちの講中のなかの聖女といわれたこの婦人こそ、五年間――というが、自分の知るかぎりでは、もっと長い間つづいていたように思う――連続的におこった、一連のある異常な出来事に、密接な関係をもち、むしろ、その中心人物だったのである。出来事そのものは、ひとつひとつバラバラだったし、そのひとつひとつには、べつにたいした意味もないようにみえたが、それをひとつにまとめてみると、ひとつの悲劇を構成する。

九月も末、ちょうど中秋名月の晩だったが、月はまだ山のかげからのぼらず、暗い外には、穀物畑のほのかな香りがあたりに立ちこめていた。その日午後、自分は、フランク・ダイシーとサザンプトンで落ちあい、夜の九時には、ふたりして、ライジンガム農場の灯火をわれわれから遮断している、いちばん遠く離れた小山を登っていた。

われわれは小山の尾根のところで、ひと休みした。待っているうち、ひろい高原一帯を支配している夜の静けさが、ひしひしと身に感じられ、山間部や平野部にいるよりも、空がいっそう広びろと、大地がいっそう遙か遠くまでひろがっているように見えた。

眺めているうち、ふと、半マイルほど右手の沼のあるあたりに、自分は角灯の光りを見た。フランクは少年のおり末の王女とふたりで、ひと夏小遣いを貯金して、ちいさな信号灯をひとつ買い、秋になると毎晩のようにそいつを持っては、山から山を歩きまわり、さかんにでたらめな信号通信をピカピカてらして遊んだものだった。

「きっと彼女が、なにかきみに話したいことがあるんだよ」と自分はいった。「ぼくのことはかまわんぜ。どうせこっちには、ちんぷんかんぷんなんだから」

「きみに教えるときには、字で書くさ」とかれは答えた。

たしかにそれは、予期していなかった通信だった。部分部分、よく解けない個所があったが、だいたいフランクが読解したのは、次のようなことだった。前置きの合図のようなものは省略する。

「これから……通信にはいります。そちら、なぜ応答しませんか? こちらは……」

灯点が動かなくなった。しばらく動かずに、そのまま停止していたが、そのうちにパッと消えた。

へんだなと思って、自分はフランクの顔をのぞいて言った。

「冗談なのかな?」

「そうらしいな」とかれは答えた。かれにもよくわからなかったらしい。が、どうみたって、それは冗談だった。まもなく、かれの家へ行き、家の人たちに歓迎され、さてこれから食事が出るというまえに、フランクがそのことを思い出してたずねた。

「一時間ほど前、沼のそばで信号してたのは、誰だったんだい?」

だれも信号などしたものはなかった。角灯をもって、牧場の木戸を締めたかどうか見に出ていったサラー伯母さん以外は、みんな台所で忙しくしていたという。

フランクは、「じゃあ、おれの見まちがえだったんだろう」といっていたが、あとで他の連中が部屋を出ていってから、「ヘン、おれが見まちがいなどしてたまるかい」と言いそえた。

＊

翌年の九月にも、自分はライジンガム農場にいた。ちょうど日曜日で、家の人たちは礼拝に出かけ、自分ひとり留守番役を仰《おお》せつかった。おかげで、ゆっくりパイプの醍醐味を楽しむことができた。ただ、ものがたいベネット夫人が、自分のことをたばこをのまないと思いこんでいやしないかと思って、ちょっとそれが気がかりだった。傾斜の急な丘の中腹に寝そべって、自分は家の連中が礼拝所から出てくるのを眺めていた。総領の「いじわる娘」と、まんなかの「ぶきりょう娘」を両脇にしたがえたベネット夫人が、先頭で、しんがりはフランクと末娘の「きりょうよし」がつとめていた。

静かな礼拝だったと、あとでフランクはいっていた。伯母さんのほか、だれも話をしたのはなかったそうで、伯母さんが天国について説教をし、天国の略図をじっさいに見せたりしたという。その図で見ると、どうやらそれは、フランクの友達のボンド街の宝石商が、おなじような方針で設計した自宅の略図にそっくりみたいに見えたという。

自分は、夕べの礼拝にはおれもいっしょにつれて行ってくれ、といって頼んだ。

「伯母はね、大体、二回目のインニングで大勝ちを上げる人なんだ」とフランクがいうと、またそんな軽はずみなことをいってと、さっそく伯母からたしなめられた。

クエーカー教徒の礼拝にも、あの宗派独特のあの物々しさの全然ない時も、ときにはあると見える。九月のその晩は、まさにそういう礼拝だった。

ランプはともされなかった。——村の連中には、その必要がなかったからだ。静寂をみだすものはなかった。ただ、暑い日だったせいか、明けてある窓から、ときおり蝙蝠《こうもり》がヒラヒラ舞いこんできた。

サラー・ベネットは、代々の牧師の肖像のかざってある画廊に、ひとりでポツンと控えていた。かぶっている大きなボンネットの輪郭が、まっ黒けな腰羽目板にめりこんで、ほとんど見えなかった。

三十分ほどたち、ちょうどフランクが従妹の横顔をスケッチしようと、紙と鉛筆をとりだしたとき、サラー伯母は喋りだした。

彼女は説教の題に、福音書のなかの恐ろしい言葉を引いた。

「然《しか》のみならず此処《ここ》より汝《なんじ》らに渡《わた》り往《ゆ》かんとすとも得《え》ず、其処《そこ》より我《われ》らに来《きた》り得《え》ぬために、我《われ》らと汝《なんじ》らとの間《あいだ》に大《おお》いなる淵《ふち》定《さだ》めおかれたり」

彼女は戦場の話をわれわれにした。イギリスの空の下ではない、熱帯の太陽が灼《や》けつくように燃える戦場の話である。——負傷した兵士の苦しみ、一滴の水もあたえられない咽喉《のど》の渇《かわ》き、軍服を着たものどもの仮面の下の獣性、敗北したものの恐怖、それらを彼女は、絵にかいたように語った。そして、そうした戦争の最中にも、敵味方殺し合いのうえの青天井の空には、小鳥たちがさえずり、いっさいを忘却した世界のあることを説いた。

また、それとおなじ筆法で、彼女は地獄の絵図も、その恐ろしい現実のさまをまざまざと絵にかいたように語った。聞いているうちに、自分は身震いがしてきたほどだった。

しかし、そんな話をしながらも、彼女の美しい、甲高い、単調な声は、終始、すこしも変わらなかった。画廊の手すりにもたれるようにして、あおい静脈の浮いた手をしっかり握り拳《こぶし》に握り、目ひとつ彼女はうごかさなかった。

一同が礼拝堂を出たときには、ちょうど空には赤い満月が、いま樹頭から顔を出したというところだった。フランクも、自分も、農場が見えだすまで、ひとことも口をきかなかった。やがてフランクが言った。――

「おれね、いまおもい出したんだが、いつだったかある男と鉱山事故の話をしたことがあるんだ。相手の男は、めがねをかけた吃《ども》りの、つまらん小僧だったが、これがじつに話術をこころえてやがってね。あとで、きみは病的なくらい想像力をもってるな、といってやったら、『いや、べつにそんなもの持ってやしませんよ。ただ、四日間ぼくは坑内に閉じこめられていたんで、自分の見たことを話しただけです』といってたが、さっきサラー伯母の話をききながら、おれが感じたことは、それだったな」そういって、すこし間をおいてから、「しかし、どうも妙だよ、なあ。表面だけ見れば、今夜の話のなかでは、天国の話がいちばん出来がよかったものなあ」

*

その晩、そとは暗く、つよい野分の風が吹いていた。ふだんより炉の火をよけい焚《た》いたほうが、部屋のなかがたのしくなる、そんな晩だった。

　窓のブラインドは下ろしてなかった。ふつうの女の人とちがい、サラー・ベネットは、庭の月桂樹の枝が窓をたたくとき、窓ごしに暗い木の枝が見えても、べつに文句をいわなかったからだ。それにいなかの人たちは、みんなそのほうを好んだ。そうしておけば、窓ぎわのテーブルのうえにおいてあるランプのあかりが、旅人にとっては目じるしの灯台がわりの役をするからで、さもないと、だだっ広い高原のまんなかで、旅人は自分ひとりきりだと思いこんでしまう。

　われわれは炉の火をかこんで、雑談していた。フランクと末の王女は、影のひょろ長い部屋の隅っこに坐っていた。自分は、老夫人が鼠いろの毛糸を巻くので、そのかせ掛けになって相手をしていた。

　本を読みおわって、なにかゲームでもしないかといいだしたのは、いちばん上の「いじわる娘」だった。なんのゲームをしたか忘れたが、フランクが勝たなかったことだけは憶えている。たしかかれは、末の王女をせっせとスケッチしていたように思う。かれはたしかに鉛筆で描くのが達者だったが、かんじんの彼女は、その似顔絵を褒《ほ》めなかった。

「あたし、目をつぶってればよかったわ」と彼女はいった。

「よーし」とかれは答えた。「ではね、見ないで、誰がいちはん上手にこの部屋にいる人の肖像をかけるか、みんなでやってみようや」

「いいわ、ランプ、消してよ」とマーガレットがいった。「よくって、はじめるわよ」

チラチラしていた炉の火も、しばらくの間、下火になった。ふとい榾《ほだ》の下のほうで、チロチロしている火では、たまに崩れてパッと燃えあがる時以外は、しぜんと見える顔かたちをとらえる手がかりを見つけるのが、骨だった。

ベネット夫人は、背もたれの高い椅子に腰かけて、すこしそっぽを向きながら、窓のそとの庭を眺めていた。膝のうえに、紙と鉛筆がのっていたが、両手は腕組みをしていた。

「ねえ、お部屋のなかには、誰と誰がいるの？」と末の王女がきいた。「言いだしっ屁《ぺ》のフランクは別にしてよ。そりゃいいけど、もうちっと明るくしてもらえないかなあ」

三分間、だれも口をきかなかった。

「タイム！」フランクがいった。「さ、みんな止《や》めて。ランプをつけて、描きあげたものを見よう。みんな、紙をおれにくれ。どの絵が誰だか、当てっこしよう。――ほう、伯母さんも描いたんですか？」とベネット夫人から紙をとりあげながら、「なんだか居眠りしてたようだったけどな」

最初に見たのは、フランクの描いた絵だった。これはみごとなアヒルのスケッチだった。「いや、これね」とかれは言訳けをするように、「ぼくは別だなんて、誰かさんに冷たいことを言われたんで、その仕返しに描いたんだ」

次々と見ていったが、大部分は誰を描いたのやら見分けがつかなかったけれど、でもみんな楽しい似顔絵だった。

と、だしぬけに、フランクがびっくりしたように立ちあがって、

「おい、こりゃ一体、誰だい？」といった。

かれはベネット夫人の膝にのっていた紙を、手にかざしていた。その紙には、自分もどこかで見たことのあるような若い男のスケッチが、じょうずに描いてあった。画面の男は、半世紀まえの海軍の士官服を着ており、地べたにひざまずいて両手を組み合わせ、なにかを哀願しているような格好をしている。目鼻立ちはお粗末な醜男だが、それはそれなりに、なにか哀れを誘うような表情に描かれていた。しかもこの絵は、ただの白黒で描いたものではなく、上着の脇腹の部分に、色チョークで赤い色がさしてあった。そして、男のひざまずいている地面には、小さな血の池があった。

フランクは狐につままれたような顔をして、「へえ、伯母さんがこんな絵を描くとは、夢にも思わなかったな。だけど、これで見ると、この部屋に、だれかほかの人がいたことになるな！」

ベネット夫人は、あいかわらずそっぽを向いて、暗いおもてを眺めていたが、そのとき言った。

「ねえ、おまえさんたち、なにをしてたんだい？　フランク、おまえが手に持っているの、それ、なんだい？　もっとこっちへランプを持っといでな」

一座のものはみな固唾《かたず》をのんで、ベネット伯母を見まもりながら、立っていた。伯母はめがねを鼻のうえにかけて、その絵を手にとりあげた。とたんに、顔がまっ青になり、アッと声をあげた。

「ヘンリーだ！」聞きとれぬほどの低い声で言い、かさねてまた言った。「ヘンリーだ！」そして、全身をわなわな震わせながら立っていたが、やがて炉のほうへヨロヨロ歩いていって、その紙きれを火のなかへ投げいれた。

それから、みんなのいるほうへクルリと向きなおって、言った。

「フランシス、あんな男は二度ともう描かないでおくれ」

*

一年後、われわれはまたそこの小さな客間に坐っていた。若い女たちは歌などうたい、フランクは女たちをどけて、自分でピアノの前に陣どった。かれは船乗りらしい度胸で、どっかと腰をおろして、弾きはじめた。曲の題名をなんというのか忘れたといっていたが、自分はオペラの一節だとすぐにわかったように思う。

ベネット夫人は、フランクには強い愛情をもっていた。女たちが歌っているときには、目もくれずにいたけれども、フランクのピアノがなりだすやいなや、さっそく自分の仕事をおっぽりだして、かれのうしろに立ち、足で調子をとった。

ベネット夫人が足調子をとっている間に、自分に言わしてもらうと、だいたいこのひとは、こと音楽に関しては、間《ま》も諧調《ハーモニー》もあったものではない、まったくの音痴だった。

弾いているうちに、フランクはいかにも迷惑そうな顔をしながら、弾ける腕をもっているくせに、かえって弾けなくなってしまった。そのうち、途中でプイと弾くのをやめて、「おい、みんな外へ出ようや。家ンなかは息がつまるよ」といった。

「きみね、モーゼの法典って知ってるか?」と、藪《やぶ》から棒にかれはたずねた。「知ってたら、そんなのんきな顔なんかしていられないくらい、びっくりするぞ。伯母はあれを、どのくらいかかって覚えたのかなあ?」

「いったいなんの話だよ?」と自分がいうと、

「いや、おれもよくはわからないんだけどね」とフランクは答えた。「きみはさっき、サラー伯母が音楽の間《ま》調子をとっていたと思ったろ? いや、伯母は音楽の間をとっていたのかもしれんよ。だけど、同時に伯母は、だれかに、モーゼの法典のなかの御託宣を送っていたんだぜ」

「どんな御託宣?」

「それがきみ、ばかばかしいのなんのって!」とかれは答えた。――「『銃をかまえっ! 打てっ!』ヘン、おまけに言うことがいいや。『貴様は、なぜ命令をきかん? きかんければ、こっちにもすることがあるぞ!――』だとさ。……あのあと、どう結着がついたか、おれは知らんよ。ばかばかしくなって、ピアノ弾くの止《や》めちゃったから」

しばらくたって、みんなまた揃って家のなかへはいって行くと、ベネット夫人は、炉ばたの背もたれの高い椅子で、聖書を読んでいた。

「風邪でもひくといけないよ、フランク」と彼女はいった。「そうだ、台所へ行って、カマメル茶でも淹《い》れてきてあげようね」

以上のようなふしぎな出来事の連鎖の、最後の輪ともいうべきものは、翌年の九月、フランクの結婚式のときに起こった。

＊

われわれは朝食のテーブルについていた。自分はその席で、昨夜見た突飛《とっぴ》な夢の話を、みんなにしたところだった。飛行機にのって、コルシカの島めぐりをした夢である。

「なんだか、たいそう変わった夢のようだね」とベネット夫人がいった。「わたしもゆうべ夢を見たけど、わたしの見たほうがもっと変わっているかもしれないよ。夢のなかでね、舞踏会に出席したんだよ。舞踏会なんて、わたしは出たことがないから、よくわからないけど、あれはたしかに舞踏会にちがいないと思うよ。みんな白い、きれいな服を着ててね、そして大きな陶器の鉢から、スープをよそって飲んでいるんだよ。で、わたしもよそって飲もうとしたら、いきなりうしろから誰かにグイと押されたもんだから、鉢のスープをあらかた自分の服に浴びちゃってさ、きっとあの服はもうだいなしになっちゃったに違いないよ。そうしたらね、うしろのほうで、へんな声がいうのさ。——『サラー、とんだことをした。おれは五十年間、おまえに謝ろう、謝ろうとしてきたんだ』というから、まあ、へんなことをいう人だ、誰なんだろうと思って、ひょいとふり返って見たら、どうだろうまあ、それがね、男の服を着た猿なんだよ。その猿が、わたしのすぐ脇につっ立っているじゃないか。顔を見ると、どことなく人間みたいに哀れっぽいとこがあるんで、わたしゃもうおかしくってさ、思わずプッとふき出しちゃった。そうしたら、かわいそうに、猿も気まずい思いをしたんだろうね、ボーイがスープの接待をしている食器棚のほうへ、逃げるようにコソコソ行ったと思ったら、そこからこっちをクルリとふり返って、歯をむき出して、『チェー、遅すぎたか！』そういって、そのままどこかへ消えちゃったよ」ベネット夫人は大きな声でアハアハ笑った。婆さん、なかなか諧謔の才もあった。

　以上述べてきたいくつかの出来事は、それぞれ、その時々に、自分は多少なりとも強い印象をうけた。でも、あるはっきりしためどをもって、そのひとつひとつを自分の心のなかで繋ぎながら聞かなかったら、おそらく、じきに忘れてしまった出来事だったにちがいない。

　サラー・ベネットは娘時代に、ある機関長を愛して、その男と結婚した。

　その男はなかなか頭のいい男で、そういう職業の人に似合わず、詩や文学が好きだったが、性格は粗野で、身持ちがわるかった。それに不人情な男でもあった。この男がバーミズ村の鼻つまみ者だったという話は、つい昨日聞いたばかりだが、もっとも、その話を聞いているとき、インド駐在のせっかちな大佐が席に居合わせて、こっちがまだ話半分も聞かないうちに、話の腰を折ってしまったものだから、ほんの一部分しか聞かれなかったが。

　自分の聞いたところによると、この機関長なる男は、女房を賭でもらったのである。あるとき、かれは友だちといっしょに、ほんの好奇心から、「友の会」へ出かけて行って、そこでサラー・クルックシャンクに会った。おそらく、地味な服を着たクエーカー教徒の娘と、あまり評判のよくないならず者とのひらきが、賭けを申し出た相手の男にはいかにも大きく見えたろうから、そうとう無鉄砲に大枚の金を張って出たのだろうとおもう。ところが、相手の男はこの賭に負けた。そして機関長は娘の親の反対を押しきって、彼女をしずかな田舎の家から、守備隊駐屯の町の不潔でみじめな生活へと連れてきた。六ヵ月たつと隊は移動することになっていたが、かれはその目的地を彼女に嘘ついた。ある朝、彼女は目がさめてみると、夫はすでにインドへ行く仲間と出発したあとで、彼女はその日から、次の食事に払う一シリングの金もなく、おまけにたちの悪い亭主の借金まで背負いこまされた。やっとのことで、クエーカー会員の親切で、サラー・ベネットは実家へもどり、自分がこの家を追ん出たことはつとめて忘れようとしながら、両親といっしょに暮らした。

夫からはなんの便りもなかった。死んでしまったのかと思ったが、それからだいぶたってから、彼女は新聞で、夫が戦死したという簡単な発表を読んだ。そんなわけで、時がたつにつれて、彼女の過去の悲劇は、人びとから忘れられ、自分でも胸の痛くなるようなことが、いつとはなしになくなっていった。自分のした悪事は忘れにくいが、身にふりかかった悪いことは、忘れることがしばしばある。

ベネット機関長の小さな霊は、あの世へ行って、はじめて自分のした悪事の大きさがわかった。妻のほうではそんなことは夢にも知らない。かれは全力をつくして、自分の悲しみを女房にわかってもらおうとつとめた。自分の魂は、まだこの世からそんなに遠くへは来ていないから、きっとうまく行くだろうと思って、いっしょうけんめいにやってみたのだろう。だが、ベネット夫人のいうように、大いなる深淵は、これはどうにもならない。また、善と悪との深い淵には、橋は架けられない。そこにこの話の悲劇がある。かれの後悔は、遅すぎたのである。

自分はときどき思うのだ。もし彼女があいう信仰に篤《あつ》い女でなかったら、かれの後悔は、うまく彼女に知らせられたのではなかったろうかと。ところが、彼女があいう信仰に篤い女なので、かれが最大の努力をしても、それが彼女にとっては一場の滑稽な夢としか見られなかったのではあるまいか。

過去において、かれは彼女の思い出なんかにすがるようなことは、ほとんどなかった。しかし現在では、残されている通路は一つもない。かれと彼女の間には、共通したものは何もないのだ。

ベネット夫人は、彼女の見た夢を笑った。しかし彼女こそは、完全なる正義の冷酷さの縮図なのではあるまいか。

彼女の死後、自分はこの老夫人の書きのこしたものに目を通す機会をえたが、そのなかに、ゆくりなくも、みごとな手蹟で書いた自作の詩が二篇あった。フレンド会の良心的な会長としての彼女は、そんな情操など、およそ自分でも認めてはいなかったであろう。自分はその二篇の詩を、この物語のはじめと終わりに置いたが、それはこの二篇の詩が、サラー・ベネットが何物かに憑かれていたという事実の、究極の証拠を提供するものと思われるからである。

平和来たれば　ふところ豊かになり

男らは金にて女を買い
昔のことはケロリと忘れ
戦争《いくさ》の止む時の話のみ語るなり
されど神の怒りを憎む男は
いつの世にも現わるるなり
のらりくらりの合言葉
あとは野となれ　山となれ！

鼓笛の音に来れるにはあらず
戦争暮らしが好きで来れるなり
先祖《おおおや》たちが征《ゆ》きしごとく——
イギリスの男の子らは運動場より
戦争ごっこをするために
かの流血の戦場の喜びを味わいに征くなり！

神よ　願わくはこの世に戦争をさずけたまえ！
平和のための祈りは女らに祈らしめよ
無情なこころ　両刃の剣

斬ったりはったりの欲望を！
われら眼の黒きうちに
かつて都のありし所に　火災と飢餓を
神よ　掠奪のために腕をふるいて
戦争の狗《いぬ》共のあとを追いたまえ！

かれら鼓笛のひびきに集まり来るべし
嬉々として家郷と妻をあとにして、
先祖《おおおや》たちが征きしごとくに！
破れし軍旗風になびき
傷つきし兵を後方に捨てて
いざや征かん　赤き戦争ごっこに！

ライデンの一室

リチャード・バーラム

リチャード・バーラム　Richard Harris Barham (1788-1845)——イギリスの聖職者、文筆家。カンタベリーに生まれ、オックスフォードで学んだのち、王室礼拝堂付き牧師になった。聖職の傍ら、ヨーロッパ各地の伝承や逸話を素材に書き上げた物語や詩を、トマス・インゴルズビーという人物が蒐集した奇譚集の体で一八三七年から雑誌に発表。それらをまとめた *The Ingoldsby Legends* 三巻本（1840-47）は、古怪な伝説や幽霊話を数多く含み、十九世紀を通じて広く読まれた。なお、本篇は「亡き神学博士ヘンリー・ハリスの生涯における一奇事」"A Singular Passage in the Life of the Late Henry Harris, Doctor in Divinity" が元々のタイトルで、「ライデンの一室」"A Room in Leyden" はジョン・キア・クロス編の黒魔術小説傑作選 *Best Black Magic Stories* (1960) に採録時の題名。ちなみに『インゴルズビー伝説集』版では、末尾に「天と地の間には、哲学などの思いも及ばぬものがあるのだ」という『ハムレット』からの引用が置かれている。

亡き神学博士ヘンリー・ハリスの生涯における一奇事を、かれの友人タマス・インゴルズビーが語ったもの。

これからお話しする異常な出来事が、読者諸賢から当然の信頼をもって迎えられるためには、まず私がこの記録をそのなかから発見した、多くの文書をのこして死んだ私の畏友が、生涯、地味ではあるがよき理解の人、きびしいくらいに正直一徹、非の打ちどころのない道義堅固な人であったことを、あらかじめお断わりしておく必要があると思う。堅いと申しても、けっして臆病な気質——よく世間にあるような、自分の思量ではむずかしい事件の即決ができないために、事件の進行中にもちあがることにはなんでも不当な意味をつけたがる、そういうあやふやな人物ではけっしてない。

この人が個人的にかかわりあった話に嘘いつわりのないことは、かれを知るほどの人はだれもみな、絶大の信をおくことに躊躇《ちゅうちょ》しないだろう。経歴はしごくあっさりしたもので、——ごく若いころに結婚し、三十九歳で寡夫となり、当時すでに年頃になっていた一人娘は、ちょうど私の家の親戚に縁づいたばかりの時であった。この娘のつれあいは、妻が初産をした三日後に、馬から落ちて頓死し、そのとき、主人が死体となって家にかつぎこまれるのを見た無分別な若い女中が、この凶報をまっさきに誰に知らせたらよいかと思い迷ったあげく、地方の低い階級にはざらにあることだが、りこうぶったつもりで産室に駆けこみ、うかつにもこのことを産婦の耳に入れた。産婦はこの大きなショックで、その後半年ほどは命をとりとめていたものの、しだいに衰え、とうとうまだ誕生日にもならぬ男の子を祖父の手にあずけたまま、これもついにはかなくなくなった。

気のどくなわが友人は、この悲しい災難に、一時はすっかり意気消沈してしまったが、やがて時と強い信心の気持がようやく悲嘆の痛手をやわらげることに成功した。——言ってみれば、いまでは自分の跡取りになった孫の世話で立ちなおり、娘の病死によって大きな穴があいたかれの愛情を孫が埋め合わせてくれたのである。孫のフレデリックは、やがてりっぱな青年に成人した。人品骨柄どこへ出しても恥ずかしくない美青年になったが、でも今おもいだすと、どことなく顔に快活でない表情があり、性質に内気なところがあった。たまに牧師館へ顔を出す人などにいわせると、あれはおじいさんの隠遁的生活と、おなじ年ごろのおなじ知恵をもった若い連中の社会でもまれる機会のないことが、ああいう内気な子にしたのだという。家庭のなかだけで育った子だから、教育の一般部門の進歩は、おなじ年ごろの子よりもむしろ進んでいたくせに、大した早熟な発展もしなかったのは、ある意味では、家庭のなかから自分の楽しみを摂取していたという傾向によるのだろう。

たった一人、かれが親しくしていた子は、村の生薬屋《きぐすり》の子であった。かれより二つ年上の子で、父親というのはなかなか商才のある薬剤師で、小さな実験室なども自分の手でこしらえていた。根が子供好きな男だったので、二人の少年は、ひまさえあればそこへ入りびたりで、子供の好きそうな実験を見たり、ときには自分たちのあこがれていることを真似してみたい心持をそそられたりしながら、そこで過ごしたものであった。

こんな交友のなかで、フレデリックが科学につよい趣味をもち、のちにそれがおもな楽しみになったのは、べつに驚くにもあたらないし、やがて時がたち、いよいよ自分の人生行路を選ぶことになった際に、自分の気に入った仕事に関係の深い薬学を選んだのも、べつに不思議はない。私の友人も、牧師の収入なんて、あらまし自分の一生で消えてしまうのだし、ちっとばかりの遺産があったところで、どうせそんなものは孫にとって、たいした財源にもならないことを承知していたから、若いものの希望に異存はなかった。ただ、地位や富よりも真の幸福にみちびいてくれるような、つつましやかな、人に尊敬される程度のものをなんとか確保できるような道を、これからも自分は歩いていこうと、それだけを切に思ったのであった。そんなわけで、フレデリックは適齢になったとき、より高等の薬学を学ぶために、親友のジョンが、これは大学の付属病院と講義室で実地と理論の両方を身につける目的で、ライデンの学校へ進学した二、三ヵ月あと、自分はオックスフォード大学へ入学した。幼な友達のばあいにはよくあることだが、この二人も、遠く離れてもけっして別れ別れにはならず、かえって手紙のやりとりが頻繁になった。祖父のハリス牧師も、フレデリックに説きふせられて、オランダまで親友に会いにいく旅を許したし、またジョンはジョンで、フレデリックをオックスフォードへ訪ねに帰ってくる、という仲のよさであった。

こうしてしばらくの間、フレデリックの勉学の道は、申し分ない歩みをつづけたが、そのうちに、だんだんおもしろくない噂が、風のたよりに伝わってくるようになった。もっともそういう噂は、老牧師の耳にははいらなかったろうとおもう。善良な老牧師は、教区中のものから愛されていたから、かりそめにも牧師に苦労を与えるようなことは、誰もしない。おそらく、陰口か臆測程度で、牧師の耳には達しなかったはずである。それだけに、孫から、大学を退学して、ライデンの友人W——とともに学業を廃することを許してくれ、という突然の申し出があったときの牧師の驚きは大きかった。しかもこの申し出は、卒業も間近い時に言いだされたのだから、牧師はおどろき、かつ嘆いたのであった。これまでかわいい孫が言いだした希望には、どんなことでも反対したことのない牧師は、こんどの孫の計画に、今まで以上に控え目に反対したのであるが、それさえいつものように、これ以上強く出るとフレデリックに多くの苦痛を与えそうだ、そうまでして拒絶するのはとても忍びない、というばかげた考えから、反対を断念してしまった。孫のほうは祖父の決定がどうであろうと、オックスフォードには二度と戻らないという堅い決意のほどを、それに関する事情よりも強い力をもって、はっきり述べてきた。そのときから友人の頭は、軽微ながらそれきり一生治らなかった神経的発作で、おそらく少しずつ弱くなったのだろう。けっきょく、不承ぶしょう、承知を余儀なくさせられ、そしてフレデリックはイギリスを離れた。

本国では満足できない、海外で勉学の機会をつかもうという、やむにやまれぬ願望にかられたものと、私などは想像していたのだが、それがじつは、突然フレデリックを母校《アルマ・メイター》から引きはなしたおもな理由はそれではなかったということがわかったのは、出発後幾月もたたない頃のことであった。たまたま私は大学を訪れる機会があって、かれのいた部の上級生と話をして、はじめてそのことを知ったのであるが、もっともその時は、その上級生がフレデリックのことを、非難する本心を、はっきりとは聞きだせなかった。どうもフレデリックは、まえにもちょっと耳にした持前のわがままを発揮して、言ってみれば一種の隔離状態の大学生活から、もっと広い世間へ――たとえば自由というような、まっすぐな一本道からかれを誘惑する、あらゆるものの世間、たくさんの刺激がおいでおいでをして待ちかまえている世間へ――船出をしたものらしい。正直のところ、私の心を強く占めた感情は驚きや非難よりも、後悔が先に立ったが、しかしどうもそこには、誰が見てもわかるように、なにか行き過ぎ以上のものがあるようであった。なにか放埒な行ない、あるいはもっと深い汚行、――最初はかれのことを声を高くして褒めちぎった上級生が手引きをし、その後は自分で自分をひっぱりこむようになり、それが腐れ縁になって足が抜けなくなった、というようなものがあったようであった。そしてそういう通告が、じじつ、大学当局から当人に伝えられていたことも判明した。しかし、私にそのことを教えてくれた男も、事を明るみに出さない肚《はら》でいると、私は見たから、私もむりに暴《あば》くことは控えた。うっかりそれをやると十中八、九、私に苦痛を与えるだけに終わりそうだったからである。それに、ちょうどその頃、友人はM――卿から牧師の禄をもらい、私の住む市《いち》の立つ町から二、三マイル離れた町で、いまや整地や家の装飾など、そして秋には孫が帰省するというので、万端の準備を楽しんでいる最中だったからでもある。十月に入ると、フレデリックがやってきた。かれは私のところへもちょいちょい馬に乗ってやってきた。ときには、祖父のお供をしてきたこともあった。私と友人とは、ちょうど私の娘のルイザが亡くなった直後だったので、二人の間には同情のきずながよけい緊密になっていた。

こんなぐあいで、二年あまりの月日がたち、その間にフレデリックは、なんどか生まれ故郷へ短い帰省をした。そのうちに、かれもやっと国に帰って、イギリスで家をもつおりがきゅうに迫ってきたとき、折あしく私は家内の父親のにわかの病で、よんどころなく、ランカシャへ旅立たなければならなくなった。友人の手もとには、さいわい、牧師補がいたので、かれは親切にも、一時私の教区代理をつとめ、私がもどるまで教区のことは自分が引き受けるから、と申し出てくれた。ところが悲しいことに、私がその次にかれに会った時には、かれは病の床についていたのである。

私の不在は、当然、予想よりもだいぶ長く延びた。あとでこれは発見したのだが、るす中、外国の消印のついた手紙が一通、友人の家から、私の代理をしてくれていた牧師補の手もとへ届いており、そして友人自身は、任地先の僧職を、これも近くの牧師に一時かわってもらって、急遽ライデンへ急行したことが、あとでわかった。しかし、友人が先方へ着いたときには、時すでに遅かった。フレデリックは死んでいたのである。かれは決闘で殺されたのであった。相手の男が逃亡したので、決闘の原因は今もって謎になっているが、人の話によると、フレデリックの側に、どうも正常でない挑発があったらしい。長途の旅行、憂鬱な途中の中宿り、そのあげくに気の毒な友人のこの世の希望は、完全に粉砕されたわけで、それは友人にとってあまりにも大きな痛手であった。私は旅先の宿の主人から知らせを受け友人に呼ばれて病床に駆けつけたのであるが、どうやら当人は、とつぜん急激なショックをうけたものとみえて、孫の死すら、その衝撃を説明するには不適当のようであった。じっさい、その時のかれのギラギラ光っていた目には、なにか狂暴なものがあり、それが私の手を握ってほっとしたらしいまなざしと、へんなぐあいに入り混じっていた。友人は起きあがって私と話したかったのだろうが、なんども起きあがろうとしては、床の上にあおのけに倒れた。そしてまもなく、永久に目を閉じたのである。私はかれが父親以上の愛情をそそいだ相手のかたわらに、かれを葬った。——異国の土の下に。

以下に掲げるものは、私が友人の旅行カバンのなかに発見した文書から書き抜いたものであるが、ただし、そのなかに詳しく書いてある奇怪な事件については、いっさい私見をさしはさまないことにする。また、この文書の別の部分に発見される関連事項についても、同断である。最初に掲げるものは、これは明らかに、かれが自宅で書いたものである。一八——年、八月十五日と日付が記してある。私がプレストンへ発った三週間ほど後のことになる。

日記は、こんなふうに始まっている。——「八月十五日、火曜日。——哀れな娘よ！——『人生の真の不幸は、思いついた悪事に比べれば軽いものだ』といったのは誰であったか忘れたが、自分が今見てきた光景は、ある意味では、この仮説の真実を確証するものがある。肉体が受けるこの不幸にかかると、病人の想像力は、それだけを切り離して考えてみた場合にも、肉体の痛みと苦しみ——これは心と物のごとく密接な関係をもっている——は往々にして妄想がついてまわることを考えないと、軽いどころのものではない。自分はこの哀れな娘、メアリ・グレハムから、かつて覚えたことのない強い関心をそそられた。彼女の年齢、彼女の姿、青ざめた陰気なその顔、その顔の輪郭など、すべてが寝ても醒めても自分の思念からはなれたことのない人を、自分におもいださせる。——だが、もうこれでたくさんだ。

「ある日、朝のうちはすばらしいいい天気だったのに、夜に入ったら、めずらしい大あらしになった。その朝、自分は友人インゴルズビーの家の家政婦ミセス・ウィルソンがこしらえてくれた朝食の卓についていると、食事なかばに、ときどき散歩の途上でも見かけ、礼拝にもきちんと来るので目にとまっていた、教区内のある若い娘の病床へ自分は呼ばれて行った。メアリ・グラハムは二人娘の姉のほうで、弁護士の未亡人である母親と三人暮らしであった。その弁護士というのは、今が働きざかりというときにポックリ死に、あとには遺族の者がほそぼそ暮らしていくぐらいのものしか、蓄えもなかった。ケチというほどではないにしてもそうとうきびしい切りつめた暮らし向きであったが、でも表向きは、人から卑しめられもせず、和楽のうちに暮らしていた。娘は二人とも、それぞれ個性的に人をひきつけるものをもっており、母親はそのうちの一人がうまく世帯をはっていってくれればと、それを期待しているらしかった。そういう気の毒な身の上ゆえ、メアリは避けがたい失意の運命におしこめられて、もしや肺病にでも冒されているのではないかと自分は心配したのであるが、それは大違いで、病気はどうも癲癇《てんかん》の発作のようであった。このところ、だんだん発作が速度を加えてきて、どうやら砂時計のなかにまだいくらか残っている砂を、ふるいだしてしまおうと迫るらしい。病人の妄想そのものも、やはりそうしたたちのもので、病気の上に迷信じみた恐怖の動揺を加えることから、しだいに終局を早める結果をまねき、その終局はどうやら駆け足で近づいてきている。そんなふうに思われた。

「病室へ案内されるまえに、窓から自分の来るのを見ていた妹むすめが、自分を小さな客間へ招じ入れて、型のごとき挨拶をしたのち、いろいろとりなしをしてくれた。彼女の顔には心労と驚きが一つになってあらわれており、やがて離れた部屋にいる病人の気持をみだす心配よりも、内心の感情がそのまま囁《ささや》き声になったような低い声で、じつは先生にどうしてもおいでを願わなくてはならなくなった、それは牧師としてよりも、治安判事としてである。このところ、夜なかに、姉が突然得体のわからない発作におそわれる。それがただのとりみだした発作ではなく、なにかに苦しめられているという告白をともなった、ふつうの推定をはずれた発作である。――彼女のことばをかりると、『なにかその底に悪意がひそんでいるような』発作だ、というのである。

「自分はこの妹の話を、病人の側になにか有害な点をあげて懇意になろうとする取り入り策ととって、まず第一に、なにかそういう有害なものがわだかまっていると想像するわけがあるのか、第二に、どんな人間にしろ、なまなかの刺激ぐらいで、ことに純真な、咎《とが》めるすじのない個人に、そんな凶悪な行ないを犯させることができうるものか、といって尋ねると、彼女が答えるには、原因はわからないが、姉は呼ばれもしない神さまのところへ走って行こうとするのだという。自分はそれを聞いて、いくらかほっとしたが、それと同時に少なからず驚いたのは、どう見ても合理性と常識が欠けている点であった。彼女のいうには姉が毒を盛られたとか、姉の生命になにか企らんでいるものがあったとか、今でも企らまれているとか、そんなことを信ずる理由はどこにもない。しかし、それでもなおかつ、なにかの悪意が姉の上に働きかけている。——悪者だか悪魔だか、あるいはその両方の悪意が、今でも働きかけている。いま姉が二度も置かれた状態の間にうけた、あの恐ろしい苦しみを考えてみても、なにひとつそれにあてはまる原因はない。そうなると、姉がこの上は事態をつぶさに観察して調べることにしたといっているのを、信ずるほかはない、と妹はいうのである。自分は、この妹も今はだいぶ興奮しているのを見て、ここで病人の意見の不条理を議論してみてもはじまらないと思ったから、適当な質問をして、それから病気の症状と、それが現われる模様に彼女の注意を引き、頭をおちつかせてやることにした。

「昨夜ははげしいあらしで、家の人たちはみな、ふだんの時刻をはるかにこえて、遅くまで起きていたが、とうとう疲れ、おふくろさんがいったように、暖炉の火を絶やさないのと蠟燭《ろうそく》をむだにともしているのにうんざりして、めいめいの部屋へひきあげた。

「姉と妹は一つ部屋で暮らしていた。妹のエリザベスがちょっと寝化粧をし、髪をほどいていると、病人のふらつく足で、二段になっている階段を上がってきた姉のメアリが、なにか低い声でキャッと叫んだのを聞きつけて、妹は髪のしまつをしながら、耳をすました。姉はいつもより足早やに階段を上がったとみえ、くたびれて大きなひじかけ椅子に、どっかりと腰をおろした。

「その音に妹がふり返ってみると、姉は死人のようなまっ青な顔をして、また発作がおこりでもしたようにハアハア息をして、椅子の腕木につかまりながら、なにかに聞きいるような格好をして、からだを前にこごめている。血の気《け》のない唇がわなわな震え、冷たい脂汗の玉が額にふきだしている。とたんに、また金切り声で叫んだ。『ほら、聞いて！　またわたしを呼んでる！　おんなじ声だわ。――いいえ、駄目よ、駄目よ！　神さま、お助けください！　ベッチー、後生、わたしを押さえていて。――助けて！』といいざま、椅子から床にころげ落ちた。エリザベスは姉を助けにそばへ飛んでいって、抱きおこした。いまの叫び声で、まだ床《とこ》にはいっていなかった母親と、一人いる女中の小娘が、助けに出てきた。女中はすぐに気つけ薬をとりにいった。しかし、病人のようすを見ると、もうまもなく薬石の効もなくなるような容態に見えた。母親と妹は気が気でなく、両わきから二人で挟むようにして病人を担《にな》って、ベッドの上に寝かした。かすかな、結滞がちな脈搏《みゃくはく》がしばらくの間感じられたが、そのうちに全身に震えがきて、脈は止まり、目が動かなくなってガラス玉のようになり、あごがガクンと落ちて、じっとりとした冷たさが、いままで生命の温《ぬく》もりのあった場所を奪いとった。医者のI――氏が来るまえに、からだのどこを見ても、死がとって代わったことは明らかで、宿っていた霊は、ついにその仮りの宿をはなれ去ったものと見えた。

「駆けつけた医者のようすは、家の人たちの最悪の憂慮を動かぬものにした。血管を一個所切りひらいてみたが、血は流れ出なかった。I――氏は、生命の火花の消えたことを宣告した。

「母親にとっては、この世でこの二人の娘だけが、自分の血のつながりのある肉親だったから、娘たちへの愛着はひとしおのものがあったろう。気の毒な母親は、ほとんど血も凍らんばかりの嘆きにうちひしがれたので、やっとのことで妹娘と医者と二人がかりで、母親の部屋へはこんだ。失神した母親の気持をしずめるのに、小一時間もかかったが、どうにか鎮静させることができた。医者のI――氏は妹のエリザベスが亡骸《なきがら》に最後の悲しい勤めをするために、姉の寝かしてある部屋へはいっていったのをしおに、暇《いとま》を告げて帰っていった。寝室にはいった妹は、亡骸の寝かしてあるベッドから下の床にかけて、まっかな血が流れているのを見て、ギョッとした。彼女の悲鳴の声に、女中がびっくりして飛びだしてきた。そして二人でよく見てみると、鮮血は死骸の腕から流れでているのに、二度びっくりした。血が流れでていれば、まぎれもなく生き返った証拠である。そこへ半狂乱のようになった母親も、ベッドのそばへ駆けつけてきた。興奮して、せっかく妹と女中の胸のなかに湧いた一縷《いちる》の望みを、もみ消してしまいそうな振舞いをする母親をひきとめるのが容易ではなかった。なにか呻《うめ》き声にちかい深い息と、つづいて二、三度ひきつるように喘《あえ》いだのが、哀れなメアリのなかにある動物的機能の復活の序曲であった。それにつづいて、あの疲労状態を考えると、どうしてあんな声が出たかと思われるほどの、大きな叫び声をキャーッとあげた。彼女は生き返ったのだ。それから気つけ薬の力をかりて、朝がた近くには、私のことを呼んでくれとせがむほどまでに、すっかり回復したのはよかったが、そのかわり、生き返ってからの姉が妙な顔をして、妙なことを言いだしはじめたのが、妹におびえた疑念をおこさせた。疑念といっても、大体どんな時にも人間が考えるような、私の唇に微笑を浮かべさせるようなたちのものだったが、とにかく、この哀れな妹の苦悩は、当人もいくらかほのめかしていたし、またそんな顔つきを見せていたように、陽気な気持に近づくことを阻《はば》むものであった。そんなわけで、なにがなんでも今すぐに考えを戦わしたり、むろんそのときは心の印象が強すぎたから、論証はさし控えておきたい様子だったので、自分はここぞと思って、病室へ案内してくれといって、強引に頼んだ。

「病人はベッドのそとに寝かしてあった。胸のあたりをはだけたまま、上から浮き縞《しま》織りの白いガウンをはおり、そのガウンの白い色が死人のように青ざめた顔の色に対照的に映っていた。頬などやつれて肉がげっそり落ち、そのために異様にギョロリととびだして見える目が、精神異常者によくあるような、肉感的な輝きでギラギラ光っていた。手をとってみると、手はしっとりと冷たく、脈搏も微弱で結滞があり、全身の衰弱は、今のところ人と話をすることはとても耐えられないだろうから、控えなさいと言いきかせたほど、目にあまるものがあった。彼女ははっきりとこういった。——わたくしのいう『恐ろしい秘密』の重荷をおろすまでは、わたくしは身も心も安まりません。ですから、どうか今自分の心のなかにある、わがままなお願いをかなえて下さい。それに反対すると、わがままどころかもっと悪い結果になるかもしれませんから、というのである。自分が承知したとうなずくと、彼女は低い、口ごもるような声で、それもときどき衰弱で中断されながら、彼女が意識不明でいる間に経験したという、次のような不思議なはなしをポツリポツリ話してくれた。——

「『先生、わたくしね。これまでにも他人の薄情に悩まされたことは、これがはじめてではございませんの。どういう目的でそんなことをするのか、さっぱり見当がつきませんでしたが、でもこんどのは、今までのような、自分の心にも、肉体にも、べつになんの苦しみも与えなかったものとは、まるで比べものにならないものなのです。前の時のは、ただいやな夢、ごく大ざっぱに夢魔といわれているようなものにすぎないと思っていたのですが、こんどのような反復と、さきほどわたくしが呼び出された――これはわたくしが横になって休む前から、しきりと呼んでおりましたが、そういういろいろのことから、自分が見、自分が苦しんだことが、ほんとに実在するのだということが、宿命的にはっきり自分にわかったのです。

「『このことはね、先生、もうどんな隠し立てをする余地もございませんの。わたくしよく散歩のおりに、若い気どった様子をした、紳士らしい方にときどき会うことが、そう、もう一年以上も習慣のようになっておりました。その人はいつも一人で、たいてい、なにか読んでいます。わたくし、週をかさねるごとにだんだん繁《しげ》くなってきたこの出会いが、けっして偶然の結果ではないこと、出会ったときの相手の人の目が、読んでいる本よりも、妹やわたくしのほうに注がれていることを、とうから疑っていなかったのです。どうもその人は、わたくしたちに言葉をかけたがっているふうにみえました。かりにもし、あの日曜日の朝、わたくしたちが教会へ行く途中で、見なれない犬におそわれた時、あの方に助けて頂いたようなことがなかったとしても、そういうきっかけは、きっといつかほかにあったに違いないと思います。あの時はあの方が犬を打って追っぱらって下さって、そしてその小さな奉仕を利用して、近づきを捗《はかど》らせたのでした、名前はフランシス・ソマズとおっしゃるそうで、××から二、三マイル離れたところにある、同姓の親戚を訪ねる途中だとのことでした。自分は植民地の医師に赴任する日的で、医学を勉強中だとも申しておりました。まさかこの最初の出会いで、あの人が自分の関心事に割りこんできたとは、先生もお思いにならないでしょう。うちの母の許しをえて、二、三度ここへも訪ねてまいりましたが、いろいろ詳しいことが引き出されてきたのは、わたくしどもの近づきがだいぶ熟してからのことでした。——自分はきみが好きになって、きみに自己紹介をすることが最初からの目当てだったと、嘘かくしのないことを明かしていましたが、母もわりあいかれの将来が有望と見て、先方の目にとまったことに邪魔立てもせず、わたくしもかれの気持をうれしく受けました。

「『こうして日が過ぎ、週が過ぎていきました。かれの親戚の家というのがかなり遠かったので、いつも故障のない交際というのは妨げられましたけれども、それもしかし、足しげく訪ねてみえるかれの訪問を妨げるほど、大きな障害ではありませんでした。一日おきか二日おき、これを交互にして、ですから会わない日が間にはさまっても、会う楽しさが減るほどのことはなかったのです。そうこうするうちになんだか思い屈したような色が、しぜんとかれの顔に現われるようになりました。そして訪ねてくるたびに、だんだんかれの言うことが、なんとなく奥歯にものの挾まったような、妙に控え目なものになってきたのにわたくし気がついたのです。愛情のまなざしが、かんじんなときにもなにかおちつきがありません。わたくしはこのことをかれに言い、尋ねてもみましたが、それに対するかれの返事はつかまえどころがなく、なんだか煮えきらず、逃げ口上めいているので、それきりわたくしも深くは申しませんでした。母もかれの陰気な、屈托したようすを見て、わたくしなどよりももっとピシピシ、面とむかって詰《なじ》っておりました。とうとうかれもこのところ自分の気が浮かないでいることを認め、その気落ちの原因は、一時だけれど、まもなくきみと別れなければならない事情ができたからなのだと申します。かれがただ一人の頼りにしている叔父が、かれの職業とする学問を大成する目的で、二、三ヵ月ぜひ大陸で暮らせと、前から言っており、その旅をはじめるのに必要な時が、今や急速に近づいてきているのだというのです。どうだろうと、わたくしに聞くような顔つきなので、わたくしの舌はなにも言えなくなりました、『そうなんだ、メアリさん』とかれはいうのです。『ぼくね、きみが好きだということを、ちょっと叔父に言ったんだよ。ぼくらの仲は、ぼくが望んでいたほどには受け入れられなかったけれども、でも全面的には、叔父の返事を不足だとする理由はどこにもないんだ』

「『叔父のいうには、ぼくの学業の完成、そして世間に出ることこれをまず第一に考えろというんだ。この実質的な点が達成された暁には、本質的にぼくのしあわせになることなら、どんな取りきめにも、叔父はいっさい口を出さないと、こういうんだ。同時に叔父は、今のところ婚約はぜったいに不賛成だ。そんなことをすれば、将来自分の依《よ》って立つべき人生の立場をつかむための学問研究から心がそれると叔父はいうんだよ。そんなわけで、不承不承ながら、愛と任務との妥協提携は、ぼくからもぎりとられた。そこでぼくも自分がどうしても行かなければならない海外へ、ただちに行くことを自分に誓った。一年たって、ぼくが帰国した暁には、ぼくらのおたがいに望む道に、いっさいの障害は投げこまれないという充分な見通しの上で、ぼくはそれを誓ったんだ』とこう申します。

「『この話を聞いたときのわたくしの気持は、べつに今申し上げようとは思いませんし、また、フランシスが××を去るまえに二、三度会ったとき、どんなふうに過ごしたかということも、申し上げる必要はないでしょう。出発の前夜はここの家で過ごし、いよいよ別れる前に、あらためて変わらぬ愛を誓い、その返事として、わたくしからも同じ保証のことばをかれは要求しました。わたくしは躊躇なく、保証のことばを述べました。『ご安心下さい、フランシスさん。わたくしの誓ったことは、ぜったいに破るなんぞということは起こりませんから。たとえ、からだはいらっしゃらなくても、わたくしの心と魂はあなたとごいっしょにいますから』『よし、誓ったぞ』と突然かれはびっくりするような、こちらが唖然とするような大きな、力をこめた声で叫びました。『いいね、かりにもぼくが遠くに離れていても、きみはぼくといっしょに元気に生きていると約束してくれ』。わたくしがかれに手を与えますと、かれはそれでは満足しないで、『ねえメアリ、きみのその黒い巻毛をぼくに少しくれ。きみが誓ったことを忘れないという誓いのしるしに!』。わたくしは針箱から鋏《はさみ》をとってきてもらって、自分の髪の巻毛を一ト巻き剪《き》ってもらうと、かれはそれをふところに入れました。――この翌日、かれは旅に立っていったのです。遠い波路はすでにかれをのせて、イギリスから離しました。

「『あの人がいなくなってから、最初の二ヵ月間は、なんども手紙がまいりました。手紙にはかれの健康のこと、見込みのこと、そしてかれの愛のことばが語られていましたが、そのうちにだんだん手紙は間遠になりだし、それにはじめのうちはかれの便りを特徴づけていた温情のこもった表現から、なにか脱落しつつあるものが認められるような気がしました。

「『ある晩のこと、わたくしはすこし遅く寝室にはいって、ベッドのわきに坐りながら、ひところ前のかれの手紙と、最近届いたかんたんな便りとを読みくらべて、かれの気まぐれはべつに根拠のないことを自分にのみこませようとしていると、なんだか知らないけど、きゅうになにかソワソワとおちつかない、心配な気持におそわれてきました。その気持は、これまで経験したなにものにも比較のできないものでした。脈搏が浮いて、心臓が自分でもびっくりするほど、早鐘を打つようにドキドキして、全身にへんな震えがきました。こんないやな気分から早くのがれたいと思って、早々に床にはいりましたが、それでも駄目でした。なにか自分ではわからないものが自分の心を占めている。それは漠然とわかるのですが、でも、いくらそれを振り払おうとしてみても駄目でした。その気持は、自分たちを愛してくれる人達をあとに残して、長い、楽しくもない旅に出ようとする時の気持に比べる以外に、比べるものがありませんでした。寝床のなかにいながら、どこかで自分を呼んでる声がきこえるような気がして、なんどもわたくし、ベッドの上に起き上がって耳をすましてみました。そのたびに、心臓の動悸が高くなります。二度もわたくし、隣に寝ている妹を呼び起こそうとしました。この晩、妹は、気分がわるいといって、一ト足先に床へはいったのです。そんなわけで、妹を騒がせるのも悪いと思いましたし、母もわたくしに、なにも言わずにそっとしてお置きよと、釘をさしていたのです。そのとき、階下の時計が十二時を打ちました。ボン、ボンと鳴るその音を、はっきりわたくしは聞きましたが、時計が鳴りやんだとたんに、きゅうにわたくし、まるでこめかみへ熱したアイロンでもおしつけられたように、カーッと燃えるような熱がでてきて、つづいて目まいがして……気が遠くなったと思ったら、自分がどこにいるのやらどんな状態でいるのやら、全然意識がなくなってしまいました。

「『まるでなにか鋭利な刃物で、からだじゅうザクザク切りさいなまれるような、痛い、そして烈しい、突き刺すような感じが、わたくしを意識不明から起こしたのですが、わたくしはどこにいたのでしょう？　まわりにあるものが、みんな見なれないものばかりなのです。うす暗いなかに、そこらにある物がみんなぼんやりして、はっきりしません。どうでしょう、よく見ると、自分は大きくて古風な、高い背もたれのついた椅子に腰かけているではありませんか。それと同じような椅子が近くにもいくつかあり、どれも背が高くて、黒い枠木に彫りものがしてあって、腰かけのところは籐《とう》で編んであります。中ぐらいの大きさの部屋で、屋根が傾斜しているところをみると、二階建の家のようです。外にこうこうと照っている月の光でわかったのですが、この部屋は大きな円い塔の上にあり、明け放してある窓から、月の光でそれが見えます。そして塔の頂上は、わたくしのいる部屋から、たいして高いところではなさそうです。右手のずっと離れたところに、大きなお寺か教会堂の尖塔がみえ、いろんな形をした破風口や家の棟が重なっているところから、そうとう人口の多い、知らない都会のなかに自分はいるのだということがわかりました。

「『部屋そのものも、なんですかおかしなところがありました。そこにある家具だの装飾の特徴は、これまで自分が見なれてきたものに、まるきり似ておりません。暖炉なども大きくて幅が広く、薪台《アンデロン》というのでしょうか、補充の焚き木をのせる台が一対《つい》ついております。いまは暖炉には火がゴーゴー燃えていて、その火《ほ》あかりで、部屋の奥のほうまで見えています。果実と花の模様が彫ってある、背の高い古風な炉棚《マントルピース》の上には黒っぽい異国ふうの服を着て、ピンと尖らした八字ひげに頬ひげをはやし、片手を卓の上にのせ、片手には銀製の鷹が握りについている、短い軍刀のようなものをついた紳士の半身像がかかっています。前にも申したように、同じ格好をした古風な椅子が二、三脚、横長い大きなオークのテーブルをかこんでいて、その手前にわたくしの腰かけている椅子があり、わたくしの前のテーブルの上には、燃えている炭火を山もりについだ小さな焜炉《こんろ》がのっていて、ときどきそこから、いろんな色をした長い炎があがって、その光で焜炉の形が見えます。暖炉の火《ほ》あかりよりも、この焜炉の光のほうが強いくらいです。猫足のついた、大きな、日本ふうの黒いたんすが、ピカピカに磨いてあるその表面に焜炉の火を映しながら、さきほど申した窓の両側に一つずつすえてあって、たんすについている棚には本がいっぱいつまっています。本は床の上にも乱雑に積んであって、それがこの部屋の室内装飾にもなっています。それから、見たこともないような形をした、なにに使うのかわからない道具が、テーブルの焜炉のわきにいくつかのっており、そのむこうに、わたくしの肖像のミニアチュアが黒っぽい枠にはいって、楕円形の小さな鏡みたいに反射して立っています。そのまえに、開いたまま置いてある大きな書物には、血のような色をした見なれない文字が並んでいて、そのそばに、本の字と同じような血の色をした液体が五、六滴はいった、杯が一つおいてありました。

「『でも、只今申したようなものは、あとの二つにくらべますと、べつにしいて注意をひかれた品物ではありませんでした。わたくしとわずかテーブル一つ隔てたところに、若い盛りの男の人が二人立っておりました。二人とも、おなじような身なりで、じみな色の長いガウンを着流し、腰のところに赤い帯をしめています。二人のうち、背の低いほうは、まだまっかにおこったままチロチロ炎をあげている焜炉の熾《おき》に、松脂《まつやに》の粉をふりかけて、燃えている熾をムシャムシャ食べているのです。栗色の長い髪をモシャモシャさせたもう一人のつれのほうは、そばで手をつかねてそれを眺めながら、炎が近づくと身をすくめて、あとずさりをしています。ああ、その髪の毛！　姿かたち！　その顔！　目鼻だち！　とっさに疑いを確かめるまでもなく、どうでしょう、それがあの人だったのです。フランシスだったのです。手に握っている巻毛は、わたくしのものでした。愛の誓いのしるしに、わたくしがかれに上げたものです。わたくしはそれを見ると、焜炉の火熱をいくらか受けてはいましたが、またしても灼《や》けつくような熱が、額にカッカしてまいりました。まるでそれは、自分の頭をおかした苦しい思いをあらわしているようにとれました。

「『わたくし、どうしたらよろしいのでしょう？　――でも、とてもそんなことは……先生にだってそんなことは――でも思いきって申し上げます。恐怖と恥辱の汚れたその一夜のことを、思いきって申し上げてしまいます。もしわたくしの一生が、古い家長制度という言葉に相当するものにまで広がるとすれば、この憎むべき、もってのほかの堕落は、しょせん、わたくしの記憶から拭い消すことができません。なかんずく、わたくしのことを苦しめるあの悪魔のようなやつらが、みじめな生贄《いけにえ》の無益なもがきよりもなお悪いことを見たときの、かれらの目に光っていたあの悪魔めいた冷笑は、忘れようたって忘れられません。ああ、わたくしはどうしてあのとき意識不明に逃げこむことを許されなかったのでしょう。——いいえ、自分が証人にされ、むりやり加担者にさせられた、あの憎むべきことからのがれられるのでしたら、気絶どころか、死んだってよかったくらいです。でも先生、あれでもうたくさんですわ。どんな言葉をもってきたって当てはまらないほど極度の戦慄にみちた現場に、わたくしがそれ以上長くとどまっていなかったことで、先生の御本心を震えあがらせないですむでしょうから。それでね、わたくしそれに従わされたあと、どのくらいの時間がたったのかわかりませんが、一時間の上だったことはたしかです。ふいに階下から騒がしい音がして、これがわたくしの迫害者たちをびっくりさせました。いっとき騒ぎの音がとぎれたとおもうと部屋のなかのあかりが消え、だれか階段をのぼってくる足音がきこえるな、と思ったら、またまた額に灼けるような熱をおぼえたのです。消えかかった暖炉の燃えのこりが、チョロチョロ燃え上がっては、ほかの燃えている部分の裏をかいて、ときどきパッと炎になっています。さっきほどきびしいものではありませんが、はじめて襲われたときに申し上げたのと同じような、新しい苦悶がわたくしの上に続きました。そのあと、また忘却がきて、やがてだんだん正気にもどってきました。そして気がついてみたらごらんのような、手も足もやせ細って、疲れはてて弱りはてて筋という筋が興奮でピクピク震えているような自分になっていたのです。わたくしの唸《うな》り声をききつけて、妹がすぐに助けにきてくれましたけれど、その妹にさえ、恐ろしい秘密をうちあける決心がついたのは、だいぶ後になってからでした。わたくしが妹に打ち明けますと、妹はしきりと、姉さんはこわい夢にうなされたので疲れたのだといって、わたくしのことを説得しましたが、むろん、そんな説得など歯が立ちはしません。わたくしもべつに言い争うことはいたしませんでしたが、妹の申すことを納得したわけでありませんでした。全部の場面は、そのときもちゃんと目の前にあって、気味わるいくらいまざまざとしておりましたから、出来事の性質を疑うなどということは、自分が許しません。よしんば二、三日たって、自分の考えていることを人に伝える望みのないことがわかって、しかたなしに黙従するような気持が自分におこったとしても、あの恐ろしい地獄のような晩に、自分が蒙《こうむ》ったようなことをたまたま起こした自然の法則を、貶《おと》しめる理由はどこにもないことに、わたくしは満足したのにちがいありません。この固い信念が、しまいには『時』というものに負けてしまうか、過ぎ去った昔のことをやがて自分でよく考えてみるようになって、もう思い出すこともできなくなってしまった昔の出来事を、たんなる一つのまぼろしとして、——弱ったからだに起こった熱っぽい妄想が産んだものだと、思うようになれるかどうか、それはわたくしにもわかりません。——でも、げんに昨晩なども、なんとかしてうれしがらせの幻影を追い払おう追い払おうとするのに、——昨夜もまた恐ろしい光景が、またまた全部演じ出されたのです。場所、役者、地獄のような舞台装置はぜんぶ同じで、——おなじ無礼、おなじ責め道具、おなじ暴力、——ただ、こちらの受けた苦しみの時間が、あれほど長くなかったことを除けば、なにもかもがあの夜の蒸し返しでした。それを行なった手は見えませんでしたが、やはり自分の腕を切りさいなまれたことははっきりと感じました。それを感じたと同時に、わたくしを迫害した者どもは、迫害の手をやめました。かれらは明ら

い。恐ろしく、つれの男——その男の名前は、永久にわたくしの唇から外へ出さないつもりです。——は、はた目にも興奮して、そそのかした男になにごとか呟《つぶや》きました。恐ろしい意味をもったその誓いの文句は、恐ろしくはっきりした言葉で、わたくしに命令されました。わたくしはためらわずにそれを拒否しました。すると、相手はなんべんもなんべんも、考えても身震いがでるような脅迫をもって、しつこく命令します。でも、わたくしは拒みつづけました。とその時、また階下でおなじ騒々しい物音がしました。邪魔がはいったことがわかったとみえて、あの時とおなじことが手早くくり返され、はっと気がついたときには、わたくしは解きはなされて、ふたたびベッドに寝ており、母と妹がわたくしの上にかがみこむようにして、泣いていたのでございます。おお神さま！　神さま！　いったいこれは、いつになったら、どのようにして終わるのでございましょう？　わたくしの魂が安らぎをうるのは、いつのことなのでございましょう？　どこに、だれと、わたくしは隠れ家を見つけるのでございましょう？』

「この気の毒な娘の話に、自分が感動した思いは、とても筆や口では伝えることができない。ただし、娘の話が、自分が以上述べてきたような、絶え間のない緊張の連続のなかで語られたと思っていただいては困る。それどころか、まったくそれとは正反対に、長い合い間《ま》や短い間をおいてとぎれとぎれに、やっとのことで結末まで漕ぎつけたのである。不思議な夢を語るときなど、それを伝えるのにかなりの苦心をしていたし、語り辛いようすも多々見受けられた。いや、長年しかし考えてみると、自分の責務は、なかなかどうして容易なものではなかった。いや、長年キリスト教の教職に身を奉じてきた自分の生涯のなかでも、こういう相談に呼ばれたことは、あとにもさきにもまったくないことであった。

「犯した罪をなかば打ち明け、それで多少は気持の安まる告白を、自分はその後もしばしば聞いてやった。そして、許しを確立する道はただ一つしかないことを教えてやった。消沈した心を元気づけてやることと、絶望にすさむ気持を静めてやることに、自分は成功したけれども、ところが、ここで自分は闘わなければならない別の敵を持ったのである。つまり並々ならぬ深い迷信に裏づけられた、そうしてしかも肉体の苦痛につきものの気の弱りで固いしこりとなった、根深い偏見にぶつかったのである。それほど根のふかい偏見を、病人に口で言って脱却させるということは、まず望み少ない試みであった。しかし自分は、諄《じゅん》々《じゅん》とそれを説いた。人間が目のさめているときにつくりだす映像《イメージ》と、夢のなかでつきまとう映像の間の、強力で神秘な関係、ことに一般に夢魔と呼ばれている病的な圧迫との関係、これを自分は彼女に話してやった。そして、自分の例をもちだして、そういうばあい、往々《おうおう》にしてそれが過度になるときには、当人の気まぐれから起こるという実例をあげたのである。ところが、妙な暗合から自分のあげた例から私自身がうけた印象は、彼女のそれとは似てもつかないものだということがわかった。自分は彼女に話した。――じつは自分もこの二年間、孫のフレデリックがオックスフォードを去る前ごろ、しばしばおこった癲癇《てんかん》の発作がなおる頃には、フレデリックがブレイズノーズの下宿にいる間はかれを訪ねていくまい、――あすこの四つ辻の広場の中央に立っているカインの像を眺めながら、肱かけ椅子に坐っている孫とその友人のW――とは、けっして話しあうまいと、それを自分に言いきかせるのに大骨を折ったこと、それから発作のおこり始めと終わりにくる苦しみ、そのあとにつづく極度のけだるさ、これはどんなに自分で努力をしても駄目だったこと、などを話したのである。彼女は熱心に自分の話すはなしに聞きいった。ことに、自分も頭に燃えるような熱気をじっさいに経験した、おそらくこれは特殊なあの病気につきものの症状で、からだの不調と一致する証拠なのだろう、と話してやったときには、彼女は息をつめて聞きいっていたけれども、しかし、彼女がある非道な汚れた方法で一時自分の心霊を肉体から抜きとられたと考えている、あの根ぶかい憑依《ひょうい》的な考えを揺さぶってやることには、自分は完全に失敗したことを認めざるをえなかった」

同じく、旧友の覚え書から抜き出した次の文章は、八月二十四日の日付になっているが、これはかれがグラハム夫人をはじめて訪問してから、一週間以上たっている。文書でみると、その間にかれは、気の毒な娘に精神的な慰めを与えに、何回か同家を見舞っているようである。患者は、よくいえば宗教的な気持をいだきながら、自分の経験した動揺に沈湎《ちんめん》していたのである。そして、たえず自分が同じ苦しみのもとにいるという恐ろしさが、すでに衰弱した身体につよく影響して、ついに生命はほんの糸一すじにかかっているような状態にまで切迫していたのである。かれの手記はこういっている。——

「自分は今、哀れなメアリ・グラハムを見舞ってきたところだ——どうやらこれが見納めになるのではないかと、心配である。からだはすでにもう衰弱しきっている。当人も死ぬことは自覚しており、たんにあきらめばかりではなく、喜んでこの世に暇《いとま》を告げることを望んでいる。それには彼女の夢、いいかえれば、彼女が自分の〝滅法〟と呼んでいるものが、大いに関係している。ここ三日ばかり、彼女の態度はガラリと変わって、自分のまぼろしのことについては語ることを避け、どうやら彼女の病状に対するこちらの意見に改宗したと、自分に思われることを望んでいるような節《ふし》がみえる。おそらくこれは、彼女の主治医I——氏の軽薄さにいくぶんよることかもしれない。なぜなら、I——氏はようやく彼女が夢で大いに悩んでいることをうすうす知り、これを一笑に付したのである。自分の考えでは、これは軽薄だとおもう。I——氏は医師としてはなかなか腕もあり、根は親切だとはいえ、まだ年が若いしこうした神経病患者の部屋には、どちらかというと快活すぎる気性の持主だ。あれ以来、彼女の態度は、自分にもI——氏にもだいぶ控え目になっている。自分の場合は、おそらく、彼女の秘密を自分が裏切ると勘ぐっていたためもあろう」

「八月二十六日。——メアリ・グラハムはまだ生きている。だが、急速に弱ってきている。自分に対する彼女の親昵《しんじつ》の気持は、きのう彼女の妹が自分に、病人の心は恐ろしい幻影にとりつかれていると打ち明けて以来、また元にもどっている。妹は、このことをI——氏にも話したそうだ。病人は、けさ自分に熱心にたずねていた。『死亡と最後の審判の日の間は、魂が抜けた状態だと考えたらよいのでしょうか？　そんな状態であの世へ行ったら、人間よりももっと力のある心の曲がった人たちから、はたして安全でいられるのでしょうか？』——哀れなる子よ！　彼女の心には、たしかにこのような強い偏見があることを、だれも見誤るものはあるまい。ああ、哀れなる子よ！」

「八月二十七日。――もはや終焉に近い。彼女はどんどん弱っていく。でも、おちついて、苦しみはない。自分はいましがた、母親立ち合いのもとで、彼女に聖なる品々と最後の儀式をさずけてきたところだ。妹のエリザベスは臨終の式を拒絶した。彼女はいまも姉をめちゃめちゃにした悪者を、どうしても許す気になれないといっている。彼女のような、日常のことにはごく善良平凡な考えをもっている若い女性が、あのようなたわいもない滑稽な迷信をかんたんに受けいれ、頑固にそれを支持するとは、まことにふしぎなことだ。このことは、いずれわれわれの間の将来の話題となるにちがいないが、いま、死んでいく姉のすがたを目の前にしている彼女と、とやかく論じ合ったところで、どうなるものでもない。自分は母親が、若いソマズに宛てて、許婚《いいなずけ》の妻が危篤状態にあることを述べた手紙を出したことを知った。相手の男の長いあいだの沈黙に正直な母親はえらく怒っていたが、自分の娘が心にいだいている疑念の正体について、なにも知らずにいたのは、なによりもしあわせであった。自分は彼女の書いた手紙を見たが、その宛先は、ライデン・ホーゲウエルト、――フランシス・ソマズとしてあった。それならフレデリックの同級生だ。自分は孫がこの若者と知合いかどうか、問い合わせてみなければならぬ」

メアリ・グラハムは、同じその夜、亡くなったらしい。この世を去るまえに、彼女は私の友人に、いつぞや語ったあの不思議な話を、寸分の違いなく、内容ひとつ変えることなく、手短かにくりかえし語ったという。そして話の最後に、卑劣きわまる自分の愛人は、禁断の術を自分に行なったものと信じているといって、強くそのことを主張したそうである。彼女はかさねて、そのアパートの部屋の模様と、フランシスの連れらしき男の人柄を、微にいり細にいりくわしく述べたが、それによると、その男は中肉中背、キリッとした顔だちで、左の頬に、目の下から鼻のあたりにかけて、斜《はす》かいに目にたつ傷あとがあるという。友人の手記の数ページは、この異常な、とぎれがちな悲しい告白に対する反省でみちているが、どうやらそれは並々ならぬ影響を友人に与えたようである。さらにかれは、あとに残った妹むすめとの再三の議論をも記し、病気そのものの原因と性質についての彼女の説のばかばかしさを認めながらも、多少の進展をさせたことを自負している。

このことや、また他のことについて書きとめた友人の覚え書は、九月のなかば頃まで続いているが、それがプツリと切れているのは、孫の危篤を知らせてきた凶報のためであることは疑いない。それで友人は、急遽、オランダまで出かけていくことになったのである。かのライデン着が時すでに遅かったことは、さきに述べたとおりである。孫のフレデリックは、兄貴分の学生との決闘でうけた傷のために、三十時間も苦しんだあげくに、息をひきとった。喧嘩の原因はいろいろに言われていたが、下宿の主人の説によると、相手のみた夢についてのつまらぬ軽蔑が因《もと》で、相手から決闘を申しこまれたのだということであった。とにかく、これがその時友人が、フレデリックの友達と、同宿のW——という男から聞いた話だった。同宿のW——というのは、決闘の介添人になった男で、彼自身、このことがあった一年ほど前に、やはり同じようなのっぴきならないことがあって、そのときは死んだフレデリックが介添人をつとめ、そのときの決闘で、この男は顔にひどい傷を受けたのであった。

同じ筋から私が聞いたところによると、友人はその時自分の到着が遅かったことを知って、だいぶまいったらしい。下宿の主人である物堅い商人から、到れり尽くせりの心づかいで出迎えられ、厄介になる部屋もすでに用意されてあった。友人は、亡くなった孫の書籍と、いくらもない手まわりの品の明細書を渡された。ライデンに着いたのは、夜もかなりふけた時刻だったので、とにかくフレデリックの借りていた部屋へすぐに行きたいと、かれは主張した。あてがわれた自分の部屋へひきとる前に、その部屋で、かれの最初の悲嘆の涙はどっとあふれでたわけである。やがて下宿のミューラー夫人が、この家でいちばん上にある部屋へ案内してくれた。そこは、表通りからも家の物音からも遠いので、フレデリックが書斎に選んだ部屋であった。友人はその部屋へはいると、宿のおかみさんからランプを受けとって、しばらく一人でいたいというしぐさをした。それとなく示したかれの願いは、もちろん、すなおに聞きとどけられた。それから二時間ばかりたってから、親切なおかみさんは、客が最初強情に辞退していたお茶でもあげたいとおもって、ふたたびあがって行った。はいってもいいかとおかみさんは聞いたが、なかからは返事がない。再三呼んだが返事がないし、あんまり部屋のなかが静かなので、もしやと思って、おかみさんが扉をあけてみると、客は気絶をして床にのびていた。びっくりして、それから大騒ぎになり、さっそく息を吹き返させることにかかり、気つけ薬などをのませたりして、ようやくのことで正気に返った。けれども、かれの心は大きなショックをうけ、そのショックから回復するのに二、三週間かかったが、それでも完全に治ったとはいえなかった。考えることがしじゅうフワフワしていた。下宿の主人は英語がすこししゃべれたが、ほんのまだ浅い近づきだから、かれがなにを言ったか、大部分は不明だが、なにか孫の死以上のものが友人の能力を骨抜きにしたと、主人が考えたのは、充分理解できる。

気絶を発見されたとき、かれの右の手には、小さなミニアチュアがしっかりと握られていた。それはフレデリックが持っていた物で、下宿の主人夫婦も、フレデリックの存命中に一再ならず見た品であった。フレデリックはその品をいつも肌身はなさず持っていて、いっときたりとも自分の目のとどくところから離さずにいたのである。死んだときにも、手のなかにそれがあった。私も友人から見せてもらったが、イギリスふうの朝服を着た若い女の肖像で、人好きのする整った縹緻《きりよう》で、おっとりとした、なにかもの思いたげな寂しい表情は、まんざら私も赤の他人ではないような気がした。齢は二十歳ぐらいか、汚れのない白い額の上の栗毛の厚髪をマドンナふうに結び、巻毛がひとふさ左側にさがっている。それと同じ色の、もとは本人のものだったらしい大きな巻毛の輪が、絵の裏にはめこんだ小さな水晶の下に見えていた。この水晶は、黄金《きん》であっさりとセットしてあり、それにM・Gという組み合わせ文字と、一八——年と年号が彫ってあった。そのときは私はこの肖像からなにも思い当たるものはなかったし、友人からなにもつかめなかった。その翌朝、私はフレデリックの机のなかから、切った髪の毛が二つ、いっしょに包んであるのを見つけた。一つは、短い灰色の巻毛で、これは年老いた友人の頭から切りとったものに違いなく、もう一つは、ミニアチュアの裏についていたものと、色も見てくれも同じものであった。それから幾日もたたぬうちに、私はだいじなこの友人の亡骸《なきがら》が、狭いその家に静かに運びこまれてきたのを見たのである。そして翌朝帰るまえに、友人の書いたものを整理している間に、以上転写してきたような記事に遭遇したのであった。その記事に関係のある不幸な若い女性の名前は、つよく私の注意をひいた。私はその名前が、自分の教区に属する人の名前であることをすぐに思い出すと同時に、あのミニアチュアの肖像の本人が、その名前の持主であることを知ったのであった。

　友人のふしぎな陳述の残りの部分を読みながら、私は立ちあがることもせずに、とうとう全部を読みおえた。夜もふけわたって、それをたよりに読みふけっていた一台のランプの光が、私のいる部屋のすみをぼんやり照らしていた。雲もなく晴れた十月の夜の、十二日目ぐらいの片われ月の光が、部屋のなかいっぱいにさしこんで、暗いところを補っていた。私の心はいま読んだ悲しい話でいっぱいになっていたので、ようやく立ちあがって、窓のそばへ歩いていった。美しい月は天心高くのぼって、家々の屋根に、雪をつもらせ氷柱をたらしたように輝き、見わたすかぎり、砕いた玉がキラキラきらめくような光で蔽っている。この静寂な眺めは、そのときの私の心持に、いかにもしっくりと調和していた。私は窓を大きく開いて、眺めわたした。はるか遠い下のほうには、月光にかがやく鏡の帯のように、大きな運河の水が光っていた。左手には、ひと目でそれと目につく町の城壁の大きな円塔がそびえ、城壁のてっぺんの銃眼が夜空をつらぬいている。そこからすこし右手よりの遠く離れたところに、ライデン大寺院の大小の尖塔が、素朴な美しさだが、群を抜いたにらみを八方にきかせながら、堂々と立っている。おそらく、心しずかな、なにものにも捉われない見物人にとっては、この眺望はこよなく楽しいものであったろう。だが、私にとっては、この光景はまさに電撃の力をはたらいた。私は慌ててふり返ると、自分の坐っていた部屋のなかを見わたした。ここは、亡くなったフレデリック・S——が書斎に選んだ部屋であった。四方の壁は黒ずんだ腰板で裾をかくされ、私のいる正面にはピカピカに磨かれた薪台のついた大きな暖炉があり、その上にはオランダ風に果実と花を彫った、古風な炉棚がある。炉棚の上には、ヴァン・アイクふうの衣装を着た、口ひげをピンとはやした頬ひげ豊かな男の肖像がかかっている。肖像の男は、片手をテーブルにもたれ、片手に銀の鷹の握りのついた指揮刀を按じている。私の想像力は、すでにこの場面を文書で読んで熟していたし、同時に私をたぶらかしてもいたから、肖像の男の勝ち誇ったように意地わるく曲げた唇と、冷然とした鉛色の目に光っている微笑とは、私のことを睨みすえているようにみえた。どっしりとした、古風な、背もたれの部分を籐で編んだ何脚かの椅子、——大きなオーク製のテーブル、——書棚、乱雑に散らかっている書物、——なにもかにも、文書に記してあるとおり、そこにあった。そしてこの一幅《いっぷく》の絵に点睛《てんせい》するかのように、私がそれを背にして息をころして坐っている窓の左右両側に、背の高い紫檀《したん》のたんすが立っていて、磨きたてたその表面に、テーブルの上のランプのあかりが、鏡に映したように映っている。

さて、私はなにを考えたらいいのか？――私の読んだ話は、ほんとうに私の友人がこの部屋で、精神錯乱の最中に書いたものなのだろうか？　そんなことはあるまい。だいいち、みんなが私にはっきり言っている。――友人がここへ到着したあの運命的な晩以来、かれはずっとベッドを離れなかったという。紙とペンを取ったことなどついになかったといっている。イギリスからわざわざ私を呼びよせたかれの差図《さしず》は言ってみれば、理性がややあの女を押しのけた、そのほんのわずかな隙《すき》に与えたものだったのだ。とてもあんなことは、できやしまい。W――という、フレデリックと同宿の男は、いったいどうしたのか？　この恐ろしい謎に光をあてるものは、この男が唯一の人間では――？　あとは、だれも知らないのだ。そのかれは、決闘の直後にゆくえを晦《くら》ましたらしい。その後杳《よう》として消息は知れず、また、問い合わせを再三してみた結果、ライデン大学には、フランシス・ソマズという名前の学生はいなかったということも判明した。

〝若者よ、笛吹かばわれ行かん〟

M・R・ジェイムズ

M・R・ジェイムズ Montague Rhodes James (1862–1936) ――イギリスの作家、古文書学者、聖書学者。ケント州の牧師の子として生まれ、イートン校からケンブリッジ大学へ進み、キングズ・カレッジの特別研究員《フェロー》となる。その後、同カレッジの学長、イートン校学長、ケンブリッジ大学副総長等を歴任した。学究生活の傍ら怪奇短篇を執筆、毎年クリスマスの集まりで同僚や学生に読んで聞かせるのを趣味としていたが、それらをまとめた *Ghost Stories of an Antiquary* (1904) 以下、四冊の作品集は近代ゴースト・ストーリーの古典となり、多くの追随者を生んだ。またレ・ファニュ傑作選を編み、その再評価にも寄与した。「〝若者よ、笛吹かばわれ行かん〟」"Oh, Whistle, and I'll Come to You, My Lad" は一九〇三年のクリスマスに朗読したもので、第一怪談集 *Ghost Stories of an Antiquary* に収められた。「専門が古代研究であるから、題材は古いものにとったものが多い。……その因縁的怪異を現代とのかかわりあいのなかで語る、その結構の巧みさ、洗練された話術のそのうまいことは、まず右に出るものがない」「最初はさりげない、ごく日常的な書き出しから始めて、しだいに暗怪な雰囲気をかもしだしながら、静かな、そしてたしかな語りくちで、あの手この手、累々層々と、第一、第二のクライマックスへ盛り上げてゆく」(世4)というジェイムズ怪談の特長が十二分に発揮された代表作のひとつである。

「どうです、教授、全学期終了で、さっそくお出かけでしょう」と、この話には関係のない人物が、本体学の教授にいったあと、二人はすぐにセント・ジェイムズ・カレッジの接待室にはいって、隣りあわせの席にすわった。

教授は年のわかい、端正な、もの言いのハキハキした人であった。

「ええ、この休暇には友人からゴルフに誘われましてね、東海岸のバーンストウ——ご存知でしょう、あすこへ行くつもりです。一週間か十日、みっちり腕を上げてこようと思って。明日発《た》ちたいと思ってます」

「おお、パーキンズ」と反対側の隣の人がいった。「きみ、バーンストウへ行くんだったら、あすこの聖殿騎士団の遺跡を見てきてほしいな。夏はあすこ、発掘にどんなもんだか、きみの所見を知らしてもらいたいんだがな」

こういったのは、お察しのとおり、考古学部の人であったが、この話には冒頭《まくら》にちょっと顔を出すだけだから、称号その他はいう必要もあるまい。

「承知しました」とパーキンズ教授はいった。「遺跡のある場所を書いてくだされば、土地のもようは帰ってからお知らせするなり、あるいは先生の行先があらかじめおわかりなら、そちらへお手紙してもいいですよ」

「いや、そこまでお手数を煩《わずら》わさんでもいいよ。いやね、この休みにぼくは家の者をつれて、そっちのほうへ行こうかと思ってるもんだから、それでふっと今思いついたのさ。――イギリスの聖殿騎士領は、正確な測量をしたものがひじょうに少ないんでね、ひょっとしたら休暇を有益につかう機会がもてるかもしれんと思ってさ」

パーキンズ教授は、ふーん、そんならひとつ、その騎士団領を測量して、有益なる資料を提供してやろうかなと、そんな考えがチラリと頭をかすめた。隣の先生は話をつづけた。――

「遺跡はね、そうさな、地上に露呈しておるかどうかは疑問だけど、海岸のごく近くにあることはまちがいないよ。あのへん一帯は、知ってのとおり、海水の侵食がものすごいからね。地図で見ると、町の北端にある『グローブ・イン』という旅館から、約三分の一マイル、そんなとこかな。――あんた、宿はどこへとるの?」

「それがじつは、その『グローブ・イン』なんですよ」とパーキンズはいった。「部屋はもう申しこんでおきました。いえね、ほかにないんですよ。冬は貸し間はどこもたいてい閉鎖してるらしいし、そんなわけで旅館のほうでも、今あいているのはベッドが二台入れてある部屋だけだというんです。明きベッドを入れとく部屋がないんですってさ。ぼくのほうは、こんどは向こうへ行ったら少し仕事をするつもりなんで、本も持っていきますから、わりあい大きな部屋が必要なんでね。そのあいだ自分の書斎になる部屋に、余分の明きベッドがあるなんて想像のほかですが、まあしかし長い間のことでもないから、なんとか不便は忍べるでしょう」

「おいおい、パーキンズ君、余分のベッドがあって、不便だというのかね？」と向こう側の席にいる、揶揄《からか》い好きの男がいった。「どうだい、ぼくが行って、しばらく御厄介になろうか？そうすりゃきみもつれができるし、一石二鳥だぜ」

パーキンズは思わず身ぶるいがした。でも、さあらぬ顔をいんぎんな笑いにまぎらしながら、

「そりゃぜひどうぞ、ロージャズ。願ってもないことですよ。でも、そちらが退屈なさりゃしないかな。ゴルフはなさらないんでしたね？」

「とんでもない、あんなもの！」と遠慮のないロージャズ氏はいった。

「いえね先生、ぼく書きものをしていない時は、たいていリンクへ行ってますでしょう。ですから、退屈なさりゃしないかと思って」

「そんなこた知らんよ！　あすこなら誰かしら知ったやつがいるもの。もっとも、きみが迷惑なら迷惑だと、はっきりそういってくれたまえ。こっちはべつに腹など立てんから。いつもきみがいってる通り、真実は文句のつけようがないものな」

パーキンズは、なるほど御念の入ったいんぎん屋だったが、同時にこの男、こんこちな誠意の固まり屋でもあった。ロージャズは、こういう特徴を百も承知の上で、ときどきひっかけてくるおそれがあった。パーキンズは今や心中、一つの葛藤《かっとう》が渦《うず》をまいて、そのためにとっさに返答が出なかった。ややあってから、かれはいった。――

「いえねロージャズさん、正直のとこ、ぼくは今、その部屋が二人でじゅうぶん快適に暮らせるだけの広さがあるかどうか、それとね、これはそちらからヤイヤイいわれなければ申し上げ

たくないことなんだけど、なにかこちらの仕事の邪魔になるようなことを、そちらがなさりゃしないかと思って、そいつを今考えてたとこなんですがね……」

ロージャズは大きな声で笑った。

「よーし、わかった、パーキンズ」とロージャズはいった。「それでいいんだ。きみの仕事は邪魔しないと約束するよ。安心しなさい。なあに、きみが迷惑なら、ぼくは行きゃせんよ。いやしかし、幽霊を追っ払う手も、すべからくこう行きたいもんだな」といって、ロージャズは隣の男にウインクを送り、肱《ひじ》で軽くつっついたようであった。パーキンズもちょっと顔が赤くなったようであった。

「いや、すまんすまん、パーキンズ。失言失言。きみがこういうことに軽く行くのが嫌いなことを、わしゃうっかり忘れとった。いや、すまんすまん」

「いいえ、そんなこと……」とパーキンズはいった。「ただね、今あなた幽霊をどうのこうのとおっしゃったけど、ぼくはああいう軽率な話は、どうも好かないんです。ぼくのような立場の人間は」とやや声を高くして、「ああいう問題に関して、近頃巷間に流行している信仰を是認するような話は、われながらとても気になるんですよ。ご存知のように、――いや御存知のはずだと思いますが、これまでぼくは、自分の意見をかくしてきたことは、絶対にない男で――」

「ウン、そうだよ。むろん、そうだったよ」とロージャズは小声で合槌を打った。

「――そういうものの存在説を容認するような、あるいはそれに近いような意見は、ぼく自身が神聖なものとしている考えを否定するに等しいことなんです。と申しても、ぼくの申すことが、必ずしも先生の御注目を得るとは考えませんが」

「そのね、きみのいうその御注目という言葉、そいつはドクター・ブリンバー（ディケンズの小説『ドンビーと息子』に出てくる医者）がいった言葉なんだ」とロージャズは正確をのぞむ熱意を満身にあらわしながら、口をはさんだ。「いや、失敬失敬。せっかくの話を途中で切って……」

「いえいえ、そんなこと。――でも、ブリンバーという人は、ぼく憶えていませんね。昔の人なんでしょうな。――だけど、もういいですわ、この話は。ぼくの申し上げた意味はおわかりだと思いますから」

「わかっとる、わかっとる」とロージャズはやや急《せ》きこんでいった。「きみのいう通りだ。ま、この話はいずれバーンストウかどこかで、ゆっくりするとしようや」

以上の対話を、わたしはここに繰り返しなぞって、自分の受けた印象を再現しようと試みたわけであるが、パーキンズはどことなく婆さんじみた――というよりも、コセコセして気の小さいところが、どことなく牝鶏《めんどり》に似たようなところがあり、全体として残念ながらユーモア感に欠けているといえるが、そのかわり、自分の信念にはどこまでも不屈で真剣なところは、大いに尊敬に値する男である。読者がそれほどまでに感じられたかどうか知らないが、とにかく、これがパーキンズの持っている性格であった。

翌日、パーキンズは望みどおり、まんまと学園を出て、バーンストウにぶじに着いた。「グローブ・イン」でようこそと迎えられ、かねて話のベッドの二台ある部屋につつがなく納まった。そしてひと休みするまえに、さっそく本部屋のはじにすえてある、大きな重宝卓《づくえ》のうえに、持ってきた仕事の材料を手ぎわよくきちんと整頓した。部屋は海を見晴らす窓が三方にあって、まんなかの窓は海を真正面から眺め、左右の窓からは、それぞれ北と南にのびる浜の全貌が見わたせた。南側にはバーンストウの村落が見え、北側は家が一軒も見えず、砂浜とそのうしろの低い崖が見えるだけであった。部屋のすぐ前は雑草のはえた狭いあき地で、古い碇《いかり》だの、綱をまきあげる車地《しゃち》などがあちこちにころがっており、そのさきが広い道路で、道路のさきが浜であった。もと、このグローブ・インと海との間は、どのくらいの距離があったのか知らないが、げんざい両者を隔てている距離は、せいぜい六十ヤードそこそこしかない。

旅館の泊り客は、むろんゴルフをやりにきた連中ばかりであったが、とくに書き立てるほどのものもいなかった。まあ、いちばん目についた人といえば、ロンドンのどこかのクラブの秘書をしているという、退役軍人ぐらいのものだったろう。このひとは、ふつうちょっと信じられないくらい、えらい力のこもった声の持主で、一見して、いかにも新教徒タイプの一言居士であった。教区牧師の介添などに出席すると、儀式のあとで、必ず一言なかるべからずとばかり、きまってなにか発言をする。牧師というのは、これは美々《びび》しい儀式の大好きな人で、イギリスの東部地方のしきたりにはないそういう儀式を、長年守り通してきているという、なかなか根性っ骨のある、尊敬すべき人であった。

がんばり屋を第一の特色とするパーキンズ教授は、バーンストウに着いた翌日の大部分を、今いった一言居士のウィルソン大佐と組になって、もっぱら、夫子自身言うところのゲームの腕を上げることに費やした。得点の経過がよかったか悪かったか、くわしいことは知らないけれども、大佐殿の態度がだいぶどぎつい色をおびてきて、パーキンズはゴルフ場から旅館までいっしょに歩いて帰ろうと思っていたのを断念したほどであった。かれは大佐の口ひげが逆立ちして、顔が赤鬼みたいにまっかになっているのを横目にチラリと見て、この分でいくと、まず夕食のときが引くに引かれぬ対決の場になるだろうから、そうならないうちに相手になんとかお土砂《どしゃ》をかけるには、お茶と葉巻の力にたよるのが賢明だと、ひそかに肚《はら》をきめた。

「いいさ、こっちは浜づたいに歩いて帰れば」とパーキンズは考えた。「そうだ、ついでにデイズニーの話の遺跡を見ておこう。なあに、まだ表はけっこう明るいだろう。そういえば、場所がはっきりわからないんだな。ま、蹴つまずいて転ぶぐらいの覚悟はいりそうだな」

どうやらかれは、文字どおり、それをやったようであった。ゴルフ場からごろた石の浜へと道をひろっていくうちに、一方はハリエニシダの根っこ、一方は大きなごろた石、その間に足をとられて、もののみごとにスッテンコロリと転《ころ》んだ。起きあがってあたりを見まわしてみると、ちょうどそこのところは、小さな窪たまりと土の盛りあがったところがやたらにある、デコボコした地面の一画であった。そして、なおよく見ると、その土の盛りあがったところは、漆喰《しっくい》で下をかためた上に芝草がはえていることがわかった。はは あ、なるほど、してみると、ここが見てきてやると約束をした、聖殿騎士団の殿堂のあった跡なんだな。いや、そうにちがいないと、パーキンズはひとり合点にきめてしまった。どうやら発掘者の鋤《すき》で掘りかえされた形跡もないようだし、およその設計に光明を投げる建物の土台も、そうたいして深くはなさそうであった。聖殿騎士団が教会のぐるりに建物をたてるならわしのあったことを、かれはおぼろげながら思い出して、今ここにずらりと並んでいる土まんじゅうも、そういえば、どうやら円形に並んでいるように見えるような気がした。誰しもそうだろうとおもうが、自分とは畑ちがいのことを、門外漢としてちょっぴり調べたり究めたりしてみようという誘惑、——たとえそれは、本気になってやれば必ず成功したんだがという、淡い満足だけのものにしても、なかなかこいつ、そうかんたんに、木で鼻くくるように、振り捨てられるものではない。わがパーキンズ教授にも、そういったケチな欲があったうえに、もうひとつ、ディズニー氏の依頼を果たすという切実な気持も、実際にあったわけである。そこでかれは、自分がいま見つけた円形の範囲を慎重に足で測ってみて、大体の坪数を手帖に書きとめ、つぎにその円の中心の東寄りのところに、一段高くなっている長方形をした部分に調査をすすめた。かれの考えだと、どうもそこが神壇かなにかの土台の跡のようにおもえたのである。と、その小高い段の北の端のところに、おそらく子供かノラ犬でもひっかいたのだろうが、芝草がひとところ剝げてなくなっている個所があった。かれは、石造の建築物がたしかにここにあったという証拠に、ここの泥を掻きとっていったほうがいいと思って、ナイフをとりだして、そこの土をガリガリ削りだした。すると、またひとつ小さな発見があった。ナイフで削っていくうちに、泥の一部が中へポコンと落ちて、小さなウロ穴があらわれたのである。なんの穴だろうと思って、マッチを何本もすり、炎で中を見ようとしたが、風が強くて、この仕事はだめだった。内側をナイフであちこち叩いたり、ひっかいたりしてみると、この穴は、石造の建物に人工的に刳《く》りあけた穴であることがわかった。長っぽそい四角な穴で、横腹、底、上側、いずれも漆喰で塗りかためてはないけれども、滑らかで、キチンと四角になっている。もちろん、中はからっぽ、と思ったところが、穴からナイフを引き出すひょうしに、なにかチャリンと金属の音がしたので、手をつっこんでみると、穴の底に、なんだか軸みたいなものがゴロゴロしているのにさわった。なんだろうと摘《つま》み出して、明るいところ――といっても、もうあたりは薄暗くなっていた――でよく見ると、これも同じく人工の品とわかった。長さ四インチぐらいの、一見して相当古い時代の物とおもわれる、金属製の管《くだ》であった。

この奇妙な隠し穴に、ほかには何もないことをパーキンズが確認したときには、時刻ももうだいぶ遅く、いつのまにかあたりがまっ暗になっていたので、それ以上調査をつづけることは断念した。とにかく、思いもかけないおもしろいことになってきたので、かれは明日は昼の時間をすこし割《さ》いて、考古学にささげることにきめたが、なんにしても、いま自分のポケットにだいじに納めてある品物は、多少ともなんらかの値打ちのある品にちがいないという確信があった。

家路につくまえに、最後に見わたしたあたりの眺めは、蕭条《しょうじょう》としたものであった。西の空にのこる黄いろい残照が、ゴルフ場と、まだ何人かの人たちがクラブ・ハウスのほうへ引き揚げていく姿と、うずくまったような円形砲塔と、オルジー村の灯火と、ところどころ黒い木造の波除けでとぎれている砂浜と、暮れなずむ静かな汐騒《しおざい》の海とを、夕闇のなかに見せていた。

風は北風で強かったが、グローブ旅館にむかって歩きだしたときには、いいあんばいに追風であった。かれは足早に小砂利のなかをザクザク歩いて、砂浜へ出た。砂浜は、四、五ヤードごとに波除けをのりこえなければならなかったが、その面倒を除けば、静かで歩きよかった。聖殿騎士団の遺跡からどのくらい来たか、距離を測ろうとおもって最後に来路をふりかえってみたとき、いま自分の歩いてきた道を、ゴルフの仲間らしい人が一人、こちらへやってくるのが見えた。姿かたちははっきりしないけれども、大急ぎでこちらへ追いつこうとしているらしいのに、いっこうに前へ進んでこない。つまり、からだの動かしぐあいは走っている格好なのだが、その人間とパーキンズとの距離はすこしも縮まらないのである。すくなくとも、パーキンズはそう思って、相手は見ず知らずの男ときめ、追いつくまで待っているのは馬鹿馬鹿しいと考えた。それにしても、この寂しい浜で、こっちが連れになってやる気になれば、先方にとっては願ってもない相手になれるんだが……とも考えた。昔まだ世の中が開けなかった時代、今日では考えられもしないような場所で、人間が出会っていたことを、ものの本で読んだことがある。宿へ着くまで、かれはそんなことを、──多くの人が子供の時分にふっと考えたようなことを考えながら行った。──「ぼくは今、キリスト信者が小道を歩いていくと、野原を悪魔が迎えにきた夢を見たんだ」「あとをふり返ったら、黄いろい夕空にくっきりと黒い姿を見つけ、そいつに角と羽根がはえてるのを見たとしたら、自分は一体どうすればよかったんだろう？　やっぱりそっちの方へ立ち上がるか、走るかした方がよかったのかな。運よく、うしろのあの男は悪魔じゃなかったし、今も最初見つけた時のように、まだずっと遠くでウロウロしているだろう。あの分じゃ、あの男、夕食にはだいぶ遅れるな。――おや、あと十五分か。こいつは駆け足だぞ！」

パーキンズは、じじつ、着がえにひまはとらなかった。やがて夕食の席で大佐に会うと、さすがに紳士のたしなみの和平が、もういちど軍人の胸中を支配し、その和気あいあいたる気分は、食後のブリッジの間も逃げ去らなかった。そんなわけで、その夜パーキンズが自室にひきあげたのは、かれこれ十二時近くになり、いやほんとに今夜は楽しかった、この宿にいるあいだ、二週間でも三週間でもこんな気分ですごせればなあ、と思ったくらいであった。――「そのうえ、ゴルフの腕が上がれば……」と思った。

廊下をわたっていくと、宿屋の若い衆に出会った。若い衆が足をとめて、いった。――「だんなさま、失礼でございますが、只今お召物にブラシをかけておりましたら、何でございますかポケットから落ちたものがございまして、はい。お部屋の用箪笥の抽斗《ひきだし》へお入れしておきましたが、――何かパイプのようなもので、はい。……これは恐れ入ります。ありがとうさまで。――あの、用箪笥の抽斗に入れてございますから。はい、さようで。では、お休みなさいませ」

この若い衆のことばで、パーキンズは、夕方見つけた物のことを思い出した。さっそく蠟燭《ろうそく》のあかりでその品をひねくり返して見たのは、もちろん多分の好奇心があったからであった。今そうやって見てみると、それは青銅でこしらえたもので、形は猟犬を呼ぶのにつかう呼笛《よびこ》によく似ていた。じじつ、それは――そう、たしかにそれは呼笛以外のものではなかった。パーキンズは試しに唇にあててみたが、中に砂か泥がギッシリ詰まっていて、叩いたぐらいではとても受けつけないので、ナイフでヤワヤワこじらなければならなかった。この男の癖で、物事をきれいにきちんとやる方なので、パーキンズは紙きれの上に泥をきれいに掻きだして、掻きだした泥を窓からきれいにはたいて捨てた。窓をあけた時に見たら、外はよく晴れた、こうこうたる月夜であった。しばらく窓ぎわに立って、海を眺めていると、宿屋の前の浜に、夜ふけの散策者が一人いるのが目にとまった。やがて窓をしめ、バーンストウにはこんな夜ふけまで起きている人があるのにいささか驚きながら、ふたたび明かりのそばへ呼笛をかざしてみると、ホホウ、なにか呼笛に印がついている。印だけではない、文字も書いてある。で、ゴシゴシこすってみると、深く彫った文字があらわれてきた。だが教授は、ややしばらく熱心に考えたあと、けっきょくその文字は、ベルシャザルの壁の文字と同じで（ベルシャザルはバビロンの最後の王。大臣千人を呼んで饗宴を催した際、人間の手があらわれて、壁にバビロン滅亡の予言の文字を書いたという）、かれにはチンプンカンプンだと告白せざるをえなかった。呼笛の表側と裏側に「銘」があり、そのひとつは、

FLA
FUR BIS
FLE

もうひとつは、

卐 QUIS EST ISTE QUI UENIT 卐

「こんなものわからなくってさ」とかれは考えた。「でも、ぼくのラテン語ではちっとお粗末かな。しかし、そう思ったって、呼笛の言葉なんかわかる自信はないぞ。長いほうは、こりゃ

簡単らしいや。つまり、こういう意味だろう、——『ここへ来るのは誰か?』そうだ、いちばんいい方法は、この呼笛を吹いてみるこったよ」

かれは試しにそれを吹いてみて、きゅうにハッとなって、止《や》めた。自分の吹き鳴らした音にびっくりしたと同時に、その音色《ねいろ》に思わず釣りこまれたのである。なにかその音色には、無窮の遠さというようなものがあって、やわらかい音だが、きっと何マイル四方にも聞こえそうな気がした。またそれは、人の脳裡に絵をつくりだす力(この力は多くの匂いにもある)をもっている、そんな音色でもあった。とたんにかれは、爽《さわや》かな風の吹いている夜のひろびろとした闇のまんなかに、ひとりぼっちで寂しく立っている人の姿を、はっきりと目に見た。——どうしてそんなものが浮かんだのか、自分でもわからなかった。その時窓ガラスに一陣の強い風がドッと吹きあてて、絵がこわれてしまわなかったら、おそらくかれは、もっともっとその絵を見ていたことだろう。風の音に、ひょいと窓を見上げたとき、かれはまっ暗な窓の外を、一羽の海鳥の白い翼がキラリと掠《かす》めたのを見た。

呼笛の音色にひどく魅せられたので、かれはもういちど吹いてみずにはいられなかった。こんどは思いきって強く吹いてみた。しかし、強く吹いてみても、音色は前とくらべて、すこしも大きくならなかった。そのうえ、反復は幻影をぶちこわした。あるいはそんなことかも……と思っていたとおり、吹いたあと、絵はなにもあらわれなかった。

「や、こりゃどういうことだ? へんだな! なんの力で風がこう吹きだすんだ! こりゃすごい突風だ! わあ、窓をしめても役に立たんわ! や、こりゃあ!……案のじょう蠟燭は消えちまうし。まるで部屋が木っ葉《こ》みじんになりそうだ」

窓を締め切るのが第一の仕事だった。二十勘定するあいだ、パーキンズは小さな窓ともみあいを続けたが、押してくる風の力の強いことといったら、まるで手ごわい賊と押しくらでもしているようだった。風は押してくる力をいきなり抜くときがあった。すると、窓はバタンとあおって、ひとりでに掛金がかかった。そこで蠟燭をつけなおして、さぞかし室内は乱脈に散かってるだろうと見てみると、どこにひとつ散らかったところはない。窓ガラスの割れたのも、一枚もない。むろん騒がしい物音は、すくなくとも泊り客のうちの一人の目をさまさせたらしい。すぐ真上の部屋で、ウィルソン大佐が靴下ひとつでマゴマゴしながら、唸《うな》り声をあげているのがきこえた。

吹きだしたのはアッという間だったのに、風はなかなかパタリとは吹き止まなかった。今もってヒューヒュー、ゴーゴー唸りをあげて、家のぐるりを吹きまくっている。ときおり泣くような高い声になるのが、いかにも心細いような感じで、パーキンズが掛値なしにいってたように、想像力のつよい人はソワソワ落ちつかなくなるだろうし、想像力のないパーキンズでさえ、十五分もあの風の音をきいていたら、これさえなければもっと楽しくなれると思ったくらいであった。

その晩目がさえて、一睡もできなかったのは、その風のせいか、それともゴルフで気が立っていたのか、あるいは聖団遺跡を見つけた興奮のせいか、かれにもよくわからなかった。ひょっとすると、あんなへんな穴をひっかきまわしたおかげで、罰《ばち》が当たったのかな、などと気を回したりしながら（筆者だって、同じ立場におかれたら、そう思ったろう）、寝ながらかれは心臓の鼓動をかぞえたり、いまも心臓のはたらきが止まりそうな気がしたり、肺だの、脳髄だの、肝臓だの、そっちの方まで怪しいんじゃないかなどと、しまいには面白半分に、そんな心配を楽しんだりした。そんな心配は、昼間の光がもどってくれば消えてしまうにきまっているが、それまでは追っ払うことができなかった。その時、ふっとかれは、誰だか自分と同舟の人がいらっしゃるぜ――そんなことを考えて、なにか肩代わりをしたような、ホッとした気持になった。すぐ自分の隣に（まっ暗闇だから方角はわからなかったが）――同じベッドのなかで、モゾモゾ輾転反側している人がいたのである。

そこで次の段階は、とにかくじっと目をつぶって、眠れるきっかけがあったら、いつでも眠ることにしようときめた。すると、ここでまたもや興奮のしすぎが、こんどは別の形で――絵をつくりあげることであらわれてきた。経験者《エクスペルト・クリーディ》を信ぜよ、絵は眠ろうとする人が目をつぶるとあらわれる。その絵は見る人の好みに合わないことがあるから、そういうときには、目をひらけばその絵は消えてしまう。

その晩のパーキンズの経験は、ひどく悩ましいものであった。ひとりでにあらわれる絵がずーっと続きっぱなしで、とぎれないのである。むろん、目をあくと消えるが、さて目をつぶると、またしても前と同じ絵が鮮かにあらわれて、しかも前といささかの遅速もなく、同じ動きをくりかえすのである。かれが見た絵は次のようなものであった。――長い浜がずっと伸びている。小石の浜の波打ちぎわは砂浜で、その砂浜には、水ぎわまでのびている波除けの黒い柵《さく》が、短い間隔をおいて隔てている。それはその日の午後じっさいにかれが歩いた浜のけしきで、境界標はここからは見えない。あたりは薄暗く、ひと時雨《しぐれ》きそうな晩冬の空あいとおぼしく、すでに冷たい糠雨《ぬかあめ》が降りだしている。このわびしい舞台に、はじめは役者はひとりも見えない。そのうちに、遠くのほうに黒いフワフワしたものがあらわれ、見る見るうちに、そいつがこちらへピョンピョン跳ぶように走ってくる。よく見ると、それは人間で、波除けの柵をよじ登っては越え、よじ登っては越えながら、二、三分おきに、うしろを気にしてはふり返って見ている。だんだん近づいてくるにつれて、顔ははっきり見えないが、なにか心配なことがあるようで、それればかりではない、なにかひどく怖れているらしいようすが、しだいにはっきりしてくる。そのうえ、男はどうやらもうほとんど力尽きはてているようである。それでもまだこちらへ向かって駆けてくるが、あとからあとから障害物があるのが、だいぶ辛くなってきたようである。「さあ、次の柵がうまく越えられるかな」とパーキンズは思った。「こんどのは、今までのよりもちょっぴり高そうだからな」案のごとく、男はよじ登るのとへばるのが半々で、それでもようやくのことでのり越えると、反対側（つまり、見ているかれの側）へもんどり打って落っこちてしまった。落ちたその場所で、男はもうほんとに起きあがれないかのように、波除けの柵の下でのたうちながら、ひどく心配そうなようすで、上を見上げている。

走ってきた男が、なんで怖がっているのか、そのわけは今までのところ、なにも示されていなかったが、それが今や見えだしてきた。浜のはるか遠くのほうに、なんだか明るい色をしたものが、えらい速度とでたらめさで、前後にユラユラ動いているのが、小さく小さく見えてきたのである。それが見る見るうちに、グングン大きくなって、同時にそれが白っぽい、輪郭のはっきりしない、ブワブワした物を着た人物であることを、おのずから示しだしてきた。その動きには、なんとなく、あまり目と鼻の先では見たくないものがあった。止まると両手を高く上げて、砂に腰をかがめ、それから渚《なぎさ》のほうへとつんのめるように駆けだすかと思うと、またあとへ引き返す。そして腰をしゃんとのばして直立すると、ふたたびまた前のコースを速力をつけて駆けだす。その動作が、見ているといちいちドキンとするようで、怖かった。そのうちに、先に逃げてきた男が倒れている波除けの柵の二、三ヤード手前のところまで、追手の男がフラフラ近づいてきた。二、三回、なんとつかずそこらをフラフラしていたが、そのうちにきゅうに足を止めたと思うと、スックと立って両手を高々と上げ、いきなり波除け目がけて、まっしぐらに走りだした。

ここのところで、いつもパーキンズは、このまま目をつぶっていようと思うのだが、それができなかった。視力の初期の減退とか、脳の過労、たばこののみすぎ、いろんな不安があって、けっきょくかれは、その日散歩のときに考えたことの病的な反映にすぎない、こんなしつこいパノラマに悩まされるよりは、いっそのこと蠟燭をつけて、本でも出して夜明かししたほうがはるかにましだと、見切りをつけた。

マッチをすった音と炎の光り、それが夜行動物——ネズミかなにか——を驚かしたのにちがいなかった。パーキンズは、なにかが自分のベッドの脇から床の上へと、ガサガサと大きな音を立てて逃げていったのを聞いた。——おいおい、マッチは消えたぞ。馬鹿なやつだな。——

でも二本目のマッチはうまく燃え、蠟燭と書物は難なく手にはいり、パーキンズは健やかな眠りにはいるまで本を読んだが、それはさして長い時間ではなかった。日ごろ用心深い規則生活を送っているかれが、蠟燭を消すのを忘れたのは初めてのことで、翌朝八時に呼び起こされたときには、蠟燭はまだ燭台のなかでパチパチともっていて、枕元の小卓の上に、みじめな蠟涙がごってりと流れていた。

朝食後、かれは部屋でゴルフ服に手入れをしていると――運命はきょうもまたかれを大佐と組ませたのである――、宿の女中がはいってきて、

「あの、お客さま、よろしかったら、毛布をもう一枚おかけになりますか?」ときいた。

「ありがとう。そうだね、よかったらもう一枚ほしいな。今夜あたり、陽気がちっと寒くなりそうだから」とパーキンズはいった。

まもなく、女中は毛布をもってきた。

「お客さま、どっちのベッドに敷きますか?」

「どっちのって? そっちさ。――ゆうべ、そっちに寝たんだもの」とパーキンズはベッドを指さしていった。

「はい。――でもお客さん、両方お使いになったようでしたよ。じつは、けさ、両方のお床《とこ》をお敷きかえしたんですよ」

「ほんとかい? そりゃへんだなあ!」とパーキンズはいった。「こっちのベッドは、物を置いたほか、全然さわらなかったぜ。ちゃんと中へはいって寝たようになってたのかい?」

「ええ、そうですよ」と女中はいった。「そういっちゃ何ですけど、掛けぶとんも敷布もクシャクシャにまるまって一晩中おやすみになれなかったみたいになってましたですよ」

「いえね、荷をほどいた時に、うっかりしてクシャクシャにしたのかもしれないな。そりゃどうも済まなかったね、よけいな手数をかけて。いえね、じつはぼく、友人が来ることになってるんだ。――ケンブリッジ大学の先生でね、その人がひと晩かふた晩厄介になりにくるんだが、どう、いいでしょ、ねえ？」

「ええ、そりゃもう。――まあ、すみません、ありがとうございます。――べつにさしつかえございませんですよ」女中はそういって、朋輩《ほうばい》とクスクス忍び笑いをしに、部屋を出ていった。

パーキンズは、よし、きょうも一丁やってやるぞと、臍《ほぞ》をかためて出かけていった。

わたしは、パーキンズがこの冒険に大いに成功したと御報告できるのを欣幸とする。じつは、かれと組になった大佐は、二日目のプレイの見込みについてやや歎《かこ》ち気味だったのが、午前中、時がたつにつれて、だいぶ口が軽くなってきたのである。大佐の声は、この国の二流詩人が「伽藍《がらん》の塔の低音鐘のように」と諷《うた》ったように、一階中にガンガンひびきかえった。

「ときに、ゆうべは珍しい大風じゃったね」と大佐はいった。「わしらの国だと、ああいうときは誰かが呼笛を吹いたというよ」

「ホウ、なるほどね」とパーキンズはいった。「お国のほうでは、いまでもそんな迷信がのこっておりますか？」

「迷信のことは、わしゃよう知らんが」と大佐はいった。「デンマークからノルウェーにかけては、そう信じとるようだな。ヨークシャの海岸あたりもそうじゃ。わしの経験からいうとじゃな、よいかね、総じてそういう地方の連中が、いまだに何代も持ちつたえておるものの底には、やはり何かがあるな。いやしかし、こりゃきみのドライブだ」(何とでもいいが、ここはよろしくゴルフを嗜《たしな》む方たちには、適当な幕間に、適当な脱線をやっていただくことにしよう)

　話がもとに戻ったとき、パーキンズはややためらいがちにいった。——

「お話が出たついでだからいうんですがね、大佐、ぼくはその問題については、ひじょうに頑固な意見をもってるんですよ。いわゆる『超自然』というやつには、じつはぼくは確信ある不信者なんです」

「ホウ!」と大佐はいった。「するときみは、千里眼とか、幽霊とか、そういったものは頭から信ぜんというのかね?」

「ええ、そういう類《たぐ》いのことは一切《いっさい》」とパーキンズはきっぱりと答えた。

「そうか」と大佐はいった。「とすると、きみはサドカイ教徒ということになるらしいな」

パーキンズは、自分の意見としては、サドカイ人は旧約聖書で読んだかぎりでは、最も良識のある人達だと答えようとしたが、ゆうべのことでそんなことに多くの言葉を費やすのはどうかと思ったので、相手の非難を笑いにまぎらして、

「おそらく、そうでしょうな。まあ、それはそれとして、ちょっと話を前に戻さして頂きますがね、大佐」といって、すこし間《ま》を切って、「ところで、さっきの風を呼ぶ呼笛の話ですけど、

あれについて、ぼくの意見をいわして下さい。だいたいですな、風をおこす法則というやつ、これは実のところ、今もってよくわかっておらんのですよ。むろん、漁師なんかには、なんにもわかっちゃいません。常人とはちがった習癖をもつ男女、たぶん土地の人ではないんでしょうが、時ならぬ時間に浜でちょいちょい見かけますが、ああいうのは呼笛の音が聞こえるんでしょうな。そのあとまもなく突風が起こる。空模様をピタリと読める人とか、気圧計でも持ってる人なら、風の予報もできるでしょうが、漁村の単純な連中なんか気圧計も持っていないし、天気の見方だって、ごくお粗末なきめ手しか持っていませんからね。そこで今いったような常軌を逸した変わり者が、風の起こることを考えている。またそういう人は、自分はそれができる人間だという信望の上に立っている。こりゃ至極当然のことでしょう。ところで、ゆうべの風ですが、あれは偶然ぼくが呼笛を吹いたのです。二度吹きました。風は完全にぼくが呼んだのに答えて、やってきたらしいです。だれかぼくを見ている人がいたら——」

聞き手は相手の長広舌を少々もてあまし気味であった。パーキンズのほうは、話しっぷりがどことなく講義じみた口調になったのが気にかかったが、大佐は相手のしまいの言葉を遮《さえぎ》って、

「きみが呼笛を？　どんな呼笛を吹いたんだね？　吹いてみたまえ、ひとふし」

合間。

「お尋ねの呼笛ですがね、大佐。これはちょっと骨董ものなんですよ。ここに持ってますが——いや、部屋へ置いてきたっけ。実をいうと、きのう見つけたんですよ」

それからパーキンズは、呼笛発見のいきさつを物語った。大佐は話のうち、ふーむふーむと

聞いていたが、大佐にすれば、自分がパーキンズの立場だったら、いやしくも昔カトリック教徒団のものだったものを用いるについては、当然もっと慎重だったはずであった。この男はカトリック教徒が責任を持ってやらなかったことを、なんにも知らんと断言してもいいと、大佐は思った。そこから考えが枝道に走って、大佐は、牧師の無法ということを考えた。先週の日曜日に、金曜日は聖トマスのお祝い日だから、教会では午前十一時から勤行を執行すると、その牧師は告知をあたえた。これと同じようなさまざまの行動が、大佐の見解のなかで、あの牧師はジェスイット教徒か隠れキリシタンだろうという、強力な推定をつくりあげた。パーキンズは、そういう大佐の宗教観には、とてもおいそれとはついていけなかったが、べつに不賛成もとなえなかった。その日午前中ばかにウマが合った二人は、なにも昼食後おたがいに仲違《たが》いになるような話をすることもなかったからである。

二人は、午後もひき続いて競技をぶじにつづけた。すくなくとも、日ざしが薄れてくるまで、ほかのことは一切忘れていたくらいであった。そのうちにパーキンズは、例の遺跡の調査をもうすこしやるつもりでいたことを思い出したが、べつにそれは大して重要なことでもないと思い返した。その日もいちにち、きのうと同じように楽しく、そして同じように大佐といっしょに宿へ帰ってきた。

二人が旅館の角を曲がったとたん、出会いがしらに、勢いきって駆けてきた子供が大佐にぶつかり、すんでのことに大佐は尻餅をつくところであった。子供はそのまま逃げ去ると思いのほか、ぶつかった大佐に、息を切らしながらしがみついた。大佐がのっけに吐いた言葉は、当然、小言と非難であったが、しかし少年が恐怖で口がきけずにいるのを、大佐はすばやく見てとった。ものを尋ねても、はじめはまるで役に立たなかった。そのうちに、やっと息がつけるようになると、少年は大声で泣きだし、大佐の足にしがみついたまま離れようとしない。ようやくそれを引きはなしたが、まだ泣き続けている。

「一体全体、なにがどうしたというんだ？　なんでそんなになったんじゃ？　なにを見たんだ？」と二人の男はいった。

「あのね、あすこの窓からね、おれのこと、おいでおいでしてたんだよ」と少年は泣きながらいった。「おれ、いやだよ、いやだよ」

「どこの窓だ？」と大佐はじれったそうにいった。「こら、しっかりしろ、坊主」

「あすこの正面の窓だよ、宿屋の」と少年はいった。

ここでパーキンズは、少年を家まで送って行ってやろうと親切気を見せたが、大佐はそれを拒んだ。大佐は話の真相がつかみたいといった。この少年が受けたような恐怖を与えるなどとは、まことに物騒千万なことだし、もし大人が冗談にしたのだとすれば、当然そいつには、なんらかの方法で罰を食わしてやらなければならない。少年はつづけざまにいろいろ質問されたあげく、つぎのようないきさつを明らかにした。――少年はグローブ旅館のまえの芝生で、ほかの子供たちと遊んでいた。やがて三時のお茶の時間になったので、みんな家に帰った。少年も帰ろうとして、なんの気なしにひょいと旅館の正面の窓を見ると、自分のことをおいでおいでしているのを見た。わかっている限りでは、白いものを着ている人のようだったが、顔はよく見えなかった。それが自分のことをおいでをしていた、というのである。――正気の人間ではない、とはいわないにしても、とにかく正気の沙汰ではない。――部屋に灯火《あかり》はついていたかい？――うん。灯火がついてれば、見るなんて思わないや。――どっちの窓だ？上の窓か、下の窓かい？――下の窓。両わきに小さな甕《かめ》がおいてある、あの窓。

「よーし、坊主」と大佐は、さらに二、三の質問をしたのち、いった。「さ、それじゃもう、お家へ走って帰りなさい。おまえをびっくりさせようとしたのは、どうも大人《おとな》くさいな。いいか、おまえも英国男児だろ、こんどそういう時には、石でもぶつけてやれ。――いやまあ、石をぶつけることもないが、宿屋の番頭か主人のシンプソンさんにいいつけるか――そうだ、それがいい。おじさん、おまえに忠告しとくが、こんどからそうしなさい」

少年の顔は、たかが子供の文句に、宿屋の旦那がきげんよく耳を貸してくれるのかしらと、疑いの色をあらわしたが、大佐は気づかなかったとみえて、さらに言葉をつづけた。――

「それでな、ここにほら、六ペンス――いや、一シリングあるから、いいからこれを持って、早く家へ帰んなさい。そしてな、このことはもう考えるなよ、いいな」

少年は面食らったような礼をいうと、そのまま急いで走り去って行った。大佐とパーキンズは旅館の玄関へとぐるりとまわって、調べてみた。少年から聞いた陳述に相当する窓は、ただひとつあった。

「いや、おかしいな」とパーキンズがいった。「あの子がいってた窓は、明らかにぼくの部屋の窓ですぜ。大佐、ちょっといらしてくれませんか？　だれかぼくの部屋へ勝手にはいったやつがあるかどうか、見てみなけりゃなりませんから」

二人はすぐさま廊下を渡って行った。パーキンズは部屋の扉をあけようとしたが、ふとその手を止めて、ポケットを探った。

「こりゃ思ったより只事じゃありませんぜ」といいだした。「そうだ、今思い出したが、けさ出かけるときに、ぼくは鍵をかけて出たんだ。扉には、ほら、鍵がかかってます。そして鍵はここにある」といって、鍵を高く上げて見せた。「そこでと、——かりにもし女中がですよ、客の留守の間に部屋へはいる習わしがあるとしても、こっちはそんなこと認めませんよ。あたりまえですよ」かれはなにかひとつのどたん場にきたような気がして、ひとりで忙《せわ》しなく扉をあけて（扉はじっさいに鍵がかかっていた）、急いで蠟燭をつけた。「べつにどこも乱脈にはなってないようだな」

「ベッド以外はね」と大佐が横からいった。

「あ、それね、それぼくのベッドじゃないんですよ」とパーキンズはいった。「そっちは、ぼく使ってないんです。だけどしかし、誰かいたずらしたみたいになってますね」

たしかにその通りであった。敷布がまくれて、えらく寝ぞうが悪かったように、もみくちゃになっていた。パーキンズは考えこんだ。

「いや、きっとあの時にちがいないな」とややあってから、かれはいった。「いえね、ゆうべ荷をほどいたときに、敷布をうごかしたらしくて、それきり女中が直さなかったんでしょう。そうだ、それを直しにきたところを、あの子供が見たんだ。女中は誰かに呼ばれて出て行き、

扉に鍵をかけた。そうですよ、それに違いないと思います」パーキンズも、なるほどそれは、

「では、呼鈴を押して、聞いてみなさい」老大佐はいった。

年の功だけのことがあると思った。

女中があらわれた。——長い話を手短にはしょると、——女中はけさがた、お客様がまだお部屋にいらしたときに、ベッドを直し、それっきり部屋にははいらない、というのである。べつに部屋の合鍵は持っていないという。合鍵はうちの旦那が持っておいでになる。どなたかお着きになれば、お帳場がお客様にお知らせする、というのである。まさに謎であった。調査の結果、べつに目ぼしいことも出てこなかった。パーキンズは、テーブルの上のこまごました物の置き場所までいちいち思い出して、結局、べつになにもいたずらされたものがないことを確認した。旅館の主人夫婦も、その日は誰にも部屋の合鍵を渡さなかったことを確認した。さすが公平無私のパーキンズも、宿の亭主、かみさん、女中の行動に、落度《おちど》を指摘する何物も嗅ぎつけることができなかった。かれは、ひょっとするとあの少年が大佐に一杯食わしたのではないかと、その考えの方によけい傾いたくらいであった。

「パーキンズ君、きみね、もし今夜でも夜なかにわしに用があるような場合、わしの部屋は知っとるね」

「はあ。ありがとうございます。お部屋は知ってますが、でも夜なかにお騒がせするようなことは起こらんでしょう。ときに、お話した呼笛は、お目にかけましたっけか？　まだのようでしたな。——じつは、これなんですがね」

大佐は、蠟燭のあかりに、ためつすがめつ、ひねくり返して見た。

「なにかここに銘がありますでしょ?」パーキンズは大佐が呼笛を返したときに、たずねた。

「このあかりじゃ読めんよ。——きみ、それをどうするつもりじゃね?」

「そうですね、まあこれ大学へ一応持って帰って、だれか考古学専門の連中に托して、どう思うか当たってみようと思ってます。連中が値打ちのあるものだと考えれば、どこかの博物館へ寄贈してもいいと思いましてね」

「ふーむ!」と大佐はいった。「そうね、それがいいじゃろうな。ただね、こりゃわしの考えだよ、もしそれがわしの物だったら、わしゃそれは海へ捨てっちまうな。まあ、いうだけ野暮《やぼ》なことは重々心得とるが、きみにとってじゃな、この事件が生きた教材になることを期待しよう。いやまったく、それを希望するテ。ではお休み」

大佐は、階段の下でなにかいおうとするパーキンズをそこに残したまま、引き上げて行った。そして二人は、めいめいの寝室にはいった。

教授の部屋の窓には、あいにく、なにかのつごうで、ブラインドもカーテンもなかった。昨夜はそんなことはすこしも気にならなかったが、今夜はこの分で月がのぼると、ベッドへまともに月の光がさしこんで、遅くまで眠りにつけなそうであった。それに気づいて、こいつ弱ったなと大いに苦になったが、さすがに人が羨むほどの頭のよさで、さっそく旅行用の膝かけ毛布を、安全ピンとステッキと雨傘でもって、急ごしらえの屏風《びょうぶ》をこしらえあげた。これを立てれば、月の光をベッドから完全に遮れるという趣向である。まもなくかれは、自分のベッドにぬくぬくともぐりこんだ。いよいよ寝ようというまで、だいぶ長いこと、なにか固い本を読んでいたが、やがてトロンコになった目で、念のために室内をひとわたり見まわし、それから蠟燭を吹き消して、あおのけに枕に頭をつけた。

一時間以上、ぐっすり眠ったにちがいない。とつぜん、ガタンという物音に、パーキンズは眠い目をこすりながら飛び起きた。とっさに、なにが起こったのかわかった。念を入れてこしらえた屏風の幕が、いつのまにかどけられて、霜夜のこうこうたる月の光がじかに顔の上にさしこんでいた。こいつは厄介千万だった。いまさら屏風の幕をこしらえ直すのも億劫《おっくう》だし、そうかといって、それをしなければ、おちおち眠ることができない。

ややしばらく、どうしたものかと、パーキンズは床のなかで考えていたが、そのうちに、なにを思ったかいきなり寝返りをうつと、目をすえ息を殺して、じっと耳を立てた。部屋の向こう側にあるからのベッドのなかで、たしかになにか動いたのだ。ネズミかなにかが、なかで遊んでいるにちがいない。よし、朝になったら、どけて見てやろう。今はそれは静かになっていた。いや、そうじゃない！　また動きだしたぞ。ガサガサ音がしてミシミシ揺れている。こりゃネズミなんかじゃないぞ。もっと大きなものだぞ。

教授のこのときの狼狽と恐怖ぶりは、多少わたしにも察しがつくというのは、三十年ほど前、わたしも夢のなかで同じことが起こったのを見たことがあるからである。しかし、おそらく読者諸君は、もともとからっぽだとわかっているベッドの上に、いきなり起き上がったものを見た教授の怖さは、どんなだったか、ほとんど想像もつかないだろう。教授は自分のベッドからひとっ飛びに飛び出すと、かれの唯一の武器がおいてある窓のそばへすっ飛んだ。武器というのは張り幕の支柱にしたステッキであった。しかし、すっ飛びはすっ飛んだが、こいつ、まずいことをしたな、ということがわかった。というのは、からのベッドの人物は、たちまちスルスルと動いたと思うと、ベッドから滑り下りて、二つのベッドの間に立って両手をひろげ、扉口のまえに立ち塞《ふさ》がったのである。パーキンズはハッとして、恐怖の当惑のうちに、様子を見まもった。とにかく、そいつのそばをすり抜けて、なんとかして扉口から脱出しなければという考えにあせった。こっちから手を出すなんてことは、とてもできなかった。なぜだかわからない。むこうから手出しをしてきたら、すばやく窓から飛びだすまでだった。暗い影の帯のなかに、怪しいものはしばらく立ちはだかっていたが、どんな顔だか見えなかった。と、そいつが、背をかがめた姿勢でソロリソロリと、動きだした。とたんにパーキンズは、そいつが盲目《めくら》にちがいないことを認めて、恐怖のなかにもホッと安心した。怪物は手袋をはめた両手で、やたらにそこらを手探りしていたからである。怪物はこちらへ半身《はんみ》になったときに、今パーキンズの飛び出したベッドに気づいて、いきなりそこへ駆けよると、ベッドの上にうつ伏せになり、枕を手探りした。その格好は、パーキンズを生まれてはじめて感ずる戦慄にゾーッと震え上がらせた。しばらくして怪物は、ベッドのからっぽなのがわかったらしく、こんどはそこからあかりのさしている方へと、窓にむかって動きだした。そのときパーキンズは、はじめて怪物の正体を見たのであった。

そのとき見たものについて、パーキンズは人から聞かれるのをひどく厭《いや》がっているが、一度だけ、わたしが聞いたとき、その幾分かを語ってくれたことがある。かれがまず第一に憶えているのは、身の毛がよだつくらい恐ろしい、皺《しわ》くちゃな麻布のその顔であった。その顔からは、どんな表情も読みとれなかったし、また口に出していう気もしないが、ただそれから受けた恐怖が人を狂気に追いやることだけは確かだった。

もっとも、長くそれを見つめている余裕などなかった。怪物は、とても人力とは思われぬす早さで、部屋の中ほどへサッととび移ったと思うと、そのとばちりで、波のようにフワリとなびいた着物のはしが、パーキンズの顔を撫でた。声を出せば危険なことはわかっていたが、なんともいえないその気色の悪さに、アッという叫び声をかれは咽喉の奥に押さえておくことができなかった。その声が、こちらを捜している怪物に、とっさの手がかりをあたえ、あっというまに怪物は躍りかかってきた。つぎの瞬間、パーキンズはあらん限りの声で絶叫を連呼しながら、うしろの窓から逃げ出そうとしたとたんに、麻布の顔が自分の顔のすぐそばへグッと近づいてきた。この最後の瞬間に、お察しどおり救いがきたのである。大佐が扉を蹴破って、窓ぎわのあわやという二人を見た。大佐が怪物のそばへ駆けよったときには、一人しかそこに残っていなかった。パーキンズは部屋のまんなかへとよろけ出て、そこで気絶してしまったのである。ぶっ倒れたその床のすぐ目の前には、敷布の山がほうり出されてあった。

ウィルソン大佐は、なにも訊かずに、とにかくほかの者を部屋に入れぬことと、パーキンズをベッドに寝かすことに大童《おおわらわ》だった。大佐は夜が明けるまで、毛布にくるまって、もう一つのベッドにもぐりこんで過ごした。翌朝早く、ロージャズが着いた。昨日来たら、かれもこれほどの歓迎は受けなかったろう。三人はパーキンズの部屋で、だいぶ長時間協議した。協議が終わったとき、大佐が指につまんだ小さな物を持って、ホテルの玄関から出て行った。大佐はその小さな物を、浜べからできるだけ遠い沖のほうへ、逞《たく》ましい腕に力をこめて投げこんだ。そのあと、グローブ旅館の裏手の空地から、物を焼き捨てる焚火のけむりが立ちのぼった。

旅館の従業員や泊り客に、どう説明をこじつけて取り繕《つくろ》ったか、実をいうと、はっきりしたことをおぼえていない。とにかく、教授はアル中患者の譫妄《せんもう》症という、誰もがすぐに考えつく嫌疑を一掃し、旅館は旅館で、ゴタゴタのあった家という評判を一掃した。

大佐があの時邪魔にはいらなかったら、一体パーキンズにどんなことが起こったろうということについては、たいして問題はない。おそらくかれは、窓からとび出したか、でなければあのまま気絶していたか、どっちかだったろう。ただし、呼笛にこたえてあらわれた怪物が、ただの威《おど》かし以上のことを果たしてしたかどうか、これは不明である。怪物が正体にしていた敷布以外に、怪物のものと思われる物品は、なにもなかったようである。これとよく似たことが、いつぞやインドにあったのをわたしは記憶している。大佐は、もしあのときパーキンズが怪物と取っ組みあっていたら、実は怪物は手も足も出なかったろうという意見であった。つまり、あの怪物は、人を怖がらせる力しか持っていないというのである。とにかく、あの事件は、ローマ教会でしこまれた自分の意見をいっそう鞏固《きょうこ》なものにするのに役立ったと、大佐はいっていた。

以上で、お話しすることは、実際にはもうなにもないわけだが、みなさんもすでに御想像になっているであろう通り、その後パーキンズ教授のある問題に関する意見は、以前のような、ああテキパキと割り切ったものではなくなった。神聖もだいぶ冒《おか》されたようで、いまでもかれは、扉にかけてある白い法衣などを見るとドキンとするし、冬の夕暮、畑で案山子《かかし》なんか見ると、二晩も三晩も眠られない夜が続くそうである。

のど斬り農場

J・D・ベリスフォード

J・D・ベリスフォード　John Davys Beresford (1873-1947)――イギリスの作家。聖職者の子に生まれ、建築家の教育を受けたが、やがて文筆の道へ進んだ。H・G・ウェルズの流れを汲んだミュータント物の科学ロマンス*Hampdenshire Wonder* (1911) で大きな成功を収め、多くの長篇小説を著したが、「のど斬り農場」"Cut-Throat Farm"を収録した*Nineteen Impressions* (1918) や*Signs and Wonders* (1921) などの短篇集には、「人間嫌い」「啓示と奇蹟」といった印象的な怪奇短篇がいくつも見出され、心理学や心霊主義への関心はその作品にも投影されている。本篇は平井呈一が「わたくしのいう純粋ホラーの部類にはいる作品で、恐怖の点では数段まさった無気味な味があり、恐怖党を満足させることうけあいの作品です」(怪2) と太鼓判を押した作品。

「ああ、わしらあすこは、のど斬り農場っていってるね」と馭者《ぎょしゃ》はいった。

「だけど、どうして?」わたしはうす気味悪くなって、きいた。

「まあ、むこうへ行ってみりゃ、わかるさ」

これが馭者の口から聞き出せた知識の全部であった。ずぶ濡れのこの天候で、馭者も虫の居どころが悪いんだろうということにして、わたしは篠《しの》つく雨から緊張した目をはなすことなく、沈黙に沈んだ。

モーズレーをあとにして約二マイル近く、かなりいい道が続いたが、今どしゃ降りの雨しぶきの中から見えるかぎりでは、道はどうやら暗い木立におおわれた谷間へと下りていくらしく、馬車はわだちの深くえぐれた細い道を、ガタクリ揉まれるように揺れながら下りていく。深い谷の底は、豪雨に濡れしょびれた木々の緑で、昼なお暗かった。道はそれでもなお下る一方で、馬車の左側に見える目よりも高い、雑木のはえた暗い斜面が、雨でボーッとかすんで、なにか巨大なものが頭の上からのしかかってくるように見えた。やがてその細い道は、さらに険《けわ》しい坂道になって、まっ暗な森の中へと突入した。わたしはもう一刻一刻が、この世の終わりになりそうな気がして、波のように揺れうごく馬車の横っ腹にしがみついていた。上からのしかかってくるようなあたりの暗さと、必死の思いで闘いながら、ロンドンからたかだか百マイルと離れていないここが――ひと夏「谷間の農場」で快適に暮らそうと思ってきたここが、これでもイギリスの国なのかと、なんどもわたしは自問自答した。だが、いくら頑張ってみても、この谷間のおっかなさは、わたしをムズとつかんで放さなかった。わたしはいつのまにか、「死の影の谷」という言葉を、馬鹿みたいになってつぶやいていた。

森は突如として尽きた。そしてわれわれは、ちょうど谷間の平たい底のところへ出た。「ホレ、あすこだ」と馭者はコクリとひとつうなずいていった。帽子の雨しずくを払って見てみると、なるほど、つい向こうの斜面の麓《ふもと》の開墾地に、木の切株みたいな一軒のよろけた家が這《は》いつくばっているのが見えた。見ているうちに、なんだかわたしはその家が、亭々《ていてい》と空にそびえ立っている樹木の、はてしもない樹海の波にのって滑り下りてきて、そこへやっと腰をおちつけ、そのまま今もそこにひとりぼっちでポツンと立って困っている――そんなふうに思えてきた。

これが「のど斬り農場」へ来たときのわたしの第一印象であった。それからあとのわたしの体験と、どうにも弁護の余地のない発《た》ちぎわの臆病が、もしも病的なへんなものに見えるとしたら、そもそもこの第一印象が、あとになっても拭いきれなかった不吉な暗い予感をわたしの心に植えつけたのだ、という言訳が見つけられていいはずだ。

とにかく、ひどい痩せた土地であった。飼っている家畜も貧弱なもので、オルダニー種にしてはいやに骨のゴツゴツな乳牛が一頭、ボロ布を散らかしたような脛《すね》の長い何羽かの鶏、ヨタヨタのアヒルが三羽、皮のたるんだまっ黒けな婆さん豚が一匹。――ねっきりはっきり、これっきりで、ほかに「うちのチビ助」とわたしが呼んでいた子豚が一匹いて、こいつはこの谷間でいちばん元気な、愉快なやつだった。しょぼけた中に、おどけたところがあって、しじゅうブーブー文句をいっている、おかしなやつだった。今になって考えると、この子豚のおどけぶりは、死の面前で茶化しながら、短い生涯を精いっぱい短くするもくろみとしては大成功だったように思われる。……あるじ夫婦は、まるで閻魔《えんま》みたいな夫婦であった。亭主のほうはずんぐりした、色の浅黒い、見たこともないほど毛むくじゃらな男で、頬骨までヒゲに埋まり、長い髪の毛が額にボサッと垂れさがり、眉毛なんか太い毛虫みたいだった。かみさんは背の高い精悍《せいかん》な女で、骨ばった鉤《かぎ》っ鼻に、貪欲そうな目がこずるそうに光っていた。こっちは瘦せていて、さっきいった骨と皮ばかりの乳牛に負けないくらいである。きたない庭先で、陰気くさくなにか考えごとをしている格好なんざ、まるで骸骨があわてて着物をひっかけたようであった。

この谷間の農場での第一日目の朝は、まずひとつの出来事で印がつけられた。出来事自体は、べつに困るというようなものではなかったが、しかし表徴的なものであった。今にしてわかるが、あれは警戒をこめた出来事だったのだ。朝食はすでにすんでいた。今でも憶えているが、わたしはそのとき、ここの家でのもてなしの全部を賄《まかな》う費用としての、週三十シリングという額にしては、いかにもお粗末な、お寒い食事だと思った。（あとで思いだすと、あれで十分だったが）広告を見て返事を出したときには、まずまず格好な値段だと思ったのだが。

朝食がすんで、わたしは窓のところへ立った。窓は床のところが開くようになっていて、窓枠の上の部分は固定されていた。窓のそとには、のろまな雛《ひな》っ子が五、六羽、ピヨピヨやかましく鳴きながら、窓の敷居から糸みたいな首を細くのばして、部屋の中をのぞきこんでいた。「かわいそうに、腹がへってるんだな」と呟《つぶや》きながら、なんだかひどく哀れになって、わたしはパン屑をとってきて投げてやった。どうだろう、いくらもないそのパン屑を、雛っ子たちはみんなして奪いあいをしているではないか。わたしは朝食に食べのこしたパンをとりに食卓へとって返しながら、ふり返ってみると、痩せた一羽の若鶏が、必死の勇をふるって敷居の上に飛び上がって、わたしのあとを追ってきた。その音をきいて、やっこさん、どのくらいまで歩いてこられるかなと、わたしは面白半分に部屋の奥の方へそっとひっこんだ。とたんに若鶏は、いきなりテーブルの上にバタバタと飛び上がると、大皿からパンの大ぎれをひっつかんで、けたたましくコケッコココココと鳴き叫びながら、部屋から飛び出し、たちまち仲間のやつらがいっせいにあとから夢中で追ってくるのを引きはなそうとして、ピョンピョン大股で飛び跳ねるように、庭をつっ切って逃げて行った。途中、若鶏は、子豚のそばを通らなければならなかった(わたしはその時はじめてその子豚を見たのだが、どこにもいる典型的なやつだった)。ちょうど子豚は、庭木戸のほうへ向かって歩いていたところだった。このチビ助は、根っからの冗談屋である。緊張した若鶏がそばへ駆けてくると、いきなりかれはそっちへクルリと向いて、タイミングよく、ブーと唸《うな》った。自分のうしろからくるすきっ腹の連中にばかり気をとられていた若鶏は、その声にびっくり仰天して、自分の嘴《くちばし》にはちと大きすぎる分捕品のごちそうを、思わず落としてしまった。今でもわたしは、そのときパン切れにありついた子豚のいかにもうれしそうな目の輝きが、ありあり目にうかぶ。おそらく子豚のチビ助は、そのときパン切れを食べながら、この農場共通の世界語《エスペラント》で、威《おど》かされて怨《うら》み骨髄の若鶏を、せいぜいからかったことだろう。……午前中は、ほかにこれといって取り立てていうほどのことはおこらなかったが、ただ、宿の亭主がしきりと庖丁を研《と》いでいるのを見かけた。あんなものを研いで、一体、殺すものがあるのかなと、不思議に思ったことを今でも憶えている。

翌朝、パン屑を目あてに、窓の下で待っている五羽の鶏の中に、きのうの若鶏はいなかった。そのかわり、夕食の膳で、わたしはかれに再会した。肉のとぼしいかれの骨がらから栄養をかきあつめながら、この鳥がわがチビ豚に出っくわしたときのことを思いだして、わたしはもういちど微笑した。なかなか要領をこころえた、洒落《しゃれ》たやつだよ、あのチビ助は。われわれはほんのチョッピリの食べものの屑で仲よくなったけれども、まだ今のところ、かれの自由は許されていない。

この谷間の農場に滞在中のメモを見てみると、つぎのような記事がある。以下引用するが、その中には、かなりいろいろ思い当たる節があるように思われる。

「家畜のすがた、消えつつあり。のこるは婆さん鶏一羽である。――この鶏は毎日鶏卵一個を自分に供給してくれた。按《あん》ずるに、彼女は産卵するために、最後まで飼われていたのだろう。……わたしのいうとおりだった。けさはアヒルが二羽だけいる。……アヒル、ついに全部いなくなる。なんだか自分で自分がひどく不安になってきた。乳牛が消えてしまった。かみさんは売ったのだという。その売った代金で、かみさんは、今自分が命をつないでいる、このボソボソの筋っぽい牛肉を買ってきたのだろう。……雌豚が見えなくなり、それで得た金で、かみさんは豚肉を買ってきた。こんなぐあいに、消えた動物で授かった肉を連想するのは、連想するこっちがいけないのかもしれない。売った家畜と同じ動物の肉を買う――このことに、なにか迷信じみた考えとか、感傷的な愛情みたいなものが、果たしてあるものか？　この説にはいくつかの論拠があるだろうが、それにしてもここの亭主は、なんだってああ四六時中、庖丁ばっかり研いでいるんだろう？……どうも自分には信じられない。けさ、亭主は家にいないが、しかし、いくら十六世紀のスペイン人征服者だって、あの子豚のチビ助――あのお天気屋でおどけ屋のわたしの小さな友だち、この呪われた谷間で、運命の神の前へ出てニッコリ笑える唯一の生きものであるあのチビ助を、バッサリ殺《や》るほどの残虐性は持っていまい。……またぞろ食卓に豚肉が出る。きっとこれは、あの年とった雌豚の肉にちがいない。だが、あの雌豚は、なぜああ突然おとなしくなったのだろう？　ここ何週間かのあいだに、はじめて満足な食事らしい食事を、あの雌豚から自分があたえられるとは、一体、これはどういうことなのか？　自分にはどうしても信じられない。かみさんには聞かないことにする。豚肉がおしまいになるまで、自分は信じないだろう。あのチビ助もすでに売られたにちがいない。自分は確信している。このうえは、あのチビ助が、今までよりいくらかでもしあわせな、腹のへらない栖《すみか》を見つけているることを望むばかりだ、かわいそうなチビ助よ。……けさ、朝食に鶏卵が一個ついたが、それを割ったら、ポンと音がして消えてしまった。自分は不思議な気がした。それ以来、転生、輪廻《りんね》というものが信じられなくなったかわりに、その瞬間、あの子豚のチビ助の魂がその鶏卵の中へはいったのだという直感が、自分におこった。ポンといって消えてしまうとは、さすがにチビ助らしい、いっぷう変わった冗談だ。そりゃいいが、こっちは腹がペコペコだ。自分はいま小説を書いている。二人の男が一艘の小舟にのせられて捨てられる話だが、いわゆるローカル・カラーの濃い、なかなか感動的な話だ。二人は空腹にひどく苦しむ。……婆さん鶏がとうとういなくなった。そして亭主はあいかわらず庖丁をゴシゴシ研いでいる。なぜだろう？　わたしのために野菜を切りに行くのかな？　野菜がどこへ行ったらあるのか、自分は知らない。今書いている小説では、一方の男が空腹のためにやぶれかぶれになる。……夕食にパンとチーズが出た。嵐の前の静けさ、というところかな？　きょう、昼すぎに、自分は亭主の目の中に妙な表情を見て、おどろいた。なにかこっちを値踏みするような目つきで、じっと睨《にら》んでいた。どうも亭主は、自分の書いている小説の筋を霊感みたいなもので辿《たど》って、力の強いほうの男になりそうな気がしてならない。……けさは、亭主が朝食にパンとバターを出してくれた。かみさんは加減が悪くてけさは起きられない、と亭主はいう。そして……あとはなにをいったか、さっぱりわからない。けっきょく、とどのつまり、自分には、とてもじゃないがそんなことはできもしないし、する気もないし……」

（ここでメモは終わっている）

＊

最後の朝食をすませたのち、わたしは裏庭へブラリと出た。すると、亭主が納屋で庖丁を研いでいるのを見た。わたしはあの子豚のチビ助の無頓着をよそおって、裏木戸のほうへさりげなくブラブラ歩いて行き、そこから森のほうへと、さもさも退屈そうな足どりで、ブラリブラリと散歩して行った。やがて——駆けだした。いやもう、駆けたのなんのって！

死骨の咲顔

F・マリオン・クロフォード

F・マリオン・クロフォード——略歴については「血こそ命なれば」を参照。「死骨の咲顔」"The Dead Smile" は没後出版の短篇集 *Wandering Ghosts* (1911) に収録。アイルランドやスコットランドの民間伝承にある家人の死を泣き声で告げ知らせる女の妖精バンシーが登場する。

一

八月の昼下がりもはや暮れちかいころ、ヒュー・オクラム卿は、あけはなった書斎の窓ぎわにじっと横たわりながら、ニヤニヤ微笑をたたえていた。おりから空には、妙に黄ばんだ雲が低く下りた日の表をかくして、晴れわたった夏の光が、まるで疫病の癘気《れいき》でにわかに汚染されでもしたように、まっ赤な色に変わっていた。ヒュー卿の顔は、よくいえば、木彫りの面に精巧な皮を張ってつくったような顔で、両眼が見えないくらい深くくぼみ、傾斜した皺《しわ》だらけな瞼《まぶた》の下のほそい裂けめの奥からわずかに覗いて、あたかも同じ形に並んだ穴のなかの二匹の蟇《がま》みたいに、機敏で油断がなかった。しかし外の光が変わるにつれて、その目にも小さな黄いろい光がきらめいた。乳母のマクドナルドがかつて言ったことがある。――ヒュー卿がニヤニヤなさるときは、あれは地獄にいる二人の女子衆《おなごしゅう》――むかし御前《ごぜん》が裏切った二人の女子衆を見ていんさるのじゃ、と。(乳母のマクドナルドは、当年、百歳であった)そしてその微笑は、人間の形をした人形に対する、執念ぶかいうらみと侮蔑をまじえた深い自己満足の表情で、よごれた歯並みののぞく色褪《あ》せた唇をのばして、ひろがるのであった。恐ろしい死病が、すでにかれの脳髄まで冒《おか》していた。かれのかたわらには、かれの息子が立っていた。息子は背のたかい、色白の、古い絵によくある天使のような、品《ひん》のよい青年であった。父の顔をじっと見まもっている、スミレ色のその目には、深い沈痛のいろがあったものの、自分の意志に反して、すこし開いて引きかげんにしている唇に忍びよる、あの不愉快な微笑の暗い影を、かれは感じていた。まるでそれは悪夢のような微笑であった。微笑しまいとすればするほど、よけい微笑してしまうのだから。かれのそばには、色の白さと天使のような美しさではふしぎなくらいよく似た、暗い金髪も同じなら、愁《うれ》いをふくんだスミレ色の目も同じのイヴリン・ウォーバートンが、片手をかれの腕にゆだねながら立っていた。そして彼女も、伯父の目をのぞきこみながら、その目をそらすことができずに、伯父の死の微笑が、自分の赤い唇にもうつろっているのに気づいた。はっと思って、小さな歯の上の唇をキッとひきしめると、二すじの光った涙が頬をつたって口もとに流れ、笑った上唇から下唇へと落ちた。――そしてその微笑は、彼女の若わかしい汚れのない顔のうえに、死の影と呪いの刻印を打ったようであった。

「もちろん」とヒュー卿は、窓外の木々をじっと眺めながら、ごくゆっくりと言った。「おまえたちがいっしょになる覚悟をきめたとしても、わしはそれを邪魔することはできん。だいいち、わしはおまえたちがわしの同意など、爪の垢《あか》ほども大事に思っとるとは、考えちゃおらん」

「お父さま！」とガブリエルが咎《とが》めるように叫んだ。

「いや、わしは空頼みはせんよ」と老人は、ますます気味のわるい微笑をうかべながら、つづけた。「わしが死ねば、おまえたちはいっしょになるじゃろう。よしんば、そんなことはせんほうがええという、りっぱな理由があってもーーせんほうがええという理由があってもな」とかれは妙にその言葉に力を入れてくりかえし、そして蟇のような目をゆっくり恋人同志のうえに移した。

「どういう理由なのでしょうか?」とイヴリンがおびえたような声でたずねた。

「理由などかまわんでいいさ。どうせおまえたちは、そんなものはないという顔をして、いっしょになるんじゃから」ここで長い沈黙があった。「ーー二人死んで」と妙に声が低くなって、「また二人、ーーあわせて四人じゃな。ーーいつまでも、いつまでも、燃える、燃える、キラキラ燃えるわ」

このしまいの言葉といっしょに、かれはしずかに頭を枕に沈めた。そして蟇の目の小さな光は、くぼんだ瞼の下に消えた。西に傾く太陽から茜《あかね》色の雲が通りすぎたので、大地はふたたび緑色になり、外光もきれいに澄みわたった。ヒュー卿はいつのまにかすやすやと眠りに落ちていた。かれもこの最後の病中には、こういうことがよくあって、ときには人と話しているあいだに、いつか眠ってしまっていたりした。

ガブリエル・オクラムはイヴリンの手をひいて、書斎からうす暗いホールへ出ると、あとの扉をそっと締め、なにかとっさの危険が通りすぎたあとのように、おたがいの息がきこえるほど、深い吐息をついた。二人はたがいに両手をとりあって、ふしぎなくらいよく似た目と目を、しばらく見つめあっているうちに、なにか自分たちの知らないことの秘められた恐怖に、愛と完全な理解が曇ってきた。おたがいの青ざめた顔が、おたがいの不安を反映しあった。

「あれが伯父さまの秘密なのね」とイヴリンがようやくのことで言った。「伯父さまは、それが何かということは、ぜったいにわたくしたちにはおっしゃらないことよ」

「おやじがそれを持って死んで行くというのなら、おやじの思うようにさせておくんだね」とガブリエルは答えた。

「おやじの思うように」――この言葉がうす暗いホールにこだまを返した。これはふしぎな反響で、ほんもののこだまなら、当然なんでもみな繰り返すはずで、ひとつの文句のうち、ここところは返さない、言うところもあれば黙っているところもある、なんてのはないはずだといって、中にはびっくりする人もあった。マクドナルド乳母の話だと、ここの大ホールは、オクラム家の人が死にかけているときは、悪口は十のうち一つぐらいはこだまするけれども、お祈りの言葉はけっしてこだましないという。

「おやじの思うように」と今ごくしずかな声でこだましたから、イヴリンはハッとして、あたりを見まわした。

「ただのこだまだよ」ガブリエルはそう言って、さっさと彼女の先に立って歩いて行った。

二人は夕暮れの外光のなかへ出て行った。そして主屋《おもや》の東の翼のはずれに建っている、礼拝堂のうしろの石の腰掛けに腰をおろした。あたりはたいそうしずかであった。風はそよりともなく、近くにはなんの物音もきこえなかった。ただ広い林園の遠くのほうで、小鳥が一羽、夕暮れの合唱の序曲をひときわ高い声でさえずっているだけであった。

「ずいぶん寂しいところね、ここ」と言って、イヴリンはガブリエルの手を恐る恐るとりながら、まるでしずけさを乱すのを恐れるような調子で、「暗くなったら、わたくしきっと怖いわ」

「なにが？　ぼくがかい？」とガブリエルは愁わしげな目を彼女に向けた。

「いいえ、ちがうわよ。あなたが怖いなんてはず、ないじゃありませんか。——わたくしね、古いオクラム家が怖いんです。——オクラム家の人たちは、このすぐ足の下の、礼拝堂の北の古い納骨所のなかに、みんな昔からの埋葬のしきたりで、屍衣を着て、お棺なしで眠っていらっしゃるんだそうね」

「そうだよ。——おやじも、そしてぼくも、いずれはそうやって葬られるのさ。オクラム家のものは、昔から棺には納められないんだそうだからね」

「でも、それ、ほんとうなのかしら？　おとぎばなしですわよ、そんなの。——怪談ばなしよ！」イヴリンは相手のほうへいっそう近く身をよせて、男の手をいっそうしっかり握った。

——日はそろそろ沈みだした。

「もちろんさ。でもね、ジェイムズ二世のときに大逆事件の張本人になった、ヴァーノン卿のはなしがあるんだ。なんでもね、うちの連中が絞首台からおろした遺骸を鉄の棺に入れて、がんじょうな錠をかけて持って帰って、この北の納骨所へそれを納めた。ところが、その後ずっと、納骨所が埋葬であけられるたんびに、その棺の蓋がいつもあけっぱなしになっていて、ヴァーノン卿の遺骸は壁によりかかってシャンと立って、首をすみのほうに向けて、お棺を眺めて笑っていたそうだよ」

「ヒュー伯父さまがお笑いになったように？」イヴリンは背すじの寒くなる思いがした。

「うん、そうだろうね」とガブリエルは思い入るように答えた。「むろん、ぼくは見たことないがね。ここ二十年というもの、納骨所をあけたことがないんだから。ヴァーノン卿以来、うちでは死んだ者がまだ一人もないんだ」

「そうすると、もし――もしヒュー伯父さまがお亡くなりになると、――あなたは――」と言いかけて、イヴリンは言うのをひかえた。美しい痩せがたの顔がまっ青になっていた。

「そう、おやじを葬るときには、ぼくが見ることになる。なんにせよ、秘密をもったおやじをね」ガブリエルは溜息をついて、イヴリンの小さな手を押さえた。

「いやですわ、そんなこと考えるの」彼女は心もとないような調子で言った。「ねえガブリエル、秘密って何なんでしょうね？　伯父さまは、べつに留立《とめだて》はしないが、わたくしたちが結婚しないほうがいいと、妙なことをおっしゃって、ニヤリとお笑いになったけど――ウウ！」彼女の小さな歯が恐怖でカチカチ鳴った。そしてガブリエルになおもぴったりとよりそいながら、肩ごしに自分のうしろを見た。「わたくしね、なんだかあのとき、自分の顔にもそれを感じて――」

「ぼくもそうだったんだ」とガブリエルは、低い、オロオロした声で言った。「いやね、マクドナルド乳母が――」といいかけて、急にプツンとやめた。

「なんですの？　乳母がなにをいいまして？」

「いや、――なんでもないよ。ずっと前にぼくに話してくれたことがあってね。――きみが聞いたら怖がるよ、きっと。――行こうか、すこし冷や冷やしてきた」立ち上がったかれの手をイヴリンは両手で握って、坐ったまま男の顔を見あげながら、

「でも、わたくしたち結婚するのね。――ねえ、そうだわね。――ガブリエル！　するとおっしゃって！」

「もちろんだよ、きみ――もちろんさ。でも、おやじの容態があんなふうでいるあいだは、ちょっとむりだよー」

「おおガブリエル！　ねえ、ガブリエル！　わたくしたち、結婚してたらよかった！」イヴリンは急に悲しくなって叫んだ。「わたくしね、なにか邪魔がはいって、おたがいに別れ別れになるような気がして――」

「そんなこと、絶対にさせない！」

「絶対に？」

「人力ではさせないよ」ガブリエルは彼女にひっぱられて腰をおろしながら、言った。

二人は、ふしぎなくらいよく似た顔を見合わせ、そしてその顔を触れあった。――そしてガブリエルは、口づけにふしぎな不吉な味のあることを知った。イヴリンの唇にしるした口づけは、甘い死の恐怖のひやりとした息づきに似ていた。二人にはそれが悟れなかった。それは二人が若くて純潔だったからである。それでも彼女は、おじぎ草のような敏感な植物が、さわるとうすい葉を揺るがして、おじぎをしてしずかに葉を閉じるように、ごく軽い触れあいでかれを自分のほうへ引きよせたし、かれのほうでも、まるで彼女の一触がなにか致命的な有毒なも

のであったかのように、喜んで彼女のほうへ引きよせられるままになっていた。それは彼女が恐怖のもつなかば肉感的な気分がへんに好きだったのと、かれはかれで、自分の乙女の唇にひそむなにか名状しがたい不吉なものを、しびれるほど望んでいたからであった。

「なんだかふしぎな夢のなかで愛し合ってるみたいね」と彼女は言った。

「ぼくは覚《さ》めるのが怖いよ」とかれはささやいた。

「だいじょうぶよ。覚めやしないわよ。――この夢が終わるときは、もう死に変わっていてよ。わたくしたちにわからないほど、しずかに。でも、そのときまでは――」

その先はいわずに、彼女は目で相手の目をもとめた。そして二人の顔はゆっくりと近よった。まるで自分たちの赤い唇が、おたがいの深い口づけを予見し予知しているかと考えているかのように。

「そのときまでは――」と彼女は自分の口を男の口に近づけながら、かさねて低い声でそう言った。

「夢は――そのときまで」と男も低い声でささやいた。

二

マクドナルド乳母は、ことし百歳であった。いつも古い皮ばりの袖のついた大きなひじかけ椅子に、夏でも、羊の皮で縁どりした足ぶくろをはき、あったかい毛布を何枚か重ねてすっぽりと体をくるんで、二つ折りにかがみこんだようなかっこうをして、うつらうつら眠っていた。夜分は、小さな有明《ありあけ》ランプが、なにかしら飲物を入れた古い銀のコップのわきに、夜通しともっていた。

顔はたいへんな皺だったが、でも皺といっても、ごくきれいな小皺が寄りあっているので、線というよりは、影をなしているといったほうがいい。小さなわけにした下げ髪が、白髪《しらが》からまた燻《いぶ》したような黄ばんだ色に逆戻りをして、糊《のり》をつけたまっ白な頭巾《ずきん》の下から、こめかみのあたりへぶら下がっている。ときおり目がさめると、ピンク色の小さなカーテンみたいな瞼が、こまかい皺をきざんで上がって、扉でも壁でもなんでも通して、その向こうの遠いところを見通してしまうというふしぎな青い目が、しばらく自分の前を直視しているが、そのうちにまた眠ってしまう。毛布のはしにかたっぽずつのせた両手の親指が、年とともにほかの指よりも長く伸びて、関節なんか低いランプの光のなかで、ケンポ梨みたいにテラテラしている。

その夜、かれこれ一時近くのことであった。夏の夜風が、窓にからんでいるキヅタの枝をサヤサヤ鳴らして吹いていた。扉のあけはなしてある隣の小部屋には、マクドナルド乳母の身のまわりの世話をしている小間使いが、スヤスヤ眠っていた。どこもしーんとしずかであった。老女の息づかいは正調で、息を吐くたびに、口のなかへまくれこんだ唇がかすかに震え、目は閉じていた。

ところが、締まっている窓の外に、顔があった。窓の敷居から塔の土台までは八十フィートはあるというのに、スミレ色の目が、眠っている老女をじっとのぞきこんでいた。なんだかイヴリン・ウォーバートンによく似た顔であった。イヴリンよりすこし頬がこけているが、色は輝くばかり白く、目がいやにすわっていて、唇が生きているような赤い色でなく、死んだ唇を生き血で染めたようであった。

マクドナルド乳母の皺だらけな瞼が、おもむろにあいて、数にして十かぞえるほどの間、彼女は窓の顔をまっすぐに見つめていた。

「そろそろ刻限かいな?」と彼女は年老いた、遠い夢を見ているような、小さな声でたずねた。するど、見ているうちに、窓の顔が変わってきた。明るいスミレ色の瞳のまわりの白眼がギラギラ光るまで、目が大きく大きく開かれて、キラキラ光る歯の上にひらいたまっ赤な唇が、結んだり、ひらいたり、また結んだりして、暗い金髪が夜風にサーッと立って、窓のほうへなびいた。そして、マクドナルド乳母の問いに答えて、生きている人間の肉体を凍《こお》らせてしまうような声を出した。

呻《うめ》くような低いその声は、まるで嵐の絶叫のようにとつぜん起こって、呻き声からすすり泣きへ、すすり泣きからほえ声に、ほえ声から悶絶する者の恐怖の金切り声へと——聞いた者は、あれが深夜にひとり聞くバンシー(家族のなかに死ぬ者があると泣いて知らせるという、アイルランド地方の伝説にある妖精)の不吉な泣き声だとわかる、あの恐ろしい絶叫へと、千変万化した。その声が止んで、顔も消えてしまうと、マクドナルド乳母は大きな椅子のなかで、ちょっと身ぶるいをしたが、それでもまだ、まっ黒な四角い窓をじっと睨《にら》んでいた。しかし、それきりもうそこには、暗い闇とキヅタの枝のささやきのほかに、なにもあらわれなかった。彼女は、あけはなしてある扉口のほうへしずかに首をねじ向けた。するとそこには、白衣を着た小間使いが、恐怖に歯の根をガタガタさせながら立っていた。

「これこれ、もう刻限じゃよ。わしはあの方《かた》のところへ行かんばならん。御臨終じゃでのう」と乳母は言った。

彼女が椅子の腕木に老いさらばえた両手をつっぱって、ゆっくりと起きあがると、小間使いの若い子は毛織のガウンと、大きなマントと、松葉杖を持ってきて、老女に支度をさせてやった。小間使いが窓のほうをしきりと見い見い、おっかなびっくりで結び目をほどいていると、マクドナルド乳母は首をグラグラさせながら、なにか小間使いのわからないような言葉を言った。

「今のはイヴリンさまのお顔にそっくりでございましたね」と小間使いは震えながら、やっとのことで言った。

すると老女は、急に怒ったようにキッと目を上げて、天井を睨んだ。老女のへんな青い目がキラリと光った。彼女は左手で大きな椅子の腕木につかまりながら、右手に松葉杖を力いっぱいふりあげて、小間使いをはたこうとした。しかし、はたきはしなかった。

「おまえはええ娘《こ》じゃが、おばかさんじゃ。機転をきかしなや。ええか、機転をきかしなや。でなくば、よその屋敷の奉公口をおさがし。――さあ、ランプを持って、この左の腕を支えて」

老女が扉口のほうへソロリソロリとすすむと、松葉杖が床板にコツコツと音をたて、スリッパの低い踵《かかと》が彼女のあとから、ペタンコ、ペタンコと音をたてた。そして、階段を下りる一歩一歩には、おのずと力がはいって、ミシリ、ミシリというその音で目をさました召使たちは、彼女の姿を見ないさきから、彼女の来るのがわかった。

いま眠っている者はひとりもなかった。ヒュー卿の寝室に近い廊下には、灯火とひそひそ声と青ざめた顔があって、人が出たりはいったりしていたが、今から八十年も昔、ヒュー卿の先考の乳母に仕えたマクドナルドが出ていくと、ひとりのこらずみんな道をあけた。

病室の灯火はしずかに澄んでいた。ガブリエルが父の枕元に立っており、イヴリン・ウォーバートンも、美しい髪を金色の影のように肩に流し、両手を組み合わして、そのそばにひざまずいていた。ガブリエルのわきにいる看護婦が、ヒュー卿に水を飲ませようとしたが、病人は水がほしくないのか、唇はあけているが歯を閉じていた。もうすっかり痩せきって、皮膚も黄ばんでいたが、目だけは斜めにさす灯火をうけて、黄色い炭火のように光っていた。

「病人をうるさがらしてはいけんぞね」とマクドナルド乳母は、コップを持っている看護婦に言った。「もう御臨終じゃから、お別れにひとこと話させておくんされ」

「おお、いいとも、話してあげておくれ」とガブリエルが力のない声で言った。

そこで老女は枕元にかがみこむと、羽根のように軽い、茶色の蛾のようにカサカサに枯れた手を、ヒュー卿の黄ばんだ指の上において、一心こめて話しかけた。その間、ガブリエルとイヴリンだけが部屋にのこった。

「ヒュー・オクラム」と老女は言った。「いよいよおまえさまの一生の終わりの時でござる。

わしは、おまえさまがお誕生のときを見、おまえさまの御親父《しんぷ》さまのお誕生も見ましたによって、今こうしておまえさまがおかくれなさるところを見にきやんした。ヒュー・オクラム、おまえさま、わしにまことのことを打ち明けなさるかの？」

臨終の迫っている男は、自分が生を享《う》けてから生涯知っている、小さな遠々《とおどお》しい声がわかって、黄ばんだ顔をしずかにマクドナルド乳母のほうに向けた。だが、なにも言わなかった。乳母はふたたび言葉をかけた。

「ヒュー・オクラム、おまえさまはもう二度と日のめはおがめませぬぞ。まことのことをわしに打ち明けなされや」

病人の蟇のような目は、まだ曇っていなかった。その目は乳母の顔をしかと見まもった。

「わしになんの用じゃ？」と病人はたずねた。そのひとこと、ひとことは、尻がうつろに消えた。「かくしごとなどわしにはない。わしはよい一生を暮らした」

マクドナルド乳母は笑った。――しわがれた小さな笑いで、年老いた首が鋼鉄のバネの上にのっかっているように、すこしばかり上下に揺れた。すると、ヒュー卿の目が血走って、白茶けた唇が歪みだした。

「わしをおだやかに死なしてくれ」とかれはしずかにゆっくりと言った。

だが、マクドナルド乳母は首を横にふって、茶色のカサカサに枯れた手を病人の手からはなすと、その手を病人の額にひらひら振った。

「おまえさまの母者《ははじゃ》はな、おまえさまをお生みなして、おまえさまの犯した罪を歎かれたあまり、死なはりましたぞ。その母者のために、まことのことをわしに打ち明けてくんさい！」

ヒュー卿の唇が、よごれた色の歯の上に固く結ばれた。

「だめじゃ」とゆっくりと答えた。

「ではの、男のお子をうんで歎き死になされた奥方のために、打ち明けてくんさい！」

「生きとるうちは言わん。死んでも奥には言わん」

まるでその言葉が唇の間で炭火になったように、病人の唇がよじれた。そして羊皮紙のような額を大粒の汗が一粒、タラリと流れた。ガブリエル・オクラムは、臨終の父親を見まもりながら、手を嚙んだ。マクドナルド乳母は三度目の言葉をかけた。

「ではの、おまえさまが裏切った女のひと、おまえさまのために今夜を待っておるあのお方のために、ヒュー・オクラム、わしにほんまのことを打ち明けてくんさいよ！」

「それももう遅いわ。しずかにわしを死なしてくれ」

よじれた唇が、黄色い歯並びの上で、にんまりとうす笑いをはじめだした。そして蟇のような眼が、病人の頭のなかに埋まっている罪業《ざいごう》の珠《たま》のように光を放った。

「まだ時間はござるよ」と老女は言った。「イヴリン・ウォーバートンの父親《てて》の名前をおしえてくんさい。それいうたら、安定《あんじょう》に死なせてあげますわいの」

イヴリンはひざまずいたまま、おもわずハッと身をひいた。そしてマクドナルド乳母の顔を見つめ、それから伯父の顔を見つめた。

「イヴリンの親の名前？」と病人は、臨終にちかい顔じゅうに気味のわるい微笑をひろげながら、乳母のいった言葉をゆっくりとくり返した。

と、そのとき、広い部屋のあかりが妙に暗くなった。おやと思って、イヴリンが見まわすと、壁に映っているマクドナルド乳母の腰の曲った影が、急に大入道みたいになった。ヒュー卿の呼吸がにわかにせわしくなり、咽喉の奥がゴロゴロ鳴りだした。死が蛇のように這《は》いこんで、病人の息を詰まらしたのである。イヴリンは高い澄んだ声をはりあげて、一心不乱に祈った。

そのとき、なにかが窓をたたいた。冷たい風がスーッと吹いてきて、髪の毛が頭の上に立つのを感じて、われにもなく彼女はあたりを見まわした。と、自分の白い顔が、窓からのぞいているのを見た。ガラスごしに、大きくあいた、オドオドしたような自分の眼がじっとこちらを見すえていて、自分の髪が窓に吹きつけており、口から血を吐いていた。イヴリンは床からのろのろ立ち上がると、しばらく石のようになってつっ立っているうちに、キャッと悲鳴をあげ、そのままガブリエルの腕のなかへのけぞるように倒れこんだ。ところが、彼女の悲鳴にこたえた叫び声があった。それは、犯した罪の恐ろしさに、魂が抜け出られないで悶《もだ》え苦しんでいる肉体のあげた、恐怖の絶叫であった。その肉体のなかでは、いまや悪魔どもがおたがいの分け前にありつくために、腐敗と戦っていた。

ヒュー・オクラム卿は、死の床の上にしゃんと起き上がって、目をすえて大声に叫んだ。

——

「イヴリン!」

この声にならない声がほとばしると、そのままガックリとなりながら、胸の奥がゴロゴロと鳴った。だが、それでもまだマクドナルド乳母は、かれをさいなんだ。それはまだかれのなかに、少量の生命が残っていたからであった。

「ヒュー・オクラム、おまえさま、自分を待っとる母御を見られたな。さ、ここにおるこのイヴリンの父御《ててご》は、だれじゃ？　名前は何といわれる？」

いよいよ息を引きとるというこの臨終《いまわ》のきわになって、あの恐ろしい微笑がねじれ歪んだ唇の上に、きわめておもむろに、きわめてはっきりと浮かんできた。そして蟇のような目が赤く血走って光り、羊皮紙のような顔が、チラチラする蠟燭《ろうそく》の灯かげのなかで、こころもち光沢《つや》を見せた。これを最後の臨終のことばが出た。

「みんな地獄でわかるさ」

やがて光っている目の光が急速に消え、黄ばんだ顔が蠟のような白さに変わり、大きな震えがひとつ、痩せた体のなかをブルッと走ると、ヒュー・オクラム卿は息をひきとった。

しかし、死んでも、かれは依然として微笑していた。それは、かれがおのれの秘密を知っており、それをあの世まで秘密のままに持ちこたえ、オクラム家の者が一人だけ除いて、あとはみな屍衣を着て棺に入れずに葬られる、あの礼拝堂の北の納骨所のなかへ、その秘密を持ったまま永久に葬られることを知っていたからであった。死んだくせに微笑していたのは、悪事の真相を最後まで自分の宝のように守りぬいてきて、しかも昔自分が口に呼んだ名前を教えてやる者が一人もいなくなったかわりに、そこには、自分が生前犯したあらゆる悪事が、実を結ぶためにいろいろ残されていたからなのであった。

マクドナルド乳母とガブリエル——かれは臨終の父をみとっているあいだ、まだ正気に戻らないイヴリンを腕にかかえこんでいた——は、こうしてみとりをしているうちに、この高齢の老女も、天使のような顔をした青年も、なにやら自分たちの口辺にも、死者の微笑が這いよってくるのを覚えた。そのとき、二人ともからだがすこし震えて、どちらからともなく、ガブリエルの肩に首をもたせているイヴリンの顔をのぞきこんだ。イヴリンは美しい顔をしていたが、その美しい彼女の若々しい口もとにも、やはり同じような気味のわるい笑《え》みがねじれていた。なにかそれは、かれらの仄知《しょくち》できない大きな不吉の予告のようであった。

やがて、みんなしてイヴリンを部屋の外へかつぎ出した。彼女はようやく気がついて、目をひらいた。すると、微笑はいつのまにか彼女の唇から消えるともなく消えていた。大きな屋敷うちのはるか離れたあたりから、歔欷《きょき》慟哭《どうこく》の声が階段をのぼって、陰気な廊下廊下に反響していたのは、女中たちがアイルランド流に、亡くなった主人を哀悼しだしたのである。そして例の大ホールは、その夜ひと晩じゅう、森のなかのバンシーの遠い哀哭《あいこく》に似た独特のこだまをつづけていた。

さて、定めの時刻がきて、家のもの一同は、白い麻布で巻いたヒュー卿の遺骸を吊り台にのせて、礼拝堂へかついで行き、先考の遺骸のわきに安置するために鉄の扉口をくぐりぬけて、地下の納骨所へと長い石段を下りて行った。すると、場所の支度にひと足さきに下りて行った下僕が二人、あかりをなかに置いたまんま、まっ青な顔をして、酔払いみたいにフラフラしながら戻ってきた。

でも、ガブリエルは承知していたから、べつに怖れなかった。かれはひとりで、納骨所へ下りて行って、ヴァーノン・オクラム卿の遺骸が今もなお壁によりかかって、しゃんと立っているのを見た。その首が、すぐそばの地面に顔を仰向《あおむ》けにしてころがっているのも、見とどけた。それから、その首の干した皮みたいになった唇が、干し固まった遺骸のほうを見て、ゾッとするような微笑をうかべているのも、また、黒ビロードで縁をとった鉄の棺が、蓋《ふた》のあいたまま、床に置いてあるのも見た。

そのとき、ガブリエルはなにかを手にとりあげた。その品物は、納骨所の空気でカラカラに乾燥していたので、たいそう軽かった。入口からなかをのぞきこんでいた連中は、その品物をガブリエルがふたたび棺のなかへ納めたのを見たが、なんだかわら束みたいにカサカサ音がして、棺の内側や底にあたると、ポコンと音がした。かれはまた、床に落ちていた首を元どおり遺骸の肩の上にのせて、瞼を下ろして眼を閉じさせた。瞼は、錆びたバネでパチンと下りるように下りた。

そのあと一同は、のせてきた吊り台のまま、ヒュー卿を先考のかたわらに安置して、それから礼拝堂へ戻ってきた。

ところが、かれらはおたがいに相手の顔を見ると、主人も下僕たちも、みんなその顔に、いましがた納骨所へ置いてきたばかりの遺骸の死の微笑をうかべていたので、それが消え去るまでは、たがいに顔を見合わせるのにたえられなかった。

三

ガブリエル・オクラムは、亡父が浪費して半分になった遺産と爵位を継いで、ガブリエル卿になった。そしてイヴリン・ウォーバートンは、あいかわらずオクラム・ホールの南の部屋で暮らしていた。その部屋は、彼女がものごころついて以来、ずっといる部屋であった。身をよせる親類縁者が一軒もないので、どこへも行けずにいたという以外に、彼女がこの屋敷を去らないでいる理由はないようであった。オクラム家がアイルランドの所有地に行なっている管理を迷惑がっている向きは、ぜったいにないはずだった。そういう世事向きのことを、オクラム家が万事まかせきりにしてから、もうずいぶん長い年月がたっていた。

そんなわけで、そのうちに喪が明ければやがて結婚することになるだろうが、それまでは、ガブリエルは食堂のまっ黒な古い大テーブルの、元の父の座に坐り、イヴリンはその向こう前に坐った。まもなく二人の生活は、ヒュー卿が死病の床につくようになってからは、一日に一度は父を見舞い、そのあとの時間は大部分、めずらしいほど仲のよい交友関係で過ごした、あれ以来のもとどおりの暮らしがつづいた。

が、ことしもいつのまにか夏が悲しい秋となり、やがてその秋が暗い冬となり、木枯らしが毎日のように吹きつづき、昼は短く夜の長いころを、長雨が絶えまもなく降りつづいたが、しかしヒュー卿が北の納骨所の先考のわきに安置されてからは、オクラム・ホールもどうやらいつもよりは、陰気な気分がうすらいだようであった。クリスマスには、イヴリンは大ホールをヒイラギや緑の枝で飾り、各部屋の暖炉に景気よく大火《おおび》を焚かせた。やがて小作人や地借りの連中が、みんな新年の晩餐によばれ、ガブリエルが首席の座についているところで、さかんに飲んだり食ったりした。イヴリンも、酒がひとわたりまわったところで座に出ると、小作人のなかのおもだちが、彼女の健康を祝う祝辞を一席ぶった。

オクラムの御新造《ごしんぞう》はもうだいぶ御当家に長くおられる、とそのおもだちの人はいった。ガブリエル卿は額に手をかざして、伏し目がちにテーブルの上を見ていたが、イヴリンのすきとおるような白い頰には、ほのぼのとした色がのぼった。白髪まじりの小作人は、さらにいった。――だが、御新造が奥方になられるまで、お美しさはまだまだ年久しくつづきましょう。そういって、その男はイヴリンの健康を祝した。

やがて客たちは一同起立して、彼女のために万歳を三唱した。ガブリエルもイヴリンのわきに立ち上がった。すると、一同が最後の万歳を大唱したときに、かれらの声とはちがう声が、歓声をしのいでより高く、よく激しく、より大きく聞こえた。それはオクラム・ホールの花嫁に対する、この世のものならぬ絶叫であった。そして大きな暖炉の上に葉をひろげているヒイラギやモミの木が、まるで寒風が吹きわたるように、ユサユサと揺れうごいた。客たちは色を失って、あらかた盃をおき、なかには怖くて盃を床に落としたものもあった。そしてたがいに顔と顔を見合わせたが、ふしぎや、その顔がみな、死んだヒュー卿にそっくりの死の微笑をうかべていた。客の一人が、なにかアイルランド言葉で叫ぶと、急に恐怖が一同を襲い、みんな気ちがいのようになってあたふた逃げだし、まるで火の手の前に黒煙がモクモク走ってくる山火事にあった獣みたいに、折れかさなって倒れ、テーブルはひっくりかえる、割れた盃や瓶は山になる、赤い酒は磨きたてた床を血汐のように流れるという騒ぎになった。

ガブリエルとイヴリンは、この宴会の見るかげもない狼籍のあとを前に、テーブルの首座に肩を並べて、おたがいに顔を見合わせる余裕もなく、茫然とつっ立っていたが、そのくせ二人とも、相手の顔が微笑していることを承知していた。目の前のこの乱脈ぶりをじっと打ち眺めながら、ガブリエルの右腕はイヴリンをしっかりと抱きかかえ、左手は彼女の右手をしっかりと握っていた。もしそこに彼女の髪の影がなかったら、人は二人の顔が離れていたとは言わなかったろう。二人とも耳を澄まして聞いていたが、怪しい叫び声はそれきり聞こえなかった。そして二人は、北の納骨所に白布に巻かれて眠っているヒュー卿が、秘密を持ったまま死んだがゆえに、いまも闇のなかで死の微笑をうかべているのだと、おたがいにそのことを思い出しているうちに、いつのまにか、怪しい微笑は二人の唇から消えていた。

小作人たちの新年の宴は、こんなふうにして終わった。しかしその時を境にして、ガブリエル卿はしだいに無口になり、その顔はしだいに青ざめて、痩せ細りさえしてきた。ときおり、無警告に、ひとことの言葉もなく、まるでなにか自分の意志に反するものに動かされでもするかのように、いきなり坐っている席から立ち上がったり、雨が降っても日が照っても、礼拝堂の北の納骨所へ出かけて行っては、あすこの石の腰かけに坐りこんで、じっと地面を見つめていたり、そんなことがよくあった。まるでなんだか自分に透視する力があって、あすこの地下の納骨所を透視し、闇のなかの白い巻布を通して、そこにまだ生きている死骨の咲顔《えがお》を見通すことができる、とでもいうふうであった。

　かれがそっちのほうへ出て行くときには、いつもかならずイヴリンもあとから出て行って、かれのそばに坐った。いちどなど、やはり夏のときのように、二人の美しい顔がにわかに近よりあって、おたがいに瞼を伏せ、赤い唇があわや合わさろうとしたとき、ふとひらいた目と目が会ったことがあった。その目は裂けるほど大きく開かれていたので、スミレ色の瞳《ひとみ》をとりまく白目が大きくむき出され、おたがいに足の下にあるものの恐怖、承知はしているが見ることのできないものの恐怖に歯の根がガタガタ鳴って、両手が死人の手のように冷たくなった。がまたいちどは、礼拝堂にひとりでいるガブリエルを、イヴリンが見つけたこともあった。ガブリエルはそのとき、納骨所へ下りる鉄扉の入口のまえに、片手に扉の鍵を持って立っていたが、鍵はまだ錠前にさしこんではいなかった。イヴリンも、あれから何度となく、あの恐ろしい咲顔を見る白昼夢に襲われて、納骨所へ納められてからあの咲顔が変わったかどうか見たい思いに駆られることがあったので、ゾッと身震いしながら、そのときは早々にかれをそこから連れ去ったのであった。

「ぼくはもう頭が狂いそうだよ」と、ガブリエル卿は彼女にひっぱられながら、片手で目を蔽って言った。「寝ても覚《さ》めても、あれを見るんだ。あれがぼくをあすこへひっぱって行くんだ、昼でも夜でも。あれを見なくなれば、ぼくは死ぬだろうな！」

「わかるわ、わかるわ」とイヴリンは答えた。「そうなのよ、まるであれから糸が出されているみたい。クモの糸みたいに、あれがわたしたちをひっぱって行くのよ」そう言って、彼女はしばらく口をつぐんでいたが、やにわに男のような力でかれの腕をつかむと、ほとんど叫ぶような調子で、「でも、わたくしたち、あすこへ行ってはいけないわ！　行っちゃいけないわ！」と言った。

ガブリエルは目を半眼に閉じていたので、彼女の顔に出ている苦悶の表情には動かされなかった。

「あれをもう一度見なければ、ぼくは死んでしまうね」とかれは、自分の声ではないような落ちついた声で言った。そしてその日はそれきり、昼も夜も、ほとんど物を言わずに、そのことばかり考えづめに考えていた。イヴリン・ウォーバートンは、これまでまったく知らなかった恐怖に、頭のてっぺんから足の爪先まで震える思いであった。

ある灰色の冬の朝、イヴリンはひとりで塔の上のマクドナルド乳母の部屋へ行って、大きな皮張りの肘掛け椅子のそばに腰をおろし、細い白い手を乳母のしなびた指の上において、尋ねた。

「ねえ、おばあちゃま、ヒュー伯父さまがお亡くなりになる前の晩、あなたにおっしゃるはずだったことは、どんなことでしたの？　なにか恐ろしい隠しごとだったのにちがいないことね。でも、お尋ねにはなったけれど、わたくし、おばあさまはそのことを御存知なんだと思いましたわ。伯父がふだんからあんな気味のわるいうす笑いをするわけ、おばあちゃまは御存知なんでしょう？」

老女の首がゆっくりと左右に揺らいだ。

「わしはな、ただ当てずっぽうにいうだけでの、――なんにも知りゃせん」としゃがれた小声で、ゆっくりと答えた。

「でも、どういう当てずっぽうですの？　このわたくしは、どういう素性《すじよう》の女ですの？　おばあちゃま、なぜわたくしの父は誰だなんて、お聞きになりましたの？　そりゃわたくしはウォーバートン大佐の娘で、母はオクラム家の奥方の妹、ですからガブリエルとわたくしとは、いとこ同士のわけですよね。父はアフガニスタンで戦死しました。一体、どんな秘密があるとおっしゃるんですの？」

「知らんがな。わしゃただ当てずっぽうだけじゃけん」

「ですから、その当てずっぽうは、どういうことなんですの？」とイヴリンは前こごみになって、しつこく食い下がりながら、乳母の柔らかなしなびた両手を握りしめた。しかしマクドナルド乳母の皺だらけな瞼は、急に水色の目の上にかぶさって、まるで眠りこんでしまったかのように、息の出し入れにつれて唇がすこしずつ震え動いていた。

イヴリンは待った。暖炉のそばでは、アイルランド娘の小間使いが、せっせと編みものをしていた。編み針が、三つか四つの時計がたがいにチクタク鳴りあうように、ピチピチ音をたてた。壁にかけてある本物の時計は、余命いくばくもない百歳の老女の時を刻みながら、それはそれでものものしくカチカチと鳴っていた。外では、キヅタの枝が寒い北風に吹かれて、百年昔に窓ガラスを叩いたと同じように、窓ガラスを叩いていた。

そうやってそこに坐っているうちに、イヴリンは、またしてもあの恐ろしい願望――北の納骨所へ下りて行って、あの遺骸に巻きつけた布をほどいて、すでに変化があったかどうかを見たいという、あの病みついたような願望が目ざめてくるのを覚えたので、彼女は、ここにしばらくこのままいて、あの腹黒い死人の恐ろしい誘引と戦うかのように、マクドナルド乳母の手をしっかり握った。

するとと、いつも足ぶくろの上に寝そべって、マクドナルド乳母の足を温めている古猫が、いきなり立ち上がって伸びをしたと思うと、イヴリンの目をじっと見すえて、なにを思ったか背を弓なりにおっ立て、太い尻尾《しっぽ》をビリビリと震わせると、醜い桃色の唇をまくって鋭い歯をむきだしてみせた。イヴリンはその厭らしさになかば気を呑まれて、目をすえて見ていると、猫はやにわに片方の前足を、指をおっぴらいてサッと出して、イヴリンに平手打ちをくわした。とたんに、歯をむきだした猫の顔が、遠く離れた地下で笑っている遺骸そっくりになった。イヴリンは足の先までガタガタ震え、おもわず片手で顔を蔽った。それは自分の顔にも死人の微笑が浮かんでいるのが感じられたので、マクドナルド乳母が目をさましたときに、それを見られたくなかったからであった。

老女はその前から目をあけていた。そして松葉杖の先で猫を軽くなでてやると、猫はまるくした背を平らにして、尻尾をすぼめ、またもとの足ぶくろの上に戻って、香箱《こうばこ》をきめこんだが、でも黄色いその目は、切れ長な瞼のあいだから上目《うわめ》づかいに、イヴリンのことをじっと見上げていた。

「おばあちゃま、さっきおっしゃった当てずっぽうというのは、何なんですの？」イヴリンは重ねてたずねた。

「悪いこと——曲がったことじゃ。でも、ひょっとしてほんまのことになるといけんから、おまえさまにはいわんでおこう。考えただけでも、毒気にあてられてしもうぞね。わしの当てずっぽうが当たったたって、あのお人は、おまえがたには知らさんつもりじゃよ。そしてな、おまえがたをいっしょにさせて、自分の昔の古傷の償いに、おまえがたお二人の魂をあてなさるつもりじゃけん」

「でも、まえから伯父さまは、わたくしたちは結婚してはいけないとおっしゃってましたけど……」

「そうじゃろう。おそらく、そういうとったろう。——じゃが、それはの、餓えた獣の前に毒を入れた肉をおいて、『食うな』というようなもんだわね。けっしてその肉を取り上げて捨てしまやせん。それと同じことだわね。いっしょになってはならんというのは、いっしょになることを望んどるからじゃよ。男というもんはな、生きとっても死んでも、みんなそういうものよ。ことにヒュー・オクラムちゅうお人は、卑怯な嘘をつくことにかけては、随一の嘘つき男じゃけんな。か弱い女子《おなご》を傷つける不人情にかけたら、あんなお人は無《な》か。罪つくりのお好きな極道者じゃよ」

「でも、ガブリエルとわたくしは、おたがいに愛しあっています」とイヴリンはひどく沈んだ声で言った。

マクドナルド乳母の年老いた目は、遠い昔に見たものを遠く見ているようであった。——昔むかしの若い時分の、遠い遠い冬霞のなかに起こったことでも見ているようであった。

「おまえがたが愛しておるなら、いっしょに死ぬることができようわな」と老女はごくゆっくりと言った。「それがほんまなら、なんで生きとることがあろうかい？　わしゃことし百歳じゃ。命がわしになにを与えてくれたよのし？　初手《しょて》は火、末は灰の山よ。初手と末とのあいだにあるものは、みんな浮き世の苦ばかりじゃ。さあ、すこし眠らしてもらうぞえ。わしゃまだ死ねんけんな」

そう言って、老女はふたたび目をつぶった。そして首が胸よりもやや低くまで、うなだれた。

そこでイヴリンは、眠りこんだ老女をそのままそっと残して、猫も足ぶくろの上に眠ったまま、部屋を出てきた。イヴリンは乳母のいった言葉をつとめて忘れようとしたが、どうしても忘れ去ることができなかった。なぜなら、凪のなかになんどもなんども繰り返してそれが聞こえたし、階段の上では、あとから追いかけるようにそれが聞こえたからであった。そして彼女は、自分の魂が縛られている、意地の悪い、脅かすような未知の恐怖が、だんだん病みつきのようになってくるにつれて、肉体的になにか自分の上にのしかかるような、むりやりに自分をそちらへ押しやるようなものを感ずるようになってきた。その一方、自分を怪しく引っぱっていく糸があるような気がして、目をつぶると、礼拝堂の神壇のうしろにある低い鉄の扉が見え、そこを潜って、どうしてもあの一件のあるところへ自分が行かなければならない、その入口がありありと見えるのであった。

夜など、床にはいって目がつかずにいるようなとき、壁に映っている物の影が自分を手招ぎするのを見ないように、また、自分の暖かい息の音がいろんなことを耳に囁《ささや》くのを聞かないように、掛けぶとんを頭の上までひっぱる一方、自分が礼拝堂へノコノコ起きて行かないように、敷きぶとんをしっかり摑《つか》んでいるようにした。いつも錠をかけたことのない扉口から書斎を通り抜けて、そっちのほうへ行く道がなかったら、もっと気がらくだったろう。蠟燭片手に、みんな寝ている家のなかを忍び足で行くのは、ビクビクものだが、ぞうさないことであろう。納骨所の鍵は、祭壇の下の石を一枚起こしたかげにある。このちょっとした秘密を彼女は知っていた。ひとりで行っても、見つけられる。

でも、それを考えると、彼女は自分の髪が総毛立つのをおぼえた。はじめはベッドが揺れるほど、全身がガタガタ震えたが、やがて怖さが寒い戦慄となって体じゅうを走り、千万本の氷の針が神経につきささるような苦しみになった。

四

マクドナルド乳母のいる塔の古い大時計が、真夜中の十二時を打った。乳母の部屋からは、階段のすみにある大時計の箱のなかで、鎖と分銅のきしる音が聞こえ、錆びた梃《てこ》がハンマーを持ちあげる、ギリギリという音が耳についた。老女は一生この音を聞いてきたのである。大時計ははっきりと十一打ち、それからボーンと半時間を打ち、やがて十二時になった。鐘を打つハンマーは、いかにももう動くのが大儀そうで、まるで鐘はそっちのけで眠りこけてしまっているようであった。

年老いた古猫が足ぶくろから起きあがって、伸びをした。マクドナルド乳母は、劫《こう》をへた老いの眼をあくと、夜通しともっている有明《ありあけ》ランプのうす暗いあかりで、部屋のなかをゆっくりと見まわした。松葉杖でなでてやると、老猫は足の上にながながと寝そべった。老女は自分のコップから二、三滴すすり飲むと、そのまままた眠りについた。

大時計が十二時を打ったとき、階下では、ガブリエル卿がなにか怖い夢を見て、床《とこ》の上に起き上がってしゃんと坐った。心臓が止まったので目がさめたのであるが、目がさめるまで止まっていた心臓は、呼吸とともに、荒くれた野獣が手足をほどかれたように、ふたたびドキドキと打ちだした。オクラム家にはこれまで、夜なかに怖くて目がさめたなどというものは一人もなかったのだが、それがガブリエル卿には、熟睡中にしばしばおこった。

かれはベッドに坐りこんだまま、両手でこめかみを押した。その手は氷のように冷えきっているのに、頭は熱かった。夢は遠くへうすれ去ったが、そのかわりに、これが自分の命をすりへらすのだという、支配的な考えがおこってきた。それといっしょに暗闇のなかで、いずれは微笑にかならずなってしまうあのいやな唇の歪みが、同時にあらわれてきた。遠く離れたところで、イヴリン・ウォーバートンも、やはりそのとき、死骨の微笑が自分の口もとに浮かんだ夢を見て、小さな呻き声をあげて目がさめ、震える両手で顔をおおったのである。

ガブリエル卿はあかりをつけると、床から起きでて、広い部屋のなかを行ったり来たりしだした。真夜中であった。かれは一時間ばかり寝ただけであった。アイルランドの北部では、冬の夜は長い。

「おれは今に頭がどうかしてしまうぞ」とかれは頭をかかえこんで、ひとりでつぶやいた。ほんとにそうなることが、かれにはわかっていた。何週間も何ヵ月も、あれが憑いていて、しだいにそれが一つの病気のようになり、とうとう、そのことをまず最初に考えなければ、なにごとも考えられないまでになってしまった。いまではそれが急に自分の力に持てあますほどに強くなって、そいつの道具になるか、でなければ正気を失うにちがいないことがわかっていた。——なにを恐れようが、自分の憎み恐れている行為をきっと自分はしてしまうにちがいない。さもなければ、なにかが、自分の頭のなかでポキッと折れて、自分を生きながらのまま生命から隔離してしまうにちがいない。それがかれにはわかっていた。かれは燭台を手に持った。それはこの家の家長が代々用いてきた、古風な重たい燭台であった。かれは着がえをすることも考えずに、絹の寝間着にスリッパをつっかけたままの姿で、扉をあけた。古い大きな屋敷のなかは、万物闃《げき》としてしずまりかえっていた。あとの扉をしめると、かれは絨毯《じゅうたん》の上に足音を立てないように、長い廊下を歩いて行った。うしろから肩ごしに冷たい風が吹いてきて、まっすぐに立っている蠟燭の炎を前のほうへなびかせた。かれは本能的にハッと立ち止まって、あたりを見まわしたが、あたりはどこもしーんとしていて、蠟燭の灯はまたもとのようにまっすぐに立って燃えている。かれはそのまま先へ歩きつづけて行った。すると、とつぜん一陣の強い風がうしろから吹きつけて、あやうく蠟燭の灯が消えそうになった。風はかれが歩いていく道中ずっと吹いてくるらしく、ふり返ると止むが、歩きだすとまた吹きつけてくる。——目に見えない氷のような寒風であった。

大階段を下りて、例のこだまをする大ホールへ出ると、目にはいるものは、流れる蠟涙の上にまっすぐに立って、ユラユラ燃えている蠟燭の炎だけで、あとはただ寒い風が肩ごしに、髪の毛のなかを吹きぬけるだけであった。あけはなしてある扉口から書斎へはいると、そこは古い書物と飾り彫りをした本棚でまっ暗だが、その本棚のなかに、ペンキで塗った棚と贋せものの本の背を貼りつけた開き扉がある。ありかをしらないと、ちょっとわかりにくいそこを抜けると、開き扉はカチャリとしずかな音をたてて締まった。そこから低い拱門《アーチ》のついた廊下へ出るのだが、開き扉は締まったものの、たてつけが悪いのか、歩いていくと、まだ寒い風が蠟燭の炎を前のほうへ吹きたおした。べつにかれは怖くはなかったが、顔はひどく青ざめ、キラキラする目を大きくひらいて、行くてを見つめながら行くと、まっ暗闇のはるか先のほうに、すでに一件の絵が見えていた。でも礼拝堂のなかへはいると、しずかに立って、石づくりの祭壇のうしろにある、小さな回転石板の上に手をのせた。

その石の板には、次のような語が彫ってある。——Clavis sepulchri Clarissimorum Dominorum De Ockram（「オクラム家名君諸公納骨所之鍵」）ガブリエル卿はややしばらくそこに佇《たたず》んで、耳をすましていた。あれほどしずかだった屋敷のどこか遠くのほうで、なにか物音がしたような気がしたのだが、それきり物音はしなかった。それでもかれは、もうすこし待ってみようと思って、低い鉄の扉を眺めながら待っていた。その鉄扉のむこうにある長い石段を下りると、六ヵ月前に死んだかれの父が、棺に納められずに、まきつけた屍布のまま、腐って横たわっているのである。納骨所のなかの空気は、ふしぎと物を保存する空気だから、腐敗作用はまだ完全には行なわれていまい。しかし、半分なま乾きのまま両眼をひらいている、身の毛のよだつようなその顔には、今でもあの臨終のときの気味わるい笑顔が残っているだろう。――あの幽霊のようにまつわりついて離れない、あの笑顔が。

この考えが頭をかすめたとき、ガブリエル卿は、自分の唇がムズムズよじれるのを感じた。かれは思わずムラムラとなって、いきなり手の甲で自分の口のはたを、いやというほど殴りつけた。血がタラタラと顎をつたって、まっ暗な礼拝堂の床の上に落ち散った。しかし、唇は切れてもまだ、ひとりでによじれ歪んだ。かれは簡単なコツで、石の板をクルリとまわした。べつに堅牢な金庫の必要もなかった。というのは、昔からオクラム家の者はいずれも純金で閉じこめられてきたし、したがってその扉も広く、まずティロン県でそこへ下りていく勇気のある者は、天使のような顔をした、瘦せて白い手の、まじめな悪びれない目をしたこのガブリエル卿以外にはいなかったからである。ガブリエル卿は大きな黄金の鍵をとりだすと、鉄扉の錠にそれをさしこんだ。ガチャガチャ鳴る鍵の音が、扉のむこうを下りていく足音のように、石段に反響した。まるで扉のかげに番人が立っていて、それが死びとの重い足で石段を駆け下りていくかのようであった。鍵をさしこんだまま、しばらくそこにじっと立っていると、寒い風がうしろから吹いてきて、蠟燭の灯をしきりと鉄扉のほうへなびかせた。かれは鍵をまわした。

ガリエル卿は蠟燭が短くなったのを見た。祭壇には新しいのが何本も燭台に立ててあったから、かれは長いのに火をつけて、燃えている自分のは床にともしておくことにした。床石の上にそれを立てていると、唇からまた血が流れだして、石の上にまた血の滴が落ちた。

かれは鉄の扉をギーと引きあけて、それを礼拝堂の壁にピたリと押しつけた。こうしておけば、中にいるあいだに扉はひとりでに締まることはない。納骨所の陰気くさいいやな臭《にお》いが、下のほうから顔へ吹きあげてきた。かれは中へはいって行った。腐った空気に出あったけれども、背の高い蠟燭の灯は、ゆるやかな石段をしっかりした足どりで下りていくあいだ、下からの風に逆らって前のほうへなびいた。足をはこぶたびに、ゆるいスリッパが石畳をペタン、ペタンと打った。

蠟燭の灯を手でかこうと、自分の指が蠟細工のように見え、光が通すので指が血の色に見えた。そうやって手でかこっても、地下の風は蠟燭の炎を前のほうへなびかせた。そのうちに、黒い芯《しん》の上で炎が青くなり、いまにも消えそうになった。それでもかまわず、かれは目を輝かしながら、まっすぐに歩いて行った。

下へおりて行く通路はかなり幅が広く、チラチラなびく蠟燭の灯で壁ばかり見ていくわけにはいかなかったが、やがて死びとの置いてある場所へ出たことがわかったのは、今までよりも広い空間のなかで足音の反響が大きく鈍くなったことと、なにもないのっぺらぼうの壁が遠くなった感じとで、それがわかった。蠟燭の炎が手の窪《くぼ》にくっつくほどに手をかざしながら、かれはじっとそこに立った。暗闇に目がなれたせいか、物の形がすこし見えるようになった。影のようないろんな形をしたものが、まっ暗ななかにボーッと輪郭を見せている。そこはオクラム家の人たちの屍架が所せましと並べてあるところで、どの屍架にも屍布を巻いた遺骸が整然とのせてあり、いずれも乾燥した空気にふしぎなくらいよく保存されて、みんな夏のセミの抜けがらみたいにカラカラになっている。二、三歩前のところに、首のないヴァーノン卿の鉄の棺の黒い形がはっきりと見えたので、自分の捜し求めるものは、そのすぐ近くにあることがわかった。

かれはここにいる多くの昔の勇者と同じように勇気があった。ここにいるのは、みんなかれの父祖たちであった。いずれはかれも、遅かれ早かれ、ここにいるヒュー卿のかたわらに安置されて、ゆっくりとカラカラの抜け殻になっていくのだ。でも、まだ自分はこのとおり生きてピンピンしている。かれは一瞬目をつぶった。その額に、大粒の汗が三粒にじみでていた。

やがて目をひらいてよく見ると、ぐるぐる巻きにした布の白さで、亡父の遺骸はすぐに知れた。ほかのは歳月のためにみんな茶色になっていた上に、蠟燭の灯がそちらへ吹きなびいたので、それとわかったのである。そこまで行くのに四歩あるくと、蠟燭の灯が急にまっすぐに高く燃え上がって、ギラギラする黄色い光が、顔のほかはまっ白に包んだ麻布と、胸の上に組み合わせた手のあたりを照らした。その胸のあたりには、あちこちにしみがひろがっていて、顔の影と組み合わせた指の影とで黒ずんでいた。乾燥していく死体のすごい悪臭がただよっていた。

ガブリエル卿が見下ろしていると、うしろのほうでなにかけはいがした。はじめはしずかに、だんだん音がして、なにか石畳の上にドサリと音を立て、足もとへゴロゴロと転がってきたものがあった。とっさにあとへ身をひいて、よく見ると、石畳の上に、顔をほとんど仰向けにして、こちらへ歯をむいた、カラカラに枯れた首がころがっているのを見た。おもわずかれは、冷たい汗が顔ににじみだして、心臓が痛いほど打つのを覚えた。

　生まれてはじめてかれは、世間の人が恐怖といっているものにムンズと摑まれた。まるで乱暴な騎手が、おびえる馬の手綱をしめつけるみたいに、心臓の筋をしめつけられ、背骨を氷のような手ではさみつけられ、凍《こご》えるような息で髪の毛を逆立ちにされ、鉛のような重いものを横っ腹へズシンと打ちこまれたようであった。

　でもかれは、ここぞとばかり唇を嚙んで、片手に蠟燭をしっかり握り、片手で遺骸の首から麻布を剝ぎとるために、腰をかがめた。かれはソロリ、ソロリと麻布を剝いでいった。そして、やがて乾燥した顔の皮のところまで、布をひき裂いた。手が、誰かに肱《ひじ》をいやというほど殴られたように、ブルブル震えたが、半分は怖さ、半分は自分を叱りつける気持で、布をグイグイひっぱったので、ビリビリッという小さな音といっしょに、布が剝ぎとれた。ほっとして、思わず詰めていた息を吐きだしたが、まだ剝ぎとった布を捨てもしなければ、覗いても見なかった。戦慄は全身にはたらいていた。かれは首のないヴァーノン・オクラム老が、鉄の棺のなかにつっ立って、折れた首の根元が木の切株みたいになったまま、じっとまだ自分のことを見守っているのを感じた。

　息をのんでいるうちに、かれは死骨の微笑が自分の唇をムズムズよじらせているのを覚えた。すると、急に自分の不幸にムラムラと憤りが湧いてきた。かれは死のしみのついた布をうしろへ投げ捨てると、とうとう覗きこんだ。キャッと声を立てないように、歯をしばって。

自分につきまとい、イヴリン・ウォーバートンにつきまとい――そばへ近よるものには誰彼の会釈《えしゃく》なく毒気を吹っかけたものが、そこにあった。

死骨の顔には黒いしみが斑点のように浮き、灰色の鬆々《しょうしょう》たる髪の毛が、きたない色をした額のあたりにほつれていた。落ちこんだ瞼は半開きで、もとはそこに蟇《がま》の目がひかえていた汚物のようなものの上を、蠟燭の灯がギラギラ照らした。

ところが、そんなになってもまだ死骨は、生《しょう》あるときに笑っていたように、咲《わら》っていた。ものすごい唇が、狼のような歯のうえに一文字に大きく切れ、いまでも呪いつづけ、地獄へ落ちても悪事はやめぬぞといきまいていた。――いきまきながら、呪いながら、つねに、そして永久に闇のなかで咲《わら》っていた。

まっ黒にしなびた遺骸の指は、なにかしみだらけな、ボロボロになった物の上に閉じていた。ガブリエル卿はその両手がのっかっている巻き布をひきあけた。脳天から足の爪先までガタガタ震えながらも、かれは自分の生命のために苦しみ悩んでいる人間のように敢然と闘いながら、遺骸が手に握っている包みをもぎり取ろうと試みた。ところがそれをひっぱると、鉤《かぎ》のような死人の指がよけい固く握りしめるようで、さらに力を入れてひっぱったら、カラカラに枯れ縮んだ手と腕が、まるで生きてるような気味悪いかっこうで、グーッと死骸から持ち上がった。やっとのことで、だましだまし、封印をした包みをもぎりとると、死骸の両手は指を握ったまま、元のところへバサリと落ちた。

かれは屍架のはしに蠟燭を立てて、ゴワゴワした包み紙から封印を破りとった。そしてあかりがよく当たるように、片膝をついて、久しいあとにヒュー卿が風変わりな筆蹟で書いた中味を読んだ。もうかれは怖くなかった。

かれは、おそらくヒュー卿が自分の悪事と怨念を証拠立てるものとして、なにもかも洗いざらい書いておいたものを読んだ。——ヒュー卿は、自分の妻の妹のイヴリン・ウォーバートンに恋をした。かれの妻は夫のひどい仕打ちを嘆いて、そのために死んだ。ウォーバートンとかれは、アフガニスタンで轡《くつわ》を並べて戦った。そしてウォーバートンは倒れた。ところがヒュー・オクラムはそれから一年後に、その戦友の妻をつれて帰ってきた。そして彼女の子の小さなイヴリンが、オクラム・ホールで生まれた。その後、こんどはこの母親に飽き、彼女は姉と同じように、かれの虐待を苦にして死んだ。そして、イヴリンはかれの姪として育てられた。かれは、なにも知らない自分の息子のガブリエルと自分の娘が、おそらく愛しあって結婚するだろうと信じていた。そして自分が裏切った女たちの魂は、永劫が尽きぬうちに、べつの苦しみを受けることを信じた。そして最後にかれは、将来なにごとも起こらなければ、いずれいつの日にか二人はかれの書きのこしたものを見つけ、世俗的な言葉でいうなら夫婦として、まさか子供たちに真実は明かせまいから、そのまま生きつづけていくだろう。——書いてあることは、だいたい、こういった次第のものであった。

ガブリエルはこれを、北の納骨所の遺骸のそばにひざまずきながら、礼拝堂の祭壇の蠟燭の光で読んだのであった。全部読み終わったとき、かれはいい時に秘密を発見したことを、大声をあげて神に感謝した。ところが、立ち上がって遺骸の顔を見下ろしてみると、その顔が変わっていた。笑顔は永久に消えて、あごがガクンと落ち、くたびれたような死の唇はダランとゆるんでいた。と、そのとき、すぐうしろで一陣の風がサッと吹いた。でもそれは、さきほどここへ来たときに蠟燭の灯を吹いたような寒い風ではなくて、暖かい人の世の風であった。かれはひょいとふり返ってみた。

するとそこに、白ずくめの金髪の彼女が立っていた。——彼女はベッドから起きると、音をたてずにかれのあとを追ってきたのであった。そして、なにか読んでいるかれを見つけたので、自分もそっと肩ごしに読んだのであった。ガブリエルは気がゆるんでいたせいか、彼女を見るとびっくりして飛び上がった。そして、しんとしずまり返った死の場所で、彼女の名を呼んだ。

——

「イヴリン！」

「お兄さま！」

彼女はおっとりとやさしく答えると、かれを迎えるために両手をさしだした。

鎮魂曲

シンシア・アスキス

シンシア・アスキス Cynthia Asquith (1887 - 1960) ――イギリスのアンソロジスト、短篇小説家。ウェミス十一代伯爵の令嬢として生まれ、英国首相H・H・アスキスの息子と結婚、『ピーター・パン』の劇作家J・M・バリーの秘書を長く務めた。*The Ghost Book* シリーズ (1927, 1952, 1956)、*Shudders* (1929) など、アスキスの編纂した怪奇小説アンソロジーは選択の確かさに定評があり、D・H・ロレンス、エリザベス・ボウエン、アルジャーノン・ブラックウッド、L・P・ハートリー、アーサー・マッケン、ロバート・エイクマンら、錚々《そうそう》たる顔触れが書き下ろしの新作を寄せている。自身も怪奇短篇の実作を試み、編者を務めたアンソロジーで発表した。「鎮魂曲」"God Grante That She Lye Stille" もその一篇で、アスキス編 *When Churchyards Yawn* (1931) に収録。これらの短篇は後にアーカム・ハウス社刊の *This Mortal Coil* (1947) にまとめられた。「さすがに好きな道だけあって、玄人《くろうと》はだしの腕を見せている」とアスキス作品を称揚する平井呈一は、他に愛玩掬《きく》すべき佳品として「角店」を『こわい話・気味のわるい話』第三輯に訳出している。「よく怪奇小説の愛好家だと称する人のなかには、もっと恐いのはないか、もっと恐いのはないかと、無闇やたらにどぎつい恐怖を要求する人があるけれども、そういう人には、気の毒だがこういう作品の味は分るまい」(「恐怖小説手引草拾遺」)。

はじめて彼女に会ったのは、モスストーンで実習を受けに行って、かれこれ三週間ばかりたったあとのことであったが、わたしの受け持った患者の大部分は、みなこの地主屋敷の若い女主人のうわさをしていた。「わずか二十二やそこらで、近い身うちが一人もないんですよ」とたいていの人が、マーガレット・クレワーの天涯孤独を理由に、心から同情の首をふってみせた。と同時に、土地の連中は、みな申しあわせたように、彼女の美貌と魅力を微に入り細に入り、くわしく話してくれるものだから、わたしは、いまだに村の人たちが昔どおりに、「地頭《じとう》屋敷」と呼んでいるような家へ往診にいくことに、なにか楽しい好奇心をいだいたくらいであった。

門をはいると、かねがね外から見てあこがれていた、広い、灰色の石塀をめぐらした中庭があって、いかにもしっとりとした静かなそこの雰囲気が、まるで外套で包むように、わたしをすっぽり包んでくれるような心持ちがした。あたかもそれは、自分が日常なじんでいる世界から、なにか浮世離れた、稀有《けう》な自足の世界へ足を踏み入れたかのようであった。

鳩が羽ばたいてクークー鳴き、晴れあがった空には、青い煙がいくすじも、しずかに立ちのぼっていた。わたしは、その美しいあたりの景色を、のどにゆっくり味わうように惚れ惚れと見とれながら、大きな縦じきりの窓のたくさんついた、ツバメがまわりをスイスイ飛んでいる、妙によじれた煙出しの何本もつきでているみごとな破風《はふ》づくりの屋敷を、しみじみと眺めた。じっさいそのとき、わたしはかつて見たどんな家よりも、この風雪にたえてきた屋敷——クレワー家の本家こそ、女でいえば美人のかんばせ、それを思わせるような、ほんとうの「顔」をもった建物のような気がして、心打たれたのであった。

おっとりと柔かな色をした石塀、そこにはたくさんのたくさんの「時」が降りつもっているのに、しかもどんな建物よりも年古りて見えず、いかにも高だかと聳《そび》え立っている。何世紀という間の人生の深い貯め蔵、過ぎこし世に濃く染めあげられたこの屋敷は、あたかも今の世、先の世の両方からおのずから縁を切って、しずかに余生を送っているように、もうこれ以上の世の交わりからはふっつりと身をひいてしまった、というふうに見える。

時計を見ると、予定の時間より二十分ばかり早く着いたことがわかった。少年時代から、いままでもわたしは古い碑文漁《あさ》りがすきで、ちょうどこの屋敷の正面の窓から二、三ヤード離れたところにある、墓石の密集した墓地のなかへ足を転じた。

いなかの村の墓地というと、たいていそうだが、ここも超過密であった。押しあいへしあい乱立している墓石の群れの上には、赤い実のなった暗いイチイの木立が、うすぐらいあたりの静けさを翳《かげ》らしていた。大部分の墓は、芝を植えた土まんじゅうの上に、漆喰《しっくい》も打たずに、ただそのまま据えてあるだけのものが多かったが、なかには、苔《こけ》のいっぱいついた石がひっくりかえっていたり、いろんな角度に石のかしいだりしているという、乱離雑然たるありさまで、よく見ると、クレワーという名前を彫ったものがたくさんあった。明らかに、わたしがこれから診察にいく患者の一族は、この村に何代も何代も、生きかわり死にかわりしてきたのである。クレワーを名のる先祖代々の霊位は、おそらく愛情ふかい、話のまわりくどい縁辺のものたちに、長く供養されてきたのだろう。永別した死者の記念を長く残しておくための、韻にもならないへんな誄辞《るいじ》だの、ぶざまな彫像などは、あまりここには見当たらない。碑文はどれもありきたりの慰藉《いしゃ》の経文の文句をつらねたもので、有韻無韻を問わず、「死せるにあらず、神のみ前に逝きたるなり」と記されている人たちの、生前の人徳、才幹、善行を縷々《るる》と語るばかりでなく、遺族の感懐をあらわすのに、いろいろ無い知恵をしぼって苦心している。その何代かのうちに、たった一ど、クレワー家にはめずらしく、やたらとゴテゴテ書きつらねられなかった、しごくあっさりした墓が一基あった。

　屋敷にちかい墓地の片すみの、あたりを払って一ばんこんもりと小《お》暗く茂ったイチイの大木のま下に、欠け朽ちた平石が一基あるのに、わたしは目がとまった。この墓には、愁歎や弔意のことばは一つも記されていない。ただ次のような、はなはだ殺風景な銘文があるだけであった。

エルスペス・クレワーの
亡骸ここに眠る
生年——一五五〇年

没年――一五七二年

として、この下に別の書体で、

「神は彼女が静かに眠ることを許したまう」

と書いてある。

この銘文は、どこにもあるおなじみの"Requiescat in pace"(「逝けるものに冥福あれ」)に似て非なるもので、変わった文句だと、わたしは思った。これで見ると、この娘を葬った人たちは、褒めたたえる言葉が、なにもなかったのだろうか? 彼女に安楽往生を結びつけることは、遺族たちの希望する資格に、よほどなにか大きな支障でもあったものなのか? それともまた、「神は彼女が静かに眠ることを許したまう」とは、この墓に葬る娘のためというよりも、むしろ悲しい祈願――遺族たち自身のためにした、口実的な願いだったのだろうか?

わたしはそのとき、この称号もついていない先祖の女性について、いろいろ聞いてみられるほど、当主のマーガレットと深い付き合いになれるかなと、そんなことをぼんやり考えたりした。

やがて、死者より生きている人間のところへ行く時間がきたので、わたしは墓地からクレワー家の主屋《おもや》のほうへ歩きだした。鉄の鋲《びょう》を打った玄関の大扉に近づくと、あたりにモクレンの花のかおりが、濃くただよっていた。建物の正面には、ほかにフジとテッセンがみっしりからんでいたが、わたしのおもいなしか、この大きな屋敷は、どんなものを持ってきたって、屋敷本来のもっている美しさを増せやしないよ、といわんばかりに、まるで無頓着にそれらをまとっているように見えた。じっさい、この屋敷のおちついた、重おもしい美しさに、わたしは気《け》圧《お》されたようになって、鈴索《れいさく》をひっぱると奥のほうでガランガラン鈴の鳴った音と、それに目をさました犬がワンワン吠えたてる声を聞いたときには、なにか自分が不法侵入でもしているような心持ちがした。

どんなものが出てくると予期していたのか自分にもわからないが、扉をあけてくれた小間使いの女中が、リボンをつけてニコニコしながら出てきたのは、いかにも似合わしいような気がした。

「ドクター・ストーンさまでいらっしゃいますか？　お嬢さまはさきほどからお待ちかねでございます」

「こちらへ、どうぞ」という女中のあとについて、わたしは広いホールを渡った。ホールでは若い人達がピンポンの競技をしたり、ガヤガヤ言いながらトランプ遊びをしたりしていて、そのうるさい音を打ち消すように、蓄音機がやけにガンガン鳴っていた。やがて、ベージ色の目隠しの下がった重い自在扉を押して出ると、騒音から完全に遮断された、ひんやりとした静けさのなかに出、そこから、踏みごこちのえらく固い、ピカピカに光った黒いオークの短い階段を上がりきると、患者のいる部屋の入口に出た。部屋のなかには、美しい夕日の光がさしこんでいた。わたしがはじめて彼女を見たのは、こまかい塵《ちり》がキラキラ舞っている、その夕日のなかであった。

彼女は、明いている窓ぎわにぴったりと寄せてある、幅のひろい、低いベッドに寝ていた。足のほうにかけた上掛けの上には、高価な猟犬がデンと寝そべっていた。

最初にひと目見たとき、どれほどのものを見てとったか憶えていないが、ただ窓台とテーブルの上に、切りたての大きな木の枝と花がいっぱい飾ってあったことと、ベッドの上に、何冊もの書物と、文房具類と、やりかけの編物が、雑然と散らかっていることだけがわかった。

彼女を見たときは、おもわずハッとしたが、でも、まるきり見分けがつかなかったわけではなかった。前からわたしは、自分は一生のうちにいつかはきっと、ある日突然、他を絶した無類の美人に会うにちがいないと、そんな期待を漠然と持っていたが、それがその時、自分の目の前に現われたのだ。夕日に輝く金髪、こちらを見てニコニコしている、透きとおったような顔——わたしはついに彼女に会ったのだ！　こんな美しい人はこれまで見たことがないと、わたしはその時思ったが、しかもその次に会った時には、またいちだんと美しかった。それほど彼女の美しさは、千変万化、とどまるところを知らなかったのである。空のぐあいで海の色が変わるように、彼女の肌の色は、光りのあらゆるトーンに特殊な反応を示して、うつろうのだ。同じように、顔の表情が、そのときどきの感情の陰翳《いんえい》につれて、千変万化する。それはおのずからそれを明示する以上のものを語る、流動して留まることを知らぬ美しさであった。

この最初の会見後、わたしはしばしば、もし自分の印象を言葉にあらわすとしたら、どうこれを述べたらよいのだろうと迷った。たとえば彼女の口もと——それは連続する二つの秒間に、けっして同じであったためしがなかった——そういう口もとを、そのままに定義するとしたら、一体なんと書いたらいいのか？　それから彼女の目！　その目の色を何色といったらいいのか、いまだにわたしにはわからない。「水色にしては神秘的にすぎ、灰色にしては愛らしすぎる」では、まだまだ言いたりない。その光の池には、二つ以上のさまざまの色が交会しているのだ。

部屋にはいったとき、そんなふうにわたしは受けとったはずだったが、金色の大きな鳥籠にカナリヤが二羽、さかんに声をはりあげて鳴いていたため、マーガレット・クレワーの挨拶がよく聞きとれなかった。いかにもうれしそうなはしゃいだ声だったが、医師としてのわたしの耳には、明らかにそれは神経質な声と受けとれた。彼女は自分の話をするまえに、わたしの宿所の住みごこちや村の印象などについて、いろいろ尋ねた。自分は一体なんの資格でここへ来ているのか、危うく忘れかけていると、彼女がいった。

「わたくし、よっぽど馬鹿だわね、心臓なんか悪くしちゃって。——どうもボートの漕ぎ過ぎらしいのよ。以前から激しい運動が好きで、ずいぶん熱中しましたわ。とにかく、自分でもへんだと感じてますけど、わたくしの心臓って、動悸がしなくてもいいときに、ドキドキ打つらしいのね。そんなわけで」と彼女は、話のあいだにべつの話をはさむ彼女の癖で（この癖には、わたしもずいぶん馴染みになった）つけ加えた。「お友達がみんな、いっぺんお医者さまに診てもらえというもんだから、先生なら心臓が正しい位置にあるかどうか、見てくださるとおもって……」

彼女の心臓がだいぶ弱っていることを発見するのは、大して手間もとれなかった。相当程度の貧血症も併発していたので、わたしは三週間安静を要すると診断をくだした。

わたしの診断は、すなおに受け入れられた。

「いいわ、ボートも乗馬もできないなら、寝てたほうがましだから」と彼女は快活に笑って、「わたくし、本と食べる物とお友達と、それとこの美しいシーンがいさえすれば、けっこうしあわせですもの。この犬、かわいいでしょ？」と愛犬の首をわたしのほうに向けながら、彼女はいった。

わたしは適当なお愛想をのべたのち、どなたかあなたの健康について、気らくに話のできる人がいるか、といって尋ねた。

「いませんわね。身うちの者って、一人もいないんですもの。わたくしのことを監督する人なんか、だれもいませんわ。ほんとに一人ぼっちなんですから」

「でも、お屋敷には、ずいぶん大ぜいの人がおられるようじゃないですか？」

「ええ。あれはだけどお客さまですもの。わたくしが一人ぼっちだというのは、つまり、自由だという意味です。とてもじゃないけど、文字通りの一人ぼっちなんて、我慢《がまん》できっこありませんわよ」

この最後のことばは、意外な気がしたくらい、つよい調子で言われた。たくさんの書物、それにバイオリンが一挺あり、描きかけのスケッチが五、六枚はってある部屋のさまは、そのまま彼女の才能の多方面であることを語っており、その点で、この人は自分自身と仲よくしていかれる人だと、わたしはその時すでに診断していた。

では、明後日また来ます。そう言いながら握手をしたとき、わたしは彼女の輝く目が、快活なうちにも、心なしか、かすかに曇りを――はっきり傷つけられたというのではないが、あえていえば困ったような色をおびたのに気づいた。癇《かん》高い、神経質な声がらでいながら、第一印象としては、なにか自分の目のまえに肉体的年齢をへた人でない人がいる、そんな印象をわたしはうけた。この皮相の印象は、そのあと、じきに薄くなった。生命はすでにそのころから、この美人に歯をむき出していたのか？

「さっき先生」と彼女は、わたしが入口のほうへ向きなおったときに、言った。「墓地のなかをのぞいて、なにか採集していらしたわね。ここから見えましたわよ。虫けらだの、お墓だの、碑文だの、そんなものに興味がおありなんですか？」

「ええ、まあね。碑文はぼく好きです」とわたしは答えた。「あの墓地は、とくべつ美しい墓地ですね。あなたなんか墓地はお嫌いだろうに、どうして墓場をすぐに見下ろせる部屋なんかにおられるのですか？」

「だってわたくし、もうそろそろお墓に近いんじゃありません？」と彼女は笑って、「べつにお伺いを立てなければ入れてくれないような、そんな失礼な先祖は一人もいませんもの。いいえね、この部屋は、偶然はいったら、すごく気に入っちゃったんですの。お墓に近くたって、べつに悪いことないでしょ？」

「いや、べつに体に悪いというんじゃないですよ」とわたしは医師の立場からいった。

彼女はちらっと口を曲げて、ニヤリと笑いながら、

「ストーン先生、わたくしが幽霊に悩まされるとでも思って、御心配ですの？　いやだわ。そりゃね、わたくしが先生のお望みのような、気の弱い病人になったら、そのときは、せいぜい御心配になるようなものを見るようにしますけど。でも、まず第一に、心臓を正しい位置に治していただきたいわ」

わたしは最善をつくしてみると答えた。

「では、さよなら」と彼女はいった。「そのうち、墓地でお目にかかりましょうね。夜いらっしゃるといいのよ。月の晩、大きな白いフクロが低く飛んで、お墓の石をサッとなでるの、ってもいいですわよ」

美しい屋敷を辞したとき、わたしの足は、まるでバネの上を歩いているようにはずんだ。知り合いも知人もいない、この新規の土地へきてはじめて会った人が、わたしに、自分も一個の人間であることを自覚させてくれたのだ。それまでは、自分は一介の「新来の医者」にすぎなかったのである。それが今は、なにか昂揚した生命感をおぼえながら、たいくつな小さなわが家へもどるわたしであった！　なにか期待のもてるものが、いまは行くてにあった。

次の週、わたしは三回、自分の新患を往診した。患者の病状はすこしもよくなっていないので、紫外線をすこしあててみたら効果があると思い、ちょうど携帯用の投射器をもってきていたので、患者の部屋で施療することができた。長い実習期間に、この患者の往診は何回もしたけれども、それが毎回、自分のかつて知らない楽しい談話の時間であった。今ふりかえってみ

ると、その夏の何週間かは、自分の生涯でもっとも幸福な日だったとおもう。来る日も来る日も、わたしは喜びの流れにのってフワフワ浮いて暮らした。彼女はふしぎな伴侶であった。わたしにとっては、まさに基督降誕祭《ペンテコースト》であった。あの移り気な共感、雷光のような感応、踊っているような声、こちらが最後のことばを言うが早いか、こだまのようにすぐとそれがわかってもらえる、あのうれしい物分かりのよさ。そうした資質はすべて、生涯にはじめて自分にうれしいものと感じさせるものであった。これ以上鋭敏に受けとめてくれる心、そして励ましになってくれる心には、とうてい会えるものではない。まるでこちらが言葉に出して言うまえに、こちらの考えがほとんどわかっているようであった。

彼女の理解力と共感力には、限度というものがまったくないようだった。彼女の豊かな心は、どんなことでも拒否をしない。その快活さは、日に輝いて流れる水のようで、ときどきその水をたたいては、キラキラした笑いの水玉をとばすのである。いったい、あんなに広範囲な、しかも一言一句まで正確におぼえている、あの驚くべき記憶を豊富にするような読書の時間を、どうやって彼女は見つけたのだろうと、わたしは不思議でならなかった。そのかわり、自身に関することは、身の上話を語るような語り口では、ほとんどなに一つ語ったことはない。わたしも何週間か話をしあったけれども、けっきょく、彼女の一身上の出来事、死んだ両親のことや友達関係については、なにもわからなかった。そのくせ彼女は、そもそもの最初のときから、自分というものを心理的に論じ、自分の性格、というよりも——これはおもしろいと思ったのだが、彼女は、わたくしには性格なんてないのよ、と自分でいっていたものについて、しちくどく説明する癖があった。

はじめて往診してから、六週間ほどたった頃だったと思う。ふたりの間にかわす会話が、それまでは感じなかった、なにか乱れた調子に変わってきた。

いつも早口な、というより無造作な声で、彼女はこんなことを言った。

「いやにはっきりと、てきぱきした人があるけど、ああいう人になれたら、きっとおもしろいわね。個性を持たないということが、どんなに不愉快なことか、先生なんかには考えられないでしょう」

わたしは笑って、「それは暗に、あなたには個性がないといっているの？　ぼくはまた、あなたぐらい個性がピチピチしていて、つねにそれを意識している人はないと見てますがね」

「あら、わたくし、むりにそうしているんじゃないことよ」と彼女は、じれったいような口調でいった。「わたくしのいうのは、自分が人になんの印象も与えないほど、目立たない、無色透明な女だ、といっているんじゃないわ。自分でも、人さまに見られるほど、けっこう美しいことは知ってますよ。それほど馬鹿でもないし、まあね、カーといえばツーというほうじゃなくて？　どう説明したらいいのかなあ。とにかく、自分というものを持ちこたえていく、本当の芯《しん》になるものがないという意味よ。むろん、これでもいろんな面も持っていますし、それにわたくし、あなたの前にいると、一時的にしろ、これが正体だというものを——多少は悪くない自分というものを、与えられます。あなたといっしょにいれば会える自分というものを、わたくし、ほんとにありがたいと思っているのよ」とニヤニヤしながら、わざとのようにちょっと頭を下げて、「でもね、自分がバラバラになっている、支離滅裂だなんて、すこしも感じないのよ。そうねえ、個性の芯というか、核心というか、それを見いだすことがわたくしにはできないのね。あなたやほかの人達といっしょにいる時と、自分が一人でいる時とは、おなじ自分じゃないのよ。そこに一貫した連関性がないものだから、このとおり気まぐれで、不安定なのね」

「しかし、ぼくに言わせれば」とわたしは横から話をとって、「そのあなたの心の変わりやすいことが、あなたのあの天来の話しぶりになるんですよ。いつだったか、キーツの書簡のことで論じ合ったことがありましたね。憶えていますか、キーツはその書簡のなかに、こう書いています。『人間の知力を強力にする唯一の方法は、何事にも心を定着させないこと、――心をあらゆる思想――選定した思想ではない――の公道にすることだ』――たしかこうだったと思うけど……」

「ちがう、ちがう！　わたくし、そんなことを言ってるんじゃないのよ。全然、誤解していらっしゃるわ」

彼女はわたしの言うことを遮《さえぎ》った。その顔には、どことなく、この問題が彼女にとっては深刻な問題であることを語っているものがあり、彼女の特徴である気軽なそぶりが、本当の関心をかくしていると窺《うかが》えるものがあった。

「友達としての自分の資格なんかに悩んでいるんじゃありません」と彼女はつづけた。「先生もおわかりのように、困ることは、わたくしがまじめな声で自分のことを語れないという点なの。まじめに見えたことなんか、今までありませんでしたものね。でも、わたくしの軽薄は、あれは一つの息抜きなのよ。わたくし、あなたにだけは、自分の身の上話をお芝居ふうにお話したいの」

「どうぞ、なさって」とわたしは促《うな》がした。「ぼくはぐっとまじめな気持ちでいますから」

「出来そうもないけれど、でも試しにやらしてみてね」と彼女はいった。「自分で退屈しちゃうと困るけど、でも、悪夢めいていることは受け合います。きっと、本人のわたくしとは思えない、そんな感じがするでしょうね。先生憶えていらっしゃる？　はじめてお目にかかったとき、わたくし、一人ぼっちには耐えられないと申し上げたわね」

「そうでしたな」

「ほかの人達がわたくしを離れずにいるのは、ある程度、そのためらしいのね。つまり、そういう人達が勝手に考えている考えで、わたくしを枠《わく》に入れてしまうらしいのよ。だけど、わたくしがほんとに一人ぼっちでいる時の気持ちは、割れた鉢から洩れた水みたいに――こぼれていく何かみたいに――無のなかへ還っていく、そんな心持ちなんです。それは一時的な分解みたいな、――一つの消滅に近い心持ちなんです。そう、言葉でいえば消滅――つまり、消えて無に還っていくことね」

「あなたのその感じには、そうはなはだしい異常なものがあるとは、ぼくは考えない」とわたしは言ったが、すこしもったいぶった言い方だったかもしれない。「われわれ人間は、みんな多少は、あなたが今言われたようなことを、ときには感じているように思いますよ。まあ、一種の穏健な神経症だな。神経症というやつは、どんなものでも、患者に単独感を与える性質があるんでね」

「そうなんでしょうね」と彼女は、その場を言い抜ける胆《はら》をきめたかのように、「でも、わたくし、同じ経験を二度したことがあるんですよ。それがね、今言おうとしたような感じを、そのまま強迫観念にするような、へんに不安な経験なの」

「経験？」わたしは鸚鵡《おうむ》返《がえ》しに尋ねた。「それはどういう意味？」

「いまお話しします」と彼女は言った。「でも、怪談じゃなくてよ。わたくし、人に嘘に気を持たせるの大嫌い。だけど、むずかしいな、この経験を話すのは。とても信じては頂けないと思うけど、でも本当のことです。とにかく、話の途中で口を出さないでくださいね。……第一回目のときは、まだごく小さい頃、物ごころつくかつかない時分でした。ある晩、まだ宵の口でした、ベッドに寝ていたんです。なんだかいやに疲れていて、そのせいか、さっき言ったようなおちつかない気持ち――つまり、自分が自分でない感じが、とくに自分でわかっていました。あれ、ほかの悩みごとも同じでしょうが、疲れている時には、余計いけないようね。外はもう暗くなっていました。お部屋の窓は一階でしたの、その時分は階下《した》に寝ていたから。とそのとき、ほら、よくあるでしょう、どこかある方角をむりしても見ずにはいられないことが――あの気持ちがふっと起こったんです。で、ひょいとそっちを向くと、だれだか窓に顔をおっつけている、ぼんやりした顔が見えて、――それがじっとこちらを覗いています。でも、べつにわたくし、驚きもしなかった。ただ、心臓のドキンドキンしているのが、人ごとみたいに自分でわかりました。ちょうどそのとき、雲脚の早い雲の間から月が出たので、窓のそとの顔をはっきり見ることができました。それが、どうでしょう、わたくしの顔なのよ！」

「なんですって？」わたしは思わず口走った。

「そうなの、先生、自分の顔なのよ。そのことは疑う余地がないことよ。だれだって、自分の顔は知ってますものね」とかすかに笑って、彼女はさらにつづけた。「そうよ、自分の顔が自分を睨《にら》んでいたのよ。——いやにジロジロと、熱心に。——で、こっちも睨みかえしていると、外の顔がひどく悲しそうに首をふるんです。夢であれかしと思って、目をつぶったけど、つぶりきりにしていられなくて、もう一どそっと目をあけてみると、顔はまだそこにいます。

「いま言ったとおり、窓ごしに見たのは自分の顔でしたけど、そんなにわたくし、哀れっぽい顔をしているのか？　そんなはずがあるかしら？　わたくし、自分でそれをたしかめたいと思って、ベッドから抜けて出ました。膝がガクガク震えて、鏡の前まで行ったときにはフラフラでしたわ。

「ところでね、わたくし、自分が是が非でも話さなければならないことを、どうやって先生に信じさせたらいいか、わからないわ。お笑いにならないで。どうせ信じて頂けないことは、わかっているけど、とにかく、すごいショックでした。鏡のなかに自分が見えないんです。自分がいないのよ、鏡のなかに。わたくし、目をすえてよく見ました。壁の絵だの、食器棚のあるお部屋のすみだの、鳥籠だの、自分の目なじみのものは全部ふだんのとおりに映っているのに、わたくしだけがそのなかにいないのよ。

「わたくしの見たものは、まだ窓のそとにいました。そして部屋のなかへ忍びこもうとするような様子でしたが、でも中へははいれませんでした。もう怖くて怖くて、いまにも気が遠くなりそうで、いっしょうけんめいに我慢して、目がクラクラしながら、やっとお部屋を出て、階段をひきずるように上がって、客間のチッペンデールの鏡のまえまで、ヨロヨロ歩いて行ったんです。ところが、ピカピカしたその大きな鏡の面にも、自分の捜しているものは、全然ないんです。自分の姿が映らないのは、自分になにか起こったのだろうか？　きっとなにもかにも幻覚にきまっている。それとも、自分の頭がへんになったのか？　お部屋へもどってきた時の心持ちは、とても言葉なんかでは言いつくせやしません。お部屋の扉をあけるのが、やっとでした。でも、さっきの顔が窓の外にもうなくなっていたので、まあよかったとホッとしました。念のために、鏡の前へ行ってみると、どうでしょう、ちゃんと自分が映ってるんですよ。へんに血の気のない顔をしているほかは、ふだんのとおりのわたくしの顔なの」

彼女はひと息ついた。

「これが第一回目に起こったこと。つづいて第二回目をお話ししましょうか、それとも、今すぐわたくしの精神鑑定をなさる？」

「いいから、続けなさい」わたしは断乎として言った。

「それから三年ばかりたったあとのことでした。足首を捻挫《ねんざ》して、わたくし臥《ふ》せっていたんです。いちんち、やるせないような気分で、夕方近くなると、前から言ってるような、自分が自分でないという、あの滅入るような思いに襲われてきましたの。気まぐれにまさぐるような数《じゅ》珠《ず》もなさそうだし、なに一つ本当の考えも、感情も、衝動もない感じでね。てもなく、自分のセリフを一つも知らずに舞台へ押し出された女優さんというところよ。完全な真空感よね。だからそのときは、自分の頭も手もからっぽよ。きまった一つの方向をさえ、意識して見てはいなかったみたい。と、いきなりわたくし、キッとなって目をすえたの。お部屋のなかにソファが一脚あって、その上にね、わたくしがベッドに寝ている格好と同じ格好をして、寝ているものがあるのよ。その寝ているものがわたくしでね、わたくしの顔がまたまたこっちをじっと睨んでいるのよ。その顔が、とっても悲しそうな顔でね。そのときもやっぱり前の時と同じように、気が遠くなっていきそうな、なにかこう、潮がひいていくような怖い感じに襲われたけど、なんとか気をたしかに持っていましたの。怪しいものはそれでもまだソファの上に寝ていて、忘れようとしても忘れられない深い絶望のまなざしで、じっとこっちを見すえています。なにかしきりと話しかけたがっているようすで、——じじつ、口は動いていたけど、ことばは全然聞こえません。ちょうど、手のとどくすぐそばのテーブルの上に、手鏡がのっていたので、むりをしてそれを自分の目の高さまで上げてみたんです。すると、自分の怖れていたことが、目の前にありありとありました。覗いたものは空白だったのです。わたくしの顔は映っていませんでした。わたくし、ややしばらくそこに倒れたまま、ソファに寝ているものから目を離さずに、そのからっぽの鏡を見つめていると、どのくらいたったかわからないけど、鏡のおもてに、だんだん霧のようにボーッと自分の影が現われてきました。はじめはチカチカ現われたり消えたりしていたのが、やがてしまいには、ようやく安定した映像になりました。それを見ると、自分で感じている程度の疲れた顔つきをしている以外は、まったく正常でした。……もちろん、こんなことは誰にも言いませんでした。お話したのは先生がはじめての方よ。いかが、御意見は？」

「だいぶ退屈な話だったといいたいところだな」とわたしは答えたが、口に出して言ってから、どうも未熟なことばだったなと気づきながら、「第一回目も第二回目も、あなたは夢を見られたんだと思うな」

「ま、そんなふうにおっしゃるんなら」と彼女はがっかりしたように言った。「もう先生には、自分のことは金輪際《こんりんざい》、二度とお話ししないから。おわかりね先生、これはね、目がさめているなかでしたことなんですよ」

「そう。あなたは肉体的にはじっさいに眠っていなかったのかもしれないが、しかしぼくは、複――」

「ねえ、その『複合』という言葉を先生が使うんだったら、わたくし、主治医を変えますわよ！」と彼女は笑いながら、横槍を入れた。

「こう言ったら、許してもらえるかな」とわたしは話をつづけた。「――強迫観念。いいですか、あなたの意識下には、同一人としての連関が欠けているということが、非常に重くかかっているものだから、そのために、しぜん明確な幻覚すれすれにまで、感覚上にあらわれる象徴的映像をつくりだしたというわけですわ。いってみれば、隠喩《メタフオル》の病的愛着ですよ。――精神分析のほうで片づければね。この種の現象は、心理学者ならよく知ってることですよ。いくつかの例を挙げてもいいですがね」

マーガレットは元気なく頭《かぶり》をふって、「そりゃ先生がわたくしのことを安心させようとするのは勝手ですけど、わたくしは納得しそうもないわね。それに」と彼女は暗い目をしながら、「事態はわたくしの言う以上に、じっさいにわたくしを悩ましているんです。二度とも気絶しそうになったと、さっき言いましたわね。この本当に気絶をしなかったということが、たいへん大事なことだと、わたくし思うのよ。あの時はわたくし、自分の正気にしがみつくのに、必死の努力をしたんです。かんたんに自分を負けさせるわけにはいかなかったし、手綱をゆるめるわけにはいかなかったんです。追い出されたら、怖いじゃない？」

「追い出される？」わたしは呆気《あっけ》にとられて相手の言ったことを聞きかえした。

「ええ、そうよ。まかりまちがえば、主《ぬし》のなくなった抜け殻の死骸を、そこらへおっぽり出されるんじゃありませんか？　家というものは、管理人が必要よ」

彼女は声をたてて笑ったが、その目には、笑いは全然なかった。

わたしが辞去するまえに、彼女はふだんの陽気な彼女にもどったが、しかし、わたしは彼女について、それっきり二度と心配しないですむというわけにはいかなかった。

彼女のいう「経験」については、これは飽くまで主観的なものとして、わたしはのっけから取りあわなかった。たとえそれが彼女個人の精神的なものだとしても、わたしにとってはあまりに縁遠い、ただの幻想の世界に片づけられるものであった。ただしかし「追い出される」という言葉をつかった時の彼女の声には、なにかわたしをヒヤリとさせたものがあった。それと、あの時のあの目の表情。

門を出るとき、例によってわたしは後をふりかえって、じっくりと屋敷を眺めわたした。薄れていく日ざしの金色の光が、灰色の堂どうたる構えの威厳をぬくぬくと暖めており、今夕あたりは、さだめしおちついた隠れ家らしい容貌をおびることだろうと想像された。


マーガレットが病人でなくなってからは、わたしもこの患者に会うことがずっと少なくなった。もっとも、電気治療はあいかわらず続けて与えていたし、ときおり夕食に招いてくれたりしたから、わたしの生涯でのいちばん楽しい時間は、やはり彼女のあの小さな居間、生涯のうちでいちばん個人的に深かったといえる、あの部屋で過ごされた。あの部屋は、いわば彼女の貝の殻のようなものであった。

去年の夏、金色の夕靄《ゆうもや》のなかで見た、あの魔法のような夕べのことを、わたしはよく思い出す。花の香のこもった白い窓わくの部屋、高価な飼い犬、その犬がしきりと振る毛のふさふさした尾、後光がさしているように美しいマーガレット。語っても語っても語りつきないふたり、声高らかに本を朗読したり、ピアノを弾いたり（彼女はいつもピアノは譜面を見ないで、そらで弾く）、一つの美しさからまた別の美しさへと、スルリ、スルリとぬけていくマーガレット、性分で、なにを弾きますなどと曲の名なんか一ども言ったことのない彼女。

その彼女は、しばしば、わたしのことを突然信頼しだした日に言ったこととは、まるきりうらはらなことをよく言ったが、そんなことはまるで心にとめていないかのように、しごく淡たんとしたものであった。なんでもいちど、「わたくしは不在地主なのよ」と、自分のことを笑いながら言っていたことがある。そのおちついた目つきから、わたしは彼女の神経もだいぶ静まったと判断したのであったが、じつはそれが、彼女の気軽なそぶりにこちらが易々と一杯食っていたことがわかって、あっと驚いたことがある。

ある晩、彼女は大きな声で朗読していた詩の途中で、きゅうに朗読をやめて言った。「わたくし今夜は、なんだか自分からとても離れているような気がする。——心配なくらい離れているわ」

それから例の映像の事件——われわれはそれを「自家製の象徴」と呼ぶことに一致していた——にまつわる、話し古した話題を、また蒸しかえしだした。彼女の声は、まるでそんなことには関係がないような、陽気な声であった。わたしは彼女を安心させるために、なにかお座なりなことをいったらしい。

それを聞いたとたんに、きゅうに彼女はびっくりするような激しい口調で、いきりたちだした。

「先生の今の一言から、先生が全然理解していないこと、そして自分には先生を理解させることができないことが、はっきりわかったわよ」

うっかりヘマをやらかしたわたしの心痛は、むろん顔にそのまま現われたにちがいなかった。「とっても残念だわ」と彼女は、ありったけの甘いしなをつくりながら言った。「どうやったら先生は、わたくしのまじめなことがおわかりになれるんだろう？　わたくしはね先生、今のような大事な話を、世間ばなしをするような何気ない声で話さざるをえない女なのよ。それを先生は。……わたくしはね、ご存知のとおり、ついなんの気なしに人をからかったり、騙《だま》したりする、そういう女なのよ。でも、もういいわ、こうなった上は、後生だから、先生は今後いっさい、もうマーガレット・クレワーについては、一言もいわないで頂戴。――さあ、どうぞ本を読み続けて下さい。わたくしは編物を続けますから」

わたしはその晩を、平穏な日の最後の夜として回顧する。その翌日の朝のことは、わたしの記憶に深く刻みこまれて残っている。その朝以後、わたしは妖しい神秘の蜘蛛《くも》の巣のなかをかいくぐり、しかも蜘蛛の網はだんだん密になって、ほとほと耐えられぬほどの恐怖にズルズルひっぱりこまれ、自分の理性を保持するために懸命に闘ったのであった。

ミス・クレワーの女中が、わたしに至急話があるといって電話をかけてきたとき、わたしは朝食をすませたばかりのところであった。女中のレベッカ・パークは、わたしもよく知っていた。彼女は若い女主人を尊敬していた。子供の時分からついている女中で、主人おもいの素朴な女の勘《かん》で、彼女はわたしのことを真の相談相手と見こんだのだろうと思う。女中の声は心配でうわずっていた。

「先生、相すみませんが、至急いらして下さいまし。お嬢さまが、けさほど、どうしてもお目ざめになりませんので。なんですか、ただのお眠《やす》みではないようにお見受けいたすものですから」

十分ののち、わたしはなじみ深い寝室にはいった。マーガレットは、うつつともつかず眠りともつかぬ間をさまよいながら、ベッドに横たわっていた。呼吸が不正で、両手をかたく組んでいた。

意識のないマーガレットの顔を見まっているうちに、なにかわたしの心にひっかかるものがあった。これまで睡眠中の彼女を心に描いてみたことがあったかどうか、わたしには憶えがない。あったとしても、げんに今見るような状態は、ぜったいに想像しなかったにちがいない。閉じた目と、血の気のない顔色が、見なれた目にいくらかの変化を与えるとしても、こんなに大きな効果を与えるものであろうか？　自分の愛するマーガレットとはおよそ違う——気味のわるいほど違う、この美しい目鼻立ちの表情のなかにあるものは一体何なのか？

脈をとったとき、手首の冷たいのにびっくりして、わたしは女中のレベッカに、熱湯の薬罐《やかん》を持ってくるように命じた。そして、タオルで蒸すために上掛けをまくったとき、わたしもレベッカもともにギックリした。マーガレットの足が氷のように冷たいばかりでなく、足のほうに泥がついており、指の股には赤土のかたまりがベットリついていたのである。そういえば、昨夜はひどい豪雨であった。

「眠っているうちに歩いたんだね」とわたしはレベッカに囁《ささや》いた。「お嬢さんには絶対に言ってはいけないよ。すまないが、足の泥をきれいに洗ってもらおう。急いでね、目のさめないうちに」

青筋の出ているこめかみをわたしが蒸してやっていると、まもなくマーガレットは、長い、震える溜息を一つついてから、声にならないようなかすかな声で、「いやよ！　いやよ！　いやよ！」といった。なんとも言えない哀れなその声は、なにか言いたげであった。

意識が回復すると長い捷毛《まつげ》が起きあがり、目のなかに、まるで泥水のなかから美しい花が水のおもてに浮き上がるように、持ちまえの表情が浮かんできた。だが、最初に妙な言葉がとび出した。レベッカがそれに気づいたかどうか、そのときはわたしも知らなかった。

「わたくしなの？」天井をじっと見つめながら、彼女はそういった。

わたしがその場にいることは、彼女を戸惑いさせたにちがいないから、あたりまえなら「あなたなの？」というところである。それを「わたくしなの？」とは、おかしい。

わたしは出来るだけさりげない調子で、自分がここに来ているのは、彼女が気絶をしたので呼ばれたのだといって、説明した。

すると彼女の眉が寄り、不安の色が目のなかに現われた。レベッカが部屋を出ていくと、彼女は早口の尋常な声で、あの忠実無二の女中が自分にいろいろ協力してくれたのだと語った。

「ゆうべ、また起こったんですの」

「なにが起こったの？」

「また自分から追い出されて、鏡に自分の影がなんにも映らなくなったんです。前にもお話したでしょ、なんでもいいから、自分のなかに残っているものが気絶しないように闘わなければならない、これがどんなに辛いことか。命がけなのよ。ところが、こんどは気絶してしまったんです。ものすごい眩暈《めまい》が襲ってきて、そうなの、とうとう気を失っちゃってね」と彼女はへんな笑い声を立てて、「こんどというこんどは、ほんとに自分の手綱を滑らかして、——あなたのいうような、良心の命令に従わない時間がかなり続きましたわ。自分でもわからないのよ、いつ気を失ったのか。『気を失った』というのが、正しい表現だわね？」

わたしはレベッカに、絶対安静の必要なことをくれぐれも言いおいて、そのまま往診にまわったが、忙しかったその日一日じゅう、マーガレットのことは片時も念頭からはなれなかった。これとはっきりしたものではなかったが、深い憂慮が心の奥にこびりついていた。

彼女をわたしが愛していることは、自分でもとうから認めていた。べつにそれは、自分からこのずばぬけた人に要求して、そういうことになったのではなかった。むしろわたしは、月に向かって思いのたけを打ち明けたいくらいの気持ちでいたのである。なんという馬鹿な男だ！　友人としての交際にも失敗したような男が、愛を告白したところで、果たして救い上げてもらえるかなと、なんどわたしは自問自答したことだったろう。

その夜、十二時半ごろ、ふと目がさめた。マーガレットに対する思いが、頭のなかにひしめいていた。もし、また睡眠中に歩くようなことがあったら？　おそらく怪我をするか、でなければ、目がさめて怯えるだろう。本人に警告もしないうちに、ふたたびそんなことが起こったら、自分はどうしよう？　むろん、そうなったら、だれか彼女の部屋に寝るように手配しなければなるまい。

自分で気がつかないうちに、いつのまにかわたしは服を着かえて、地主屋敷へ行く肚《はら》をきめていた。もし彼女が夢遊夜行をしているところを見つけたら、目をさまさせないようにして、家までつれて行くことにしよう。

満月が大きな屋敷を、いつにない美しい緑の色にひたしていた。マーガレットの部屋の窓を見ると、この暑い夜にぴったり締めてあるのが意外だった。わたしは中庭をパトロールして、万一の場合、彼女が出てくるはずの玄関口を見張ることにした。できるだけ足音を忍ばせて、わたしはしずかに歩いた。遠くで吠える犬の声以外に、わたしの夜警に参加するものはないようであった。夜は、言うに言えないなにか脅迫めいたものが、そこらじゅうにいっぱいあるようで、低い夜風が茂みのなかを吹きぬけると、木の葉がひとしきりザワザワと囁いた。月光のせいか、大きな屋敷が遠白く見え、昼間のうちは許している人間の恭順を、しらじらしく拒絶しているようにみえた。

突然、フクロが大きな声でホー、ホーと鳴き出したのに、わたしは飛びあがるほど驚いた。その声は、ふだんは忘れているくせに、頭のすみのどこかにひそんでいる記憶をふと思い出した時のような、妙な胸騒ぎなくしては聞けない声であった。「先生なんかには考えられないでしょうが、夜、白い大きなフクロが飛び舞うのは、ほんとにいいものよ」わたしはマーガレットのいった言葉をおもい出しながら、きゅうに墓地へはいってみたくなって、その衝動にしたがった。フクロがまぐれあたりにそこらを飛び舞うと、白い羽根が頬をなでそうであった。

刻こくにうつろう月光の下に群立する墓石は、昼間よりもかえって輪郭がくっきりと見え、——丈なす夏草の蓁々《しんしん》とした静けさのなかに没しているものは、はるかに少ないようであった。昼のうちは、あたかも「汝、ここを終《つい》の栖《すみか》とすべし」という経文の文句があたりにしみついているかのように、黙従の感じがそこの雰囲気のなかに息づいていたけれど、それがいまは、埋もれた何代もの安らかさが不平を言いだし、その反抗で、神にささげた神聖な場所をガタガタ揺すぶっているふう。イチイの木立までがゴソゴソ文句をいっているようであった。墓石どもはまっ黒な姿をして、まるで反徒の歩哨みたいに立っていた。

墓場の東側に目を移したとき、思わずわたしはウッと息をのんだ。ずっと先のすみっこのほうに、なにやら白いものが地面の上でチラチラしていた。それが何であるか、わたしはすぐにわかった。十歩ほど大股に歩いていくと、平らな墓石の上に、長い寝間着をきたマーガレットが、伸びて倒れているところへ出た。マーガレットは両手両腕をしっかりと組み、それを首の前にだらりとつきだして、なにかを拒絶しているようなかっこうをしていた。痩せたからだがねじくれている。起き上がろうとしたが力がなくて、なにかの力に押しのめされたようなすがたであった。低い、哀れっぽいうめき声を出していたので、わたしは急いでそこへ膝をつくなり、青白い、ひきつったような彼女の顔を覗きこんだ。目は閉じていた。苦しそうなからだがバタリと寝返りを打つと、それまで隠れていた灰色の墓石に彫ってある文字が、むき出しに現われた。膝をついたまま、短いその言葉を読んでみた。

エルスペス・クレワーの

亡骸ここに眠る

「神は彼女が静かに眠ることを許したまう」

わたしは、はじめてこの墓地を訪ねたときのことを、おもいだした。あのときわたしの好奇心を呼びおこした、あの不評判の女優エルスペス・クレワーの墓の上に、マーガレットが倒れているとは！

「いやよ！　いやよ！　いやよ！」彼女は、ひきつった唇から、そんな言葉をかすかに洩らしたとおもうと、またもがくようにからだをよじらせた。

わたしはそっと彼女のからだを起こしてやった。わたしの力に余るほど重かった。まるで流砂のなかから死体をひきずり上げるようであった。目をさまさせないように、わたしはそろそろと、彼女を家までつれて行って、寝室まで上げた。

金色に光った犬が、寝ぼけまなこながら、さすがに礼儀をこころえたいつもの迎えぶりで迎えた。そしてわたしが彼女をベッドの上に寝かすと、犬は主人の白い手をしずかにペロペロなめた。

わたしは彼女の眠りが静かに正常になるまで、しばらくの間、そばにつきそっていたが、やがて、心配ながらも、彼女をひとり部屋に残して、――ベッドの上に金色のからだを長ながと伸ばして寝そべっていた犬はべつとして――わたしは暇《いとま》をつげた。

翌朝、とにかく彼女の容態が心配なので、招かれもしない訪問の言いわけに、薬の処方をかえたいからという口実を用意して、できるだけ早く屋敷に行ってみた。すると、女中のレベッカが廊下で出会いがしらに、いかにも心配そうなようすで、

「まあ、先生は千里眼。今わたくしお迎えに上がろうと思っていたところでしたの。お嬢さま、きのうとまったく同じで、ただぐうぐうお休みになっていらっしゃいますが、なんですかただごとではないごようすですの。とてもわたくし、見ていられなくて……」

「ぼくはただの過労にすぎないと思うがね」とわたしは女中を慰めるためにいった。

「それはそうかもしれませんけど」と彼女は胡乱《うろん》な口ぶりで答えた。「どうしてそんなにお疲れになったんだか、見当がつきませんのよ。ねえ先生、きっとなにかいやなことがあったんでございますよ。どうもわたくし考えますのに、きっとあのドラ猫が、夜分お嬢さまのお部屋へ忍びこんだのにちがいございませんよ。あのどろぼう猫、鳥籠のなかへはいったりして。あの鳥籠には、お嬢さまがだいじに飼っておいでの小鳥が二羽いましてね、それがあなた、かわいそうに、二羽とも首をちょん切られて、血だらけになって死んでおりましたんですよ。わたくしもう、お嬢さまがお目ざめになったらなんと申し上げていいやら。それこそお嬢さま、えらくお騒ぎになるにきまってますもの！」

「ぼくからよくそう言っておくよ」とわたしは女中のあとから寝室へはいりながら、「だけど、鳥籠はどこかへ片づけておくんだな。目がさめたとき、お嬢さんがいやなものを見るといけないから」

女中は唸《うな》り声をあげながら、気持ちのわるいお荷物をもって、急いで部屋を出ていった。

マーガレットは深い意識不明のなかに仰臥《ぎょうが》していた。そのようすは、まったく、きのうの朝と同じであった。わたしの鼓動は早鐘のように、はげしく打ちはじめた。自分の心のなかになにかこの状況をそのまま受けいれることを拒むものがあるかのようであった。まもなくわたしは、気分が悪くなってきた。自衛本能というか、つまり理性が、目の前にある確証に戦いを挑んだわけだが、それもしかしむだであった。あれほどしばしば自分が接吻したいと思った、彼女のしなやかな白い手が、血でまっかに染まり、指のあいだには、血に染まった小鳥の羽根がこびりついていたのだ。

わたしは、自分の全身を震え上がらせたものの正体を、はじめて知った。翕然《きゅうぜん》として群らがり起こるあれこれの思考を抑えることはむずかしかったけれども、とにかく早い処置が必要だったから、自分で微温湯《ぬるまゆ》をもってきて、急いで彼女の手についている血痕を洗ってやった。

まもなく彼女は、忘却の状態から戻ろうとして、もがきながら寝返りをうつと、正気に戻った。まず狼狽が目のなかに現われ、それからほっと安堵したように、わたしを迎えた。

「なにがあったんですの?」と彼女はわたしの顔を見上げながら、たずねた。わたしは自分の感じた尻ごみをかくすことにつとめながら、自分がここへ来たわけを説明して、それから処方をしたためた。

マーガレットは部屋を見まわして、いつも側を離れない彼女の友だちを捜した。

「シーンはどこへ行ったのかしら?」

「けさほど、わたくしがまいりましたときには、お部屋におりませんでしたよ、お嬢さま」とレベッカがいった。「どこにも見えませんの。みなさんにも伺いましたんですが、どなたも見かけなかったそうで」

「きっと窓からでも飛びだしたんだわ」と彼女はいった。「あれも変わりものだからね」

彼女にいわれて、わたしは窓から外をのぞいてみた。下の庭の花床に、犬の足あとがはっきりついているのが見えた。

「わたくし、ちょっと捜しにいってくるわ」とマーガレットはいった。「いえね、わたくし、あの犬の怖い夢を見たのよ」

彼女の顔色はまだ死人のようにまっ青で、床《とこ》を離れるのはどうかと思われたが、しかし留めてもむだなことはわかっていた。そこでわたしは、いよいよ彼女に夢遊夜行の事実をおしえ、彼女にある約束のあったことを思い出させた。それは、彼女がなにがしという農家のおかみさんの家を訪ね、その頑固な婆さんに、医者の忠告をきくようによく言い聞かせて、そこの家の足の悪い子供を、きっと病院へ入れさせるようにしてみせる、という約束であった。彼女は、その日午後からそこの家へ行くことを承知した。

わたしは屋敷を去りながら、彼女に小鳥の死んだことを話さなかったことを思い出した。彼女は鳥籠の見えないことに、気づかずにいたのである。

三時に、わたしたちは農家を訪れるために、二マイルほどの野道を歩いていた。よく晴れた気持ちのいい午後で、かぐわしい松脂《やに》の香がもう秋であることを語っていたが、日ざしはまだギラギラと夏の名残りをとどめ、マーガレットの頬にも、桜貝のような色がのぼっていた。霞《かすみ》をふくんだようなそのみずみずしい顔のいろを見て、わたしはいつにない驚きに打たれた。ちょうど今咲いた野バラの花のようなその顔いろは、これまでまったく見たこともないもの――いつもこんな色だったらなあと、漠然と望んではいたものの、かつて顔にのぼったことのない、血色であった。それを見て、自分の懸念していたことは、こっちが勝手にひとり思案で想像して考えていた、根も葉もないことのように思われだしてきた。

「先生、猫の悪戯《わるさ》のこと、お聞きになって？」と彼女は唐突にたずねた。目が濡れた花のように光り、声が震えていた。例によって、すぐにそれを笑いにまぎらせて「シェイクスピアの形容詞のなかでも、猫を形容した、『悪気のない家畜』とか『無くてはならない家畜』とかいうのは、ずいぶんおかしいと思うのよ。わたくし、あの小鳥が大好きだったんですもの……」

わたしは同情の意を表した。

「シーンのいなくなったことも、わたくし、心細いくらい心配なのよ。これまで、一時間とわたくしのそばから離れたこと、ないんですもの。わたくしがいなければ、あの犬、悲しみで気がへんになってしまうわよ。だれかに盗まれたのかしら？」

「いや、そんなことはぜったいにありませんよ」とわたしは強調した。

わたしは、できるだけ何気ないように話の舵《かじ》をとりながら、べつにあなたの場合は、夢遊夜行の習慣に落ちたというわけではないのであって、だれにもあるごくありきたりの症状なんだから、と語った。

狼狽の色が彼女の目のなかに走り、気の毒なくらい顔をまっかにした。そして、すぐにそれを笑いに紛らそうとしながら、

「ねえ先生、わたくしのとくに『罪の深い点』というのは、何なのかしら？　眠りながら人を歩かせるなんてことは、いつだってあってはならない、罪の深いことよね、そうでしょ？　あるいはただの頑固な食欲によって起こることか？」

「そりゃ善悪の観念よりも、消化作用によって起こるほうが、はるかに多いですよ」とわたしは笑いながら言った。この軽いやりとりに乗じて、わたしは看護婦の問題を、話のなかへうまくやんわり持ちこむつもりでいた。ところが驚いたことに、マーガレットは即座にそれを見抜いてしまった。じっさいには、安堵のいろがチラリと彼女の顔を掠《かす》めたように、わたしには見えた。――じつは今ちょうど患者の手から離れようとしている優秀な看護婦が一人いるから、今夜その人に来てもらうように申し込むつもりでいると、わたしは彼女に切り出した。

「昼間は見ていてもらう必要はない。夜、寝室に坐っていてもらえばいいんだから」

「あら、その人に編物なんかしてもらいたくないわね」とマーガレットは笑った。「そうね、その人のいることが気になって、眠れそうもないな。あげくは、チンともツンともいわない薬罐の番をこっちがさせられるんでしょ？　厭《いや》なこと！　でも、全然眠らないで、それでのこのこ歩かなければ、それがいちばんいいんだわよね」

　それで、この問題は片がついた。

「とにかく、今は時間のたっていくということ以外は、なにもかにも忘れましょうよ。こんなすばらしい日なんですもの！　今こうしてここに生きていられるということが、ほんとにわたくし、ありがたいわ。ねえ、そんな馬の耳に念仏みたいな顔をして、先生はもったいないと思わないの?」

彼女は、あの寝室で思いがけないことが持ち上がって以来、それまでかぶさっていた暗い影から、なにか一歩を踏みだしたようであった。彼女は、もういちど、わたしがはじめて知り合った時のような、陽気な人間になって輝きだした。この彼女の陽気さに巻きこまれずにいることは、とうていできない。しばらくいっしょに歩いていくうちに、わたしの悪夢のような不安は、ほとんど雲散霧消してしまった。彼女独特のあの擬態、天衣無縫のあの冗談、みごとに精選されたあの引用、それらはわたしに、忘れてはならないことをも忘れさせるところであった。ところが、「あなたの記憶は、まったく驚くべきものだな」とわたしがいったとき、彼女のその輝きがにわかに曇った。

「記憶?」と彼女は鋭く切り返してきた。「ええ、そりゃわたくし、記憶と理解がたしかなことは、自分でも認めててよ。でもそんな、ただ感受性が強いなんてことが、なんの防禦になって?」

「防禦?」わたしはあっけにとられて相手のことばをくり返した。

「ああ、やっと来た!」彼女は目ざす農家の門に片手をかけながら、明らかに言いのがれにいった。「ところでね、お願い。わたくしがなかへはいって、ここのおかみさんをこの指で締めてくる間、先生ここで待っててらしてね。わたくしがこの指で締めるところを、先生に見せてあげますからね。首尾よくいくように、ここで祈ってて頂戴ね」と、彼女は手袋をぬいで、先を尖らした赤い爪の指を、にこにこ笑って見せながら、「どうなすったの?」と不安そうにわたしにたずねた。

わたしは、押えることのできない心のなかの戦慄が、顔に現われたにちがいないと思った。けさ見たときには、その指は血に染まっていたのである。指の股にこびりついていた哀れな小鳥の羽根が、まだわたしの目にありありとのこっていた。

「ちょっとわきっ腹が痛くなったんでね」とわたしは嘘をついた。「まあ、いい知らせをここで待ってますよ。せいぜいうまくやってらっしゃい」

なんとしても頭から捨て去れない考えに悩みながら、わたしはそこの門にもたれていた。
四、五分ののち、わたしはだれかが自分を呼ぶ声をききつけた。そして、鎖につないだシーンをつれてくる植木屋の姿を見つけて、きゅうにうれしくなった。わたしが美しい犬の頭をなでてやると、犬は毛のふさふさした尾をゆっくりと振った。
「いや、よかったよ、先生」植木屋はそういって、わけを話した。「森番がね、かなり遠い雑木林のなかで、こいつを見つけてな、家へつれてきたところ、うちのかみさんが先生の行きなさる家を知っとってね、クレワーのお嬢さまが犬が無事なとこを見たらさぞよろこぶだろうって、わしに先生を追っかけるようにいうもんで……」

わたしはこのうれしい知らせを聞くと、これ幸いと、いそいで農家へはいって、マーガレットに会った。

「先生、この指、勝ったわよ！」と彼女はまずそのことをいったが、わたしがシーンの話をすると、彼女は嬉しさのあまり、自分の成功のことなどは忘れて、すぐさま門のほうへ駆けていった。

「まあシーン！　シーンや！　おまえ、どうやってわたしのそばを離れたのよ？」彼女の心をこめた声が、わたしのいるところまで聞こえた。

　そのとき、あの恐ろしいことが起こったのである。それは痛ましいことでもあった。あまりに恐ろしく、あまりに痛ましいことなので、今でも思い出すに耐えられないほどである。マーガレットが、てっきり自分のことを元気いっぱい喜んで迎えてくれるものと信じて、犬に近づいていった時、思いもかけない変化が、犬におこった。犬は、ちぢこめた足の間にかくれるほど尾を低く巻いて、全身を紛れもない恐怖にブルブル震わせたのだ。

「シーン、――どうしたのよ？」

　彼女の声は、いまにも泣きだしそうな声であった。わたしは彼女の顔を見ていて、その顔が耐えがたい苦痛に歪んだのを見た。

「わたくしよ！　シーン、わたくしよ！」と彼女はせがむようにいった。

　しかし、彼女が「わたくしがいなければ悲しみで気が狂ってしまう」といった飼犬は、息をハアハア荒くしながら、クンクン鳴き、口に泡をふいて、まるで穴があったらもぐりこみそうな格好をして、からだをだんだん低くへばらした。

「ねえシーン、ゆうべ、なにがあったのよ？」とマーガレットは泣き声を出して、苦しさのあまり相手をなだめるように、犬に手をさしのべた。

「あっ、危い！　嬢さま、退《の》いた！　あとへ退《の》いた！」とおびえ上がった植木屋がどなった。

犬は白目をむいて、ウーッと唸り、マーガレット目がけて乱暴に咬みつこうとしたかと思うと、つぎには逃げようとして、狂ったように暴れまわり、首輪をひきちぎった。「この犬、あっちへやって！　あっちへやって！」とマーガレットは金切り声で叫び、「わたくしこの道を帰りますから！」というが早いか、出来るだけの大股と急ぎ足で、とっとと歩きだした。

わたしはそのあとからすぐに追いついたが、なにを言うことも考えることもできなかった。ふたりの間には、ものすごい緊張が横たわっていた。わたしは彼女の顔を見た。白いはりつめた頬に、涙がいくすじも流れ、死ぬほどの辱しめをうけた目は、まっすぐに前方を睨みすえていた。

「わけがわからんな、犬ってやつは」と、わたしは思いきって言った。

「わけがわからない？　そう思う？　そうかしら？」彼女は鋭く言った。そして、腕を組むと、なおも大股で歩き続けた。

いっときすると、彼女はわたしのほうをキッとふり向いた。今こそ本当の話を――なにか背すじの寒くなるようなことを言い出す瀬戸ぎわに立った――そんな形相《ぎょうそう》であった。片方の手をちょっと動かしたが、まるでわたしとの間に鉄の扉でもおりているように、そのまま冷たい切り口上で、農家のかみさんとの会見に成功した話を語りだした。話したのは、そのことだけであった。完全にわれわれは、他人同士になったようであった。

翌朝、わたしは電気治療を施しに屋敷へ行った。彼女はひどく迷惑がっているようすだったが、でも、病院からきた看護婦は、明るい、清潔な顔をした若いひとなので、気に入ったといっていた。いつもピイチク鳴いていた小鳥の囀《さえず》りが聞かれないし、それに美しい金色の犬もいないので、部屋のなかがなんとなく寂しく見えた。犬のことはわざと聞いてもみなかった。あれきり、わたしはあの犬にお目にかかっていない。

部屋のなかの鏡という鏡が、全部どこかへ移されているのに気がついたときには、なにか胸の痛くなるような憐れさを感じた。

「あれからへんなことは起こりましたか?」と思いきって聞いてみた。「あなたね、鏡に影が映ることで、なにか怪しいことがあると思っているんですか?」

「そのことは、もう聞かないでよ」と彼女は答えた。「わたくしもう、自分の馬鹿げた想像は全部卒業しちゃったんですから、またそれに釣りこまれるようなことは、聞きたくないのよ。もう、もう、こりごりだわ!」

その言葉で、ふたりの間には、奥歯に物のはさまったような、具合《ぐあい》のわるい幕が下ろされてしまった。当人は完全な独り居にたれこめるつもりらしかったが、そのとき以来、彼女の美しい顔には、暗い影がいよいよ濃く宿ってきたようであった。

看護婦が先方へ行って数日たってから、わたしは看護婦に、患者の容態を話しにきてくれと頼んだ。看護婦の報告には、これというはっきりしたことはべつになにもなかったけれども、ただ夜間、勤務中に何時間かは寝るけれども、そのおり仮眠がひどく邪魔されて、目がさめてからすこしも爽快な気分になれないということであった。じじつ、看護婦はこのところ、大部分の疲れが朝まで持ちこしになっているようであった。

「もちろん、ここのところ、息苦しいような暑い晩がずっと続いていて、まるでお部屋に風がありませんから、患者さんの状態にもひびいているんだと思いますけど」

「ということは、つまり、そんな暑い晩でも、患者は窓をあけないということかね?」とわたしは尋ねた。

ことしは頑固な夏で、このところ、うだるようなきびしい残暑で、わたしもいささか呆れているところであった。

「ええ、ぜんぜん、おあけになりません。細目におあけになったらと申し上げても、それさえ聞き入れて下さらないので、ときどきこちらがまいってしまいそうで……」

それはわたしの力で何とかしようと、わたしは約束した。

「それからもう一つございます」と看護婦はつづけた。「先生は患者さんが神経の昂《たか》ぶっている状態のときに、あんな舞台の下稽古みたいなことをするのが、いいことだとお思いですか? こんなことを申すのは先礼かもしれませんが、先生から患者さんに、あんなお芝居は止めるようにおっしゃって頂きたいと思います」

「お芝居?」わたしは鸚鵡返しにたずねた。「どんな芝居?」

「いつ上演するのか知りませんけど、さかんに本読みをなすったり、稽古をなさったりしておいでですよ。夜分なにか持ってきてくれと呼ばれるときには、いつでもかならず本か、さもなければ、食料部屋からなにか特別の品をもって来てくれといって頼まれます。持ってまいっても、召し上がったようすは全然ないんですが、とにかくご注文の品を持って病室へ戻りますと、廊下の遠くのほうから、大声をあげて御自分の役の稽古をしていらっしゃるのが聞こえるんです。きっとあの方は、大した女優さんなんでございますね。先生がお聞きになっても、とても地声とは思えないような声でしてね、あんなお若いかたに、どうしてあんな気味の悪い声が出るのかと、きっとお思いになりますですよ。あの作り声には、わたくしなんか、ゾーッと鳥肌が立ってまいります。さきほども申し上げたように、神経のおちつかない方に、あんな激しい役の勉強をさせるのは、けっしてよいことだとは思えませんけど」

「いや、ありがとう、一つよく話しておこう」

その午後、わたしはマーガレットを訪問した。当たりさわりのない話をしばらくしたあとで、わたしは言った。

「あなた、窓を締めて寝られるそうだが、このところ顔いろがだいぶ悪いですよ。一年中窓を明けておけというのは、馬鹿げた迷信だけども、夏は明けておくことが必要だな」

「そんなことで看護婦がうるさいことをいうんなら、あの人には帰ってもらいます」と、マーガレットはいきりだした。「わたくし、恐ろしい圧迫を——それがね、こう、迫ってくるのよ——グイグイ押し出して——追い出そうとするのよ。それを感じるのがこの部屋なのに、どうして窓なんか明けられます？　出来るわけないでしょう？　ものを閉ざしておけば、なにかの役に立つなんて考えるのは、ずいぶん馬鹿げた話よ。そりゃ、たとえ石の塀では監獄はつくれないし、鉄の棒では檻《おり》がつくれないにしてもよ、多少のとりではつくれるでしょうが」といって、とつぜん、思い直したように「そうね、そんなことは、『粗野にして、混乱せる言葉』にすぎないわね」と彼女は薄笑いをして「だけど、困っちゃったなあ。窓のことは、そう目くじら立てないで頂戴よ。わたくしの引用病は、いよいよ膏肓《こうこう》に入ってきた感があるわね。けっきょくそれは、自分の意見がなに一つないせいよね」

なにかひどくそわそわと興奮しているようすで、こちらの頭までがフワフワした。『恐ろしい圧迫』とは、一体なにをしたのだろう？ また、どういう意味なのだろう？ わたしはなにかいやな、威嚇されているような感じに息が苦しくなり、手も足も出ない感じであったが、しかし、どうしても言っておかなければならないことが二、三あった。

「芝居はいつやるんです？ あなたが舞台へ出るとは知らなかったな。夜、あなたの稽古をよく聞くと、看護婦から聞きましたよ」

彼女は顔を赤くした。

「ああ、あれ！ ええ、演《や》ることよ！ よく大きな声でわたくしが詩の朗読をする下らない癖は、先生もご存知だけど、あれを看護婦に立ち聞きされていると知ったら、きゅうに自意識を感じちゃってね、それで芝居の本読みだって言ったまでなのよ」

「そうか」とわたしは言ったものの、彼女の嘘と聞いて、すこしがっかりした。

それからほかのことをいろいろ語りあったが、ふたりとも心ここにあらずで、話がいっこうに冴えなかった。ほとんどしょうことなしのお喋りで、マーガレットもなにかというと引用ばかりしているのが目に立った。彼女の口からほとんどなにも引き出せないままに、午後は丸つぶれになった。前から知っているが、どうも彼女は、疲れていやいや話をひきのばしているか、あるいは、ほかのことに気をとられているかするときには、この傾向がますます、はなはだしくなるようであった。元気が低下してくると、彼女はまるで「自分の意見も、感情も、衝動も持っていない」人のような言葉づかいをするが、これはしかしほかの考えに対する単なるぬけ道であって、ほとんど記憶以外には自分の城を守るものがないかのような、話しぶりになるのであった。

看護婦が、こんどは自分からわたしのところへ報告にやってきたのは、それから三日後のことだったと思う。そのときの話だと、患者はますます神経質になり、元気がなくなってきたようだ、とのことであった。睡眠のぐあいはどんなふうだと聞くと、看護婦は答えた。

「このところ、ぜんぜん」といって、なにか不吉な前兆のように言い足した。「しいてお尋ねなら、患者さんは睡眠をとるのをいやがっておいでのようですね」

「芝居の稽古はあきらめたろうね？」わたしはできるだけ何気ない声で尋ねた。

「あきらめたですって、先生？　とんでもございませんわ。わたくしもあきらめて下すったらなあ、と心から思いますわ。あれはほんとに聞いていられません。あのキャーキャーいうセリフには、ほとほと神経がまいってしまいます。よく廊下を戻っていくと、筒抜けにやっていらっしゃいます。ですから、芝居の役柄なんかも、わたくしにもいくらかわかってきたくらいです。あんな妙なセリフは、忘れようたって忘れられれやしません」

「どんなセリフを言ってるのが聞こえるんだね？」わたしはつとめて、さりげない声できいた。

「言ってるなんて、そんなもんじゃないんですよ、先生。お聞きになればわかりますけど、まるで吠えるみたい。いえ、もっとすごいものですわ。まえにも申し上げたように、あの若いお方があんな恐ろしい声を出すなんて、ほんとに考えられません。よく繰りかえしていってるセリフは、『わたしを中へはいらせて！　通らせて！　通らせてよ！　からだがなかったらどうするのよ？　わたしのからだを何に使うの？　わたしはからだが要るのよ！　ひどいじゃないの、きれいにわたしを追い出してしまって！　わたしはそのなかに住んでいなければならないのよ！　住んでいなければならないのよ！　住んでいなければならないのよ！』と、そのセリフを三べん繰り返すうちに、声が高い金切り声になって……。あら、先生、どうなさいました？　お顔がまっさおですわ！」

わたしは、ちょっと眩暈《めまい》がするからブランデーをとってくると呟《つぶや》きながら、とにかく今夜見に行くからと言いおいて、そのまま部屋を出た。

二階へ上がるのに足がまるで言うことをきかないようで、わたしはそのままフラフラ自分の寝室にはいって、扉に鍵をおろした。自分の考えていることが、なぜこんなふうに妨害されるのか。それは神のみが知ることだ。わたしは震える手でゆうべの床のなかで読んだ本をひらいた。それは一冊の写本で、細長い十六世紀の書体で書かれた、色あせて茶色になったところがいっぱいある本である。マーガレットは、かなり前からわたしのことを、自由に彼女の書庫へ出入りさせてくれていた。そこの高い書棚でわたしはこの古文書を見つけたのだった。――彼女の家の先祖のある婦人が、飛び飛びにつけた一種の日録のようなもので、その婦人もマーガレット・クレワーという名前であった。わたしはゆうべ、夜のふけるまでそれを読んでいた。記事はみんなおもしろいもので、とりわけ母の最後の悲嘆のくだりには、ほんとに生ま生ましい悲痛な感銘をうけた。そのなかに述べてある言葉は、わたしがいま戦慄をもって聞いたものとじっさいに同じものか、それとも自分の乱れた神経で記憶違いをしていたのか？

ふるえる手でページをめくっているうちに、やっとそこの部分が出てきた。

「かくて彼女はみまかりぬ。わが家の恥辱エルスペスはみまかりぬ。ああ、わが子を奥津《おくつ》城《き》に埋《い》けんことを神に感謝するためにかくも生きながらえんとは。馬より落ちしを人のかつぎて家に運びしよりはや七夜は過ぎぬ。その七夜が間の悩み苦労はわれらが思いもよらぬものなりけり。悪霊のこの世を去るはそのかみよりの恐ろしき信仰なり。よしや死の招きにあうとも、暴戻貪婪《ぼうれいどんらん》なる悪念を鎮むるに甲斐なし。彼女の生の執着は恐ろしとも恐ろし。そは一息ごとに砕けし骸《むくろ》より裂きとらるるなり。かくてその凶《まが》まがしき悪霊は、美しき破れたる骸にとどまるなり。神よ助けたまえ！　いかなる死といえども、彼女が末期に叫びし言葉をわれに忘れしむるまでには深からず。その言葉、『死なぬ！　死なぬ！　まだなすことの多ければ！　かならずかならず還るべし！　還らずば、わが魂は癒《いや》されず！　べつの骸をかならず尋ねいだして宿るべし！　宿るべし！　宿らでおくべきや！』」

遠い昔に死んだ女の手記は、わたしの手からすべり落ちた。そしてわたしは考えに苦しんだ。

昨夜も、いまわのきわに生きたい、生きたいと願った若い女の言葉は、わたしを震えあがらせた。いま、看護婦の話をきいたあと、その言葉はわたしの心に焼きついた。エルスペス・クレワー！　わたしはあのイチイの木の下の、もの言わぬ灰色の墓をおもいだした。あの墓の蕭索《しょうさく》とした沈黙は、はじめてあの墓地をのぞいたときのわたしの想像に深く刻まれたものだし、今わたしの心の目には、その上で伸びてもがいていたマーガレットの肉体と、永久に切っても切れないものになっていた。

「神は彼女が静かに眠ることを許したまう！——神は彼女が静かに眠ることを許したまう！」わたしはそこに一縷《いちる》の望みをつかんだ。おそらくマーガレットは、わたしの見つけたこの日録を知っているだろう。知っているとすれば、むろん、この気味の悪い内容は、おそらく彼女の心につねにまつわりついているにちがいない。看護婦が芝居の稽古と聞きちがえたものは、じつは乱れた眠りのなかで、この最後の気味の悪い文章を復唱していたマーガレットではなかったのか？

その晩わたしが行ってみると、マーガレットは青ざめた顔をして、目が血走っていた。わたしは日記をみつけたことを話して、読んだことがあるかと尋ねてみた。

彼女は、ぜんぜんそんなものは知らないと言い張った。

わたしはこの時、はじめて彼女が真実を語っていることを知った。エルスペス・クレワーという、あなたのご先祖の妙な人のことが出てくるのだというと、わたしの思いなしか、彼女はその名前を聞いて、一瞬息をのんだようであった。

「まあ、そんなことが書いてあるんですか？」と彼女は言った。「その人の名前は聞いたことがあります。二十三歳にならないうちに亡くなった人だけど、クレワー家でただ一人の有名な人よ。評判が悪くて有名なんだけど、なんでも短い生涯に、想像できる限りの悪いことや罪を山ほど犯したんですって。たぶん、暴力と残虐の神話的怪物だったんだろうと思うんだけど、でも、わたくしは前から先生にちょいちょい言っているように、自分の家の先祖のことなんかに、爪の垢ほども関心はもっていないことよ」

それから二日後、わたしが朝食をとっていると、玄関の鈴索をはげしく引っぱるものがあるので、出てみると、主人思いのレベッカがそこに立っていた。彼女の顔は興奮でぶちになっていた。

「ああ、先生！　あの方が見えなくなって、お部屋に閂《かんぬき》がかかってるんです！」

「ミス・クレワーがか？」わたしは息が止まりかけた。

「いいえ、先生」と彼女は息が切れるのか、玄関口にしゃがみこんで、両手をつき、「いなくなったのは、あの看護婦さん。――だれにもひと言もいわずに、お嬢さまを置き去りにして。いいえね、けさほどわたくしが行ってみますと、お嬢さまはすやすやおやすみで、床《ゆか》の上に、粉ごなに割れたコップとお鍋ののったお盆が落ちてましてね、敷物の上にベンガー・フードがぶちまかれておりますんですよ。あの看護婦の手から落ちたのに、てっきりちがいございませんよ。それでね、植木屋の小僧のサムが申しますには、看護婦がまるで悪魔にでも追いかけられるように、お庭をぐるぐる夢中で駆けまわっていたのを見たと申しますんですよ。それでね、わたくしすぐに駅へ見にまいりますと、駅員さんが、一番列車の出る一時間ばかり前に、その女は駅へきた、帽子もかぶらずに、なんだかへんなようすだったと、こう申しますんです。お嬢さまは——けさほどは先生がご心配になるようなごようすでしたが、看護婦にベンガー・フードのコップを持ってきてくれとお頼みになったことは憶えておいでてでしたけど、それ以上のことは憶えておいでがないところを見ると、きっとそれからぐっすりおやすみになったんでございましょうね」

とにかく、看護婦のことが気がかりなので、わたしはさっそくロンドンの看護婦会へ電話をかけて、彼女が着いたら、すぐにこちらへ電話をくれるようにと頼んだ。不吉な予感で胸をいっぱいにしながら、わたしは地主屋敷へ急いだ。行ってみるとマーガレットが庭を行ったり来たりして歩いていた。額に八の字をよせて、沈んだ顔をしていた。

「先生、すみません。せっかくあなたが世話して下すった看護婦を、おどかして逃がしちゃったりして」と彼女はにがにがしそうにいった。

「おどかした？　あなたが？」わたしはつとめて笑った。

「どうもそうらしいのよ。あのよく訓練された看護婦が、お盆を落としたぐらいで家を逃げ出すなんて、たしかにちょっとしたショックよ」

「きっと頭がどうかしたんでしょう」わたしは冷ややかにいった。「さいわい、いいのが一人、いまちょうどからだが明いているのを知ってますから」

「けっこうよ、もう。わたくし、看護婦はもうたくさん。わたくしが安心できるような人、とても見つかりそうもありませんもの。いいえね、わたくしいま、大ぜいの友だちに電話して、来てもらうように頼んだところなの。ここんとこ、あんまり行ったり来たりしないもんだから」彼女はてきぱきいった。わたしは言い合ってもむだだと思った。

午後、ロンドンの看護婦会長から電話があった。ニューソン看護婦は、まだ帰ってこないので、問い合せたところ、母親のところへ行ったことがわかったといって、先方の電話番号を教えてくれた。

「はいはい、こちらニューソンでございますが」とつとめて上品ぶった声が答えた。わたしは、自分の身分を説明し、じつは、あなたの娘さんのあきれた行動について説明を求めたいので、ちょっと娘さんに電話口へ出てもらいたい旨をのべた。先方の声が消え、ここがまちがいなく勝負の分かれ目であることは、先方が動揺していることで明白であった。

「あ、もしもし、あの、娘は只今電話に出られませんのですが——加減が悪くて寝ております、んです。お医者さまは、なにかショックを受けて、動顚《どうてん》したのにちがいないと申しておりますが、もしもし、それでね、一体なんでそんなことになったんでしょうか？　あんなに気丈でしっかりした娘がね。今までずっとそうだったんでございますよ！　こんなに動顚した人は、わたしも見たことありませんし、なんで娘がそんなに威《おど》かされたのか、娘も申しませんし。——とにかく、あなたのおっしゃるような、筋の通ったことは、なに一つないんです。もしもし、それでね、娘は先生のお顔をつぶして、ほんとに申し訳ないけど、どうしても先方にはあれ以上いられなかった、もう思案もくそもなかったと申しております。ほんとに、いろいろ申し訳ございませんでした」

わたしはなんの同情もおぼえず、相手の話を折って「そんなことは聞いていませんぜ。とにかく、夜夜中《よるよなか》、看護婦が職場を捨てたんだ。当人はよほどヒステリックになっていたにちがいないね。なんの言い訳の余地がありますか？　患者はすごい美人なんですよ」

「はい、娘も患者さんは婚約中のお方で、大そう美しい方だと申しております。でも先生、わたくしもよくはわからないんですが――なんでも大へん口のきき方の乱暴なお方だそうですね。――娘に尋ねましたら、後生だから聞いてくれるなと申しますんでね――でも、べつの若いご婦人があちらにはいやしなかったんですか？」

わたしはガチャンと受話器をかけた。

看護婦の着物を送り返すことになっているので、宛先を教えに、わたしは地主屋敷へ行く必要があった。わたしが中へはいろうとすると、ちょうど二台の自動車が客の荷物を下ろしているところであった。中庭から高声がひびき、テニスのラケットをふりまわしながら元気な若い連中が、弾むような足どりで、玄関に立っている女主人のほうへ歩いていくところだった。女主人の顔は決定的に快活であった。

彼女から切り離されるというわびしい思いと、心に重くのしかかっている不吉な思いを抱きながら、わたしは忍び足でこそこそ立ち去った。入り日にかがやく屋敷をふり返ったとき、我れ関せずといった屋敷の平然たる美しさが、わたしにはほとほと恨めしかった。

それから二日後、わたしは彼女から、筆蹟はよく変わるが一目でわかる手紙を受けとった。手紙は前置きもなにもなかった。

「わたくしは遠くへ行きます。すぐに出かけなければなりません。この手紙が着くころ、わたくしは汽車の中でしょう。ここにはもう一晩もとどまれません。そのわけは聞かないで下さい。ゆうべ、また、考えられないような恐ろしいことが起こりました。わたくしは二どとふたたびこの家に人を泊める危険をあえて冒すことはできません。おそらくもうないでしょう。また、わたくしがひとりでこの家に住むこともできません。

わたくしにもわかりませんが、どうかわたくしを信じて下さい。怖いのです。だから、わたくしは行かなければなりません。おお神よ！　天と地には、これ以上のことがたくさんあります。

では、またおたよりします。

マーガレット・クレワー」

彼女は外国へ行った。わたしは彼女の行ったことを知って、うれしかった。もし人生が言いようもなく退屈になったら、それはわたしの夢魔めいた恐怖で小休みをしている時だろう。当然わたしは彼女に、手紙の説明をしてくれと歎願の手紙を出したが、それは梨のつぶてであった。彼女からは何通か手紙をもらったが、どれも、「逃げてきたことを喜んでいます」という一行以外に、なにもわたしに語るものはなかった。彼女の旅だよりは、ただただみごとなもので――ベデカーの案内書より旅心をそそるものは少なかったが――ただそのなかには、われわれが良き友達であったことを示すような言葉は、ひと言もなかった。わたしは女中のレベッカにも、その後の主人の健康について、問い合わせの手紙を出した。レベッカからの返事は、このところお嬢さまは大へんお丈夫だが、なにかそわそわ落ちつかないごようすで、まるで御自分が今なさっている満足な生活をほんとうに楽しんでおられないようなごようすだ、といってきた。

長かった夏の日が夢のような金色の霞をかけはじめると、やがて木の葉が散って、冬が大地に鉄のように張りつめる。ときどきわたしは、彼女のからっぽの部屋を見に行きたくなることがあった。自分は二どと彼女に逢えるのかしらと疑わしくなってきた。地主屋敷が貸家に出たという噂すらあった。

例年になくぐずついていた春が、ようやく野山を緑と金に染めだしたころである。ある朝ロンドンの消印のついた、筆蹟はいつもわたしが胸を躍らせたあの筆蹟で書かれた封書を見て、わたしはおどろいた。読んでみると、――

「わたくしはもうこれ以上長く留守をしていることができなくなりました。帰心矢のごとくですが、しかしもとの家のわたくしの部屋では寝ないつもりです。月曜日に帰りますが、到着時間は遅くなるでしょう。火曜日には、どうぞ昼食にいらして下さい。

マーガレット・クレワー」

月曜日に帰る？　きょうが月曜日だ。二十四時間たたないうちに、わたしは彼女に会えるのだ。その日いちいち、時のたつのが信じられないほど遅かった。よし、明日は急いで行こうと、わたしはいつもより早目に床についた。

真夜中、ふいにわたしは目がさめて、起き上がった。たしかになにかの音で目がさめたのである。そら、また音がしている。家のそとだ。小石が部屋の窓に投げられた。急患の呼びだしを予期しながら、眠いのを我慢して床から出ると、低い窓から外をのぞいてみた。満月で、すぐ下に背の高い影が立っていた。上を見上げている白い顔が、銀緑色の月光のなかに光っていた。マーガレットだった。彼女の美しさは、ふしぎな冷たい光のなかで、キラキラ輝いていたが、しかし、目が血走っていて、声に緊迫したものがあった。

「早く！　早く！」と彼女は呼んだ。「助けて頂戴。怖いのよ。ねえ早く、早く中へ入れて！」

外套をつかむなり、女中が起きるのをおそれて足音を忍ばせながら、急いでわたしは階段を下りて、入口の扉をあけた。

夢ではなかった。白い姿は外に立っていて、わたしに両腕をさしのべた。輝かしい希望がわたしの胸につきあげてきたが、わたしが前へすすみ出ると、なにか言葉ではいえないものが彼女の目からほとばしった。とたんに、彼女の両手が目にもとまらぬ早さで動いたと思うと、次の瞬間、彼女の顔は、まとっていた細いモスリンのスカーフのなかに完全にかくれてしまった。

「遅すぎたわ！　遅すぎたのよ！」声がガラリと変わって、泣き入りながら「もう中へはいって！　中へはいってよ！　後生だから、わたくしについて来ないで！」

白い姿は、あっというまに、脱兎のごとく逃げだした。

あっけにとられて、わたしもあとから駆けだしたが、五、六歩行くと、スカーフを巻いた顔のない人は、こちらをふり向いた。

なにか早口に、まるでなじみのないキンキンした声で、彼女は立てつづけにわたしにむかって叫んだ。わたしは恐怖に凍てついたまま、茫然と立ちつくした。

狂暴な、胸がつき上げてくるような恐怖が、わたしをとらえた。ああ神よ、許したまえ。わたしは彼女をふり捨てた。自分の魂を守るために、わたしはそれ以上もう一歩も彼女のあとを追うことができなかった。わたしはこそこそ家に戻ると、全身冷たい汗に濡れたまま、ガタガタ震えながら床《とこ》の上に横になった。眠りはけっしてわたしに近づかなかった。なにかもう、こっぱみじんに粉砕されたような気持ちで、気分がすぐれず、翌朝はいつもの時刻には起きられなかった。十時に電話が鳴った。どんないやな知らせかなと思いながら、わたしは受話器を握った。

ほかならぬマーガレットの美しい声が、驚き呆れたわたしの耳にすべりこんできた。

「わたくしよ。会いにいらしてよ。わたくしの顔色がよくないと、みんなが言ってるのよ」

二どとふたたび聞けるとは望んでもいなかった、愛する彼女の声を聞くとは！　なにか怖ろしい夢が、わたしを騙《だま》しにかかっているのではないか？　じつはそれを考えかけていたところであった。

地主屋敷へ着くと、わたしはミス・クレワーの新しい寝室はどこかと尋ねた。

「はい、前と同じお部屋でございます」と小間使いが答えた。「お嬢さまはお屋敷の反対側のお部屋を用意しておくようにとの御注文だったのですが、お帰りになると、すぐにもとのお部屋へおはいりになりました」

レベッカが馴染《なじみ》ぶかい廊下で待っていた。

「まあまあ、先生、よく来て下さいました」と彼女は囁いた。「けさほどね、どうやらお頭《つむり》が乱れておいでのようですの」

わたしは足音を忍んで、部屋にはいった。青ざめ窶《やつ》れてはいるが、それだけにまたいちだんと美しいマーガレットが、大きな枕によりかかっていた。彼女は両手をさしだしてわたしを迎えた。一目見て、昨夜のことは彼女の記憶のなかに全然跡をのこしていないことを、わたしは見てとった。彼女はもうだいぶ久しい前になる出発以来、はじめてわたしに会うような挨拶をした。

「レベッカがわたくしのことを病気だと思っているのよ。でも、わたくしはオフェリアみたいに自分の悩みなんかない女ですからね。だって、このとおりピンピンしてるんですもの。ああ、わたくしの主治医さんにお目にかかれて、ほんとにうれしい！」

例の犬の事件以後、マーガレットが彼女らしく元気でいるところを見たのはたった一どだったことを、わたしは言っただろうか？　大方うわごとでもいっているところへ行くのだろうと、そんな心づもりできてみれば、この通り元気でいるとは、ほんとに不思議だったが、とにかく事実はかくのとおりであった。彼女はもういちど不羈《ふき》奔放な、火花を発するような彼女に立ち戻ったようであった。

留守中のモスストーンの出来事をいろいろわたしに聞いたり、旅で会った人達のことを、聞いていて思わずふきだすほど、おもしろおかしく話してくれたりした。躍り跳ねるような声、ついつりこまれてしまうような笑いかた、シャボン玉のようにフワフワした軽い話し口、電光のような受け応え、すべてがはじめて会った時のとおりの彼女であった。さっきレベッカがお頭《つむり》がどうとかいっていたのは、どういう意味だったのだろう？

ところが、突然ある変化が彼女の目のなかに現われた。彼女はいきなりわたしの手をつかむと、強くそれを握りしめた。それからレベッカの言ったように、調子がへんになりだした。声がいやにもったいぶってきた。

「木が倒れれば横になる。そして、それが真実です。そうですね、ジョン？」

ジョン？　わたしは、久しく使わない自分のクリスチャン・ネームを、ほとんど忘れていた。

「それはいろいろの点で真実です」と彼女は続けた。「そうだわね、ダーリン？　木が横たわるように、いっさいのものは、永遠の日が過ぎるにつれて、そうなるのね。これが真実よ。ねえ、ジョン、そうでしょ？　絶対に真実でしょ？」

「そう。――もちろん、そうですよ」わたしは彼女をなだめた。

「あ、そうそう、ジョン、わたくしね、とてもいい詩を見つけたのよ。前には知らなかった詩よ。どうしてそれを見落としていたのか、考えられない。バーンフィールドの詩なの、ねえ、ちょっとこの哀愁にみちた二行を聞いて。

『パンディオン王は死せり。
汝《な》が友ら、みな鉛に包まれぬ』

鉛に包まれるのよ！　鉛に包まれぬ、か？　この句は、死というものをすがすがしく豪華なものにしてはいないこと？　生きてることなんて、まるで……そうね……代用品みたいなものよ」彼女はとってつけたように笑って、「鉛に包まれぬ——鉛に包まれぬ」とゆっくりと復唱して、「まあ、なんという美しく、平和な、苦しみのない世界なんでしょう！　こんな世界にはいれたら、それこそ願ってもないことは、あなたもご存知ね。あなたのものであるわたくしにそれが起これば、ほんとに最高。そうなれば、わたくしも安心立命なんだけどな」

急患の呼び出しがきて、わたしは遠い患者のところまで急いで行かなければならなかった。レベッカに、ご主人はしばらくあのままそっとしておくように言いおき、できるだけ早く看護婦がくるように手配するからといって、わたしは急いで暇《いとま》をつげた。呼ばれた先は出産であった。赤ん坊は、まるで出るのを母親が引きとめているかのように、世の中へ出るのをいやに渋っていて、家へ帰りついたときにはすでに十二時を打ったあとだった。気の張りつめどおしだったその日いちにち中、わたしはマーガレットのことがなんとしても念頭を離れず、自分の心づもりでは、夜食もそこそこにして急いで地主屋敷へ戻るつもりでいたのであった。ところが、帰宅して腰をおろしもしないうちに、電話が鳴った。レベッカの声であった。

「早く、すぐにいらして下さい。お嬢さまが呼吸ができないほど弱っておしまいになって。今、お部屋から電話しているんですけど――」

声がプツリと切れた。受話器はもはや口にあてていないようすだったが、こちらの耳には、死の恐怖で叫ぶ金切り声がはっきり聞こえた。

「あ、たいへん、だれか――」

そこで受話器が落ちたにちがいない。

それきり、なんの音も聞こえなくなった。わたしはもういちど受話器をかけ直して、耳にあてた。すると、しばらく間《ま》をおいて、交換台のベルが鳴った。わたしはじりじりして、機械をガチャガチャ鳴らした。

「もしもし――もしもし――どうしたんだ、いっこう出ないじゃないか」と交換手を叱りつけ、番号を何回もいったが、呼んでも出ない印のベルがとぎれとぎれになるだけで、なんにも聞こえない。……わたしはマーガレットの部屋の床の上にひっくり返っている電話器を頭に描いた。

なにが起こったのだろう?

わたしは自分の車に飛びのると、地主屋敷へ飛ばした。玄関の扉が明けっぱなしになっていたが、あたりにはだれもいなかった。マーガレットの部屋へ行く間も、だれにも会わなかった。屋敷全体が人けのない空き家になったようであった。

ベッドに近寄った時、わたしがそこに見たものは、それを記述しようとするものも、理性を保っていられるものも、おそらく一人もあるまいと思われる光景であった。それはねじれ、もがき、うめき、唸り、ものすごい呼吸困難をおこしているように見えた。わたしはその顔から目をそらしながら、ただ生命を保たせようという自動的な職業本能で、注射をほどこした。床《とこ》の上に横たわっているものは、ピクピクと痙攣のような震えかたをし、早い頻数《ひんすう》の死闘の息づかいの音をわたしは聞いた。侵害者の顔は二度と見ないことに肚《はら》をきめて、わたしは目をつぶった。とても思いきって見る気などはしなかった！

部屋のなかはしーんと静かで、そのなかに静かな溜息が聞こえた。

その静かな溜息のなかにある何物かがわたしの目をあけさせた。なんともいえないほっとした思いが、わたしの上に流れた。太古の泥土から純銀の月がのぼるように、わたしの愛したもの――この哀れな追い出されたものは、もがきにもがき続けて、ついにあの霊的侵入の恐ろしい惨劇に、打ち勝ったのであった。いま、わたしにほほえみかけているのは、マーガレットの顔であった。美しいけれども、たよりないほど弱よわしい彼女の声が、ささやくようにいった。「よかったわ、ダーリン」と彼女は声にならない声で言った。その調子は、これまで想像もしてみなかったようなやさしさそのものであった。「ほんとによかったわ、勝ったのはわたくしよ。そう、わたくしなの、あなたのもののわたくしなの。もう二どとわたくしを負けさせないでね。わたくしを安全に守ってね。わたくしを離さないでね！　わたくしを離さないでね！」

自分の安息所を確信しながら、彼女はわたしのことをじっと見つめて、片手をわたしの手にゆだね、その唇はにっこり笑っていた。でも最後の苦闘の緊張は、すでに弱っていた心臓にとって、あまりにも負担が大きすぎた。わたしの手を握っていた手が弛《ゆる》むと、瞼が一、二どピクピクと動いた。声はほとんど聞きとれなかったが、ちらりと見た安らぎにうっとりとしながら、彼女は息づくように言葉を吐いた。——「鉛に包まれぬ——鉛に包まれぬ——」

そして、あとはなにも聞くことができなかった。この世の別れに、わたしの手をかすかに握りしめたのが感じられ、それから長い吐息を一つ二つすると、わたしの愛した霊は、その美しい宿からすべり出て行った。

それから何時間かののち、わたしは荒涼たる明き家になった地主屋敷に暇をつげて、いまはがらんどうになった娑婆《しゃば》にもどった。感謝の気持ちが歎きとまじりあい、わたしの心は、ようやく、もう二どと彼女は自分の手のとどかないところへ行ってしまったことを知って、静かな安らぎをえた。長い恐怖の思いは、ついに幕を閉じたのである。わたしがトボトボ歩いていく道は、寂しい道だが、でも、どうかするとその道がえらく険しく、赤肌に見えるような時、わたしの疲れた頭を洗ってくれる静かな波のように、「鉛に包まれぬ——鉛に包まれぬ」とつぶやく彼女のやさしく和《なご》めてくれる声が聞こえてくる。そしてわたしは、あのとき「ダーリン」と囁いてくれた彼女の限りないやさしさのなかでの約束を、ふたたび聞くのである。

ほかに、わたしが聞きもらしたどんな言葉があったろう？

わたしは、今でもときどき、明き屋敷になった彼女のすまいのあたりを歩いてみることがある。ねじれた煙出しから、今はもう一すじのけむりもあがらず、ただ鳩の群れだけが、あいかわらず羽ばたきの音をたてては、クークーと啼《な》いているばかり。そして、かつてはあんなに高く聳《そそ》り立っているように思われたあの灰色の屋敷が、しみじみとした平和の雰囲気のなかへわたしを誘ってくれるような思いがする。

カンタヴィルの幽霊——汎観念論的ロマンス

オスカー・ワイルド

オスカー・ワイルド　Oscar Wilde (1854-1900) ――英国世紀末文学を代表する作家。アイルランドのダブリン生まれ、オックスフォード大学を卒業し、戯曲『ウィンダミア卿夫人の扇』『サロメ』、長篇小説『ドリアン・グレイの肖像』などで名声を博すとともに、芸術家らしい派手な言動、皮肉とウィットで社交界の寵児となる。一八九五年、年下の友人アルフレッド・ダグラス卿との（当時犯罪とされていた）同性愛行為により獄に下り、出獄後は国外を転々、失意の日々を送ったのちパリで病死した。「カンタヴィルの幽霊」“The Canterville Ghost” はワイルドの初めて活字になった短篇で、一八八七年に *The Court and Society Review* 誌に発表、*Lord Arthur Savile's Crime and Other Stories* (1891) に収められた。平井呈一には『ワイルド童話集』（冨山房）、『ワイルド選集』全三巻（改造社）の訳業があり、本作の訳も同選集の第三巻（一九五二）に収録、のちに『牧神』第三号（一九七五）に再録された。「伝統を持たない物質主義のアメリカ人に対する痛烈な諷刺で、伝統を誇るイギリスの伝統的幽霊の親玉が、新興国の小童《こわっぱ》にさんざんな目にあい（……）ワイルドの犀利な機智にしてはじめて成功した心憎いような作品」（「西洋ひゅーどろ三夜噺」）。

一

アメリカ公使、ハイラム・B・オーティス氏が、カンタヴィル猟場を買い入れたとき、だれもがみな、あすこは君、幽霊が出るということは疑う余地のない土地だのに、君もずいぶん酔狂なことをするんだねえと、口々に言ったものである。正直なところ、物固い、几帳面な人でとおっている、カンタヴィル卿自身にしてからが、いよいよ公使の一行が土地の売価のとりきめにやってきた時には、自分の義務としても、事実をありていにオーティス氏に語らなければならないと、夙《とう》からそう感じていたのであった。

「いや、わたくしどもですらが、この土地には住もうという気が起らんのでしてね。」とカンタヴィル卿は言うのであった。「じつは、わたしの大伯母にあたる人になりますが、ボルトン公爵の御後室、この人が恐怖の発作にとりつかれましてな、これが未だに治らんでおるような始末なのです。なんでも、晩餐の着がえをしておった時に、骸骨の手が二本肩にさわったのだと申すのですがね。……いや、他ならぬあなたのことだから、なにもかも包まずにお話しなければならんが、その幽霊というのは、げんざい生きておるわたしの家族のものも、げんに幾人か見ておるのです。それぱかりじゃない、ここの土地の教区長のオーガスタス・ダンピア師、この人は、ケンブリッジ大学のキングス・カレッジ出身の人ですが、この人も見ておるのです。公爵の御後室に、さきに申したような変事があってからというものは、年のわかい奉公人は、ひとりとして居つくものがおらんような始末で、わたしの家内なども、夜になると、廊下や書庫の方で妙な音がきこえるというて、おちおち眠らんようなことが度々ありました。」

するとオーティス公使は答えた。

「御主人、いいじゃありませんか。お屋敷の道具類と、その幽霊と両方ひっくるめて、しかるべき値段で買いとりましょうよ。わたしはね、御主人、新しい国から来たものです。わたしどもの国では、なんでも金で買えないものはないのですよ。われわれの国のはしっこい若者どもがみんなして、寄ってたかって、旧世界を赤く塗りつぶそうが、あるいは欧州第一の女優や花形をわれわれの国へぜんぶ連れてこようがだ、ヨーロッパにあなた、幽霊なんていうものが現にまだあるんだとしたら、こりゃさっそく国へ連れて行って、博物館か見世物にでも出さなければいかんですよ。」

「いや、こんなことを申すと、せっかくのあなたのその企業的な興行の出鼻をくじくようなことになるかも知れんのだが……」とカンタヴィル卿はにやにや微笑《わら》いながら言った。「どうもしかし、幽霊というものは、実在するような気がするのですな。じっさいのところ、一五八四年から、ここ三世紀にわたって、みなもう知っておることなのでね。わたしの家のものが誰か死ぬというと、そのまえには、かならずあらわれるのです。」

「いやあ、そりゃあなた、人の死ぬまえには出入りの医者はあらわれるが、そんな幽霊なんて、そんなものはぜったいにあらわれやしませんさ。幽霊なんて、あなた、世の中に存在するものじゃありませんよ。どうもなんですな、自然の法則というやつは、イギリスの貴族がたには、どうやら権限を停止しておると見えますなあ。」

「なるほど、アメリカでは、あなたなぞ、すこぶる自然な方でしょうて。」オーティス氏の言った最後のことばの意味がよくのみこめなかったカンタヴィル卿は、そう言って答えた。「まあしかし、あなたがこの屋敷の幽霊をお気にかけられんのなら、それはもうそれでけっこうなことなのでね。……ただ、わたしがあらかじめ御警告申し上げたことを、よくおぼえてお置きにならんといけませんぞ。」

それから数週ののち、土地の買上げの手続きも万端とどこおりなくすみ、その季節のおわりには、公使とその家族とは、いよいよカンタヴィル猟場へやってくることになった。もと、ニューヨーク西五十三番街のタッパン家の令嬢であったルクレティア・オーティス夫人は、令嬢時代から、有名なニューヨーク美人であったが、いまはもう中年に手がとどいていた。けれども、美しいその容色は、さすがにいまでもおとろえず、明眸皓歯《めいぼうこうし》、ことにその横顔はうるわしく、りっぱであった。アメリカの婦人というと、たいていのものが故国を離れるときは、ヨーロッパへ行けば健康が恢復するという、それがひとつの型にでもなっているような先入主から、見たところ、なにか慢性病にでもかかっているようなぐあいなのが多いのであるが、オーティス夫人は、はじめからそうした謬見《びゅうけん》には、けっして陥ちいっていなかった。だいたいがりっぱな体格の持主であったし、婦人としてはめずらしいほど横溢した、その満々たる元気のうちには、なんとなく動物的なものさえあった。いろいろの点から言って、彼女はたしかにイギリス生れであったけれども、おなじイギリス人にしても、その話すことばだけを除けば、彼女はわれわれがこんにち見るアメリカ人の誰にも共通しているものをことごとくじっさいに身につけた、ひとりの優れた模範婦人といってよかった。彼女の長男は、ちょうど愛国時代のこととて、両親からワシントンという名をつけられたのを、今でもひどく口惜しがっているが、金髪のなかなかみめうるわしい青年である。ニューポート・カジノで、三シーズンぶっつづけてドイツ人を牛耳り、外交的にアメリカの名声をあげたと自任しているような若者であるが、ロンドンでもダンスの名人として、名を知られていた。ただ、門地と位階、これだけが彼の弱味であった。それがあれば、もっと目立ったにちがいない。娘のヴァージニア嬢は、これはまだ、ことし十五歳の少女で、小鹿のようになよなよした、かわいい子であった。ぱっちりとした空色の目には、美しい奔放さが宿っていた。彼女は娘ながらもめずらしい女丈夫《アマゾン》で、かつて老ビルトン卿と公園二周回の競馬に、ちょうどアキレスの銅像のまん前のところで、一馬身半という優位の差でビルトン卿に勝ち、チェシャー公の若殿から、絶大のおん覚えをえたことがあった。感激した若殿は、その場ですぐと彼女に結婚を申しこんだが、容れられず、ために流涕滂沱《りゅうていぼうだ》、ついにその夜のうちに従者たちの手によって、匆々《そうそう》にイートンへ送りかえされてしまった。このヴァージニア嬢のつぎには、男の子の双生児《ふたご》がある。これはふだんからしょっちゅう笞《むち》で打たれているので、「星と条《スターズ・エンド・ストライプス》」と呼ばれている。ふたりともじつに快活な子どもたちだ。こんなぐあいで、ここの家族は、おやじの公使閣下をのぞけば、あとの家族のものは、みな、ほんとに共和主義的なものたちばかりであった。

カンタヴィル猟場は、いちばん近い汽車の駅のアスコットからでも、七哩ある。で、オーティス氏はあらかじめ電報を打って、荷馬車を迎えによこしておくように連絡をとっておいた。一行は、迎えにきたその荷馬車にのって、元気よく打ちそろって出発したのである。ちょうど六月の晴れた夕方のことで、野外の空気は、松林の松のかおりですがすがしかった。ときおり野鳩が甘ったるい声で、クウクウと鳴いているのがきこえたり、生い茂った羊歯《しだ》のしげみの奥から、光った雉《きじ》の胸が見えたりした。荷馬車のとおって行く道ばたのブナの木の上から、小さなリスが一行をのぞいているかと思うと、野兎が白い尻尾をぴんと立てながら、藪《やぶ》や苔《こけ》のむした塚の上を走りすぎたりした。けれども、ちょうど一行がカンタヴィルの並木道へさしかかったころから、にわかに空に雲がはびこりだしてきた。そして、あたりの空気がきゅうにひっそりと鳴りをしずめたと思うと、そのなかを白嘴がらすの大群が声を立てずに、頭のうえをいちめんに蔽《おお》うように翔《か》けわたって行き、やがてまだ屋敷につきもしないうちに、早くも大粒の雨がポツリ、ポツリと落ちだしてきた。

玄関の石段の上に立って、一行の来るのを迎えに出ていてくれたのは、小ざっぱりとした黒の服に、白い帽子に前かけをしたひとりの老女であった。ここの屋敷にもとからいる、女中頭のミセス・ウムニーという女である。オーティス夫人が、前主人カンタヴィル夫人の懇望もだしがたく、当家へ引きつづいての留任をこころよく承知してやった雇い女であった。一行が荷馬車から下りると、老女はそのひとりひとりに向って、ていねいな辞儀をして、よく聞きとれないような低い声と、昔かたぎの身ぶりを示しながら、「ようこそカンタヴィルへお越しになられました。」と言って、いんぎんにあいさつをした。この老女のあとについて、一行は、古いチュードル風のりっぱなホールを通って、天井の低い、細長い部屋へ通された。そこは書斎で、部屋のぐるりの腰羽目には、黒光りのした樫《かし》材の板が張られてあり、つきあたりは大きな色ガラスをはめた窓になっている。この部屋に、すでに一行のために、茶のしたくがしてあった。で、一同は、それぞれ上に着たものなどをそこに脱いだのち、めいめいに腰をおろして、あらためてあたりを見まわした。そのあいだ、ミセス・ウムニーは、みなのそばにかしずいていた。

そのとき、オーティス夫人は、ふと、煖炉のすぐまえの床の上に、なにやら赤黒いしみがあるのに目をとめて、それがなにを意味するしみともよく気がつかずに、なんの気なしにミセス・ウムニーに言った。「あすこのとこ、なにか垂らしたのかしら?」

「はい、奥さま。」と、年とった女中頭は低い声で答えた。「ちょうど血があすこのところへはねたのでございます。」

「まあ、いやだこと！」オーティス夫人は思わず大きな声を立てた。「わたしお居間の方なら、血のしみがあったってかまわないから、さっそく、あすこのとこだけ換えてもらうのね。」

老女はにやりと笑うと、さっきと同じような低い、いかにも怪しげな声で答えるのだった。

「あのしみは、カンタヴィルのエレノア奥様の血なのでございます。エレノアさまは、一五七五年に、旦那さまのサー・シモンさまのお手にかかって、ちょうどあの場所で御刃傷《ごにんじょう》あそばされたのでございます。旦那さまのサー・シモンさまは、奥さまがお亡くなりになられてから、九年ほどは御存命でいらっしゃいましたが、御家内を殺《あや》めなすったその科《とが》で、とつぜん行き方知れずにおなり遊ばして、そのまま御遺骸もかいくれ跡方知れず。御遺骸が出ませぬかわりには、そのシモンさまの悪霊が、いまだにこの猟場に祟って、いまでもおりおり出るのでございます。それにあの血のあとはなんでございますやら、旅の見物の衆などがめずらしがって、よく見にまいりますので、あれはほかへ換えるのもいかがかと存じますが。」

「そんなばかなことがあるものか！」と、そのとき、長男のワシントンが叫んだ。「あんなもの、ピンカートンのしみ抜き液と模範清浄剤ですぐにきれいになっちゃうさ。」

おののく女中頭が留めだてするひまもなく、ワシントンは早くも煖炉のまえの床の上へ両膝をつくと、なにやら黒いコスメチックみたいな小さな棒状のもので、ごしごしと床をこすりはじめた。そして、ものの五、六分とたたないうちに、血痕はきれいに跡形もなく消えてしまった。

「どうです、ほら。ピンカートンなら、ぼくはきっときれいになると思っていたんだ。」ワシントンがそう言って、さも勝ち誇ったように、家じゅうのものの顔を見まわした、その時である。薄暗い部屋のなかへ、いきなりピカリと稲妻がさしたとおもうと、たちまち、一同が思わず総立ちになったほどの激しい雷鳴が耳をつんざいた。ミセス・ウムニーは、その場に気が遠くなって倒れてしまった。

「やれやれ、これはまた、なんという天気だ！」アメリカ公使は両切の葉巻に火をつけながら、ものしずかに言った。「どうもなんだね、この老廃国は、あんまり人口が過剰になりすぎたもんだから、国民のひとりひとりに、季節季節のちゃんとした天候を配給できなくなってきたんだな。これはおれの持論なんだが、けっきょく、海外移住――これが英国の採るべき唯一の国策なんだよ。」

「ねえ、あなた、この気絶した女のひと、いったいどうなさるのよ？」と、夫人が叫んだ。

「『コワレモノ注意』みたいに、特別料金を払わせたらよかろう。」公使は答えた。「そうしておけば、あと二どと気絶なんかせんよ。」と言っているうちに、まもなく、ミセス・ウムニーは正気にかえった。冗談どころではなく、彼女がすっかり動顛してしまっていることは、疑う余地がなかった。そして、かならずなにかの災難がこの家へ降ってくるから、よくよくお気をつけになった方がいいと言って、女中頭は、きびしいことばでオーティス氏に警告した。

「わたくし、いままでこの目で、いろいろのことを見てきておりますのです。」彼女は言うのであった。「それはもう、信心ぶかいお方でしたら、どなたでも髪の毛が逆立《よだ》つような恐ろしいことばかりございました。御当家に起った恐ろしいことのおかげで、わたくし、もう幾晩も幾晩も、夜分眠っても、目がつかないでおりましたくらいでございます。」それでもオーティス夫妻は、自分たちはみんな幽霊なぞすこしもこわくない人間ばかりなんだから、心配することはない、大丈夫だよと言って、ねんごろに律儀なこの老女によく言って聞かせた。やがて、ミセス・ウムニーは、新しい主人夫婦に神さまの御加護があるようによく祈り、それから給金を増してもらう話などよろしく取りきめたのち、自分の部屋へとよちよち引き下がって行った。

二

その晩、あらしはひと晩じゅう烈《はげ》しく荒れ狂った。けれども、べつに取りたてて言うほどのことは、なにも起らなかった。ところが、翌朝みんなが朝食に階下へ下りてきてみると、例の床の上の恐ろしい血のしみが、またもとどおりになっているのを発見した。「こりゃあ模範清浄剤のせいだとは、ぼくには思えないな。」とワシントンが言った。「だって、いろんな物にぼくは試して見た上のことなんだからね。きっとこれは、幽霊のしわざに違いないよ。」そう言って、彼はもういちど、そのしみをこすり消した。ところが、翌朝になると、またそれがあらわれていた。その二日目の晩は、オーティス氏が書斎の扉の錠を自分でかけ、鍵を二階へ持って上ったのにもかかわらず、三日目の朝になってみると、血痕はまたそこにありありとあらわれているのであった。さあ、そうなると、こんどは家じゅうのものが妙に興味を持ちだしてきた。——主人のオーティス氏は、自分の幽霊に対する否定が、すこし独断に失しすぎたかなと首をかしげだしたし、夫人は夫人で、心霊学会へ加入してみようという意向を洩らしだす。息子のワシントンは、マイヤー、ポドモアの両氏に宛てて、犯罪に関係ある血痕の永続性という問題について、長文の手紙を出したのである。ところが、その晩になって、幽霊の客観的存在に対するあらゆる疑念は、永久に一掃されてしまったのである。

その日は、すこし暑いくらいの、いい日和の日であった。夕方、すこし涼しくなってから、かれらは家じゅうしてドライブに出かけた。家へ帰ってきたのが、かれこれ夜の九時ごろで、それからみんなして軽い晩飯をたべた。よく心霊上の現象があらわれる際には、たいていのばあい、それに先だって、なにかこっちからそれを待ち設けるような、あるいはこちらからそれを迎えるような、いわば予備状態みたいな状態が、一時起るものであるが、その時は、いっこうにそんなけしきもなかったし、そうかといって、みんなの話も、べつに幽霊のはなしなどに落ちて行きもしなかった。例によって、いろいろの問題がその時討議された。わたしもオーティス氏から聞かされて知っているが、そういう時のここの家の一家の話題は、ふつうの教養あるアメリカ人の上流家庭の話題と、なんらことなるところはない。たとえば、ファンニー・ダヴェンポート嬢の方が、女優としては、サラ・ベルナールより一枚も二枚も腕が上だとか、はしりの青玉蜀黍《とうもろこし》だの、蕎麦粉のパンだの、玉蜀黍の挽割だのは、イギリスではよほどの上流の家庭でもなかなか手に入れることがむずかしいとか、世界の精神界の発達の上におけるボストン市の重要性だとか、汽車旅行の際の荷物のチッキ制度、あれはたいへん便利だとか、ロンドン弁のまだるっこさにくらべると、歯ぎれのいいニューヨーク弁の方が、よほど耳に聞きいいとか……で、その晩も、いずれそんな話でもちきりで、幽霊のはなしだの、サー・シモンの話だのは、なにひとつ話題にのぼらなかったのである。十一時を打つと、家じゅうのものはみんな二階へ引き上げ、十一時半にはぜんぶのあかりが消燈された。それからまもなくしてからである。オーティス氏は、寝室のそとの廊下に、なにやら怪しい物音を聞きつけて、目がさめた。

なにか金物がガチャガチャ鳴るような音である。それがこちらへだんだん近づいてくる。オーティス氏はすぐにがばと飛び起きると、マッチをすって、時計を見た。一時かっきりであった。彼はすこしも取りみだしてはいなかった。自分で脈をとって見たが、熱のあるもようはすこしもない。怪しい物音は、そのあいだも依然としてつづいている。よく聴くと、だれかの跫音《あしおと》も、それにまじって聞えるのである。彼はスリッパをはくと、衣裳箱の中から細長い小さなガラス瓶を取り出し、それから扉をあけた。と、目のまえに、青白い月光をあびながら、ものすごい形相をしたひとりの老人が立っているのを彼は見た。老人の眼は燃えている炭火のようにまっ赤である。長い白い髪の毛が、こぐらがった巻き針金のように、両肩に婆娑《ばさ》とみだれかかっている。着ている衣はというと、これはだいぶ古い昔の型のもので、それがもう汚れくさって、ぼろぼろに破れ朽ちている。そして、手と足の首には、重い、大きな手枷《かせ》と足枷をはめているのである。

「もし、もし。」とオーティス氏は言った。「あなたね、その鎖へ油をささなくちゃ駄目ですぜ。ちょうどライジング・サンの整滑油《さしあぶら》があったから、持ってきて上げたからね。これはね、いちど差せば、完全に効力があると言われている油でね、包み紙にわたしの国の偉い人たちの証言がいろいろ書いてありますよ。これからこれをいつも寝室の蠟燭《ろうそく》のそばへおいておくから、今夜これを試してみて、よかったら、また取りにお出でなさい。」こういうことばといっしょに、合衆国公使はその油の瓶を大理石のテーブルの上におくと、そのまま扉をしめて、さっさと床《とこ》のなかへもぐりこんでしまった。

ややしばらくのあいだ、幽霊は、持ちまえのはげしい憤怒のうちに、身うごきもせずに棒立ちになってつっ立っていた。そのうちに、なにを思ったか、いきなり油の瓶を磨き立てた床の上に力いっぱい叩きつけると、そのまま幽霊は怖ろしい呻《うめ》きの声を発し、びょうどうたる青い陰火をあたりにはなちながら、廊下を風のごとくに立ち去って行った。ところが、ちょうど幽霊が、大きな樫材の階段の下り口のところまでやってきた時であった。廊下の扉がバタンとあいたと思うと、そこの戸口から、白い着物を着た小さな人の影がふたつあらわれた。と、そのとたんに、大きな枕がひとつ、幽霊の襟《えり》くび目がけて、ヒューッと飛んできた！ いや、こいつはたまらぬ！ うかうかしてはおられん！ 三十六計逃《に》げるに如《し》かず、逃げるにゃ中有《ちゅうう》へどろんにかぎると、幽霊先生、たちまち壁の腰羽目のなかへすーっと姿を消してしまったあとは、家内《やうち》は闃《げき》として、物の音ひとつなく、しーんと静まりかえったのである。

さて幽霊は、屋敷の左の対《たい》にある、離れの小部屋へやがて行きつくと、さし入る月の光にやおら身をもたれながら、ほっとひと息入れた。それから、怪我はどこにもなかったかと、からだのそこここをあらためてみた。いやはや、三百年このかた、人から指いっぽん邪魔されたことのない、この赫々《かくかく》たる生涯に、今夜くらいべらぼうじみた辱しめをうけたことは、まずないわい！ そう思って、幽霊は、そぞろに公爵の御後室のことなどを思いだすともなく思い出した。この公爵の御後室が、鏡のまえに立って、レースにダイアモンドをちりばめた衣裳に着かえているところを自分が嚇《おど》かして、そのあげくに、とうとう不治の発作に病みつかしたのである。それから幽霊は、四人の女中たちのことをも思い出した。この女中たちは、空き間《ま》になっていた寝室のカーテンのかげから、自分がニタニタニタと笑ってやったら、それを気に病んで、とうとう屋敷から暇をとって行ったのである。それからまた、ここの土地の教区長がある。これは、ある晩おそく、この男が屋敷の書斎から出てきたところを、自分が蠟燭の火を吹き消してやったのである。それ以来、この男は気がへんになり、その後ずっとサー・ウィリアム・ガル医師の手当をうけているが、今では完全に発狂して、苦しんでいる。それから、あのマダム・ド・トレムイラックの婆さん。この婆さんは、ある朝早く起きたところを、自分が骸骨のすがたになって、煖炉のそばの椅子に腰かけて、婆さんの日記を読んでいてやったら、それを見て愕《おどろ》いた婆さんは、六週間も熱病にうかされて、どっと床《とこ》につき、やっと治ったと思ったら、こんどは信心に凝りだし、教会がよいに憂さをやるうち、とうとうあの有名な懐疑家のヴォルテールとも手を切ることになったのである。幽霊はまた、あの悪党のカンタヴィル卿のことも思い出した。これは、ある晩のこと、屋敷の衣裳部屋で、骨牌《かるた》のダイアのジャックを咽《のど》にひっかけて、そのために呼吸がつまって苦しみ踠《もが》いているところを発見された男だ。この男が息を引きとるちょっと前に自白したところによると、この悪党は、ほかならぬそのダイアのジャックでインチキをやって、チャールズ・フォックスから五万ポンドという大金を瞞《だま》し取ったのだそうだ。あの悪党、死ぬまで、おれにダイアのジャックを呑ませたのは、ここの屋敷の幽霊めのしわざだ！　と喚きおったが。……こうしたかずかずの大手柄が、つぎからつぎへと、幽霊の胸の中にまざまざと蘇ってきた。自分が青い手をして、窓ガラスをコツコツと叩いてやったばかりに、ピストル自殺をした屋敷の執事のこと、また、雪のように白い咽《のど》くびに、人間の五本の指あとが烙《や》きついているのを匿《かく》すために、しじゅう黒いきれを頸《くび》に離さず巻いていた、あの美しいスタットフィルド夫人、あれもとうとうしまいには、キングス・ロードの養魚池に身を投げて死んでしまった。……こんなぐあいにして、幽霊は、ちょうど芸術家が熱の高いうぬぼれで自分の作品を見るように、自分が名を揚げたかずかずの演技を、いかにも自慢たらしく、それからそれへと思い出して行ったが、そのうちに、自分が最後に演じた「赤いルーベン、一名、縊殺された赤ん坊」の役を思い出したときには、幽霊は思わずひとりで苦笑してしまった。幽霊が自分ではじめて初役として打って出た役は「ベックスリー沼地の吸血鬼、痩せたるギベオン」であった。それから、今までにいちばん賞讃を博したのは、ある年の六月の夕方、屋敷の庭のテニス・コートの芝生で、自分の骨で九柱戯をやって見せた時であった。ところが、こうした自分のところへ、こともあろうに、ああいう厭《いや》らしいアメリカ人どもがやってきて、ライジング・サンの整滑油をくれたり、頭へ枕を投げつけるとは、なんたることだ！　もう堪忍ぶくろの緒が切れたぞ！　だいいち、むかしから史上にも物の怪《け》、幽霊のかずは多いが、かりにも幽霊にたいして、ああいう応待をしたやつが、いつどこにあったか！　よし、この仇讐《かたき》はきっととって見せるぞ！　幽霊は、そう心に覚悟をきめると、それから夜の明けるまで、深い沈思のさまにじっと考えこんでいたのである。

三

あくる朝、オーティス家の人たちは朝食に顔をあわせたとき、しばらくみんなして、幽霊についで討議をたたかわした。合衆国公使は、せっかく自分のやった贈り物が、相手にこころよく受けられなかったのを発見して、誰しもの人情で、けさはすこしばかり気をわるくしているところだった。オーティス氏は言った。「わたしはだね、なにも幽霊に個人的に危害をあたえるなんて、そんな気は毛頭ないよ。それにしてもだ、あの幽霊だって、永年ここの家にああやっているんだからね、それを思ったら、枕をぶつけるなんていうのは、これはそもそも、どう考えても、礼にかなったことではないと、わたしは思うがねえ。」この言葉をきいて、豈図《あにはか》らんや、双生児の兄弟が「わあい！」といって大声に笑い立てたのは、まことに遺憾千万なことであった。「そりゃまあいいとして……」オーティス氏はなおもつづけた。「あのライジング・サンの整滑油だがね、幽霊先生、あれをほんとに辞退するのだとすると、先生のあの鎖は、あれはなんとかして取ってしまわんといかんねえ。寝室のそとを、あんなうるさい音を立てて行ったり来たりされたんじゃ、とてもこっちは眠れたものじゃありゃしない。」

ところが、その日から、その週いっぱいのうちは、べつになんの騒ぎも起らずにすんだ。ただ、家中のものの注意を高くあつめたものといえば、あいかわらず、例の書斎の血痕が、引きつづいて毎朝新しくあらわれることだけであった。毎夜オーティス氏が扉に錠をかけ、窓はしっかりと閂《かんぬき》を下ろしぱなしになっているのに、じっさい、それだけは不思議なことであった。しかも、その血痕は、カメレオンのように、ちょいちょい色が変るのだから、その色がまた、みんなから、いろいろ尾鰭《おひれ》をつけて騒がれるわけだった。ある朝は、まるでインド人のような赤黒い色をしていたかとおもうと、朱色になってみたり、そうかと思うと濃い紫いろを呈したり、いちどなど、家じゅうのものが、アメリカ自由改革監督教会流の簡単な式にならって、朝の祈禱にそろって二階から下りてきたときなどには、血痕は、あきらかに明色のエメラルド・グリーンいろになっていたりした。まるで万華鏡のような、こうした色の変貌が、しぜんとまた、みんなの興をあおって、毎晩のように、明日はなんの色になるかという題で、賭け金なしの賭けが試みられたりした。この遊びに、自分ひとりだけ、どういうわけだかはいらずに抜けていたのはヴァージニア嬢で、この娘だけは、なぜか血痕を見ると、いつもひどく気がかりなような顔つきをして、前にのべたエメラルド・グリーンになった朝などは、ほとんど声を上げかかりそうになったくらいであった。

二どめに幽霊があらわれたのは、金曜日の夜のことであった。その晩は、一同が床にはいってからまもなく、とつぜん、階下のホールで、なにか物の砕け落ちるような、凄まじい音がしたのに愕かされた。すわというので、いそいで一同が階下へ駈けつけてみると、こはそもいかに、ホールに据えてあった、見上げるように大きな昔の甲冑ひと揃いが、もののみごとに台座からひん抜かれて、石を畳んだ床の上へどうとばかりに落ち散っているそのそばに、カンタヴィルの幽霊が、高い背もたれのついた椅子の上にどっかと腰を打ちかけ、苦悶にひきつった形相ものすごく、しきりと両の膝をもんでいるのであった。そのとき、ちょうど豆鉄砲をもってきていた双生児の兄弟は、すばやくそれに玉をこめると、同時にふたつの玉をパチンと打ったが、覘《ねら》いのほどは、日ごろ習字の先生から気永に丹念にしこまれているだけあって正確なもので、たしかに手応えがあった。そのあいだに、合衆国公使の方は、手に持った拳銃を幽霊にグイとつきつけ、「おい！」と呼びつつ、カリフォルニア流のエチケットで、幽霊に両手を上げさせた。おどろいたのは幽霊である。うーむ！　とひと声、荒あらしい怒りの叫びをはなったと見るまに、たちまち一同のなかを、霧のごとくさっと通りぬけたとおもうと、その拍子に、幽霊はすかさず、ワシントンの持っていた蠟燭の火をふっと吹き消したから、一同はまっくら闇のなかに棒立ちとなって残された。そのひまに、幽霊は、階段のてっぺんまで辿《たど》りつき、そこでほっと我れにかえると、ここのところでひとつ、おれの有名な化物笑いを聞かせてやろうと思いきめた。この化物笑いは、いままでにも一再ならずやっているが、たいへん重宝なものだということがわかっていたのである。これを聞いたレエカー卿の鬘《かつら》の毛は一夜のうちに白くなってしまったし、また、カンタヴィル夫人の家庭教師であったフランス婦人のうち、三人は任期が切れるまえに帰ると言い出したくらいであった。そこで幽霊は、自分の得意中の得意である、最も怖ろしい化物笑いを笑った。ホールの古い円天井の屋根がガンガンどよめき崩れるほどまで笑いつくしてしまうと、一時は割れ返るほどにひびきわたった怖ろしい反響も、あとはしんと鳴りをしずめた。と、その時である。廊下の扉がバタンとあいて、オーティス夫人がうすい水色の化粧着を着て、ばたばたと出てきたと思うと、「幽霊さん、あなた、井戸が遠いんでしょ？　ここにドベル丁幾《チンキ》がありますから、これをあなたに差し上げますわ。食もたれの時なんかに、これを服《の》むと、とても胸がすーっとしましてよ。」この言葉に、幽霊は憤然として、夫人のことをはったと睨《にら》みすえた。そして、さっそく、大きな黒犬に化けかわる用意をしかけた。この芸当は、ついこのほど彼を有名にした芸当で、カンタヴィル家のお抱え医者は、カンタヴィル卿の叔父にあたるタマス・ホートン師が生涯不治の白痴になったのは、彼のこの芸当のお蔭だと、つねづね言っているくらいであった。ところが、そこへ誰か近づいてくる足音がして、それが彼に呪文を唱えるのを躊躇させた。そこで彼は、自分のからだをかすかな燐光にするだけに満足して、おりからそこへ双生児の子どもたちが追いついてきたところを見すまし、そのまま深い断末魔のうめき声といっしょに、ぱっと姿を消してしまったのである。

自分の部屋へたどりつくと、幽霊は、完全に打ちのめされたように、へたへたになってしまった。そして、しばらくは烈しい昂奮の餌食になっていた。あの双生児の兄弟の乱暴さ加減、また、オーティス夫人のあのえげつない実利主義に、こちらがひどく悩まされたのはあたりまえとしても、しんじつ、なによりも彼を悲しませたものは、自分が今夜、ついにあの甲冑を身にまとうことができなかったということであった。幽霊は、なんとかして、甲冑を身によろった怪物のすがたで、新しい近代のアメリカ人どもを慄《ふる》えあがらせてやりたかったのである。これはなにも、単なる思いつきから考えたのではない。じつは、彼自身、よく屋敷のものが町へ引き揚げてしまった折など、飽き飽きするとは、よくその古雅な、魅惑的な詩を声をあげて朗誦した、かれらの国民詩人であるロングフェローに対する尊敬の念が迸《ほとばし》り出たのであった。のみならず、あの甲冑は、じつはあれは自分のものなのである。あれを身につけて、ケニルワースの武術試合に出て大勝したこともあるのだし、ほかならぬスコットランドのマリー女王から、優渥《ゆうあく》なるお褒めの言葉をいただいた、あれは記念の甲冑なのだ。ところが、今夜久しぶりにあれを身につけてみたら、大きな胸当の重みと南蛮鉄の兜の重みが、なんとしたものかグッと身にこたえたあまり、不覚にも、思わずあすこの石だたみの床の上に、ずでんどうとひっくり返ってしまったのである。膝は両方ともしたたかに擦りむく、右の手くびの蝶つがいは挫く、いやもうさんざんな目にあったものである。

このことがあってから幾日かのあいだは、幽霊はひどく気分がすぐれず、例の血のしみの跡を、毎夜もとどおりに直しておいてやるほかは、がまんにも自分の部屋からとぼ出することもできずにいたが、まあ、どうやら自分で大事にしいしい、やっと傷の痛みが恢復すると、こんどはいよいよ彼も臍《ほぞ》をきめて、合衆国公使一家を嚇かしてやる第三回目の計画にとりかかったのである。幽霊先生、こんどの出現は八月十七日の金曜日ときめた。そして、当日は衣裳しらべにいちにちかかり、とどのつまり、衣裳は、赤い羽毛のついた大きな垂れ縁《ぶち》の帽子をかぶり、手くびと首のまわりには、長いぴらぴらの白布をつけ、まっ赤に錆びた匕首《あいくち》をいっぽん呑んで出てやることにきめた。日の暮れぎわから、ひどいあらしもよいの豪雨となり、吹きすさぶ風は屋敷の窓や戸をガタガタゆすぶり鳴らした。まことに誂《あつら》えむきの天候である。で、今夜かれがやろうという趣向は、こうであった。まず、ワシントン・オーティス氏の部屋へそろりそろりと忍んで行って、ベッドの脚のあたりから、なんじゃもんじゃと分らぬことを口早に喋ってやり、咽《のど》のおくで三度ばかり、緩やかな音楽の音をうめいてやる。幽霊は、かの有名なカンタヴィルの血痕を、毎度ピンカートンの清浄剤で拭い消すのは、この男のしわざだということを承知していたから、ワシントンには、わけても積る怨みが重なっていたのである。で、このおっちょこちょいの、向う見ずな若者を、手も足も出ないほどの恐怖に、こてんこてんにやりのめしてやってから、その次には、合衆国公使夫妻の寝ている部屋へと進んでゆき、そこで亭主の公使のがたがた慄える耳もとに、身の毛もよだつ納骨堂の秘密をひそひそ囁《ささや》いてやりながら、細君の額の上に、じっとりと冷たい手をのせてやる。それから、娘のヴァージニアだが、この子については、幽霊はまだなにもしてやろうとも、しかと心にきめていなかった。べつにこの娘は、自分に危害を加えたこともないのだし、おとなしい、縹緻《きりょう》のいい娘だから、まあ衣裳戸棚の中からでもすこし唸ってやれば、この方はそれで充分だろう。もしそれで目をさまさなければ、掛け布団の上から、中風に曲った指で、ごそごそ撫でてやってもいい。それから、例の双生児の兄弟、これには幽霊は、ひとつみっちりと見せしめをくらわしてやる肚《はら》でいた。最初にしてやることは、言うまでもなく、ふたりの胸の上へのしかかってやって、夢魔の胸苦しさで責め立ててやること。それがすんだら、どうせベッドはくっついているのだから、そのベッドとベッドのあわいに、青ざめた、氷のように冷たい死骸になって立っていてやろう。そして、恐怖に痺《しび》れはてたところを見すましたら、さいごに、ぴらぴらの白布をかなぐりすてて、ひとつ目の野ざらしの骸骨となって、部屋じゅうを這《は》いずりまわってやる。これは、かれがいままでにもいちどならず大いにこれで当てた、「唖のダニエル、一名、自殺の骸骨」という役で、かれの有名な当り役である「狂えるマーチン、一名、仮面の秘密」に充分匹敵するものだと、自分でも考えているものであった。

さて、十時半になると、家族のものが、みな床へはいるのが聞えた。それからしばらくのあいだ、双生児の兄弟が小学生徒のやんちゃぶりで、さかんにわいわい、きゃあきゃあ騒いでいるのに幽霊は妨げられたが、これは明らかに、ふたりの子どもが寝るまえのひとときを、ふざけちらして遊んでいるのにちがいなかった。が、やがて十一時十五分過ぎになると、家じゅうがしーんと静かになった。そのうちに十二時が打ったので、幽霊はいよいよ出発した。梟《ふくろう》がまたしても窓ガラスへバサリ、バサリとぶつかっている。庭に植えた水松《いちい》の木からは、夜鴉がしきりとしゃがれた声で鳴いていた。風は、屋敷のまわりを、迷える魂のごとく、悲愁な声をたてながら、吹きまわっている。が、それにもかかわらず、オーティス一家は、自分たちの運命がどうなるやらも知らずに、ぐっすりと寝こんでいた。吹きあてる風雨の音よりも高く、合衆国公使の雷のごときいびきの声を、幽霊ははっきりと耳に聞くことができた。いつもの壁の腰板のところから、幽霊は、皺だらけな残忍な口のあたりに、いぢの悪い笑いをにたにたうかべながら、足音ぬすんで、そっと出て行った。大きな張り出し窓がある。そこには、むかし、かれが殺した妻と自分の腕とが、紋章になっている。その紋章が、月の光に青白い金色になって、きらきら光っている。その張り出し窓を、幽霊がぬすみ足でそっと抜けたとき、月はそのおもてを雲にかくした。そろりそろりと、幽霊は凶影《まがかげ》のように歩いて行った。かれが通って行くと、あたりの闇さえが顔をそむけるようであった。幽霊は、誰かが呼ぶ声をきいたような気がして、思わず足をとめた。が、呼んだとおもったのは、なんのことだ、レッド・ファームで遠吠している犬の声だった。かれは十六世紀のふしぎな呪文を口にとなえながら、赤いわしの匕首を真夜の空気のなかに振りまわし振りまわし、なおもすすんで行った。やがてのことに、ようやくのことで幽霊は、悪運つきたワシントンの部屋へ行く廊下の角まで辿りついた。しばらくかれはそこのところで、ごま塩頭の髪の毛を風になびかせながら、死人の屍衣の、なんとも言いようのない戦慄を、怪奇なまぼろしの折目にたたみつつ、たたずんでいた。そのとき、時計が十二時十五分を打った。いよいよ時刻がきたな、と彼は思った。そこで、ひとり忍び笑いをしながら、そこの廊下の角をひょいと曲った。ところが、そのとたんに、幽霊は、いきなり、わっと物凄い恐怖の悲鳴をあげると、そのまま我れを忘れて、うしろにどうとのけぞりざまに尻餅をついた拍子に、思わず骨と皮ばかりの長い手で、自分の顔を蔽いかくしてしまった。ついほんの目と鼻の先のところに、じつは、おそろしい化け物が、にゅーっとつっ立っていたのである。まるでそいつが、石にでも彫りきざまれたように、ゆるがばこそ、なにか気ちがいの狂夢のような物凄さで、立ちはだかっていたのだ！　頭はてらてらに禿げていて、顔は円《まる》くて、ぶくぶく太っている。色はまっ白だ。しかも、その怖ろしい笑い方ときたら、なんというか、まるで永遠のにたにた笑いに身をのたうち揉んでいるかのようである。両眼からは赤光が迸りいで、口ときたら、火の泉のようにかっと大きく張りさけている。そのまた着ているものが怖ろしい。自分のにも似ているような、ただ寂莫《じゃくまく》たる白雪の衣を、これは巨人タイタン流に身に婆娑《ばさ》とまとっているのである。胸のところに、なにやらめずらしい古代文字で書いた掛札をぶら下げているのは、あるいは侮辱の目録か、それともなにか兇状の記録でもあるのか。ないしは、怖ろしい罪科の暦表ででもあるのだろうか。しかも右手には、ぎらぎら光った、水も滴るような偃月刀《えんげつとう》を、高だかとふりかざしているのである。

こんな幽霊は、これまでに見たこともなかったから、かれがぎょっと愕いたのは、むりもなかった。そして、怖ろしいこの物の怪《け》を、かれはもういちど目早くちらっと見たのち、たちまちさっと身をひるがえすと、そのまま、長い白布をずるずる廊下に引きずりながら、風のごとく、自分の部屋へとってかえしてしまった。逃げしなに、赤いわしの匕首を、公使の長靴のなかへ取りおとしたのは、翌朝になってから、屋敷の執事が見つけだした。さて、自分の部屋へふたたび引きこもると、幽霊は、小さな藁ぶとんをしいたベッドに身を投げて、着ている衣裳の下に顔をうずめた。けれども、しばらくそうしているうちに、むかしから物怖じというものをしたことのないカンタヴィル魂が、むらむらと頭をもたげてきた。そして、よし、夜があけたら、ひとつあいつのところへ行って、問答をしてきてやろうと肚《はら》をきめた。そうこうするうちに、暁が銀いろに岡を染めだしてきたので、なあに、おなじことなら、幽霊だってひとりよりふたりの方がいいさ、あの新規の友だちの手をかりたら、双生児の餓鬼どもだって、ぶじにひっつかまえられるかもしれない、などと思いながら、かれは最初にあの物すごい顔の化け物を見た場所へ、またぞろ引き返して行ってみたのである。ところが、さてもとの場所へ行ってみると、これはまた、とんでもない光景が彼の凝視を迎えたのである。相手の幽霊に、明らかに、なにごとかが出来《しゅつたい》したのにちがいない。その証拠には、ごそりとくぼんだ穴のような目からは、もうさっきのような光りは、いつのまにか消え去ってなくなっていたし、ぎらぎら光った偃月刀は、もろくも手から落っこちてしまっている。そして、奴さん、壁によりかかって体をつっぱらかしたまんま、なんだか居ごこちの悪そうなかっこうをしている。そこで幽霊は、いきなり進みよって、むずとばかりに相手を両腕にかかえこんだ。と、その瞬間、あっと愕いたことには、相手の化け物の頭がポックリと折れて、床の上へコロコロところげ落ちたとおもうと、とたんに、化け物のからだがへたへたと横に傾いてきた。はっと思ってよく見ると、自分の両腕にかかえこんでいるものは、白い浮き縞の寝室のカーテンに、箒《ほうき》が一本、肉切り庖丁が一挺、そして足もとには、中味をえぐりぬいた大きな蕪《かぶ》がひとつ、ころがっているではないか！　さっきの化け物が、いつのまにやらこんなものに早変りしてしまったそのわけがよく呑みこめないままに、幽霊は、泡をくらって例の掛け札を手にひっ摑んだ。灰色の朝のうす明りに読みえたものは、次のようなとんでもない文句であった。

オーティス家の幽霊
これがほんとのお化けの元祖
類似品に御注意
ほかのはみんな贋ものなり

ことの全貌が、とっさにかれの頭にきらりとひらめいた。幽霊先生、いたずらをされたのである。裏をかかれたのである。まんまと出し抜かれたのである！　老カンタヴィルの眼色がにわかに幽霊の目によみがえってきた。かれは、歯のない歯ぐきで、ぎりぎりと歯がみをした。そして、痩せさらばえた両手を高く上げながら、むかし流の美文口調で、暁告ぐるくだかけの、ほがらほがらに、ふたたび時を告ぐる時こそ、血のおこないのあらわるる時なれ、音なき足もて殺人の神のわたらせ給う時なるぞと、幽霊はそのとき固く誓いを立てたのである。

するど、この怖ろしい誓いを幽霊が言いもあえぬとき、遠いどこかの屋敷の赤瓦の屋根から、一羽の雄鶏が時をつくった。幽霊は、長い、低い、苦々しい笑いを笑って、そこに待っていた。一時間待ち、二時間待ったが、どうしたわけか雄鶏はそれぎり二どと時をつくらなかった。そうこうするうちに、とうとう七時半になって、女中たちが屋敷へやってきた。そこで、幽霊もおっかなびっくりの寝ず番はあきらめて、空《むな》しく達せられなかった望みと、中途で邪魔された目的を惜しみながら、自分の部屋へこそこそ戻ってきてしまった。さて、部屋へ帰ってから、幽霊は、さっそく自分の大好きな、むかしの騎士道のことを書いた書物を何冊かしらべてみて、むかしは、自分がいま口につがえたような誓いが用いられたばあいには、いつでも、くだかけは二どめにも時をつくったという事実を発見した。「してみると、あのばかな鶏のやつは、あの時、地獄の神にでもつかまったのだな。」と幽霊はひとりごとを言った。「よし、いつか見ろ。あいつの咽《のど》ぶえをおれの手槍でぶすりと刺し、死んで時をばつくらしてやるわ！」それから、寝ごこちのいい鉛の棺のなかへ引っこむと、それなり幽霊は夕方までそのなかにおとなしくしていた。

四

翌日、幽霊はひどく体が弱り、すっかり疲労困憊してしまった。ここ四週間ばかりの、ぶっ続けのひどい昂奮が、そろそろ体に効きだしてきたのである。神経がすっかりまいってしまって、ちょっとした物音にも、びくっと飛び上がる始末であった。五日間というもの、かれは部屋に閉じこもったきりでいた。そして、例の書斎の血のしみの件も、とうとう自分の方から断念してしまうことに肚《はら》をきめた。オーティス家の人たちが、あのしみが必要ないというのであってみれば、所詮、あれを持っているだけの値打のない人たちなのだから、これぱかりは、どうにもしかたがない。どうせあいつらは、どこから見たって、あのとおり低級な物質世界にのみ生きているやつどもなんだから、知覚現象の表象的価値などというものをじっくり味わうなんてことは、とうてい出来ない輩《やから》なのだ。幽霊の出現の問題だの、また霊体の発生だの、こういうことは、むろんこれはまた、おのずから別箇の問題なのであって、じじつ、かれなどが自分で自制できるような生易しいことではないのである。ただ、かれの厳粛な義務は、一週にかならず一回は廊下にあらわれることと、毎月第一と第三の水曜日には、大きな張り出し窓を抜けてはいることなのであって、この責任だけはどう免れる術も見あたらないのであった。なるほど、自分の一生は、ひじょうに邪悪なものであったことは事実であるが、しかし、その一方また、超自然界にすこしでも関係あることなら、なにごとにも、かれはじつに律儀であった。

そんなわけで、その後ひきつづく三どの土曜日には、あいかわらず、いつものように、真夜十二時から三時までのあいだに、かれは、こんどは出来るかぎり目と耳を四方八方にくばりながら、廊下の巡邏《じゅんら》をおこなったのである。いままで穿《は》いていた長靴もぬいで、虫くいだらけな古い板の間を、かれは、できるだけ足を軽く踏んで歩いて行った。身には、大きな黒のビロードの外套を着て行った。じつは、鎖に油をさすために、こんどは念には念を入れて、ライジング・サンの整滑油も使ってみたのであった。この最後の自衛の方法をとるに至ったについては、さぞかし、そこに大きな困難があったであろうと、筆者も認めざるをえない。ところが、かれは、ある晩、家じゅうのものが晩飯をたべているすきに、オーティス氏の寝室へ忍び入って、例の油の瓶を持ち出したのであった。最初はちょっと沽券《こけん》にかかわるような気がしないでもなかったが、しかし、つけてみるとばかに具合がいい。発明というものも、なかなか馬鹿にならないものだという証拠を、まざまざ見せつけられたようで、ある程度の効能は、たしかにあると言えた。しかし、油はなるほど効いたけれども、まだ幽霊にとって、邪魔がことごとくとれたというわけではなかった。廊下には、ひきつづき針金が張りわたしてあって、その上を、かれは暗中綱わたりをして歩くことにしているのであったが、ところが、たまたまある時のこと、ちょうど「黒衣のアイザーク、一名、ホグリー森の猟夫《さつお》」の役の衣裳でやってくると、いきなり彼はすってんとその針金から落っこちてしまった。例の双生児の兄弟が、絨氈の部屋から樫の大階段のてっぺんまでのあいだの針金へ、バタを塗っておいたのである。そこをかれは踏みわたったのだ。このいたずらには、さすがのかれも烈火のごとくに腹を立てて、なんとかして自分の威厳と社会的地位を確立しなければならんと覚悟のほぞをきめ、さっそくその翌晩、かれの有名な役である「向う見ずなルパート、一名、首なし伯爵」になって、不埒《ふらち》千万なチビ助どもを見舞ってやることにした。

ところで、かれがこの扮装であらわれたことは、もう七十年以上も絶えてないことであった。じじつ、この扮装で美しいバーバラ・モディッシュを嚇かしてやった時以来のことであった。美しいバーバラは、そのとき彼に嚇かされたために、こんなに怖ろしい幽霊が、夕まぐれにテラスへふらふら歩いて出てくるような家の人と、誰がなんと言ったって結婚なんぞするものかと大見得を切って、現在のカンタヴィル卿の祖父にあたる人との婚約をにわかに蹴って、美男のジャック・カッスルトンと手に手をとって、グレタ・グリーンへ駈落したのであった。気の毒なジャックは、その後、ワンズワースの共有地で、カンタヴィル卿と決闘して、弾丸にあたって仆《たお》れたし、それから一年とたたぬうちに、バーバラは失恋を苦にして、タンブリッジの井戸へ身を投げて死んでしまったのである。それやこれやを考えると、この役はとにかく大成功だったわけである。しかし、いかにもこの役はメーキャップがむずかしい。いやしくも幽霊界最大の秘伝の一つに関することに、——とにかく高度の自然世界のことであるから、もっと科学的な専門語を用うべきところを、芝居の用語などをつかって、はなはだ申訳ないのであるが、とにかく、この役は、支度だけで尤《ゆう》に三時間はたっぷりかかるのである。けれども、やっとのことで拵《こし》らえがすっかりできたときには、幽霊は自分の姿にたいへん満足した。その衣裳によく似合う乗馬用の大きな長靴が、ちょっとかれには大きめであったことと、二挺ピストルが一挺しか見つからなかったことが、疵《きず》であったけれども、しかし、ぜんたいとしては、彼はじゅうぶん満足した。そこで、一時十五分過ぎに、幽霊は腰羽目からするりと抜けでると、そのまま廊下を匐《は》うようにして歩いて行った。双生児のいる部屋――この部屋は、壁紙の色から、青と赤の部屋と呼ばれている――のところまできてみると、ちょうど扉が半分ばかりあいている。かれは、大手をふって堂々とはいりたかったので、その扉をドンと大きくあけた拍子に、いきなり水を入れた重い壺が、上からドサリと落ちてきて、左の肩を二吋《インチ》ばかりかすめた。幽霊は、あっというまに、肌までぐっしょり濡れてん坊になってしまったのである。と、そのとたんに、四本脚のベッドから抑えかねた笑い声が、どっとあがるのが聞えた。しかし、かれは、神経にうけた衝撃があまりに大きかったので、泡をくらって自分の部屋へすっ飛んでかえってしまった。おかげで、翌日は、ひどい風邪をひいて、いちんち引きこもってしまった。とんだ目に遭ったものだけれども、しかし、そういう災難のなかにも、わずかに彼の心を慰めえたことは、そのとき、自分の頭をいっしょに持って行かなかったことであった。頭をいっしょに持って行ったら、それこそ、事の結果はもっとゆゆしいことになっていたにちがいない。

ところで、ことがここまできては、彼ももう、無礼千万なこのアメリカ人の一家を脅かしてやろうという望みは、いっさい断念してしまった。せいぜい、織り縁《べり》のスリッパをはいて、廊下をそっと忍び歩くぐらいのことで、満足することにしたのである。それも、このうえのど風邪でも引いたら大へんだと思って、厚地の赤いマフラーをのどに巻き、万一またあの双生児の襲撃にあったときの用意に、小さな火縄銃をさげて出かけたのである。ところが、最後にうけた奇襲は、九月十九日におこった。ここなら邪魔される気づかいはないと安心しながら、かれは二階から玄関の大ホールへ下りて行って、いまはカンタヴィル家の肖像のかわりに、そこの壁にかかっている合衆国公使夫妻の大きな写真に向って、ひとりで皮肉な批評をこころみて楽しんでいる時であった。その日は、ごくざっとした服装《なり》で、墓場の黴《かび》をところどころ飛び模様につけた、長い経帷子《きょうかたびら》をさらりと着ながしにして、咽《のど》のところを黄いろい帯でしばり、手に小さな提灯と、納所坊主のもつ小槍をたずさえていた。じつは、「墓のないジョナス、一名、チャーシイ農場の死骸かっぱらい」の役の扮装をしていたのであって、この扮装は、かれの有名な扮装のひとつであった。カンタヴィル家のものなら、かならずこれは肝に銘じているはずだ。隣家のラトフォード卿と、そもそも紛争の起ったほんとうの原因というのは、この扮装の幽霊のおかげだったからである。とにかく、時間にすれば、かれこれ朝の二時十五分すぎごろであった。かれがたしかめえたかぎりでは、家じゅうだれひとりごそりとも起きているものはなかった。それなのに、かれが、例の血のしみの跡がいくらかでも残っているか、それを見に、書斎の方へぶらぶら歩いて行くと、いきなりまっ暗な闇のすみから、ふたつの人影が両手を高く上げて、そいつをやけに振りまわしながらわっと飛びだしたかと思うと、そのふたりがかれの耳もとで、「ブーウ!」と金切り声でどなったのである。

こんな目にあえば、誰しもびっくり仰天するのはあたりまえである。幽霊があわてて階段口の方へさっと逃げだすと、どっこい待った、そこにはワシントン・オーティスが、庭でつかう大きな水撒き器をもって控えている。四方八方から敵に取りかこまれた幽霊は、進退ほとんどここに谷《きわ》まって、運よくそこに火の焚いてない大きな鉄のストーブがあったので、その中へパッと姿をかき消した。そして、そこから煙穴を通り、煙突をぬけ、退路をやっと見つけたのであったが、自分の部屋へ行きついた時には、いやもう、そのまっ黒けに汚れただらしなさに、さすがの幽霊も、われながらがっかりしてしまった。

このことがあってから、幽霊はもう二どとふたたび、故郷忘れがたさの遠征にはあらわれなかった。双生児の兄弟は、あいかわらずその後もなんどか折をねらっては、幽霊を待ちかまえていた。そして毎晩のように廊下へ木の実を撒いておくので、これには親たちや召使たちが困ってしまったが、けっきょくこれは、なんの役にも立たなかった。もちろん、幽霊は、自分がもうあらわれないということで、くさくさしていたことは言うまでもない。一方、幽霊が出なくなったので、オーティス氏は多年その仕事に取りかかっている、民主党の歴史に関する著述をはじめだした。夫人は夫人で、めずらしい浜焼きの会を組織して、全州をあっと言わせた。子どもたちはまた、ラクロス球戯だの、ユーカー骨牌《かるた》、ポーカー、そのほかいろいろのアメリカの国民遊戯にふけりだした。娘のヴァージニアはというと、これは、先週からチェシャー公の若殿が大学の休暇を利用して、このカンタヴィル猟場へ遊びにきているので、まいにちこれといっしょに小馬に乗って、谷間を歩きまわっている。こんなぐあいで、だいたいのようすから、幽霊はもう退散してしまったと思われたので、オーティス氏は、じじつその旨を手紙に書いてカンタヴィル卿に宛てて送った。カンタヴィル卿はその返事に、幽霊退散の御報知は老生も大いに喜びにたえず、御令閨《れいけい》にも御同慶の至り、万々よろしく御鳳声《ほうせい》ありたく云々と書いてよこした。

ところが、じじつは、幽霊はまだ屋敷の中にいたのであるから、オーティス家の人たちは騙《だま》されていたというわけである。幽霊も、いまではもう病人どうぜんであったとは言え、しかし、けっして事態をなおざりにしているというわけではなかった。ことに、当家の客のうちに、チェシャー公の若殿がきているということを聞いてからは、そうであった。というのは、この若殿の大伯父にあたるフランシス・スティルトン卿という人は、むかし、おれはカンタヴィルの幽霊と骰子《さいころ》ばくちをやって見せるぞと豪語して、カーベリー大佐というものと百ギニの賭けをし、その翌朝、カルタ室の床の上に一生不治の狂人となって発見されたという人であった。寿命は長かった人だが、一生、「六骰《ろくさい》の倍まわし」――このひと言しか口に言えずに終った人である。このはなしは、もちろん、位階をもったやんごとない両家にとっては、けっして褒めた話ではなかったので、あらゆる手を打って、噂のひろまることを極力伏せるのにつとめたが、当時は誰でも知っている話であった。この話に関する双方の事情の全貌は、タットル卿の著わした、「プリンス・リジェントとその御僚友の思い出」の第三巻に載っている。で、幽霊は、そのとき、自分がいまだにスティルトン家の人たちに対しては魔性の力を失っていないぞというところを、ぜひなんとかして見せてやりたいと思った。これは人情である。じつは、スティルトン家と自分とは、遠縁の間柄になっているのだ。自分の従兄が二どめに結婚したのがド・バルクレーの妹で、そこから直系に出たのがチェシャー公であることは、世間周知の事実である。そんなわけで、幽霊は、ヴァージニアの恋人には、ひとつ自分の有名な役だった「吸血鬼僧、一名、血のないベネディクティン」の扮装で出てやろうと、その準備にとりかかったのである。この扮装は、ひじょうに怖ろしいもので、一七六四年の大晦日に、スタータップ夫人がこれを見て、キャッとひと声、絹を裂くような悲鳴とともに、その場に昏倒し、その結果、烈しい卒中を併発して、カンタヴィル家とはいちばん近い身内だった彼女も、それがために跡継ぎにもならずに、遺産を自分の実家《さと》であるロンドンの薬種屋へのこしたまま、三日目に死んでしまったのであった。幽霊はしかし、支度は万端したけれども、例の双生児がこわくて、つい自分の部屋を出渋っていた。そのあいだに、若い公爵は、鳳輦《ほうれん》の間《ま》の羽根づくりの大天蓋の下でやすらかに眠り、夢にヴァージニアと逢っていたのである。

五

それから、二三日たったのちのことである。ヴァージニアと、巻き毛のうつくしい彼女の騎士とは、ブロックリーの草地へ遠乗りに出かけたが、そのとき、とある藪垣のあいだを通り抜けたときに、ヴァージニアは乗馬服を枝にひっかけて、ひどい鉤裂きをしてしまったので、家へ帰りついたときに、彼女は人に見られないように、そっと裏梯子から上って行くことにした。絨氈の間のまえを急いで駈けて通ろうとすると、そこの扉があいていて、中に誰かいるようなけはいがする。いつも母の小間使が、よくその部屋へ仕事をもってきてしていることがあるので、その時もそうかと思って、それならちょうどいいから、乗馬服のつくろいを頼もうと思って、彼女は部屋のなかをひょいとのぞきこんで見た。ところが、彼女があっと愕いたことには、部屋のなかにいたのは、ほかならぬカンタヴィルの幽霊だったのである！　幽霊はそこの窓ぎわに腰をかけながら、黄葉した庭の木々の朽ちゆく黄金が風に吹き散るのと、赤くもみぢした葉が長い並木道に狂うがごとく舞い散るのをじっと眺めているところであった。頭を片手にささえながら、妙にがっくりとしているその全体のようすは、なにか深い失意に暮れているようなかっこうであった。最初は、幽霊のいるのに肝をつぶして、いちはやく自分の部屋へ逃げこむなり、扉にしっかり鍵をかってしまおうと、とっさにそう思ったヴァージニアも、幽霊のようすが、いかにもうらぶれはてたような、起き上ることもできないほどひどく痛み傷ついているようなかっこうに見えたので、きゅうになんだか可哀そうになってきて、ひとつ思いきって幽霊を慰めてやろうと、彼女は思ったのである。近寄って行った彼女の足音が静かだったうえに、幽霊のもの思いがあまりに深かったので、彼女がものを言いかけるまで、幽霊は彼女がそばへきたことに気がつかずにいた。

「わたし、ほんとにあなたにはお気の毒だと思っていますわ。」と彼女は言った。「でもね、弟たちは、明日はもうイートンへ帰りますから、そうしたら、あなたはもうなにをなすっても、大丈夫よ。邪魔するものがなくなるから。」

「これはしたり、このわしに、なんでもしろとおすすめあるとは、笑止千万な。」幽霊は、大胆にも自分に物を言いかける美しい女の子があるのにやや呆れたごとく、あたりをキョロキョロ見まわしながら、「まったくもって片腹痛い。そなたのつもりはそうもあろうが、わしはな、この鉄《まがね》の鎖をばかつかつと打ち鳴らし、鍵の穴から吠えうめき、夜がな歩きまわらねばならぬ身の上なのじゃ。これがわたしのこの世に生きておる唯《た》だひとつの因縁なのじゃ。」

「そんな因縁なんてありませんわ。あなたはね、ずいぶん悪い人なんじゃありませんか。ミセス・ウムニーが、わたしたちがここへはじめてきた日に、そう言っていましたわ。あなた、ご自分の奥さまを殺したんですってね――。」

「なるほど、それは、そういうこともあったことはあった。」幽霊は、気むずかしげに眉を逆立てて言った。「したが、それはほんの内々のことじゃ。余人に迷惑はかけてはおらぬ。」

「いいえ、相手が誰であるにしろ、人を殺すということは、大へん悪いことです。」とヴァージニアは言った。おそらくニュー・イングランド人の先祖から血を引いたものであろう。この少女には、ときどきやさしい清教徒の真摯さがあらわれることがあるのである。

「おおさ、そのなま道学のこちたきやかましさが、わしは大嫌いなのじゃ。わしの家内はごくの不縹緻《ぶきりよう》でな、ついぞわしの襞襟《ひだえり》に糊《のり》をつけておいたこともなく、煮炊のわざひとつ知らぬやつであったよ。いちどなども、わしがホグリーの森で牡鹿を打ってきたことがあったが、それを家内がなんとして食膳にのぼせたと思う?……いや、しかし、今となってみれば、そんなことはどうでもよい。みな過ぎ去った昔のことじゃ。したがの、わしは家内を殺《あや》めはしたが、家内の兄弟どもが、わしを餓え死させようとしたのが、なんとしても腹に癒えぬのじゃ。」

「餓え死にですって? まあ、幽霊さん、あなた、お腹がすいていらっしゃるの? わたし、箱のなかにサンドウィッチがあるのよ。あなた、サンドウィッチ、お好き?」

「いや、おこころざしは恭《かたじけな》いが、わしはちかごろ、なにも食さぬ。おまえはなかなか親切な子じゃな。あの憎い、無礼な乱暴きわまる、不実な家人にくらべると、おまえはいちだんと心ばえが美しい。」

「お黙りなさい！」ヴァージニアは、足を踏み鳴らして叫んだ。「無礼で、憎くて、乱暴なのは、あなたのことよ。人のことを不実だなんて、あなたこそ、わたしの絵の具箱から絵の具を盗み出して、お書斎のあのおかしな血のしみ跡を塗ったんじゃありませんか。いちばん最初には、あなた、わたしの赤絵の具をみんな持って行ったじゃないの。朱まで持って行ったわ。だから、わたし、日の入りの景色を描くことができなくなっちゃったのよ。そうしたら、こんどはエメラルド・グリーンと、クロム・イエローを持って行って。……しまいにわたし、とうとう藍《インヂゴ》とホワイトきりになってしまったわ。これではお月夜の景色きりか描けやしないじゃないの。お月夜の景色なんか、見ていると気が滅入ってくるし、だいいち、描くのがむずかしくって駄目だわ、あんなの。わたし、ずいぶん困ったんだけど、でも、あなたには言わないでいたのよ。だって、なにがなんだって、あんまり可笑しすぎるわ。エメラルド・グリーンの血なんて、聞いた人があって？」

「いや、ほんにのう。」と幽霊は、すこしおとなしくなって、「わしはなにをしようとしたのだったか？ ちかごろは真《ほん》の血はなかなか手に入りにくいし、それにおまえの兄者人《あにじゃびと》が、あの浄《きよ》めの薬でやっしやっしと始めたによって、わしもついなんの気なしに、おまえの絵の具に手をつけたのじゃが……したがの、ものの色彩《あいろ》というものは、これはいつの世にも好みがあるものでな。たとえて申そうなら、わがカンタヴィル家は代々青い血じゃ。イギリスのなかでも、いちばん色の青い血じゃ。もっとも、おまえたち、アメリカ人は、あまりこういうことは気にかけぬかも知れぬが……」

「そんなこと御存じにならなくてもいいのよ。そんなことよりもね、あなたは、なによりもまず、アメリカへ移住して、精神を改良なさるのが、いちばんいいことなんだわ。父はきっと喜んで、無料の旅券を出して下さってよ。幽霊だって、税金はそうとう重くかかるけど、でも税関のことなら、あすこのお役人はみんな民主党だから、むずかしいことはちっともないわ。いちどニューヨークへいらしてごらんなさい。きっとあなたは引っぱりだこになるから。だって、お祖父さまを買うのに、十万ドルも出す人が大ぜいいるんですもの。自分の家の幽霊を買うとなったら、もっと大金を出すにちがいないわ。」

「わしはアメリカはどうも気に入りそうもないて。」

「アメリカには、古い廃墟だの、めずらしい骨董がないから、そうおっしゃるんでしょう。」

ヴァージニアは皮肉らしく言った。

「廃墟がないとな！　骨董がないとな！」幽霊は答えた。「しかし、お国には海軍もあれば、お国ぶりもあるがな。」

「幽霊さん、わたしもうお暇《いとま》しますわ。わたし、お父さまのところへ行って、弟たちに特別休みを出してもらうように頼んできて上げますわ。」

「これこれ、嬢や。お願いじゃ、行ってくれるな。これ。」幽霊は、思わずそう言って呼び止めた。「わしはひとりで淋しうて、まことにつまらぬ。なにをしてよいやら、とんとわからぬのじゃ。眠ろうと思うても眠ることもならぬし……」

「あらまあ、それこそ可笑しいわね！　おやすみになるんだったら、お床へはいって、蠟燭を消せば、それでいいんじゃないの。眠るより、起きている方がよっぽど辛いことよ。教会なんぞへ行った時なんか、ことにそうだわ。それにくらべたら、眠るのなんかわけありゃしない。眠ることなら、赤んぼだって知っててよ。まだ頭のすわらない赤んぼだって、知ってることだわ。」

「わしは三百年というもの、一睡もせんのじゃ。」幽霊が悲しげにそう言うのを聞いて、ヴァージニアは、美しい青い目を皿のように開いて、茫然と呆気にとられた。「三百年というもの、わしは一睡もせん。だによって、わしは大きに疲れておるのじゃ。」

ヴァージニアの顔がきゅうにまじめになった。そして、小さな唇がバラの葉のようにわなわなと顫《ふる》えた。彼女はいきなり幽霊のそばへすすみよると、そこへ跪《ひざまず》いて、つくづくと幽霊の年とった皺だらけな顔を見上げた。

「かわいそうな、かわいそうな幽霊さん。」彼女は呟《つぶや》くように言った。「あなた、おやすみになれるところがどこにもないんですの？」

　すると、幽霊は、低い、夢のような声で答えた。「あの松林のずっとずっと向うにな、小さな小さな庭があるのじゃ。その庭には、丈なす草がぼうぼうと生い茂っておっての、白い大きな星のような毒にんじんの花が、いっぱいに咲いておるのじゃ。夜になるとな、夜鶯が夜どおし鳴きどおしじゃ。夜鶯が夜どおし鳴きとおしておるとな、冷たい水晶のような月がじっと空から見おろしての、いちいの木がよ、眠れるものの上に巨人のような手をひろげるのじゃ。」

ヴァージニアの両眼が涙に曇ってきた。彼女は思わず両手に顔を蔽ってしまった。

「それは『死の庭』のことなのでしょ。」彼女は囁くような小声で言った。

「そうじゃ、『死』じゃよ。『死』というものはの、それはそれは美しいものじゃよ。やわらかな茶色の土のなかに身を臥《ふ》せる。青い草が頭のうえでそよそよとそよいでな、音なき沈黙《しじま》にじっと耳を澄ますのじゃ。昨日もなければ、明日もない。時を忘れ、いのちに暇をやり、安らかになることじゃよ。そなたもな、わしに手をかすことができるぞよ。そなたはわしがために、『死』の家の門を開くことができる。なぜというに、そなたには常しじゅう『愛』が身についておるからじゃ。『愛』は『死』よりも強いものじゃでな。」

ヴァージニアは思わず身ぶるいをした。冷たい戦慄が全身を走ったのである。しばらくのあいだ、沈黙がふたりのあいだを領した。彼女はまるでなにか怖ろしい夢でも見ているような感じがした。

やがて幽霊は、ふたたび語りだした。けれども、その声は、吹く風が歎く吐息のようなひびきしかなかった。

「おまえは、あの書斎の窓に記してある、古い古い占いの言葉を読んだことがあるかの?」

「ええ、ちょいちょい読みました。」少女は、そのとき顔を上げて叫んだ。「あれならよく知っています。なんだか奇妙な黒い字でべったり書いてあって、読むのが骨ですわ。あれはたった六行でしたわね。

金髪《こがね》の少女《おとめ》 まが罪の
唇《くち》より祈り聞きいだし
実らぬ杏《あんず》 花咲きて
児《ちご》が涙をゆずるとき
家ことごとく静まりて
カンタヴィルに平和来る

でも、なんの意味だか、さっぱりわかりませんわ。」

「それはな、こういう意味なのじゃ。」幽霊は元気のない声で言った。「わしは涙というものを持っておらぬ。そこで、お前がわしの犯した罪のために、泣いてくれねばならぬ。また、わしは信仰というものを持っておらぬ。そこで、お前はわしの魂のために、わしといっしょに祈りをささげてくれねばならぬ。それからの、お前がいつもかわらずやさしくて、気だてがすなおで、おとなしい子でいてくれれば、死の天使も、わしに憐れみを垂れてくれる。これからお前は闇のなかに、さまざまな怖ろしい形のものを見るだろうし、耳に悪魔の囁きもきくだろうが、けっしてそれはお前の身に害は加えぬぞ。小さな子どもの身の潔白に対しては、地獄の力も歯が立たぬでな。」

ヴァージニアが黙ったまま、ひとことも返事をしないでいるので、幽霊は、うなだれたかの女の金色の頭を見下ろしながら、はげしい絶望のうちに両手を揉んだ。すると、やにわに彼女はすっくと立ち上がった。顔がまっ青である。そして、目に異様な光りが輝いている。彼女ははっきりした声で言った。「わたし、ちっともこわくありません。あなたに憐れみを垂れて下さるように、わたし天使さまにお願いして上げますわ。」

幽霊は、ほうと喜びの叫びを低くあげると、そのまま座から立ち上がって、彼女の片手をとり、古風な式で身をかがめると、その手に口づけをした。幽霊の指は氷のように冷たかった。そのくせ、唇は火のように燃えていた。うす暗い部屋を幽霊が手を引いて案内に立っても、ヴァージニアはすこしも怯《ひる》まなかった。部屋の壁にかけてある色褪せた緑いろの氈《かも》には、小さな狩人たちが縫いとりをされている。その狩人たちが「行くなよ、ヴァージニア、帰れよ、帰れよ。」と叫んだが、幽霊は、彼女の手をなおもしっかと固く握りしめ、彼女は壁かけの狩人たちに目を瞑《つむ》った。すると、とかげのような尻尾をもった、目のギョロギョロした怖ろしい獣が、彫刻のしてある煖炉の煙出しのところから、しきりと彼女に目くばせをしながら、「気をつけろよ、ヴァージニア、気をつけろよ！　もう二どとお前はここへ帰って来られぬぞ！」と呟いたが、そのとき、幽霊の辷《すべ》る足は風のように迅《はや》くなり、ヴァージニアは耳をふさいで、その声を聴こうともしなかった。部屋の隅まで行くと、幽霊はちょっとそこに足を止めて、なにやら分からぬ言葉を呟いた。彼女がそっと目をあいてみると、目のまえの壁がしだいに霧のように搔き消えて行き、行く手にはただ大きな闇の洞穴がのぞいているばかりであった。「さあ、早く。遅くなるから、早く。」幽霊がそう言って叫んだとたんに、張出し窓はたちまちにしてふたりの背後に閉《とざ》され、同時に壁かけの間は誰もいない藻抜けの殻になったのである。

六

それから十分ばかりしたのち、お茶の呼鈴が鳴った。ヴァージニアが階下へ降りて来ないので、オーティス夫人は、下男を二階へ迎えにやった。しばらくすると、下男は戻ってきて、お嬢さんはどちらにもお見えになりませんと告げた。いつも夕方になると、彼女は晩餐の食卓へ挿す花をとりに庭へ出ることがよくあるので、夫人も、最初のうちはべつに気にもかけなかった。が、まもなく六時を打っても、娘がまだ姿を見せないので、夫人はようやく騒ぎ出し、男の子たちをおもてへ見せにやり、そのひまに、自分は夫とふたりして、家じゅうの部屋という部屋を探し歩いてみた。六時半に、男の子たちは戻ってきて、ヴァージニアの行ったようすはどこにも見えないと告げた。さあ、そうなると、家中のものが大騒ぎになった。が、誰もどうしていいのかわからない。するとその時、ふとオーティス氏は、二、三日まえに、ジプシーの一団に猟場のなかでキャムプをしてもいいと許可してやったことを思い出した。そこで彼は、さっそく長男と農園の使丁をふたり連れて、自分で場所を知っているブラックフェルの窪地へ出かけて行った。心配でじつはもう半狂乱のようになっていたチェシャー公も、ぜひ自分もいっしょに連れて行ってくれと言って、しきりとせがんだけれども、オーティス氏は、ひょっとすると向うへ行って乱闘がおっぱじまる惧《おそ》れがあるからと言って、同行を許さなかった。ところが、一行がその場所へ行って見ると、ジプシーはもうそこにはいなかった。なぜか急なことに突然出立したのだとみえて、あとにはまだ焚火などが燃えのこっていたし、草の上には皿なども落ち散っていた。で、オーティス氏は、ワシントンとふたりの下男に急いで近所を探しにやり、自分はすぐとその足で家に駈けもどって、州の警視のいるところへ全部電報を打ち、娘が浮浪者かジプシーの仲間に誘拐されたから、捜索方をたのむ旨を言ってやった。それから、自分の乗馬をまわすように言いつけ、妻とチェシャー公とふたりの子どもには、さきに晩餐をすませるようにくれぐれも言い置いたのち、自分は馬丁をひとり供につれて、アスコット街道を馬で下って行った。すると、まだ二哩とは行かないとこであった、誰かうしろから自分の跡を追って、馬を走らせてくるものがある。ふりかえってみると、若公爵が小馬にのって跡を追ってきたのであった。若殿は顔を汗にまみらしながら、帽子もかぶっていない。

「オーティスさん、ぼくもう、とても心配で……」若い公爵は息を切らしながら言った。「ヴァージニアがいないでは、ぼく、飯ものどへ通らんです。どうぞ御立腹なさらんで下さい。あなたが昨年ぼくたちふたりに、婚約を許して下さっておいたら、こんな心配事も起らずにすんだのですよ。まさか、ここからぼくに帰れとはおっしゃらないでしょうね。ぼく、帰れませんよ。断じて帰らんですよ。」

公使は、この若い、容貌の美しい駄々っ子に、思わず微笑を送らざるをえなかった。そして、この若殿が、それほどヴァージニアに執心しているその心根に、大いに心を動かされた。そこで、乗っている馬から身を乗りだすと、公使は若殿の肩をやさしく叩きながら言った。「セシル、そりゃあなたがどうしても帰らんとおっしゃれば、ごいっしょに随《つ》いて来られるまでですがね。とにかくしかし、アスコットへ行ったら、帽子を買わなければ……」

「いや、帽子なんか心配いらんですよ！　帽子より、ぼくは、ヴァージニアがほしいですよ！」若い公爵は、そう言って呵呵《かか》大笑した。そこで、かれらはそこから停車場の方へと馬を疾駆させて行った。停車場で、オーティス氏は、駅長に、だれかヴァージニアの人相書に相応するものはプラットフォームに見当らなかったかと言って訊ねたが、彼女のニュースはなにも得られなかった。駅長は、さっそく、あちこちの駅へ電話をかけてくれて、かならず厳重に見張りをしているから安心してくれと、公使にくれぐれも保証した。で、そこの町で、そろそろもう大戸をおろしかけていた一軒の呉服屋で、若い公爵のために帽子をひとつ買ったのち、オーティス氏は、そこから四哩ばかり離れたところにあるベクスリーという村へ馬を飛ばすことにした。その村は、すぐそこの地つづきに大きな共有地があるところから、このへんでも有名なジプシーの巣になっているところなのだそうであった。そのベクスリーで、三人は駐在所の巡査を叩き起こしたが、その巡査からは、べつにこれという報告も手に入らなかった。それから、村につづいたひろい共有地の隅から隅までも、ひとまわり馬で乗りまわして、それからようやく馬の頭を家の方へ向けたのである。カンタヴィルの猟場へ着いたのは、かれこれその晩の十一時ごろで、三人とも、もはや死んだように疲れ果て、ほとほと悲歎に暮れきってしまっていた。並木道が暗いので、ちょうどワシントンとふたりの兄弟が提灯をもって、入口の門番小屋のところに迎えに出ていてくれた。聞いてみると、ヴァージニアの行方は、やはり皆目わからないのであった。尋ねて行ったジプシーには、ブロックリーの草地で追いついたそうだが、ヴァージニアはそのなかにもいず、ジプシーどもの語るところによると、かれらが俄《にわ》かに出立したのは、チョートンの祭りの日どりをまちがえて、それに遅れちゃ大へんだというので、匆《そう》匆《そう》に発ったのだというのであった。かれらは、猟場にキャンプを許してもらったという恩があるので、ヴァージニアの失踪のはなしを聞いて大いに気の毒がり、全員のうちから四人のものを、捜索の手つだいに、あとへ残しておいてくれて行ったという。養魚場もすでにかいぼりをしてみたし、もう猟場のうちは残る隈《くま》なく捜して歩いたのだが、なんの結果もえられないのであった。こうなってはもう、今夜ひと晩は、ヴァージニアは迷子というよりほかに、手のつくしようがない。オーティス氏と四人の年若いものたちが、深い悲歎にしずみながら、家の方へ歩いてくるそのうしろから、馬丁は二匹の馬と小馬をつれて、これも首をうなだれて、沈みながらついてきた。玄関のホールのところで、おろおろ驚きうろたえる一団の召使たちが、かれらを迎えた。気の毒に、オーティス夫人は、書斎のソファに身を横たえ、心配と怖れとにほとんど半狂乱のていで、老家政婦にオー・デ・コロンで額を冷やさせていた。オーティス氏は、とりあえず、彼女に、なにか食べなくてはいけないと言いおいて、それからみなのために食事の支度をいいつけた。淋しい晩餐であった。たれひとり口をきくものもなかった。双生児の兄弟すらが、このふたりの弟たちは、日ごろから姉のヴァージニアが大好きだったものだから、その晩は恐懼《きょうく》のあまり、じっとおとなしく神妙にしていた。食事がすむと、オーティス氏は、若い公爵がしきりと歎願したにもかかわらず、今夜はもうこれ以上なにも打つ手はない、夜が明けたら、すぐと警視庁へ電報を打って、即刻探偵の手配をしてもらうことにしようと言って、家じゅうのものを床に就かせた。ちょうどみんなが食堂からぞろぞろ引き揚げようとしたときに、時計台から十二時の鐘が鳴りだした。その十二の点鐘の最後の鐘の音が鳴りわたった時である。いきなり、どこかで物の倒れたような、えらい音がきこえ、それにつづいてキャッという鋭い悲鳴がみんなの耳にきこえた。とたんに、ものすごい落雷の音ががらがらがらがらと、屋敷を震動させたとおもうと、なにかこの世のものとは思われぬ妙《たえ》なる楽の音が、ひょうびょうと虚空にきこえてきた。と、大階段のいちばんてっぺんの鏡板が一枚、めりめりめりと破ると見るや、そこの踊り場のうえに、色青ざめたヴァージニアが、片手に小さな手筐《てばこ》を持って、忽然として立ちあらわれたのである。たちまち一同は、束になって、どっとばかりにそのそばへ駆け寄った。オーティス夫人は、狂気のごとく彼女を腕に抱きしめる。公爵は、息を止めんばかりに、はげしい接吻を浴びせかける。双生児の兄弟は、その一同のまわりを、祝勝の踊りを踊って、えいさ、えいさと歩きまわった。

「なんと！　お前、いったい今まで、どこにいたのだ？」オーティス氏は、なにか彼女がつまらぬいたずらでもみんなにしていたのではないかと思って、やや腹立ち気味の調子で言った。「おかげでお前、セシルとわたしは、お前を探しに、在郷じゅうを馬にのって歩いたのだぞ。お母さまは驚きのあまり死にかかるし。……もう二どとふたたび、こんな悪戯《わるさ》をしてはいかんよ。」

「うちのお化けには、悪戯したっていいんだぞ！　幽霊にはいいんだぞ！」双生児の兄弟は、そう言って、わいわい囃《はや》しながら、そこらを跳びまわった。

「まあ、お前、ほんとに見つかってよかったねえ。これも神さまのお蔭ですよ。よく感謝をなさいよ。もうこれからはね、お母さまのそばをけっして離れてはいけませんよ。」オーティス夫人は、まだ身顫いのとまらないわが子に接吻をしながら、呟くようにそう言って、娘のみだれた金髪をやさしく撫でてやった。

「パパ。」とヴァージニアはしずかな口調で言った。「わたしねえ、いままで幽霊さんといっしょにいたのよ。幽霊さんはもう死んでしまったわ。パパも行ってごらんにならなければいけないことよ。……あのひと、とても悪い方だったのね。でもね、自分の今までしたことを、ほんとに後悔していなすったわ。そうしてね、死ぬまえに、こんな美しい宝石箱をわたしにくれたのよ。」

家じゅうのものは、えっと驚いて、言葉も出ずに、ただ彼女の顔をうちまもるばかりであった。けれども、ヴァージニアはまったくまじめで、真剣であった。やがて、彼女はくるりと向うをむくと、張り出し窓をあけて、そこから一同を狭い秘密の廊下へと案内して行った。ワシントンがテーブルの上にあった蠟燭をともして、彼女のあとにつづいた。しばらく行くと、一同は、大きな樫の一枚扉のまえに出た。扉には、赤く錆びた大きな鋲がいくつも打ってある。その扉にヴァージニアが手をふれると、扉は重い蝶つがいでギーとあいた。そこを潜《くぐ》って中へはいると、中は小さな低い部屋になっていた。天井の梁《はり》がむきだしになっていて、鉄格子をはめた小さな明かり窓がひとつある。壁には、大きな鉄の環がひとつ、深く打ちこんであって、その環につないである太い鎖の一方のはしに、枯れさらばえた一個の骸骨がつながれていた。骸骨は、石畳みの床の上にながながと身をのばし、手のとどくすぐそばにおいてある、ひどく古風な木皿と水差を、肉のない長い指で摑もうとしているようなかっこうをしている。水差には、もとは水がいっぱい満たしてあったのだろうが、いまは中がすっかり青黴《あおかび》で蔽われている。木皿の上には、堆《うずたか》く埃《ほこり》がつもっているほかに、なにものっていない。ヴァージニアは、やがて、その骸骨のそばに跪《ひざまず》くと、小さな両手を合わせて、黙って祈禱をささげはじめた。ほかのものたちは、いまこそようやく秘密のとばりの除かれた、怖ろしいこの愁嘆場を、ただ茫然として見まもるばかりであった。

「やあ！　ごらんよ！」と、そのとき、この部屋の位置が屋敷のどの側面にあるかを、さっきからしきりと窓をのぞいて見ていた双生児の弟たちが、とつぜん、そう言って大声をあげて叫んだ。「ねえ、ほら、あの枯れた杏の木に花が咲いてら。ねえ、花がここからよく見えるよ。お月さまに照らされて……。」

「ああ、それでは神さまがこの方をお許しになったんだわ。」ヴァージニアは立ち上がりながら、厳粛な顔をして言った。思いなしか、そういう彼女の顔を、一道の美しい光りが、こうこうと射してらしているように見えた。

「あなたはまあ、なんという天使だ！」若い公爵は、思わずそう言って叫ぶと、いきなり彼女の頸を腕にかかえこんで接吻をしたのである。

七

ふしぎなこの出来事があってから、ちょうど四日目のことである。一列の葬式が、夜の十一時に、カンタヴィルの猟場から送り出された。柩《ひつぎ》の馬車は八頭の黒馬にひかれ、その馬には、一頭ずつ、いずれも頭にふさふさと揺れる大きな駝鳥《だちょう》の羽根かざりが飾られ、鉛の棺《こし》には、カンタヴィル家の定紋を金糸で繍《ぬ》い出した、濃いむらさきいろの柩被けがかけられてあった。棺のわきには、下男どもが火をともした松明《たいまつ》をもって立ち、その葬列はいかにも物々しいものであった。ウェールズから特にこの葬儀に参列するために馳せ参じたカンタヴィル卿が施主となって、これは一番目の馬車に、ヴァージニアと並んで乗りこんだ。そのつぎが合衆国公使夫妻、そのあとがワシントンに三人の少年たち、殿《しんが》りの馬車にはミセス・ウムニーが乗りこんだ。このミセス・ウムニーは、なにしろ五十にあまるその生涯を、死んだ幽霊に脅かされつづけてきたのであるから、誰をおいても、その最期に立ち会う権利があると、みんなに考えられたのである。墓地の片隅、ちょうど例の水松《いちい》の木の真下のところに、深い墓地がすでに掘られてあり、埋葬の式は、オーガスタス・ダンピア師の手によって、おごそかに営まれた。式がおわると、カンタヴィル家代々の古式にのっとり、下男たちは松明を消し、棺はしずかに墓の中へと下ろされたのである。そのとき、ヴァージニアはまえへ進みでて、白と桃いろの杏の花でつくった大きな十字架を、棺の上へ置いた。かの女が十字架を棺の上へおいているあいだに、月が雲間から顔をさしだして、小さな墓地の上に音なき銀の光りをしめやかに流すと、遠い雑木林のなかで夜鶯がさえずりだした。彼女は、ふとそのとき、幽霊の語った「死の庭」の描写をおもい出した。すると、彼女の目は涙で打ち曇ってきた。そこからまた馬車にのって、家まで帰るあいだ、彼女はほとんどひと言も口をきかなかった。

あくる朝、カンタヴィル卿が町へのぼるまえに、オーティス氏は、幽霊がヴァージニアに遺して行った例の宝石のことについて、老卿と対面した。幽霊の遺して行った宝石は、いずれも申し分のない、りっぱな品ばかりで、ことに、十六世紀の手芸品のうちでも、国宝ものと見なされる、古いヴェネチア細工のルビーの頸《くび》かざりのごときは、〝時価もそうとうに見積られるところから、オーティス氏も、いろいろと考えた末、これをこのまま自分の娘に授受させるについては、分別に迷ったのであった。そこで彼は言った。

「カンタヴィル卿、こちらのお国では、土地と同様に、装身具にも永代所有権というものが適用されるということを、わたくし承知しておりますが、そうしてみるとですな、この宝石類は、明らかにあなたの御家族の継承するものであり、また当然そう継承なさるべきものですよ。そういうわけで、これはわたしからあなたにぜひお願いすることなのですが、どうかこの品は、あなた、ロンドンへお持ちかえりを願いたい。まあ、なんですな、あなたの財産の一部分が、妙なまわりあわせで、妙なところへ今まで埋蔵されていた。——とこうまあ、あっさり考えて頂くのですな。わたしの娘と申しましても、あれはまだごくほんの子どもですし、それに、しあわせなことには、こういう無用な贅沢品の飾りものなどに、まだ興味は持っておりませんしね。それに、じつは家内からも、こういうことを言われておるのです。いや、家内ときたら、娘時代に幾冬かボストンで過した女だものですから、わたしの口から申すもお恥しいが、芸術の権威などというものは、てんで認めんやつでしてね。その家内がこう申すのです。——こんな宝石は、お金にしたら大した値打のものでしょうねえ。売りに出したら、きっとそうとうになってよ。……まあそういったしだいですから、カンタヴィル卿、わたしが家族の誰にもこれをもたしておけないわけが、おわかりになりましたろう。それにですな、じつをいうと、こういうちゃかちゃかした無益な玩具はですな、なるほど英国の貴族がたには、いかにもふさわしい、また有用なものかも知れませんが、共和国の素朴主義——これこそは万代不易なものとわたしは信じていますが、これに厳しく育てられたものにとっては、まったく豚に真珠なのですよ。ヴァージニアはヴァージニアでまた、お宅の不幸な、心得ちがいな御先祖の形見として、あなたから、この宝石箱を押しつけられるのじゃないかと思って、じつはひどくそれを心配しているらしいのですよ。だいぶ古いものですしね、ちょっと修理もおぼつかないような品ですから、まあ、そのへんよろしくひとつ、娘の願いも容れてやって頂きたいと、こう思いましてね。……わたしですか？　わたしはねえ、とにかくどんな形にしろですな、自分の娘が中世趣味に共感をあらわしたということに、じつは大いに驚いているしだいなのです。いったい、あの娘は、じつは家内がアゼンスの旅から帰ってまもなく、お国のロンドンの郊外で生れた子なので、どうもそれが幾分関係しているんじゃないかと思うよりほかないのですがね。」

　カンタヴィル卿は、ときおり口のあたりに浮ぶ微笑をかくすように、白い髭をしごきながら、ひどくまじめな顔をして、公使の堂々たる所説を拝聴していたが、やがて公使が語りおわると、心をこめた握手をしてから言った。

「オーティスさん、あなたのあの可愛らしい御息女はね、わたしの家の先祖のサー・シモンにそれはもうたいへん重大な役目をして下さったのじゃよ。わたしども、カンタヴィル家のものは、お宅のお嬢さんの勇気と胆力には大いに恩義がありますわい。この宝石は、あきらかにこれはお嬢さんのものじゃよ。まあさ、かりにじゃよ、わたしがお嬢さんからこれを取り上げるような心ないことをして見なさい、ここ半月とたたんうちに、かならずあの幽霊めは墓穴から出てきて、わたしを悪魔の境涯にひっぱりこみますぞ。家宝という段になれば、そりゃあんた、遺言状やら、公文書やらに記されておらんものは、家宝じゃありゃせんよ。こんな宝石があるなんということは、これまで知らんかったことなんじゃから。……いや、オーティスさん、わたしもお宅の執事さんと同様に、わしにもわしの文句がある、さ。それに、いまにお嬢さんが大きうなられて見なさい、きっと美しいものは身につけたがるようになるにちがいないから。それに、あなた、憶えておいでと思うが、あなたこの屋敷を買われる時に、幽霊と屋敷をいっしょに値をつけて買いなすったのじゃ。さすれば、幽霊の持っとった品物は、みなこれ、あなたの所有物じゃ。サー・シモンが、夜な夜な、どれほどここの廊下で暴れたにしたところが、法的には、とうの昔に、あれは死んだ人間じゃ。その死んだ男の財産を、あなたは買いとられたのじゃないか。」

オーティス氏は、カンタヴィル卿のこの固辞には大いに困った。その結論はもういちど考えなおしていただきたいと嘆願してみたけれども、この物がたい貴族は、じつに頑固であった。で、けっきょく、公使は根まけがして、幽霊が贈りものにしてくれた品は、贈られた主の自分の娘が持っているということにさせられてしまったのである。一八九〇年の春、チェシャー公令夫人となったヴァージニアが、婚賀奏上のために国女陛下の謁見の間に伺候したとき、彼女の宝石は、世界の賞讃の話題となった。じつは、ヴァージニアは、全米少女を代表して、英国朝廷から名与の冠冕《かんべん》を下賜《かし》され、それからほどなく、芳紀まさに綻《ほころ》びた年ごろになって、筒井筒、振りわけ髪のかの許婚《いいなづけ》である若い公爵と、めでたく偕老《かいろう》の契《ちぎ》りを結んだのであった。ふたりは雛《ひな》のような美しい夫婦となり、たがいに深く愛し愛された。この似合いの若夫婦を見たものは、誰しもがよろこんだが、なかにただひとり、ダムブルトンの侯爵夫人だけは、七人いる未婚の娘のうちのどれかひとりに、公爵を生捕らせようとして、それを目あてに、三べん以上も豪奢な晩餐の宴を張ったのに、うまうまと鴨に逃げられてしまったので、この夫人だけは例外であった。オーティス氏はと言うと、この人はまた、奇妙なことに、若い公爵のことを個人的にはひじょうに好いていながら、自分の持論の上から、公爵の称号に対して、あまり快い感じを抱いていなかった。公使自身のことばをかりていうと、「遊び好きな貴族階級の惰弱な勢力のなかに、もうすこし共和国の簡便主義が忘れられていなければ、おたがいに意見があうのだが……」というのである。もっとも、公使のこの反対意見は、その後完全に覆されてしまったと筆者は信じて疑わない。なぜかというのに、英国ひろしといえども、ロンドンはハノヴァア・スクエア、セント・ジョージの通路を、この公使が娘を腕に抱きかかえながら歩いている時ほど、世に鼻高々とした男は、まずちょっとほかにはあるまいから。

公爵夫妻は、蜜月旅行をすましたのち、カンタヴィル猟場へやってきた。着いたあくる日、昼すぎてから、ふたりは、ぶらぶら歩いて、松林のそばのさびしい墓地のところまでやってきた。サー・シモンの墓碑銘には、なにを記したらいいか、最初はそれがなかなかまとまらなかったのであるが、とうとう最後に、墓石には、あの老紳士の名前の頭文字をあっさりと彫り、それに添えて、あの書斎の窓に記されてあった詩文を刻むことに話がきまったのであった。公爵夫人は、ちょうどそのとき、うつくしい薔薇の花を幾輪かたずさえてきていて、それを墓の上に撒きちらした。ふたりはしばらくそうして墓前に佇《たたず》んでいたが、やがてそこから古い礼拝堂のいまは荒れはてるままにまかせてある会堂の中へと、ぶらりとはいって行った。公爵夫人は、そこに朽ちたおれている柱の上に腰をおろすと、夫は彼女の足もとに長ながと身を横たえて、煙草をくゆらしながら、彼女の美しい目もとをしみじみ見上げていたが、ふと煙草の吸殻を投げすてると、しずかに彼女の手を握って、言った。

「ねえ、ヴァージニア、妻というものは、自分の夫に、いっさい秘密を持っていてはならんものだねえ。」

「ええ。わたくし、あなたに秘密なぞ持っておりませんことよ。」

「いや、君は持っているよ。」夫は、にやにや笑いながら答えた。「君は、いつぞやあの幽霊と一室に閉じこめられたとき、どんなことが起ったか、ぼくにまだ話していないじゃないか。」

「あら、それはセシル、どなたにもわたし、お話してないことよ。」ヴァージニアはまじめな顔をして言った。

「それは知ってるさ。だけど、ぼくには話していいことだろう。」

「セシル、お願いだから、それを訊かないで頂戴。わたし、あなたにもお話しすることができないんです。ああ、気の毒なサー・シモン！　わたしね、あの方にはたくさん御恩を蒙《こうむ》っているのよ。あら、セシル、お笑いにならないで。ほんとにわたし御恩になっているのよ。人生とはどんなものか、死とはなにを意味するものか。愛はなぜそのふたつのものよりも強いのか——それをあの方はわたしに見せてくれたのですもの。」

公爵は、やおら体をおこすと、妻がさもかわいいというふうに口づけをした。

「いいよ、ぼくがおまえの心臓を持っているかぎり、それは秘密にしておおき。」

「あら、それは今までだって、いつだってあなた持っていらっしたじゃないの。」

「しかし、いずれぼくらの子どもたちには、おまえ教えてやるんだろう？」

ヴァージニアは思わず顔を染めた。

付録Ⅰ　対談・恐怖小説夜話　平井呈一・生田耕作

「対談・恐怖小説夜話」——牧神社の雑誌『牧神』創刊号（一九七五年一月）に掲載。「特集＝ゴシック・ロマンス——暗黒小説の系譜」は、マリオ・プラーツ「暗黒小説の美学」（ペンギン・ブックス *Three Gothic Novels* の序文）をはじめ、由良君美、種村季弘、富山太佳夫、塚本邦雄、荒俣宏、八木敏雄、志村正雄、池内紀、深田甫、日影丈吉、井村君江、須永朝彦ら、錚々《そうそう》たる顔触れが寄稿した充実の一冊。冒頭にある通り、この対談の前に、平井呈一はウォルポール『おとらんと城綺譚』擬古文訳（思潮社、一九七二）、生田耕作は矢野目源一訳ベックフォード『ヴァテック』の補訳（牧神社、一九七四）を上梓している。七四年には『月刊ペン』誌で紀田順一郎、荒俣宏らの連載「反近代の象徴ゴシック」（『出口なき迷宮』の書名で七五年に牧神社で書籍化）が開始、ゴシック・ロマンス研究・紹介が本格化し始めた時期でもあった。牧神社代表の菅原貴緒は、思潮社で『おとらんと城綺譚』を手掛け、その後興した牧神社で、『アーサー・マッケン作品集成』全六巻、『こわい話・気味のわるい話』全三輯と、平井呈一の翻訳企画を次々に出版、未刊に終ったが平井呈一・由良君美監修で『トマス・ド・クィンシー集成』を計画していた。牧神社という社名も平井の命名である。

ゴシック小説古典の最善の翻訳紹介者であり、よき味読者である両氏に登場してもらい、暗黒小説からマイナーな恐怖幻想小説まで、その味わい方の実際、翻訳上の問題、あるいは横道それた書物談義も含めて闊達《かったつ》に話していただいた。話題は迂余曲折、とどまるところを知らず、冬の夜長の夜話しを誌上再現。

編集部　本日は遠いところをありがとうございます。さて、小誌創刊号がゴシック・ロマンスについてのささやかな特集を編むに当り両先生にご登場ねがったわけですが、まず第一におふた方がゴシック・ロマンスの代表的な作品の翻訳紹介に労をとられている、すなわち平井先生の『おとらんと城綺譚』、生田先生の『ヴァテック』ということで、具体的にゴシック・ロマンスに関するご感想、お考えをお話しいただきたい。次にゴシック・ロマンスのみならず、世界の正統な文学史では異端とされたり、等閑視されたりするマイナーな文学を両先生は精力的に翻訳され、かつまた広範囲に読破されているとききます。で、そうした歴史の暗い部分に隠然と存続する作品の意味、何故そのような作品に惹かれるのか、翻訳という作業の実際にも触れていただきながら、ご所感をお話しいただければと思います。また仄聞《そくぶん》するところでは、読書の正統なる楽しみ、文学の本来の味読について「趣味人」たるを任じられる両先生ですので、マイナーな作家、忘れられた作品を味わう読書の日々の楽しみにまで自由闊達にお話しが及んでいただければありがたく思います。ではまず、ゴシック・ロマンスということで平井先生から——

平井 ゴシック文学というけれども、どうも今まで本国で出ているようなゴシック文学について書いているものは、文学史家というものはみんなそうなんでしょうが、結局その時代の背景とか、どういうものからの影響でできたとか、それからその分類、そういうことに終始しているんで、いつも何か物足りないんですがね。結局彼等の公式があるわけで、それにあてはめていっているんですな。その公式を発見したということは、それはそれでいいんだけれども、それじゃあ一体ゴシック文学の発生とか動機とか、そういうことについては、どうもはっきりしたものがない。ですから所謂ゴシック文学といって今レッテルを貼られているものが、一体どういう処から出てきたのか、本当の文学的な価値とか評価がどこにあるのか、不勉強のぼくが読んだ限りのものからは、よく判らないんですよ。

生田 実は昨日、泥縄式にピーター・ケネルの『浪漫的英吉利《ロマンチック・イングランド》』という本を読んだんですが、ケネルの考えではゴシック・ロマンス以前に、骨董趣味としてのゴシック建築の復活がありまして、まずそういうところでゴシック的な雰囲気みたいなものが造られた。そこへ先生が訳されました『おとらんと城綺譚』の作者のウォルポールがでてきて、ああいう傑作を書いて、それが一つの文学ジャンルのオリジンみたいなものになった。それから雨後の筍《たけのこ》みたいにゴシック・ロマンスが現われて、結局ウォルポールの天才的な創造のようなふうにピーター・ケネルは書いていましたね。

平井 その通りなんです。それがどの本にも公式になってるんです。だがね、そのゴシック建築の影響はたしかにある。影響はあるけれども、ではその時に何故ゴシック建築があれだけ皆んなに喜ばれたのか、というようなことは一つもいっていないんだ。

生田 そうですね。ただ事実を事実として……

平井 それだと固定したことにしてしまって、それで物をいっているんですよ。そんなものから文学なんて出てくるもんじゃないとぼくは思うんだ。

生田 せいぜい当時の古典主義ですか、時代的主流に対する反動としてゴシックが出てきた、そんなことをいっているだけですね。

平井 でしょう。それが文学史家の立場なんですね。そうすると、今いっているゴシック文学というものの正体は何なのか、ということになると……公式的にはいろいろいっているが、それは公式なんだから皆んなもっともな、正当なこと、決して間違ってはいないことなんだが、何故それが発生してきたかと、そういう形が何故出てきたかということは一つもいっていない。クリエイション（創作）ということについてはほとんど、それはいえないかも知れないけれども、われわれにとってはそれが大事なんでしょ？

生田 そうですねえ。どうも最近では精神分析とか、そういう方向へ持っていく傾向があるようですね。

平井　それがまた非常に一方的な公式でね。それじゃあ、そのフロイト流、あるいはユンク流とか、そういう連中のもので割り切れるか。そういうことになってくる。

生田　精神分析的にみますと、幼児期の不安だとか、それから子供の残酷趣味ですか、そういうものが抑圧された形で出て来たとか、それだったらどうしてもっと以前にも出なかったのか、ということになってきますね。そこで社会的な背景から解釈するのがいま一つ公式になっていますね。勿論イギリスでもそうだと思いますけれども、こういう見方がフランスではアンドレ・ブルトンまで引継がれています。

平井　あの頃の社会情勢とか、それに応じた人心とか、そういうものがあるわけでしょう、前提がね。一夜にして突然ウォルポールのああいうものが出て来るなんて、そんなことがあるわけないんですからね。それにはそれなりの系譜があるわけだし、それはそれで事実でしょう。だけれども、つまりウォルポールが『おとらんと城綺譚』を書いたということ、それ自体だってあんまりそういう分析的な感触というものは……

生田　ところが小説のつくりという面から見ますと、筋立てといい、登場人物といい、ゴシック・ロマンスが一番そういう公式に当て嵌《は》め易い。

平井　易いんですな。大体非常に粗雑というかな、粗雑というと語弊があるけど、なにか粗金《あらがね》みたいなところがありますからね。ゴシックという名前の通り、粗っぽいもんですよ。緻密な文学じゃないですよ。だからあの頃ゴシック建築が大変人気があって、ほうぼうの教会が改築して皆んなあれになっちゃったということは、結局無意識にも有意識にも、何んかああいう中世っていうものに引かれたというか、そういうものが人心のなかに、何か強いエクゾティシズムみたいなものになって、澎湃《ほうはい》としてあったわけで、それを今まで自分達のやって来た文化の上に加えようという、その情熱、それが大きなエネルギーだったと思うんですよ。中世への憧れ、中世への夢。その位のことしかいえないな。そこでウォルポールが何故オトラントを書いたかということになると、そのまだ前に、グレーとの附き合いがあって、グレーは墓畔詩人といわれたくらいだから、墓場とか廃墟とか、そういうものを自分の精神の捨て場にして、さかんにエレジーに詩《うた》っている。もともとグレーは、ウォルポールの大学の上級生だったから、ウォルポールはほとんどかれに師事するような心持で、かれに心酔し、かれの精神に惹かれて、かれと一緒に旅行をして、イタリアあたりの墓場や城や廃墟を見物して歩いたり、古い絵を見て歩いたりした。オトラントを書く前に、イタリアの絵画史を書いています。そういう積み重ねがあって、そういったものに自分のまだ文学とかなんとかそういうもんじゃないけれども、何んか心の置き所みたいなものを見つけた筈なんです。それが中世への憧れであり、中世への夢であったわけで、かれはそこから自分のすべてを出発させるという意味で、ストロベリーのあの中世そのものの形の城を造ったわけでしょう。そしてそこへ中世の兜や鎧や何にやらいっぱい飾って、中世気分になったわけですよ。それはかれの中世に対する夢ですよ。この夢がぼくは大事だと思うんだね。事実かれは、自分でもいってるが、中世の鎧を着た人の大きな手の夢を見たんだね。その夢がインスピレーションになって、それで二〇日かそこら、三週間くらいで一気に書き上げたのが、『おとらんと城綺譚』なんだね。

生田　中世の僧院というのは宗教的なものですよね。ゴシック建築というのは空に向ってこう高く聳《そび》えているわけで、神に対する憧れ、それから神に対する祈りとして、宗教的な感じを含めてあれが造られたんでしょうけれども、ウォルポールなんかはそういうものを取り入れながら、結局宗教的なものはなくなってしまったんでしょうか。

平井　そういう宗教的なものはないと思いますね。

生田　普通のオーソドックスな宗教心みたいなものはないみたいですねえ。

平井　審美的なものに憧れたんでしょうね。

生田　作品を読みますとむしろ反宗教的とか、そういうことはいえませんでしょうか。

平井　いえますね。だからそれがつまり反宗教的ということになりますと、その当時の宗教がいかに堕落していたか。こういうものに対するひとつの反抗でもあったろうと思いますけど。

生田　『破戒僧《マンク》』なんかには、そういう当時の宗教界の堕落なんかがよく出てきますねえ。

平井　中世は坊主の独占でしょ。それで奴らがいろいろ悪いことをしたんで、ゴシックの亜流小説には、そういう悪僧の出てくるのがたくさんありますね。それは宗教的反抗なんてものではなくて、グロテスクな一つのパターンとして扱われているんだけど。だからルイスなんかは、腐敗した世界を一つのテーマとして把《つか》まえるわけで、そこには宗教精神なんてものはないな。

生田　なかったみたいですねえ。教会の残骸みたいなものに自分の夢を託した、というような感じがいたしますねえ。

平井　仰言《おつしや》る通りだと思います。『おとらんと城綺譚』には「ゴシック・ストーリー」という傍題が附いているだけに、ゴシックの城だのゴシックらしい暴君だの、それから非常に貞淑な婦人だの、封建的なお姫さまだの、封建時代の陰謀とか、そういう世界は全部ありますね。しかし、これは彼が創案したんではなくて、むしろシェイクスピアあたりですでにやってることなんです。だから、ウォルポールのゴシックというのは、ぼくは容れ物だと思うんだ。オトラントで一番大事なものは、あの幽霊だと思いますね。変なジャイアントみたいな兜が……

生田　あの最初に大きな兜が天から降ってくる場景が出てきますねえ。あれを読みましたとき驚きましたね。これが十八世紀の文学かと思って……。まさに二十世紀、シュルレアリスムですねえ。いま先生がおっしゃいました、ウォルポールが作品の執筆契機として挙げている、あの夢の中の情景。階段が上に続いていて、それを登りきった所に、籠手《こて》をはめた巨大な手がニュッと突き出ている。あれなどまさにシュルレアリスムの絵画ですねえ。

平井　夢なんですよ。夢が動機なんです。あの建築は容れ物で、あそこの中にある人物ね、あれは人形だと思うんだ。

生田　そうですね。近代小説の好きな「性格」なんてものじゃない、まさに人形ですね。

平井　それでオトラントの主人公というのは、ぼくはあの幽霊だと思うの。つまり文学の中に、あれ以前に演劇の中には、――シェイクスピアの中などには亡霊が出てきましたよ。だけども、散文の中にあの恐さを主題として入れたのは、ウォルポールが嚆矢《こうし》であって、しかもそれが夢から来ている。だから夢イコール、あの幽霊、イコール恐怖、あれがあの作品の主人公であって、そしてそれに相応しい夢の容れ物を拵えて、それを自分で造った夢の家で育てて、そして中で動いているものは、当時の演劇から持って来た人形で……
生田 仮り物。小道具なわけですね。
平井 そうです。だから全部仕立が五章になっているでしょ。あれはやっぱり五幕物という意味ですよ。
生田 なるほど、そういうふうに作者が意識して……
平井 いや意識してはいないけれども、演劇との関係から考えて、あの作品を書いたことにおいてね。つまりあの仕立が一章が一幕になっていますよ。一幕毎に見せ場があり、山があり、愁嘆場があり、チャリが出てきて笑わせるところがあり、スリルがあり、意外性があり、波瀾重畳の筋があり、——これがオトラント以前の小説にはなかったんです。リチャードソンにしろ、スモレットにしろ、日記体だの書簡体だのでダラダラ現実を書いていたわけでしょ。
生田 現実ばなれのしたものを扱いながら、作者は非常に技巧的で意識的であった。
平井 そう、そう。それを小説の中へ持って来たのが、『オトラント』の新らしさでしょう。だから皆んなが読んでびっくりしたわけですよ。
生田 それ以前のものはみなダラダラと長かったのでしょうか。
平井 そりゃあ、とっても長かったんです。まだまだ何といっても印刷不便な世の中ですから、やっぱり滝沢馬琴の八犬伝みたいに少しずつ出していったわけですよ。
生田 分冊で？
平井 ええ。当時の作者は文学が本業じゃないんだから。皆んな役人だったり、治安判事だったり、今日いうような職業作家じゃないですよ、全部。

生田 それを当時の読者は退屈がらずに読んでいたわけですねえ。

平井 だから八犬伝なんかが出れば、本屋かなんかにワッといって買って来て読むのと、同じようなわけですよ。

生田 イギリスも日本もそういう作者と読者、需要と供給の関係はたいして変わらなかったわけですね。

平井 おんなじですよ。

生田 エンターテインメントとして小説というジャンルは非常に受けたわけですね。『オトラント』以前にはゴシック・ロマンスみたいなものはでていなかったんですか。

平井 なかったんです。ロマンはありました。それから古譚はありましたよ。例えば聖杯物語だとかアーサー王物語みたいな、ああいうものはヨーロッパ全土にありました。それからフランスにはマノン・レスコーみたいのがでてきていましたでしょ。そういうロマンはあったんですよ。でも、恐いものは始めてなんですよ。

生田 あの恐さというのは悪夢の恐さですねえ。

平井 だからあの当時としてはびっくりしたでしょう。

生田 われわれが読んでも未だに不気味ですから。

平井 恐いですものねえ。それも普通のおばけじゃない、ああいう大掛りなものねえ。だからゴシックの城でゴシックのような話を書いたってんで、ゴシック・ストーリーとしたけれども、何にも彼にはどういう意味もなかったわけよ。自分の夢を、ああいう筋のある小説にして書いただけの話なんですよ。本当に素人の手すさびなんですから……。最初は匿名で出したくらいなんだから。

生田　それが後のゴシック・ロマンスの作者ではやはり変わって来ているんでしょうか。

平井　そうですね。『オトラント』が出たのが一七六四年ですか。その前にドイツでは、シラーその他のロマン派が居ましたね。そっちはすでに恐い、スーパー・ナチュラルみたいなものも扱っていました。それはイギリスにも入っていたわけです。ウォルポールはあれだけの知的な人でしたから、そういうものも読んでいますよ。けれどもそれは輸入したという意味じゃないんだと思うんだな。そりゃヒントは得ただろうけれどもねえ。あれをいっちょうやってやろうという意味ではなくて、つまり、ただの模倣的な思いつきではなくて、やっぱりもっとかれの奥深いところから出たもの——どこまでも夢だったんだろうと思うんですよ。それでなかったら、借り物ですよ。借り物だったら、あれだけの力はないだろうと思うの。

生田　そうですねえ。後のゴシック・ロマンスの作品ですと、幽霊なんかも出てきますが、いま先生もおっしゃいましたように、その幽霊というのは古譚の中にでてくる幽霊とかですね、そういう伝統的な幽霊、型に嵌《はま》った幽霊が登場するだけですねえ。

平井　ええ、だけど、それはやっぱり文学の中には今までになかったものですよ、散文の中には。古譚の中や、おとぎ話のペローみたいなジャックとマメの木みたいなものはありましたよ。だけどもあれは幽霊文学でもないし恐怖文学でもない。あれはフェアリ・テールズで、フェアリの世界ですよ。そうでなく人間界のホラーってもの、テラーってものをあそこへ期せずしてぶっ立てたのは、夢から来た『オトラント城』ですよ。

生田　ウォルポールの『おとらんと城綺譚』と、その後のラドクリフの『ユドルフォーの秘密』ですか、それからルイスの『破戒僧《マンク》』ですね。どうでしょうか、恐さの違いというのは……

平井　結局ね、『おとらんと城綺譚』が一七六四年でしょう。ラドクリフの『ユドルフォーの秘密』は一七九四年ですからね。そうすると約三十年後ですね。それからルイスの『破戒僧』が九八年、これは三十五年位後だ。ずっと離れているんですね。それから『フランケンシュタイン』になるでしょ。これは五十年隔てているんだ。だからコールリッジの『老水夫行』やシェリーがやっぱり二篇程度恐い話を書いているが、それは五十年たった後ですよ。

生田　その後の作品との間に三十年以上の隔たりがあるわけですね。その間に読者の層も変わってきたでしょう。

平井　そうなんです。そこでね、その恐怖の違いを述べる前に、一体ゴシック小説はどういう人が読んだのか、ということを考えてみる必要があると思うんです。その頃の印刷というと、十六世紀のグーテンベルクから百年経ったか経たないかでしょ。ところが十八世紀から十九世紀の初めにかけて、ようやくロンドンあたりで印刷屋が必要に応じてたくさんできたわけですね。でそういう印刷屋が書物をだし始めたんですね。その頃はミイチャン、ハーチャンはとってもじゃないけれども字なんかは読めやしないから、読者のうちじゃない。そうすると、当時書物というものを読んだのは、一応良家以上の有閑的な特権階級の人達ですよ。ですから、それ程部数も出なかった。印刷屋は活字があって印刷機械があるから、商売拡張のために本を出したことは出したけれども、とてもロンドンだけで売っているんじゃ商売にならないから、それで考えたのがサーキュレーティング・ライブラリーといって巡回文庫ですよ。

生田　貸し本屋ですね。

平井　ええ、貸し本をしたんです。それを印刷屋の本屋がやって、地方までサークルをひろげて、それが非常に当って流行《はや》った。でも、特権階級の読者といっても、大体奥さんか娘達が読むんだから、そんなに程度の高いものを望んでいるわけじゃない。今の通俗小説みたいなものでたくさんなんだ。もうリチャードソンみたいなダラダラ長いものには倦《あ》きちゃって、それで『おとらんと城綺譚』がでて、恐怖というものが中に入って来て、その後いわゆるゴシック・ロマンスというものが雨後の筍のようにでてきたわけです。それはどういう作者かというと、これは文学者でもなんでもない。その有閑マダムみたいなのがブドワールに籠《こも》って、見よう見真似で書いたんです。一応教養はあるし、語学なんかも出来る婦人たちだから、ドイツあたりの小説も読んでいますよ。そんなわけで、ドイツのロマン派の作品を翻訳するものもあり、すこし筆の立つのはオトラント流みたいなものを書いた。ソフィア・リーとか、チャーロット・スミスというのは、女の子を集めて塾を開いていた婦人や、そういう塾の女の先生ですよ。そういう人は教育があるからまだいいが、そういうのは幾人もない。あとは近頃のもの書き女みたいのが皆んな書いたわけ。そういうのがたくさんでてきたわけ。

生田　そうしますと、今のオカルト・ブームというんですか、そういうのが雰囲気としてあったわけですねえ。現在名前が残っておりますのは四つから五つですが、それ以外に無数の作品があったわけですねえ。

平井　そうです。インドの大学の先生で、「ウォルポールとイギリス小説」という書物を書いたK・K・メーロトラという人によると、百九十冊くらい出ているんですね。だからラドクリフなんかも最初の頃は巡回文庫に書いたんですよ。ラドクリフなんかは、そのなかでも才能のある人だからいいけれども、いま言ったようなものを玉石ひっくるめて、世間ではゴシック文学といっているんです。そんなのは文学でも何でもないんだ。ありきたりの道具立てをした、まあ、赤本小説ですね、それが雨後の筍の如く出てきて、まあ何ですな、オトラントが撒いた恐怖とか、いわゆるゴシック・ストーリーというものは、それだけの影響はあった。それで約三十年くらい経って、その中で一応文学的な才能に秀いでていたのがアン・ラドクリフ。この人は文章も今までの赤本小説のようにひどいものじゃない。また『ヴァテック』なんか、これもやはり自分の夢からでて、オリエントへ目を向けたわけですね。これは生田さん、あなたから話して頂きましょう。

生田　そうですねえ。舞台は東洋に設定されていますが、作品の雰囲気としては、やはり古城の中の出来事、密室的な感じがしますし、典型的なゴシック・ロマンスの一つに数えてよいと思います。このジャンルでぼくは一番優れているのは、『オトラント城』と『ヴァテック』だと評価していますが、おもしろいのは、この二つの作品の作者は夢を現実に生きていることですね。ところが、残りのラドクリフにしましても、モンク・ルイスにしましても、作者の生活は作品と関係ない、むしろ逆しまの雰囲気の中で暮らしていますね。そういうところが、作品の出来ばえ、実感というものにも影響しているように感じるんです。ラドクリフはおしとやかな家庭の主婦だったし、ルイスのほうは奴隷解放に心をくだく人道主義者だったり……ところが『ヴァテック』の場合は、やはり作中人物、主人公のヴァテック、それが単に作品《フィクション》の登場人物にとどまらず、作者ベックフォードが現実にほとんどそれをそのまま生きたという点に興味を引かれますね。

平井 一種私小説的要素がある。ユイスマンスの『さかしま』などへつながっているものなのでしょう。

生田 サドの短篇に「呪縛の塔」というのがありますが、これは『ヴァテック』とじつによく似た内容のものです。『ヴァテック』が時期的に少し早いと思いますから、おそらくサドは『ヴァテック』を読んでいたんでしょう。別なところでゴシック・ロマンスについても言及しておりますから。己れの思想と趣味を全うしようとするとき、当然つき当る悪の問題、それをこれだけ毅然とした、一種のテーマ小説みたいなかたちでだしていることはすばらしいことだと思います。

平井 その前のラドクリフなどにも悪の問題が出てきますが、これは本当に通俗小説的なテーマにおわっています。『ヴァテック』以前にはないでしょう。

生田 それ以降にも数は少ないですね。

平井　まずないでしょう。ラドクリフの場合、エモーショナルというか、御婦人ですからそういう面があるし、またそこが普通の人に受けたのでしょう。ただ本を読む時の当時の状態が、今日のような明るい照明下ではないし、ロウソクを立てて読むわけで、読む人は惻々《そくそく》と身にしみたでしょう。まあラドクリフの書き方の重要性はこの〈惻々〉なんですよ。それがあの時代の読者の身になるとよく恐怖として解る気がします。だけど電光の元ではもう駄目です。『ヴァテック』はその点電光の下だろうとすごいし、『おとらんと城綺譚』だって恐怖を感じます。これはやはり本物だと思う他ありません。

生田　そう思いますね。ただ『ヴァテック』の場合恐怖小説といっても、そう恐がらせることを意図しているわけではありません。非常にユーモラスな要素がちりばめられているし……

平井　そう、構想からしてね。でもあの中にある背徳だとかいったものは恐ろしいものです。

生田　のっけから場所の設定が近東でわれわれには非常に遠いところですし、登場する人物もカリカチュアみたいなものですから、そうわれわれとしてはのめり込めないはずなんですが、それでもヴァテックと一緒に最後まで、地獄へ行ってしまう、これはさすがだと思います。

平井　ゴシック・ロマンスの柱だよ。

生田　『おとらんと城綺譚』のほうはぼくの好みとしてはあの中に含まれているシュルレアリスティックなイメージ、エルンストのコラージュや、ダリやタンギーのタブローとそのまま重なるイメージが、あの早い時期に突然変異みたいに出現したことに驚異を感じますね。視覚的な恐さですね。バランスの壊われたオブジェを、理性では解釈できないものを、いきなり出されたら恐いですよ。さっきの最初に大きな兜がでてくる場面、あれをエリュアールはロートレアモンの有名な〈解剖台の上のミシンと蝙蝠傘《こうもり》の出会い〉の一番見事な例はこれだ、といっています。

編集部　ゴシック・ロマンスとシュルレアリスムとの関係について。

生田　『シュルレアリスム宣言』の中で、ブルトンはゴシック・ロマンスを非常に持ちあげておりますね。だけど理論だけで終って、その説を実証したような作品はシュルレアリスムの陣営からはほとんどでなかった。最大の理由はやはり、ご本尊のブルトンが、けっきょく小説というものを低いジャンルと見なしていたからでしょうね。

平井　ブルトンからいえばそうなんだね。

生田　ですから代表的な作品といえば絵画と詩ばかりです。小説というものはシュルレアリストの間ではあまり見向きもされなかったんですね。結局そういう傾向がずっと続いて、ゴシック・ロマンス的なものはシュルレアリスムの間から出そうで出なかった。せいぜい二つくらいじゃないかと思います。一つはジュリアン・グラックの『アルゴール城』。これは題名までずばり「城」です。序文でグラックははっきり宣言しておりますね。この小説はゴシック・ロマンスの踏襲である。従って新しいものは一切取り上げない。使い古されたテーマしか取り上げない。特別古めかしい小道具。古城だとか、落し穴だとか、地下道だとか、墓場だとか、そういうガラクタの骨董品ばかりを集めて小説を作るといっています。そして出来上った結果が、アヴァン・ギャルド小説なんだから面白いですね。もう一つはジョルジュ・バタイユの『眼球譚』だと思うんです。あれも古城が背景になっていますし、それに小説の組立て自体がゴシック・ロマンス風です。マルセルという女主人公の一人が気違い病院に閉じ込められているんですが、ところがお城の廃墟が病院になっている。

これはルイスの『破戒僧』の中にそれと同じ場面がありますね。城の中にいる自分の許嫁を救い出しに行く場面と、シチュエーションも一緒ですし、書きっぷりも非常によく似てると思うんです。この場面を書くときバタイユはルイスの作品を意識していたように思うんです。アルトーの翻案が出るのはすこし後ですが……ボリス・カーロフ主演の映画『フランケンシュタイン』が世界的に受けたのもその頃でしょうか。原作のほうはきっちり読んでおりませんが。

平井　『フランケンシュタイン』はまた違った意味でこわいものです。

生田　僕が読みかけた日本語の訳がひどいしろもので、あれでもう読む気がなくなった事情がありますが……

平井　原文は十七歳の少女が書いたとは思えない名文ですよ。ラドクリフみたいなベタベタした水っぽいものでなく、もっと金属的な文章です。すごく知的な人だったんでしょう。

生田　するといま出ている日本語訳はおしいですね。シェリー夫人のあれだけ有名な作品なんだから、もうひとつくらい訳が出てもいいのじゃないですか。

平井　そういうことというと、年甲斐もなく、出来もしない癖によくばって、やろうかななんて思うな。(笑)

生田　ぜひお願いいたします。

平井　ぼくは、『おとらんと城綺譚』と『ヴァテック』と、もう一つ、シェリー夫人の『フランケンシュタイン』、この三つが、ゴシック文学の三つの柱だと思うの。この三つはクリエーションですよ。つまり、今あなたが仰言ったように、自分の夢を現実に生きている文学ですよ。しかも『フランケンシュタイン』は、十七か十八の少女が書いたんでしょ。あれだけ緻密な、機械というか、神に叛《そむ》いた人工というものに対する恐怖、幽霊の恐さじゃない、人工というものの恐さなんですよ。あれはもう大変なもんだと思うな。人造人間を造る過程を書いてる文章、それと哲学ね。

生田　今映画だとかテレビにでてくるフランケンシュタインと原作とはかなり違うんでしょうか。

平井　全然違いますよ。あんなあさましいもんじゃないですよ。本当に人間の根源と知識の世界との挑み合いですよ。錬金術師のやったあの生命でなく、人工の生命を造ろうという夢、それの叛逆ですよ。この三つの作品が、後代の文学としてわれわれが教わるものだと思います。後はラドクリフにしても、これは達者なだけに作品としては面白いし、なかなかおセンチなとこがあったりして、そりゃそれでいいんだけれども、高いもんじゃない。家庭小説……その中に恐怖と陰謀が入って来て、それを女性の手でただひたひたと書いているわけでね。文章もそのひたひたと書いているような文章だから、こりゃ当時の読者には受けますよ。また新風でもあったわけだ。しかし、それは当時の読者にとってでねえ。

生田　そうしますと、今までの文学史家の評価と平井先生とはそこでいくらか違ってきますねえ。

平井　それは根本的には、私はそう思ってます。

生田　ラドクリフとか、それからモンク・ルイス、マチューリンなど、最近文学史家の間で評価が高いようですが。

平井　マチューリンなんかはズッと後ですよ。一八二〇年だから五十何年後ですよ。あれは魂を売るテーマでしょ。それはドイツにもあるし、それを克明に書いたところが、現代文学の志向に一つの示唆になるとは思うけど、アメリカにもチャールズ・ブラウンなんて人もいるし……まあ一応ゴシック文学の流れだとはいえるんだけれども、文学精神としてはそう、エポックを画したもんじゃないと思うんですがねえ。

生田　ラドクリフの作品は、それからルイスの作品もそうですが、日本訳のまずさかも知れませんが、文章は非常にまずいし、表現自体が凡庸で、月並な文句が並べられていて、独創的なものが、非常に稀薄なような気がするのですが。

平井　だから受けたんでしょうね。モンクが大きなセンセーションを起こしたことは全く想像以上で、それはあれの低俗さが受けたわけですよ。あすこいらで、『オトラント』の精神というか流れはいったん絶えちゃったんだと思うな。それで近代に入った。そしてゴシック文学を復活したのはポー一人なんです。

生田　そこのあたりの評価を先生にお聞きしたいんですが、ゴシック・ロマンスの作家の中でどういう作家を評価されるか。

平井　ポーがまずアメリカであれを発見したわけですね。それでポーはゴシックの流れの中に新しいゴシックをみつけたわけです。あそこまで百年くらい絶えていたわけですから。それを発掘して自分の文学にしたわけでしょ。

生田　あの時点でゴシック・ロマンスを立て直すというのは大変なことですね。その間に合理主義ですか、ポジティヴィスムの時代を通っているんですから、そういう読者に読ませて、なおかつ納得さすということは天才じゃなければできない。

平井　本当の文学というものは、合理主義に反逆するものだと、ぼくは思っています。ポーはまた推理ということもみつけだして、それを解決するという、幾何学みたいな文学を立てたわけでしょう。ゴシック文学はポーという天才によってあそこでルネッサンスがあって、そこでまた絶えてしまった。大雑把《おおざっぱ》にいうと、それが『アッシャー家』その他の怪奇ものと、「デュパンもの」その他の推理のものと、この二つを新しく創造したわけで、実証的になって来たわけです。そこが新しいわけで、それでなければもう納得しないんです。そういう形で、ポーによって始めて近代的なゴシック文学というものが確立されたわけです。

生田　そうしますと、ポーまできて初めてゴシック・ロマンスは近代になって、題材も同時代を扱うようになったといえるわけですね。

平井　だからもう中世への憧れじゃないんですね。

生田　しかしポーにもウォルポール以来の夢というものが流れていますね。

平井　実証的ではあるけれども、その種は夢で、それをいかに実証するか、ということですね。

文学の手法として。だから夢はどこまでも夢なんですね。だけどポー以後ないんですね。『おとらんと城綺譚』『ヴァテック』『フランケンシュタイン』の三つ、われわれが栄養をとるというか、何か自分のものに栄養をつけて何かする、という意味で挙げられるのは、その三つですね。

生田　それとわれわれ現代人が本当に楽しめる作品だということにもなるわけですねえ。

平井　ポーから派生した亜流は、怪奇小説にしても探偵小説にしても、これはもう娯楽小説に堕してしまいました。

生田　僕は先生の訳された『ドラキュラ』は非常に面白かったんですが……

平井　あれは娯楽小説の傑作ですな。とにかく、十九世紀にはいると、心霊論が流行して、つまり霊というものがあるのかないのか、ということが近代科学の発達と共に疑問になってきましたね。

生田　心霊論はもっと早い時期にでてきたと思うんですが、でも一般に脚光を浴びたのはあの頃ですねえ。

平井　ええ。つまりサイエンティストが取り上げたのはあの時代ですね。その前は古代信仰で、それが科学の光を浴びたのがあの頃ですね。

生田　十九世紀の末にはニュー・サイエンスという名称で呼ばれていますね。新しい科学だったんですね。

平井　霊という問題が世界的な風潮になっていったんですが、それはつまり近代産業がなんとか形をもって来た時なんです。人間はまだ機械にはならなかったけれども機械に使われはじめていた。

生田　最後の抵抗、あがきみたいなもの……

平井　そうそう。なんかあるんだぞと。俺たち生きていて、死んだらなんになるんだと、この疑問ですよ。

生田　あの頃はイギリスですと、ライダー・ハッガードですか、あれも心霊術にかぶれておりましたね。それからコナン・ドイルも本を書いておりますね。それにオリバー・ロッジ、ウィリアム・ジェイムズ……。フランスでもメーテルリンク、フラマリオン、其他枚挙にいとまありませんね。おそらくそういう潮流は、当時、日本にも入ってきたんだと思います。

平井　それはぼくなんかの子供の時分、入ってきましたよ。

生田　黒岩涙香の『天人論』なんてのは、どうもそういう雰囲気の中で書かれたみたいな感じですね。

平井　それから井上円了、ああいうのもそうですね。（笑）世界全体がブームになっちゃった。それは今のいうようなブームじゃなくて、もっと根源的なブームなんだな。魂の問題ですからね。だからそういう雰囲気の中で怪奇小説、幽霊小説、ゴースト・ストーリー、そういうものがでてきたわけです。

生田　その風潮が日本もそうですが、その後、世界的に一時とだえてしまうんですね。

平井　現代は、月の世界ですから、霊魂なんて考えようともしない。皆んな空向いちゃって……。しかしまだ……霊魂だとかなんだとかはアプリオリであってねえ。(笑)あるんだかないんだか判らない。心理学者の方でいう今の超心理学では、幽霊じゃなくてアパリション、その人の心的、病的な現象だといってますが、しかしそういうものが意識のなかに現われるというのは、どういうことなのですかねえ。それだけで解答になるのかしら? イギリスには、超自然ばかり書いている作家が、今でも二、三人いますよ。

生田　海外にはいつの時代にも、世の中の動きがどう変わろうと、そういうくそまじめな人がいるんですねえ。

平井　日本ではそれが流行《はやり》なんだ。なんでも流行なんだな。流行った時にパッと消えてなんにも残らないし、また紹介するのも早いんだ。異質の国へ持ってきたって、そこからはなんにも芽ばえやしませんよ。明治以来、そればっかり繰り返してるんだ。

生田　日本の作家で心霊的な作家というのは誰でしょう。題材を幽霊にとったというんでなしに、作品の傾向として……

平井　江戸時代あたりは草双紙ですから、これは文学の世界じゃないからな。今は近代文学ですから。それから泉鏡花となると僕は草双紙の後継者、草双紙的怪奇だと思うんです。ぼくは内田百間《ひやっけん》をかってるんです。百間のものは恐いですよ。

生田　なんでもない随筆のようなものでも、隙間風が吹き抜けているような、背筋をヒンヤリ撫でられるような感じが致しますね。泉鏡花のほとんどの作品は草双紙だと思います。でもそうでないものもいくつかありますね。あれはなんという作品でしたか、そうそう、戯曲でたしか「山吹」という題です。縁も所縁《ゆか》りもない人間がどことも知れぬ町で出会って、なんということなく祝言を上げようということになる。傍にドブ川が澱《よど》んでいて、そこに鯉が腹を出して腐って死んでいる。二人はそれを肴《さかな》にして、ムシャムシャやりながら三三九度の盃を取り交わす。あれなどやはりなんとも言えず気味のわるいものです。三島由紀夫さんも、澁澤龍彦さんも感歎しています。

平井 それからもう一人は川端康成だな。川端には短いもので本当に恐いものがあって、それを何気なく書いていますね。現代では百閒と川端の二人だな。谷崎とか佐藤春夫なんかは独創的なものじゃないですね。それからグロテスクな芳年《よしとし》の浮世絵のようなものは、日本人の恐さとか、気味悪さの意識へ通じていると思うんですが、ブラッディシーが好きなんだよね。それはやっぱり徳川の封建時代の庶民の鬱憤ですよ。濡れ場が多くあるけれども、あれも鬱憤だよ。あんな無惨な、これでもかこれでもかっていう。四谷怪談にしてもそうでしょう。

生田 南北というのはすごいですね。随分削除されていますけれども、元の脚本というのは猥褻ですねえ。舞台に布団を出して、そこで男女が睦《むつ》むところをみせるわけですからねえ。あれは驚きましたね。女が男の睾丸を摑《つか》んで、男がイタイイタイいってはね廻ったり……。（笑）

平井 抑圧された者の鬱憤ですね。百閒とか川端のある種の作品の恐さというものに通じるもアングラ芝居なんて百年以上も前にあったんですよ。のは、江戸時代の作品にはなかったと、あるとすれば上田秋成だけだね。馬琴だとか、草双紙というのは、ゴシック・ロマンスの群小作家がでたようなもんだな。

生田　それに近いと思いますね。『三七全伝南柯之夢《さんしちぜんでんなんかのゆめ》』なんてまさにそうだなあ。

平井　秋成の『春雨』とか『雨月物語』というのは古今無双ですよ。あれは本当の鬼才ですね。中国のものを粉本にして、みごと文学にしましたね。

生田　結局文章の問題じゃないでしょうか？

平井　そうね。文体であの恐怖が盛り上っているんですから、怪奇ものとしてあれだけつき抜けた文体をもった人は同時代ではいないですね。

生田　秋成の『胆大小心録《たんだいしょうしんろく》』というのがございますね。あれはどういったらいいんですか……いいたい放題のことを書きちらして。それも関西弁の話し言葉で。あれ読みますと、今の関西弁といくらも変わってないですね。己れのほかに人なしといった感じ……本居宣長《もとおりのりなが》なんかも秋成の毒舌にかかるとエセ学者ですからねえ。（笑）あれだけいった人もいないし、ああいう気迫があれだけの文章を書かせたんでしょうね。

平井　たいへんな自信があったんですね。それでなきゃあれだけの悪口いえませんよ。それで片っぽうじゃ、狸が出たとか……恐がっちゃってるんだ。（笑）

生田　ええ、夜道を歩きながら狐にばかされないか恐がってるんですから。（笑）それでおいなりさんを信仰して（笑）……話しはまたもとに戻りますが、イギリスの文学というのはゴシック・ロマンスの伝統がありまして、こんにち幽霊物語みたいなものが、高い文学ではないにしてもエンターテインメントとして非常に栄えていますけれども、どういうものかシュルレアリスムというのは全く受け入れられないですねえ。

平井　ゴースト・ストーリーというのは保守的なイギリス人の生活や情操に容易く受け入れられるんだけれども、シュルレアリスムというのは現実から抜けちゃったもんだから……そういうのは幾ら理論からいっても、イギリスではダメですね。

生田　ハーバート・リードなどがシュルレアリスムを輸入しようとしましたけれども、結局ダメでした。そうしますとゴシック・ロマンスとシュルレアリスムとはあまり関係ないんですね。

平井　イギリス的に考えれば……やっぱり違うんだな。（笑）

生田　ぼくなんかの感じでいいますと、ゴシック・ロマンスというのはイギリスの風土に根ざしているもので判るんですが、『おとらんと城綺譚』だけはゴシック・ロマンスの中心でも異質のものであって、シュルレアリスムに近いように思えるんですが……本国ではやはり文学史的な位置にとどめられているわけですか。

平井　そうですね。こういう作品があったとか、その程度ですよ。いまでは読者層も変わってきたんでしょうけれど、ほとんど読まれない状態でしょう。

生田　現代イギリスの批評家で、『おとらんと城綺譚』に限らず全部ひっくるめて、ゴシック・ロマンスを、莫迦《ばか》らしいとか、こんなものはもうまじめに読む気になれないとか頭ごなしにいっている人はいませんか。

平井　そういう人はまだ見当りません。ぼくの読むものが、ゴシック・ロマンスをひい気にする人たちに限られているせいかもしれませんが。

生田　今は文壇の空気が変わっているでしょうけれど、少し以前の社会派の文学が盛んだった頃は、頭から否定してかかるような風潮はなかったのでしょうか？

平井　全然問題にしなかった、というのはあるでしょう。

生田　ということは暗黙裡に侮辱していたということですね。

平井　そうだと思うな。

生田　そうしますと最近のことでしょうか、ゴシック・ロマンスが再版になったり、研究書が出たりしたのは。

平井　そうですね。リバイバルというのか、文学史的にはマシュー・アーノルドがいて、位置づけをした。英国ではそうなると、どう評価するにしろ、しないにしろちゃんと守るところがある。

生田　一般の読者はどうでしょうか。ゴシック・ロマンスの再版物を、当時の人たちのように楽しんで読んでいるでしょうか。

平井　いや、というより、こういうものがあるという程度じゃないでしょうか。ペンギン・ブックなんかに入れているけれど、それをどの程度に受け入れているかわかりませんね。わたしの場合、イギリスの研究よりも、たとえば『おとらんと城綺譚』がイギリス文学史的問題はさておいて、自分の身になる、これは面白いというもののひとつであることが重要です。イギリス人がどうしているか、余り関係ありません。『おとらんと城綺譚』自身にも何の関係もないでしょう。おそらく今のイギリスの一般の人たちはつまらないと思っているのじゃないでしょうか。

生田　ぼくは『おとらんと城綺譚』なんか読むと、決してつまらないとは考えないけどなあ。

平井　そうですね。現代の小説といってももう面白いものがあるわけではありませんし、やはりゴシック・ロマンスは長い文学の歴史の中でひとつの山をなしているし、われわれ現代人にとって無意味な山ではない、くめどもつきせぬ近代の源泉としてある気がします。そう思って面白く読んでいる読者はそうないかもしれません。しかしやはり『おとらんと城綺譚』、少なくとも『ヴァテック』、『フランケンシュタイン』を含めた作品は生きている。

生田　この頃つくづく思うんですが、以前は洋書を楽しんで読んでいた人がおりましたね。いまは論文書きの材料か、翻訳のネタに目を通すくらいで、余裕のある読みかたをする人はほとんどなくなりました。これは文化の衰退ですね。以前は文士なんかもよく海外の新刊書を読んでおりますね。小山内《おさない》薫……ああいう学者と趣味人の中間をいく文学者はすっかり跡を絶ちました。最近になってまた復活しだしたロシアの表現派の作家なんか、あの頃すでにレミゾフなんていうマイナーな作家までちゃんと目を通しているんですから。

平井　読んでいましたねえ。それから西条八十《やそ》なんかも読んでいましたね。

生田　平井先生には普通から言えばちょっと変わった作家への志向があるわけですけれども、そのきっかけになった作家とか本はなんでしょうか？

平井　ハーンが先で、中学時代にハーンの怪談を読んで感心したんです。それから大学の予科時代に九〇年代のものを読んでいるうちに、友達が「旋風」というイギリスの雑誌を大森かどこかで探してきて読んだんです。そこにはウェルズの初期のものと、それからマッケンの『パンの大神』が載っていて、それを読んでびっくりしちゃったんです。

生田　僕も同じような経験があります。終戦後アメリカの進駐軍が巷《ちまた》に放出した、「アームド・ホーシズ・エディション」という、軍隊慰問用の横長の文庫本がありましたね。それに『パンの大神』が入っていたんです。どういうものとも知らずに買い込んで、なんの気なしに読みだして、これにはやられましたね。こんな得体の知れない作品がこの世にあるのかと思いましてね。これを書いた人はどういう神経かと思いましたね。同じ作家のものを片っぱしから読みたいと思いましたが、本が手に入らなくて、やっと暫《しばら》くたってたしかセッカー社かハイネマン社から小型で五冊ばかりの選集がでたのですが……その頃は調べようがなくてどの程度の位置にいる作家かもまったく判らなかったんですが、D・H・ロレンスと同じ装幀、ユニフォーム・エディションででていましたから、イギリスでは相当の作家なのかなあぐらいは推測して……とにかくよく判らない。そういう体験をした人はぼくの他にもいるんですね……アメリカの作家カール・ヴァン・ヴェクテンとか、J・B・キャベルとか、初期のマッケン礼讃者はみなそうですね。

平井　アメリカではキャベルが始めてマッケンを発見したんですね。

生田　それからフランスではポール・ジャン・トゥーレ。この異色作家もマッケンの気違いみたいなファンで、翻訳もやっています。とうとう病が昂じて、『ムッシュ・デュポール』という、マッケンばりの長篇小説を自分でつくってまでいます。彼も一生マッケンに憑かれた男ですね。それだけのものがありますね、マッケンには。

平井　ちょっと類がないですね。死ぬまであれですからね。今度でる第六巻（アーサー・マッケン作品集成）の『池の子たち』は、齢取って来たからでしょうが随想的になっていますね。『パンの大神』みたいにカッチリしてなくて、あれよりももっとリラックスしていますけど、あの執念はすごい。

生田　『ピーター・ウィッフル』の中で、カール・ヴァン・ヴェクテンはマッケンを再認識せよと声を大にして叫んでいますが、けっきょくアメリカでもそれほどポピュラーにはならなかったみたいですね。彼も不幸な作家でした。現在のイギリスではどうなんでしょうか、マッケンに対する評価ですが……

平井　文学史的な意味では評価されていませんね。

生田　ゴースト・ストーリーというのが非常に流行っておりますけれども、アーサー・マッケンというのはそういう風潮からもちょっとズレた処にあるんでしょうか。

平井　除外されはしないんだけれども、もう大古典的作家ですよ。

編集部　翻訳の問題についておふたかたから……

生田　それでは平井先生にひとつおききしたいんですが、『おとらんと城綺譚』の初めのかぶとの場面ですね、あの部分を翻訳されるとき、これが今の日本の読者に受け入れられるかどうかということで危惧を抱かれませんでしたでしょうか？

平井　作品に没入していたんで、そういうことを余り考えません。訳語の上でこれが今の読者に通用するかどうかは考えたりしましたけれど。もっとも擬古文の文体で訳出を決めたこと自体、読者を意識したものじゃないでしょう。

生田　私が訳すとすれば、初めの部分の、いきなり天からかぶとがふってくるというところを現在の読者がすなおに受け入れられるかどうか、あすこで莫迦らしいといって投げ出されないか、まず考えてしまいますね。ぼくらに出来る新聞記事みたいな文章で訳してしまえば、まったくぶちこわしですものね。今日こちらへくる電車の中で平井先生の訳であの部分を再読したんですが、さすがだと思いました。やはり恐いですね。文章の力、文体だと思います。

平井　もういちど現代語訳に訳し直そうと思ってるんですがね。これは大変な仕事でね。

生田　いろんな人間関係、ヒエラルキーを表わす言葉がありますね、殿とか嫁子とか、ああいうものは今の現代語には不可能ではないでしょうか。

平井　どうにもしようがありませんね。ウォルポールの使ってる言葉もあの頃の古語、舞台が中世ということで古語ですから、それを生かさねばなりませんし、まして現代語にするのは大変な仕事です。現代語訳の聖書も読んでみたが、いっこうに参考になりません。

生田　あの作はやはり、擬古文の訳に落ちつくのが必然だと思います。

編集部　以前生田先生と塚本邦雄さんが対談をされ、平井訳『おとらんと城綺譚』に触れ、戯作ということを言われていましたが……

平井　あれを部分的に読んで「戯作」をどういう意味でいっているのかはっきりしなかったな。「戯作」を普通の意味に取って、たわむれの作、たわむれの訳だとすれば、それは少し違うと思う。あの訳は戯れでもなんでもない。

生田　塚本さんとしては、文章に江戸文学の素養が表われているという程度の意味でいわれたのではないでしょうか。

平井　その程度ならよいのです。戯作というものは、江戸作者のぎりぎりの抵抗の形だと思います。私の訳はそれとは異質だと思ったものですから。

生田　平井先生の翻訳を拝見していつも感じるんですが、一般の翻訳家なら使わない、翻訳のみならず作家の文章でもお目にかからない言葉にでくわすわけです。当今の物書きがそれを使わないのは、使わないのじゃなくて、使えないんだと思うんです。要するに日本語の貧困ですね。

平井　標準語みたいなもので間に合わせているんで、そこには文学はないですね。

生田　新聞の用語、ただ判り易さだけをねらった文章で、文体がない。

平井　結局ぼくが翻訳するとき、まず考えるのは文体ですね。その作者のもっている文体のくせみたいなものに応じてやるんだが、むずかしいね。八人芸や百面相はできませんや。

生田　そこまでお考えになれるということは大変なことですよ。今のわれわれには一本調子でしかいけないですよねえ。

平井　結局ぼくは職人なんだ。

生田　職人が少なくなりましたね。現代の創作家の文章を読むと、皆んなまずいですね。あれで商売になるんだから……

平井　外国でもそうですね。それはタイプライターを打ってる文章で、速度はでたけど個性ってものが欠けてきたですね。

生田　ですから作家の文章の中に文体も個性もなくて、平井先生の翻訳の方に文体や個性がある。これは注目してほしいことだと思います。かねがね思うんですが、日本語は江戸時代になって飛躍的に豊富になって、それが明治や大正の頃まではある程度その状態を保っていたが、当節のもの書きはそういう宝の山を全部自分から放棄しちゃってますね。

編集部　翻訳の非常に優れたものが、次の世代の創作の活力になると思うんですが、そのへんはどうでしょうか?

平井　翻訳にはその翻訳そのものがいいということと、外国の作品を紹介するという役目があるでしょ。

生田　それはその通りだと思うんですが、ただ今の時代ではそのまま通用しないと思うんです。作家が昔とちがって翻訳ものを読まないし、またバカにしてるんじゃ。

編集部　今の作家というよりも、若い人たちからはどうでしょう?

生田　ぼくは期待はかけられないと思います。今の時代でもし翻訳から創作がでて来るとしたら、非常に悪い翻訳からでしょうね。文章が直訳でなんとなく欧文臭い。しかも簡単に模倣できるという、そういうものから、それに応じた程度の創作が生れるんじゃないですか。ひと頃輩出したアンチ・ロマンの模倣みたいな……平井先生の翻訳みたいなそれ自体として完成しているものからはでないでしょうね。鑑賞の対象として、アプリシエイションの対象としてあるだけで、それでいいんじゃないですか。なにも日本の文学界のために翻訳する必要はありませんよ。文部省じゃないんだから。職人として自分で満足のいくものをコツコツ造りだしていればいいんですよ。翻訳の職人が少なすぎますもの。

平井　そうですね。だから田舎っぺみたいのがでてくれば、「……ンだ」みたいな言葉になって、皆んなそうなっちゃう。トルストイのものでもぼくは英訳で読んだんだけれども、『復活』にしても、それはすごいもんなんだよ。米川正夫の訳だと、春の始めの草が萌えて来て陽炎《かげろう》がグラグラするような、あの冒頭の描写なんか、全然感じられないな。

生田　米川正夫の翻訳をよくいわれないのは先生が始めてじゃないでしょうか。

平井　モード訳の英訳でも陽炎がたつようなんだよ。文豪だもの、味もそっ気もないものなんか書いてる筈がないんだよ。

編集部　今度の当社版『ヴァテック』のもとになっている矢野目源一氏の訳文は……

平井　昔読んだ時、まあまあと思ったがね。

生田　じつは、ぼくも最初に目を通した時には途中でやや文章がだれた部分もありました。しかし後半に近づくと、こちらが作品の雰囲気に馴れてくるということもあるでしょうが、矢野目訳はなかなか快調だと思います。それだけでも大したものですよ、今では。

平井　それはやはり現代の中においたら、名訳になりますよ。

生田　若い読者に読後感を聞いてみましたが、古めかしさは感じないといいます。最近のものを読むのと同じ感じで受けとれるらしいんです。ということは、ぼくは考えるんですが、矢野目さんがあれを訳すときに余り文章に凝らず、さらっと訳されたんじゃないか、だから今でも

るのかもしれません。古めかしい印象を与えないのじゃないかと思います。それだけ現在の日本語が駄目になってい

平井　初めて春陽堂文庫で読んだ時、今おっしゃったような意味でその逆を感じたわけです。矢野目ならもっといくだろうという気がしたのです。

生田　そのために今の人が読んでもそう抵抗を感じないのでしょう。ぼくもこんど矢野目訳をつぎ足すのに、彼の文章のパスティッシュをやるつもりで試みたのですが、そう異質を感じさせない程度に仕上がったと自惚れています。もっとすごく凝ったものであれば、ぼくなんかとても及ぶところではありませんね。

平井　彼には先を見る眼があったんだろう。あの程度でちょうどよかったんだな。（笑）もっと凝ったらいま通用しないものになっていたかもしれません。

生田　そういうことになりますね、皮肉なことに。

平井　その意味では、ぼくの『おとらんと城綺譚』なんか場ちがいなもので、どこかのすみっこの人が持っている程度になっちゃうんです。それはそれでいいと思っています。

生田　いや、そうではないでしょう。あれはあれで完成したものです。他の追従を許さぬ完成品としていつまでも賞美されると思います。

平井　完成しているかどうか解らないが、あれだけのものを誰かがどこかで珍重していてくれればそれでよいのです。

生田　少数ですけど、いつの時代にもそうした人はいると思います。

平井 それが頼みなだけです。

生田 いかに日本語が堕落しても、一般読者の批評基準がいくら落ちても、少数の目ききは残るでしょう。沢山の数は期待できませんけど。

平井 そうね、限られた少数の人を頼りにコツコツやってるんだから、莫迦な話だよ。（笑）

生田 量を気にしてたら何もできません。

平井 それで貧乏し続けだからね。昔の職人と同じで、女房を売ったり、質に入れたりすることだよ。それ以外に自分の信念を守ってゆけないもの。それでいいんだよ。

生田 しかし今盛大にやっている人の中には、どこか心の中でうしろめたさがあるのじゃないでしょうか。

平井 さびしいだろうと思うね。自足しているやつはないと思うよ。

生田 翻訳書というものは、内容だけでなく文章の面白さを味わわせてくれなくては意味ないと思いますよ。一番腹立たしいのは、翻訳書を買って読めないものが多いことですね。原文を横において時々参照しなくちゃ意味のつかめない、対訳程度のものがまかり通ってるんだから。読者のほうにも問題がありますよね。どんなひどい訳でも満足している。原文がこうなんだろうって……ひどすぎますね。

平井 あなたまかせですよ、読者が。私の場合、例えば今「アーサー・マッケン作品集成」を訳していますが、自分の文章が翻訳したという気持が持てるまでに、三回は清書します。それでなくちゃ、自分としては駄目です。職人としての意識があるもんで、しようがないですね。

初めさっと下訳みたいに書き、しばらくおっぽり出しておいて、それから二回は書き直します。

生田　三回もおやりになりますか。ひどい訳をする人ほどそんなことやりはしませんね。ぶっつけ本番で書きなぐっておわりです。自分にきびしくないといいますか、一種の批判力欠乏でしょう。もっと良くできるという判断力が。

平井　まあ、芸なしなんだな。

生田　原書を横においておかないと読めないのがほとんどで、たいていの訳書がそうですから困ります。しかもそうしたものが時おり書評などで名訳であると言われるんですから。出版社の編集部に見識がないこともありますね。編集部員がサラリーマン化していて、原稿を受け取ると右から左へ印刷所へ渡すだけといった感じですね。

平井　本屋もマイナーな出版社でなきゃ、結局駄目なんでしょう。

生田　欧米だっていい本屋は皆マイナーですよ。あまり聞いたことのない作家だけど、この本屋が出す以上、一癖ある作家にちがいないと思わせる、読者を安心させる。

編集部　お話の鋒先がどうも痛いところに向いてきました。まもなく夜も明けそうですので、一旦このへんでおしまいにさせていただきます。どうも有難うございました。

付録Ⅱ　THE HORROR

ミステリファンの同好会〈ＳＲの会〉東京支部の大伴昌司、紀田順一郎、島内三秀（桂千穂）は、会誌の怪奇文学研究号の好評に力を得て、平井呈一を顧問に迎えて「恐怖文学セミナー」を発足、一九六四年一月、同人誌《THE HORROR》を創刊した（創刊号には発行日の記載なし。紀田氏の著作に基づき六四年一月創刊とした）。わずか二十頁の小冊子ながら、平井の「怪談つれづれ草」を巻頭に、エッセー・資料・短篇翻訳を並べ、同人連名の発足宣言では「今日恐怖文学を愛するものは、この精神の幽暗な沃野に遊ぶ愉しみを知る者である」と述べ、広範な発掘紹介と研究批評をめざすとした。平井は「Congratulations! わが国初の怪奇小説専門誌の誕生、おめでとう！」という葉書を送ってその出発を言祝ぎ、毎号、エッセーや翻訳を寄稿した。ここではそのすべてを収録した。その意気込みにもかかわらず、《THE HORROR》の購読者は十人に満たず、本誌四号と別冊「ＳＦの手帖」を出して終刊となったが、これによって平井呈一の知遇を得た紀田は、数年後、やはり平井に師事する大学生で《THE HORROR》の数少ない購読会員でもあった荒俣宏と出会い、《怪奇幻想の文学》全四巻（新人物往来社、一九六九―七〇。後に全七巻の新版刊行）を企画編集する。平井が熱望していたウォルポール『オトラント城綺譚』翻訳をはじめ、本書収録の怪奇短篇の名訳がここに実現することになった。《THE HORROR》発行前後の事情は、紀田順一郎『幻想と怪奇の時代』『幻島はるかなり』（松籟社）に詳しい。

怪奇小説のむずかしさ　L・P・ハートリー

……怪奇小説には、あらかじめ用意された雰囲気というものが必要である。しかもそれは、自然に、かつ、目に見えるように書かれていなければならないから、怪奇作家はそこにいろいろ工夫を凝らす。

大体、怪奇小説に熱情をあげて精進するなどというのは、多分にこれはアブノーマルな趣味であって、おそらく青春期に、ノーマルな経験にたいして生活なり想像なりが満足に反応しないために、なにか特別なスリルを要求するという、いわば病的な欠陥が、成人してからそういう趣味となって現われる場合が多い。推理小説は、このスリルを、可能性の根源を究めることによってわれわれに与える。したがって、推理小説では、どんな不可能な、あり得べからざる事件が起っても、理論的にそれは説明できるし、また、理論的に割り切れなければならない。ところが、自然の法則から逸脱している怪奇小説に起る事件は、推理小説のごとくには説明ができない。いってみれば、推理小説が説明できないものを、怪奇小説は合理的に説明するのである。つまり、推理小説ははじめから唯物的宇宙観に依存しているのに、怪奇小説のばあいは、逆に、唯物的宇宙観に反逆する立場に立っているわけだ。

理性では把握できない世界を創造し、そのうえ、そういう世界の法則を考え出さなければならないのだから、怪奇作家の仕事は至難なわけだ。混沌なんてものでは話にならない。幽霊《ゴースト》にだってちゃんと法則というものがあって、どんな幽霊だって、それに従わなければならない。むかしは幽霊も因習的な行動をとったものが多くて、やたらに鎖を鳴らしたり、家鳴り震動をさせたりしたものだ。そして、大体特定の場所に出たもので、出るところは一カ所にきまっていたものだ。それが近年は、幽霊の自由がたいへん拡大されて、今ではもうどこへでも行くし、どんな方法でも現われる。幽霊そのものは物質的なものではないが、かれらはこの地球上の物質文明のあらゆるものを利用して現われることができるようになった。

このような幽霊の自由性は、果たして怪奇作家の仕事を易しくしたであろうか？　なるほど、プロットや扱い方が多種多様になった点は、容易になったといえようが、その半面、かえって難しくなったともいえる。つまり、昔のような型にはまった幽霊は捕えることも容易だが、限界不定の近代の幽霊は、まことに捕えるのに手古摺《てこず》る。鎖を鳴らしたり、扉をギイギイ鳴らしたりする昔の幽霊なら、居どころがすぐに分るが、近頃のように幽霊がだんだん進歩して、幽霊が人間とほとんど変りないものになってくると、いったい、幽霊と人間の区別の源をどこへ引いたらいいのか？

ここらがまず、今後の怪奇小説のむずかしい点になるのではなかろうか？

あまり超自然現象の間口をひろげすぎると、なるほどと首肯させるものを見いだすことが、かえってむずかしくなってくる。幽霊は昔から気まぐれなもので通ってきたけれども、しかし、今日のわれわれの正義観や審美観からすると、それでは困るという点も出てくる。幽霊の気まぐれを無批判に許していた昔の怪奇作家は、その点らくだったが、われわれの新しい唯物的世界観から、あれも駄目、これも駄目と、禁止攻めにあっている現代の幽霊に、一体何ができるか、幽霊の新しい可能性を見いだす現代の怪奇作家の困難さは、昔日の比ではない。そのかわりまた、怪奇小説を書くことのむずかしさが厳しくなればなるほど、それを克服し、それに成功した作家の凱歌の声が、いっそう大きくなることも言を俟たない。

（「THE HORROR」第一号、一九六四年一月）

※ Cynthia Asquith (ed), *Third Ghost Books* (1956) の Introduction by L.P. Hartley から抜粋。

試作のこと

M・R・ジェイムス

小説書きには、まだ年季も大して入れていないし、手持ちのものなども余りたくさんはない。小説といっても、ほかの種類のものは書こうと思ったことがないから、まあ怪奇小説だと思うが、でも、ときおり頭を掠《かす》めたもので、物にならずじまいだった話を、折にふれて思い出しては楽しむことはよくある。物にならなかったというのは、つまり、なかには実際に筆を下したものもあるということで、そんなのが今でもどこかの抽出《ひきだし》のなかに眠っている。よく引合に出されるウォルター・スコットの言葉をかりると、私も「そんなものは二度と見もしない。」ごくつまらないものだ。もっとも、話の趣向がこちらの企てた道具立のなかでは花が咲かなかったわけで、別の形だったら、おそらく活字ぐらいにはなったのだろう。まあどなたか、おれが一つ書いて見ようという奇特な方のために、二つ三つ思い出してみることにしよう。

フランスを汽車で旅した男の話がある。自分の座席の向かいに、よくある無精ひげをはやした、お固い顔つきの、中年のフランス婦人が坐っていた。あいにく当人は、読む物といっては装幀が目当で買った、「リヒテンシュタイン夫人」という古臭い小説本しか持ちあわせていない。窓外の景色も見飽き、お向かいの婦人の観察にも飽きて、男はうつらうつらページをくりながら、二人の作中人物の会話のところで一休みという体《てい》である。会話は、マルシリ・ル・エイエの大きな家に住む見知りごしの婦人に関するやりとりで、邸の描写などがあって、ここで婦人の夫が謎の失踪をするというヤマになる。そのまえに婦人の名前が出ていたが、わが主人公は、なにかべつのことで、前からその名前を知っているような気がしてならなかった。おりから汽車は、とある田舎の駅で停まり、男は開いた本を手にしたまま、ハッと眠りから目をさますと、おむこうの婦人がちょうど今降りていくところ。婦人の下げた鞄のラベルに、男は、小説のなかに出てきた名前を読みとったのである。さて、男はそれからトロワイエへ行き、そこから名所めぐりと洒落《しゃれ》こみ、さてある日昼飯どきに着いたところが、なんと、マルシリ・ル・エイエ。大通りのホテルのまん前に、きざな破風《はふ》の三ついた家があって、そこから美装をした、見かけたことのある婦人が出てきたっ給仕に聞いてみると、はい、あの方は未亡人だとか申しますが、旦那様はどうなされたのか、どなたも存じ上げませんという話。ここで打っちゃられる。旅の男が読んだと思った会話など、むろん、小説のなかにはどこにもなかった。

つぎは、郷里の家でクリスマスを過した、二人の大学卒業生のちょっとした長い話。そこの地所の次の相続人にあたる叔父が、近くに住んでいる。この叔父の家には、おべんちゃらなカトリックの学僧が寄食していて、ばかに二人の青年に愛想がいい。ある晩、叔父と晩食を共にしたのち、暗い夜道の帰るさ、藪《やぶ》をぬけると、なにかガサガサいう妙な音がした。翌朝見ると、家のまわりの雪のなかに、見なれない足跡があった。客をおびき出して、あるじを一人にしておき、暗くなってから外へつれだそうとしたのが、けっきょく、使魔《つかいま》が今ひとりの犠牲者を阻んで、逆ねじを食わせ、学僧は完全に敗北して死んだというわけである。

さて、これも十六世紀のケンブリッジ、キングス・カレッジの二人の学生（ともに、妖術の心得があった）の話で、フェンスタントンの魔女を夜間探訪に行ったところ、ハンティンドン街道のロルワースへ行く曲り角のところで、一人の曳かれ者をひいてくる一団のものに出会った。フェンスタントンへ着いて、魔女の死を聞き知った二人が、魔女の新墓の上に何か坐っていたものを見た……という話。

以上の話は、書く舞台があれば、一部だけでも書けた話だが、以下のものは、ときおり頭をチラリと掠めるだけで、ついに物にならなかった話である。たとえば、ある男が（もちろん、なにか思案の最中）、ある夜書斎にいると、微かな物音がしたのにハッとして、急いでふり返ったら、窓のカーテンの隙間からのぞいている死人の顔を見た。目のない死人の顔である。いきなりカーテンに駆けよって、サッとひらいたとたんに、ボール紙の面が床の上にバタリと落ちてきた。が、べつに誰もおらず、面の目はただ穴が明いているばかり。これなどは、どう扱うべきだったか？

日がとっぷりと暮れ、暖かい部屋、明るい灯を慕いながら家路を急いでいるときに、いきなり何かが肩先に触れる。ハッとふり向いたひょうしに、諸君はそこにどんな顔を、どんな顔でないものを見るか？

これと似たような話で、ミスター・悪玉がミスター・善玉をやっつける肚《はら》をきめて、狙撃の場所に、道の右手の藪のなかを選んだ。ミスター・善玉と何も知らない友人がそこを通りかかったら、ミスター・悪玉が道のまんなかにつんのめっていたという話がある。ミスター・悪玉のいうところによると、藪のなかに何かが待っていて、こちらを手まねぎしていた。何であるかは、覗いて見るまでわからなかったという。こういうことは、いかにもありそうなことだが、さてそれを適当に按配して、話を構成するという段になると、今もって私の力には及ばない。

クリスマスの爆竹、あれなども、中から出る辻占《つじうら》にまともなご託宣が書いてあれば、まともな人が糸をひいたばあい、可能性があるかもしれない。そういう人は気分がすぐれぬとか何とか言って、早目に引き揚げるだろうが、どうやら前もって長座するといった約束の方が、ほんものの言訳になりそうだ。

閑話休題。報復の手段にはいろんな物が用いられる。報復に出なければ、それが怨恨の手段になる。公園の馬車道などで、落ちている包みに手を出すことは注意した方がいい。中味が爪の屑だの髪の毛だったら、とくに注意すべし。家へなど持って帰るのは、ゆめゆめ禁物だ。おそらく、それだけでは納まるまい。……（この「……」を、現代作家はなかなか有効に使っているようだ。わけないものだから、もう二つ三つ打っておこう。……）

月曜日の夜おそく、私の書斎へ蟇が一匹はいってきた。蟇が出たって、べつにこれまでそれでどういうこともなかったけれども、用心に如《し》くはないと思った。ひょっとすると、それに輪をかけた恐ろしい亡霊が現われて、目をひんむかれるようなことが起るまいでもないから。

お退屈さま。

（「THE HORROR」第四号、一九六四年十一月）

※ M.R. James, "Stories I Have Tried to Write" (*The Collected Ghost Stories of M. R. James*, 1931)

森のなかの池

オーガスト・ダレット

森のなかの池は夜のように暗かった
——樹木がみっしり寄りあって、光線を締めだしていた。
男は池のまわりをぐるぐる歩きまわった。
暗い水が暗い地面とあうあたりを。
水のほとりを歩きながら
男は暗い水のなかに眠っているものを見つけようとして、
しけじけと水底をのぞきこんだ。

何かが目にとまった。——
何だか知らぬが見なれたものだ、とうから知ってる、知ってるものだ
自分の影から生い立って、
年来ひとりで蓄《た》めこんだ、疑惑、失敗、不安感、
そいつを育てたものらしい

自分とおんなじ面をして
同じように人知れずくすぶっている何か。
心の道標《しるべ》からは歓迎されないが、
どうにも逃れられない、無情な何か。

ふいに男はふり向いた。ふり向きながら、絶叫し、絶叫しながら、とんで逃げた。
まるで死人の顔から逃げるように——夜のように暗い自分の脳髄の池から
光をさえぎる髑髏《されこうべ》から逃げるように。

（「THE HORROR」第二号、一九六四年四月）

※ August Derleth, "The Pool in the Wood" (*The Arkham Sampler*, Winter 1949)

聴いているもの

ウオルター・デ・ラ・メア

「どなたかいるかな」と、旅人は
月のさやかな戸を敲《たた》く。
馬はしずかに羊歯《しだ》の床
森の下草食《は》んでいる。
烏《からす》が一羽、
頭の上の物見から飛び立つた。
旅人はまたも二どめの戸を叩く。
「どなたかいるかな?」
だが、誰も降りてはこなかつた。
落葉が埋めた窓べから
身をのりだして旅人の、灰色の目を
のぞきこむ顔もない。
旅人は思案にくれてたたずんだ。

だがそのとき、この一つ家に住む物の怪《け》どもは、
人の世からのその声を
月の光りの静寂《しじま》のなかで
耳を澄まして聴いていた。
暗い階段にさす淡い月かげ
そこを降りればがらんとしたホール、
寂しい旅人の呼ぶ声に
おののき顫《ふる》える夜気のなかに立つて、
ものの怪どもは、耳をすまして聴いていた。
旅人はわが呼ぶ声に
あたりが素知らぬ顔して静まり返つているのが気になつたが、
馬の方は、木の葉がくれの星空の下で
もぞくざ芝を食べている。
たちまち、旅人は戸をドンドン叩くと、声はりあげて、
「おれが来たのに、返事がない。おれは約束を守つたと、そういうてくれ」
旅人のことばはひとことずつ、
静かな家の闇のなかに
木魂《こだま》となつてひびいたが、

耳をすましているものは、そよりと動きもしなかつた。
おや、旅人の足があぶみを踏まえた。
それ、石に鳴る馬蹄の音がきこえる。
やがて、かつかつと蹄《ひづめ》の音が消え去ると、
静寂《しじま》は、汐《しお》のようにしずかにかえつてきた。

（「THE HORROR」第三号、一九六四年七月）

※ Walter de la Mare, "The Listeners" (*The Listeners*, 1912)

怪談つれづれ草Ⅰ　古城

西洋の幽霊や妖怪変化は、いったいどんな場所に好んで出没するものだろうかと考えてみる。申すまでもなく、あちらの幽霊は、日本の幽霊とちがって、風流気や俳諧趣味はもちあわしていないから、本物の柳の木の下や古井戸を大道具に使って現われるというのは、あまり聞いたことがないし、むろん仏教思想でも東洋思想でもないから、陰陽の観念や輪廻観なども、思想としては持っていない。西洋の幽霊は、いったいどんなところに好んであらわれるだろうか？

編集部から、欧米の怪奇小説のテーマ分類や妖怪の種類分けは、乱歩先生の「怪談入門」を筆頭に、だいぶもうあちこちに出ているようだから、ひとつ趣向をかえて、怪奇小説の舞台、あるいはそこに使われている大道具・小道具というようなものについて、何か随筆風なものをとの注文なので、このあいだから一所けんめい無い知恵をしぼっているのだが、考えてみると、これはしかし、なかなか生易しいわざではなさそうだ。欧米に何千篇の怪奇小説があるかしらないが、わたしの読んだものなどは、数からいったってその九牛の一毛にも足らないだろうし、だいいち、読むそばから筋を忘れていくような頭の悪いたちなんだから、とてもじゃないがその任でないことは、いまさら当人の口から申し上げるまでもない。どうかそこをご承知の上で、お読み捨てのほどを願っておく。

そこでまず、定石として、昔からある「古い城」をとりあげてみたのだが、城はゴチック・ロマンの元祖「オトラント城」以来、この方面の物語には切っても切れない舞台で、ゴチック小説の先駆でありお手本であるドイツ・ロマン派の怪奇物のなかにも、ティークの「クラウゼンベルグ」、ホフマンの「世襲領」(拙訳「古城物語」)その他、古城を舞台にしたものが数多くある。しかし何といっても、中世の城の構造——礼拝堂、納骨所、地下の窖《あなぐら》、地下道、物見やぐら、トラップ・ドア、どんでん返しの壁などを、小説の舞台や大道具として、いちばん遺憾なく巧妙に使って、しかも古怪妖異な気分を十二分に出しているのは、おそらく「オトラント城」をおいては他にないのではないかと思われる。あれが空前で、同時に絶後なのではないかと思う。中世のあの陰惨殺伐な城のなかの生活なり雰囲気なりを、小説の上であれだけ刻銘に忠実に復原したのは、作者ウォルポールの長年の中世にたいする憫恍《しょうきょう》と、飽くことをしらない骨董精神の賜物で、そこにゴチック精神復興の大きな文学史的意義のあることは改めていうまでもないが、そういう意味であの小説では、あの城そのものが一つの象徴にさえなっており、見ようによっては、城そのものが小説の主人公になっているとも見られるくらいなのだから、「オトラント」の城は、あれは舞台以上のものと考えなければなるまい。「オトラント城」以後、イギリスのゴチック・ロマンの一群のなかには、「オトラント」の亜流イミテーションがたくさんあるから、題名に「××城」とキャッスルをつけたものは枚挙にいとまがない。

舞台といえば、例の「モンク」ルイズにも、これは小説ではないが、「キャッスル・スペクトル」（古城の怪）という五幕物の芝居がある。コンウエイ城は旧城主レジナルドが弟のオズモンドの悪計に妻とともに暗殺されてから、いろいろ妖しい怪異がおこるなかに、城をのっとった奸悪なオズモンドは、兄の遺児と知らずウエールズの田舎からつれてきた娘アンジェラを妻にしようとするが、アンジェラは父の忠臣パーシーを慕って肯《がえん》じない。城内は前主の家臣たちとオズモンド一味の陰謀をめぐる暗い葛藤のうちに、故主の妻エヴェリナの亡霊がしばしば現われるなど、波瀾は波瀾をよんで、トド刺殺されたはずの故主は忠臣パーシーの手に助けられて、城内の土牢にかくまわれているのを知ったオズモンドが、兄を刃に斃《たお》そうとするとき、エヴェリナの亡霊に押しとどめられる隙に、アンジェラがみずから飛び入り、叔父を刃に刺して父の怨みと母の仇を晴らすという、いかにもルイズらしい煽情的な筋だが、当時「オトラント」や「モンク」の流布で、だいぶお化けづいていたロンドンの観客に、この芝居はばかな当りをとったらしい。もともと芝居であるから、これは文字通り城が舞台で、城内大広間、鎧の間、月下の城そと、地下の土牢と、舞台効果はなかなかよく出来ていて、アンジェラが自分の出生を知り、オズモンドを父の仇敵と悟るあたりから大詰までの息もつかせぬ盛り上がりは、さすがに構成力に強い才人の作だけあって、全体にみなぎる暗い妖気とともに、なるほどドルリー・レインで大喝采を博したのも道理とうなづける、おもしろい古劇である。

　さて古いところはこのくらいにして、降って近代になると、舞台としての城はグッと後退する。大物として第一に挙げられるのは、まあ「ドラキュラ」だろうが、ほかにはレ・ファニュの「カーミラ」を思いだすぐらいで、今ちょっと思いつかない。短かいものだが、ウォルター・スコットの「つずれの間《ま》」はヨークシャの城のなかの「つずれの間」に泊った若い士官が、夜なかに、顔のボロボロに腐った、異様な服装をした女の幽霊を見て、翌日城主にその話をすると、城主が黙って案内してくれた城内の画廊で、あまた飾ってある先祖の画像のなかに、士官は同じ服装をした女を見つけ、城主から先祖のその女にまつわる因縁ばなしを聞かされる話。むだのない、カッチリした、緊密度の高い好短篇だが、どうも新しいところではあまり見当らないようだ。大体、ひとくちに城といっても、西洋のキャッスルはピンから切りまであって、小さな領主の館《やかた》、ある辺疆《へんきょう》の砦《とりで》のようなものは、よく後の人が別荘に買って、狩猟や避暑につかっているのが多く、「カーミラ」の城などはその一例で、城は城でも、そういうのは何々荘とでも呼ぶような規模の小さなものだが、小規模とはいえ、かりにも城砦であるから、要塞堅固な、人里離れた山間の、峡谷を見はらす絶壁の上とか、怒濤を脚下に見おろす絶海の断崖の上とか、だいたい風光の奇峭幽邃《きしょうゆうすい》なところが多い。手ごろなものなら別荘に好適なので、うっかり知らずにそういうのを買い入れると、城にまつわる怪異に祟られる。W・H・ホジソン（一八七五—一九一八）の「カーナッキー——ゴースト・ハンター」に、そういう因縁つきの小さな城別荘の幽霊探険にいく話が二篇ある。この作品は九篇から成っていて、どれも主人公のカーナッキーという幽霊探険家が、弟子たちに自分の冒険談を語る形式で、その第一話の「見えざるもの」と第三話の「月桂樹の中の家」の二篇がそれだが、九篇のうち、この二つの話が幽霊探険記として、とくによくできている。ブラックウッドの「空家」やウエイクフィールドの「国境警備隊」と同じ味のものであるが、レ・ファニュのヘッセリウス博士ともちがい、ブラックウッドのジョン・サイレンスともちがい、同じような型におちいりがちな幽霊狩りを、一人の主人公で九篇も連作的に真正面から扱って、何とか趣向をかえ工夫を凝らし、それぞれ迫真の恐怖を味わせてくれるところ、やはりホジソンという作家は、この人の本領である海の恐怖を主題にした作品と併せて、忘れてはならない異色ある一流の怪奇作家だといっていい。海の怪奇を扱った作品は、よくいろんな選集にはいっているから、読まれた方もあるかと思うが、「カーナッキー」のほうはまだ紹介されていないようである。

さて現代作品になると、城はほとんどもう無縁の状態になってしまっているようだ。フランスのスール・リアリストの連中が、超現実の立場から、ゴチック・ストーリーに関心を寄せているのは衆知であるが、わたしも二つ三つ読んだけれども、これはただゴチック的な城をスールの精神で散文に書いているだけの話で、われわれの喜ぶ怪奇とはあまり関係がない。ゴチック・ロマンの系譜のほとんど跡を絶ってしまっている今日、レイ・ラッセルの近作「サルドニクス」などは、まったく空谷《くうこく》に跫音《きょうおん》を聞いたような、異数の例外といっていい。レイはこの二、三年来、「プレイボーイ」あたりから出てきたチャキチャキの新進であるが、「サルドニクス」の一篇だけは、ゴチック・ロマンをひた押しに押し切ったもので、古風といえば古風だが、それで成功している重厚な秀作である。舞台は「ボヘミア」の山奥の、ちょっとドラキュラ城を思いださせるような山頂の孤城で、ここに世にも数奇な運命をもった仮面の男の物語が展開する、といったら怪奇の愛好家は、それだけでもうワクワクしてくるだろうが、近年は怪奇小説といえば、どれもこれもショート・ショート的な、小咄《こばなし》めいた薄っぺらな作品ばかりがのさばっているなかで、これなどは読みごたえのある、うれしい収穫の一つだといっていい。すでに映画化もされたそうで、その製作監督者がウィリアム・キャッスルとは洒落にもならないが。

冗談はおいて、まあ城といえば申すまでもなく封建時代の遺物なんだから、それにまつわる怪異な因縁ばなしとくれば、まずたいてい、陰謀、暗殺、毒殺、暴君、人質、正義の憤死と、武家時代の殺伐陰惨なものが専売で、こんにち、イギリスやスコットランドをはじめ、ヨーロッパに現存している由緒ある古城には、大なり小なり、そうした因縁をもった怪異譚がつきまとっているらしい。そんなわけだから、出てくる幽霊も大時代でものものしい。ウインザー城にはヘンリー八世やジョージ三世の幽霊のほかに、廷臣や軍人の幽霊も出るというし、ドイツの王室ホーヘンゾルレルン家、オーストリアのハプスベルグ家にも、それぞれ宮廷や居城に怪異のあった記録がのこっているといわれる。イギリスには有名なグレイミス城（創元社「恐怖全集」実話篇に紹介しておいた）をはじめ、曰《いわ》くのある城はたくさんある。天文学者で心霊研究家のフランスのフラマリオンも、フランスの古城のポルターガイストの記録を幾つか書いている。この次は、こういう現存の城にまつわる怪異の記録を幾つか紹介しよう。

（「THE HORROR」第一号、一九六四年一月）

怪談つれづれ草Ⅱ　英米恐怖小説ベスト・テン

古典篇

①レ・ファニュ　吸血鬼カーミラ（Carmilla）
②バルワー・リットン　幽霊屋敷（The Haunted and the Hunters）
③ウィルキー・コリンズ　恐怖のベッド（A Terribly Strange Bed）
④ブラム・ストーカー　吸血鬼ドラキュラ（Dracula）
⑤ポー　アッシャー家の崩壊（The Fall of the House of Usher）
⑥ヘンリー・ジェームス　ねじの回転（The Turn of the Screw）
⑦アンブローズ・ビアーズ　魔物（怪物）（The Damned Thing）
⑧スティーヴンスン　マーカイム（Markheim）
⑨キップリング　幽霊人力車（The Phantom Rickshaw）
⑩マリオン・クロフォード　死人の微笑（The Dead Smile）

近代篇

①ブラックウッド　ウエンディゴ（Wendigo）
②マッケン　パンの大神（The Great God Pan）
③M・R・ジェイムズ　「若人よ　口笛を吹け」（'Oh, Whistle, and I'll Come to You, My Lad'）
④ジェイコブス　猿の手（The Monkey's Paw）
⑤ラヴクラフト　ダンウィッチの恐怖（怪）（The Dunwich Horror）
⑥オリヴァ・オニアンズ　手まねく美女（The Beckoning Fair One）
⑦W・H・ホジソン　国境の家（The House on Borderland）
⑧デ・ラ・メア　シートンの叔母（Seaton's Aunt）
⑨W・F・ハーヴィー　炎天（August Heat）

現代篇

①L・P・ハートリイ　地底から来た客（A Visitor from Down Under）
②ジョン・メトカーフ　二人提督（The Double Admiral）
③H・R・ウェイクフィールド　国境警備（The Frontier Guards）
④オーガスト・ダーレット　ズールーの足跡（The Trail of Cthulhu）
⑤レイ・ブラドベリ　笑う人たち（The Smiling People）

⑥ダヴィッド・H・ケラー　死んだ女（The Dead Woman）
⑦ジョン・コリア　夢占い（Interpretation of a Dream）
⑧レイ・ラッセル　サルドニクス（Sardonicus）
⑨スティーヴン・グレンドン　ジョージ氏（Mr. George）
⑩ブレナン　カラマンダーの櫃（The Calamander Chest）

MY TWELVE NIGHTS

①A・J・アラン　My Adventure in Jermyn Street
②シンシア・アスキス　The Corner Shop
③R・H・ベンソン　My Own Tale
④A・M・バレイジ　Nobody's House
⑤アメリア・B・エドワーズ　The Phantom Coach
⑤ポリドリ　Vampyre
⑦チャーロット・パーキン・ギルマン　The Yellow Wallpaper
⑧メイ・シンクレア　The Villa Désirée
⑨A・E・D・スミス　The Coat
⑩ヒュー・ウォルポール　Mrs. Lunt
⑪イーディス・ウォートン　Afterward

⑫アレキサンダー・ウールコット　Full Fathom Five

（「THE HORROR」第二号、一九六四年四月）

※《THE HORROR》原本には「編集部註」として発表年代や邦訳の有無等のリストもあるが、情報がすでに古くなっていることもあり、ここでは割愛した。原題等の間違いは訂正した。また、「近代篇」は九作しかないが、「編集部註」には⑨1912（発表年）・未訳、⑩1910・宇野利泰（訳）・創元大ロマン全集「怪奇小説集1」の記載があり、元の原稿には十作あったことが推測される（編集部註の⑩が「炎天」に相当するので⑨が抜け落ちたのか）。

付録Ⅲ　エッセー・書評

雑誌・書評紙などに平井呈一が発表した怪奇幻想文学関連のエッセー。掲載誌について簡単に説明しておく。

「八雲手引草」の《文庫》は、岩波文庫の愛読者を組織したブッククラブ〈岩波文庫の会〉の会誌（一九五一―六〇）。平井は岩波文庫で小泉八雲『怪談』『骨董』（四〇）、『心』（五一）、『東の国から』（五二）の翻訳を手掛け、本文で触れているように《小泉八雲全集》（みすず書房）を刊行中だった。しかしこの全集は四巻で途絶、その後あらためて《全訳小泉八雲全集》全十一巻（恒文社、一九六四―六七）に取り組み、完成させている。

「英米恐怖小説手引草」の《創元》は、東京創元社のＰＲ誌。一九五九年八月には平井が収録作品の選定・解説に活躍した《世界恐怖小説全集》全十二巻が完結。同号には江戸川乱歩、中島河太郎、相合谷健一との座談会「西洋怪談を語る」も掲載されている（『東京創元社文庫解説総目録 資料編』に再録）。

「恐怖小説手引草拾遺」の《Sealed Room Monthly》は、付録Ⅱの解説でも触れたミステリ同好会《ＳＲの会》の会誌。この号は怪奇文学研究号と銘打ち、「古今東西怪奇本見立番付」や「アンケート・私の好きな怪奇小説」などを掲載、好評を得て《THE HORROR》創刊につながった。

「怪異その日本的系譜」「英文人の夢と営為語る」「怪奇文学の魅惑」の《ほるぷ新聞》は、児童書のほるぷ出版が発行していた旬刊の書評紙。

八雲手引草

小泉八雲（ラフカジオ・ハーン）の著作は、一九二二年にアメリカで出版された全集が十六巻、その後に全集に漏れたものを編集して刊行したものが、ほぼそれと同じ分量ぐらいあり、邦訳は第一書房版の旧全集が普及版で二十巻、目下私どもの手で刊行中の完訳全集が、だいたい四十巻の予定になっています。これだけのぼう大な著作の中から、若い読者にぜひ読ませたい物を幾つか選定するということになると、これは大へんむずかしいしごとで、ことにアメリカ時代の著作は原書の人手も困難なので、さしあたりここでは範囲をごく狭くかぎって、日本に関する著作の中から、とりあえず、左の五冊を選定してみました。

1 「怪談」（"Kwaidan"）——岩波文庫
2 「日本の面影」（"Glimpses of Unfamiliar Japan"）——岩波文庫近刊
3 「東の国から」（"Out of the East"）——岩波文庫
4 「心」（"Kokoro"）——岩波文庫
5 「日本——一つの試解」（"Japan—an Attempt at Interpretation"）

だいたい、この順序で読まれるとよいと思います。

「怪談」は、有名な「耳なし芳一」や「雪おんな」のはいっている著者晩年の最も円熟した代表作品集で、話もおもしろいし、文章も平明簡枯で、まずこれからはいるのが無難と思われます。（怪談については、あとで少しくわしく私見を述べることにします。）

「日本の面影」は、八雲が日本にきてからの第一作で、それだけにいかにも筆がみずみずしく、印象が鮮明はつらつとしていて、はじめて見た異国の珍らしい風物に興じている著者の深い感動がじかに受けとれ、ちみつな観察と豊かな詩情が多くの暗示をあたえる点、今日読んでもじつにたのしい本です。八雲の三大傑作の一つと言われている作品で、明治初頭のわれわれの父祖たちの生活の活写から、太古につながる人間と自然の悠久なつながり、そういう何か遠白《とおしろ》いものを思わせてくれる、得がたくありがたい本の一つです。われわれが日本の国土を愛するように、愛したくなる作品。そして、この国土が存するかぎり、この作品も永久に存する。——「日本の面影」はそういった書物です。

「東の国から」と「心」とは、一口にいえば、日本と西洋の対決の書です、ここには近代西欧精神に対する痛烈な批判と、古い日本に対する温い同情があります。東と西とをつなぐ橋の、どういうところに八雲が立っているか、それは八雲自身の問題というよりも、われわれ自身の問題であるということを深く反省させてくれる書物です。そういう点で、この二つの書物から若い人々が何を読み取るかということは、明日の日本の大きな問題になることと私は信じます。

「日本——一つの試解」——これは八雲の日本に対する卒業論文といわれる世界的名著で、これを書き上げるために、八雲はじじつ自分の命を削ったほど、それほど打ち込んで書いた大論文です。八雲はこれを書き上げて、寂しく死んで行きました。原文を読むとわかりますが、全篇、高い格調をもった、いわゆる諤々《がくがく》の名文章で綴られ、八雲の三大傑作の一つになっています。出版されたのは一九〇四年（明治三七年）、日露戦争の勃発した時で、当時世界の知識人は新鋭国日本の正体を知ろうとして、八雲のこの名著を争って読みました。世界がその時何をこの本から読みとったか？　それは今ここで述べる暇がありませんが、それから約半世紀ほどたって、大東亜戦争がおこり、この本は血に塗られた軍部の手によって、誤まった宣伝の具に供されました。そして日本は敗けました。それからまた十年たった今日、この本を再びまた読むということは、この本を正しい位置に戻すことでなければなりません。終戦後、日本の歴史は書き改められました。八雲はもちろん書き改めない前の古い歴史の上に立って、この本を書いていますが、ただこの本の中に、人間性を追い求めてやまなかった八雲の心情だけは、何がどう書き改められようと、けっして渝《かわ》りがありません。つまり、この本を正しく読むことは、人間性を追い求めた八雲の心情を正しく読み探ることよりほかにないはずです。それは懐古ではなく、批判であり、明日への欲求へひとすじにつながるものです。その意味で、私はこの本をとくに若い人たちに正しく精読してもらいたいと思って、あえて挙げてみました。

だいたい右のような順序で読まれると、これで一通り八雲の選集を読んだことになりますが、なおも一つ、ぜひ読んでもらいたいものに、「文学論」があります、「怪談」の名におされて、文芸批評家としての八雲の業績が、とかく世間から等閑視されがちなのはたいへん遺憾なことで、だいたい大学の講義が多いのですが、ここの文庫で出ている「東西文芸評論」、あれはアメリカ時代のもので、若々しく食欲の旺盛な、感覚の鋭い、情感の豊かな印象批評でたのしいものですが、あれもいいが、私はむしろ一般の若い読者たちには、「文学と世論」「最高芸術の問題」とか、「読書論」「創作論」といったような、文芸上の一般問題を扱った論文を集めたものの方が、文学教養の書として、またよろしくはないかと思っています。そういう意味で、太田三郎氏の訳された「文芸論集」(河出文庫)など好適ではないかと思います。八雲の評論は、そういう一般論でも、知識の切売ではなく、自分の思索と体験からにじみでた独創的な本筋のものですから、栄養価はひじょうに高いものです。これも原書はアースキン(Erskine)教授の編集した手頃な "Talks to Writers" や "Books and Habits" は入手困難ですが、近頃は教科書用のセレクションがあちこちからいろいろ出ているでしょうから、それでけっこう間に合うだろうと思います。

さいごに、八雲の怪談について少し述べておきましょう。怪談は八雲のお家芸といわれるだけあって、アメリカ時代のものも数に入れると、おそらく八雲の著書の中に出てくる怪談の数は百以上になるでしょうが、いったい、八雲はなぜこんなに怪談を書いたのか? 八雲は若い時から怪異談が好きでした。八雲の神秘怪異を好む性情については、八雲の隻眼と強度の近視という生理的欠陥を理由にしている人もありますが、たしかにそれもあったことでしょう。そして若いロマンティックな精神がゴーチエに陶酔的に傾倒したりして、いっそう異常と怪異に対する嗜好を高めたこともたしかだったと言えましょう。しかしまた、次のようなことも言えるのではないかと思います。八雲の書いた怪談を初期の物から順々に読んで行くと、そこに著しい推移と進展のあとが見られます。アメリカ時代の西洋怪談から、「シナ怪談集」をへて、日本の怪談と、こう移ってくるにつれて、だんだん怪異が心霊的なものになってきているのが認められます。これは非常におもしろい変り方だと思います。――八雲はアメリカ時代にスペンサー哲学の洗礼を受けました。これによって自分の人生観も世界観も一変したといっています。それ以来、「なぜ？　どこから？　どこへ？」の三つの「？」が八雲の究極の関心事になってきました。人間はどこからきて、どこへ行くのか？　そこから死後の霊魂の問題が起ってきます。この霊魂の追求が、日本へきて仏教思想に一つの示唆を受け、さらに日本の神道思想に共感を感じ、そこから八雲独特の死生観・宇宙観を形づくったようでした。幽霊とは人間の魂魄が、愛情とか怨みとか怒りとか、そういう人間的心情の鬱積から、この土《ど》にとどまるのだという日本の幽霊説に、八雲ははじめてわが意を得たように心から共感し、そうした純粋な人間的心情を美しいもの、また真実のものと見たのでした。つまり西欧的な怪異的事実への驚奇から、日本的な心霊的な美しさへの憧憬に移って行ったわけです。……ざっとまあ、こう言えるのではないかと思います。ですから、八雲の晩年の怪談には、どれにもみな、この人間的心情のいじらしいほどの美しさと真実が描かれています。「耳なし芳一」にしても、「お貞のはなし」にしても、「雪おんな」にしても、「青柳のはなし」にしても、みなそうで、日本の原話にその美しさと真実の描かれていないものには、明らかに不満をのべてもいますし、そうでなければ、その点を補足して点睛をほどこしています。八雲の怪談が凡百のゴースト・ストーリーと異っているのは、じつにこの点で、このかすかなひとすじが永久に命新しい点でもあるのです。さらにこれを押しひろげますと、けっきょくそれは、八雲その人が心情の真実な美しい人であったということに帰着するのであって、自我万能の西欧文明に八雲が嫌悪を感じたのも、そういう点で折り合えなかったからなのだと思います。「怪談」の中からばかりでなく、前にあげた幾つかの八雲の作品集の中から、われわれは八雲が美しと見、真実と見た日本的な心情について、も一度目をこらしてとくと見直して見る必要があるのではないでしょうか。そういうすじあいから、八雲をも一ど読み返してみることが、こんにち、特に必要なのではないかと思います。

（三一・十四）

（「文庫」第四三号、一九五五年四月）

英米恐怖小説手引草

ラフカジオ・ハーンが「恐怖の快感」ということばをどこかで使っていたと記憶するが、恐怖小説のおもしろ味、醍醐味というようなものを一言でいうとすれば、それはまさに、ハーンのいう「恐怖の快感」を満喫することにあるといえよう。ひとくちに「恐怖の快感」といっても、むろんそれにはピンからキリまであるだろうが、広い意味での文学・芸術に、崇高美、悲壮美、滑稽美等々があるように、人間の最も古い、最も強い感情に根ざす恐怖美、あるいは怪奇美というものも当然あってしかるべきで、そのすぐれたものはもちろん、好むと好まざるとにかかわらず、高度な美的価値をもっているはずである。

元来、推理小説と恐怖小説とは、その発生からいっても兄弟のごとき間柄にあるが、推理小説が犯人さがし、謎解き、トリックと知的遊戯のうえで驚くべき発達をとげたのにくらべて、恐怖小説のほうは、これはあくまでもファンタジーの世界に立てこもり、人間の心象の怪奇と宇宙の謎に潜入して行った。したがってここでは、心霊の世界、超自然、異次元の世界との交渉——未知の世界と見えない力にたいする恐怖が主題となっている。近代の懐疑主義は中世以来の暗い観念――幽霊とか妖異とか悪魔とか、そういう神秘主義を一応締めだしたかに見えるけれども、そのじつかれら懐疑主義者が信奉する科学は、まだあらゆる部門が未知数な解明の途上にある現在こうした神秘主義にたいして最後的な解答を、今のところまだ出していない。むしろ、現代の心理学、精神分析学、生理学、病理学は、人間の生命と心象の複雑にして怪奇な諸相を、専門の部門からそれぞれ細密に露呈して、ますますその神秘を深め広めたかの観さえある。懐疑主義者たちが頭から否定した幽霊現象のごときも、こんにちでは心理学的に存在することが実証されたことは周知であろう。

もっとも幽霊があるとかないとかいうことは、これは文学の圏外の問題であって、すこしく詭弁を弄すれば、ファンタジーを主体とするわが恐怖小説のなかには、幽霊も、吸血鬼も、人狼も、どんな怪物も、どんな魑魅魍魎《ちみもうりょう》も厳として実在している。読者はその怪異の前に参禅して、凄涼な恐怖の真実に陶酔する。他の文学のジャンルにない恐怖小説の醍醐味は、ここにあるのであって、「驚異」にたいする人間の飽くなき欲求に根ざす純樸なエンターテイメントの一つといえよう。

ところで、恐怖小説を系統的に読むということになると、いきおいその元祖といわれているイギリス十八世紀のゴシック・ロマンスまで溯らなければならないが、正直いうとこの一群の作品は、時代も隔っていることだし、文学史的価値以外にふつうの読者にアッピールするものはほとんどないといってもいいだろう。それに完全な邦訳がないから、読むとすれば原書によらなければならない不便がある。読みこんでいけば、ウォールポールの「オトラント城」にしろ、ラドクリフの「ウドルフの怪」にしろ、ルイズの「モンク」にしろ、さすがに一世を風靡《ふうび》した当時のベスト・セラーだけあって、それぞれ古典的名作の名に恥じないおもしろ味があるのだが、いかにせんその冗長さは、とてもせっかちな現代の読者には辛抱できまい。まずは参考品というところだろう。

恐怖小説がきゅうに近代色をおびて絢爛《けんらん》と咲きだしたのは、それから百年ほどたった十九世紀の中頃から二十世紀のはじめにかけて、イギリスでいえばいわゆるヴィクトリアン時代であるが、この前後からヨーロッパには、動物磁気論を唱えたオーストリアのメスメルの催眠術だの、中世の申し子みたいな霊媒者ダニエル・ホームの出現だの、オリヴァ・ロッジの心霊研究などで、科学万能の思潮のなかへ妙に神秘主義的なオカルティズムが反動的に復興する機運の見えた時で、やれ千里眼だ、透視術だといって、世人の関心が一時そちらに偏向した時代であった。ブルワー・リットンの「幽霊屋敷」（一八五九）「ザノニ」（一八四二）「奇談」（一八六二）などは、逸早くそうした時流をとりいれた名作で、未紹介の長編「奇談」などは、悪霊にとりつかれた主人公の夢遊病者が、中世の錬金術師の幽霊に会って煉獄道におち、それをあやつる呪術師の怪異など、オカルティズムの道具立がそろっていて、最後に恋人の善魂によって呪文が破れるという筋だが、スリルとサスペンスがよく出きている大衆小説として、今日読んでもおもしろいものである。リットンはこれを書いているうちに、フランス人の妖術師エリファス・レヴィに会って、いろいろ古代妖術に関する話材をえたらしいが、序《ついで》ながら、二千年も昔の暴君ネロ時代の妖術家アポロニウスの幽霊から秘伝をさずかったと号しているこのレヴィには、「妖術史」という一巻の著書があって、自分の経験をおりまぜた妖術の歴史と逸話を書いたものだが、これなどは天下の奇書の一つで、一部の恐怖党の読者はきっと喜ぶにちがいない。

ディケンズのクリスマスものはあまりにも有名だし、かれの愛婿コリンズの「白衣の女」も古く紹介ずみだが、この時代でなんといっても逸することのできない大物はアイルランドの作家レ・ファニュである。M・R・ジェイムズやその他の具眼者によって再発見されたこの近世最大の恐怖作家は、発見当時は賛否こもごもであったが、今ではその評価もだいたい定着して、長編では「サイラス叔父」、「墓畔の家」、短編では「In a Glass Darkly」が代表作とされている。この人は一度まえに書いた短編を敷衍《ふえん》して長編を書く癖があり、雑誌に連載するばあい読者に迎合するために、人物の性格と筋に一貫性がないことをよく批難されるのであるが、「サイラス叔父」と「墓畔の家」は、その点首尾の一貫した力作になっている。じつはわたしも、この「墓畔の家」はつい最近、乱歩先生から秘蔵本を借覧してはじめて読んだのだが、一読して三嘆した。ここで筋を詳しく述べる余裕はないが、謎の失踪、財産横領の陰謀、殺人と、複雑怪奇な筋がじつに巧妙に発展して、最後には悪玉が滅びてめでたく大団円になるのだが、四百ページに余る長い物語も息をつかせない。篠つく雨の真夜中、暗黒の墓地で謎の埋葬をする場面などは鬼気迫るものがあり、なるほど「アイルランドのコリンズ」といわれるだけのものがあると、つくづく感嘆した。

しかし、いかに小説がじょうずでも、コリンズ、レ・ファニュの双璧以下、この時代のスリラー小説は、いずれもゴシック・ロマンスのトラディションをそのまま継承したもので、べつにその恐怖に新味があるわけではない。この伝統を根底から踏みきったのが、アメリカのポオであった。ここから恐怖小説の「近代」がはじまったのである。その意味で、ポオは恐怖小説の中興の祖であって、かれの発見した異次元恐怖《コズミック・ホラー》は、前代にない恐怖の新しい次元をつくったのである。「アッシャー家の没落」「黒猫」以下の傑作は、あまりにポピュラーだからここには要しないが、この系譜からアンブローズ・ビアースとH・P・ラヴクラフトが生れてきた。ビアースの “In the Midst of Life” と “Can Such Things Be?” とは長く記念すべき集である。メキシコのある洞窟のなかで謎の失踪をとげたかれの最後は、あたかもかれの作品を地で行ったように奇怪な最後であった。ラヴクラフトはパルプ・マガジンの生んだ鬼才であるが、その鬼才を世に認められたのは、死後友人の手で編まれた遺稿集によってであった。「恐怖小説におけるコペルニクス」といわれているかれの異次元恐怖は、ポオにもビアースにもない、まったく斬新異色の恐怖である。「ダンウィッチの怪」や「インスマウスの影」を読めば、その大体を窺うことができよう。かれの傘下に集まった後輩のなかには、オーガスト・ダレットやロナルド・ウォドレのような俊英もいるが、かれの死後S・Fに走った者が多い。

アメリカには、いま一人忘れてならない人にヘンリー・ジェイムズがある。ジェイムズは恐怖小説の専門家ではないけれども、十八篇あるかれのゴースト・テイルズは、心理的怪奇小説としてやはり一つの新生面をひらいた重要な功績をもっている。「ねじの回転」はその代表的な傑作だが、かれの怪談にはべつにSupernaturalなものはなにもでてこない。心理的なアパリションばかりである。これと似通ったものを狙っている作家に、イギリスのデ・ラ・メアがある。これも心象の謎をあつかった未解決な名状しがたい怪異ばかりで、長編「死者の誘い」、短編では「シートンの叔母」「ケンプ氏」「深淵から」など、独自の青白い世界を創造している。

コリンズ、レ・ファニュのヴィクトリアン時代の後をうけて、イギリスは今世紀のはじめに、三人のすぐれた恐怖作家を生んだ。マッケン、ブラックウッド、M・R・ジェイムズの三人がそれで、この三人は生涯恐怖小説に終始したという点でも、特筆すべき存在である。マッケンの古代魔神と伝説に対する信仰、ブラックウッドの新しいオカルティズムに関する経験主義、M・R・ジェイムズの古譚と現代との因縁的交渉、作風は三人三様それぞれ異なるが、いずれも恐怖小説の特色たる構成の緊密、話術の巧みさを発揮した名篇ぞろいで、恐怖小説愛好家たるもののかならず詣《もう》ずべき半古典的霊廟だといっても過言ではない。十九世紀初頭にかけては、ふしぎと恐怖小説の名作が次から次へと輩出した時で、ブラム・ストーカーの「ドラキュラ」も、ウェルズの科学恐怖小説も、みなこの時代の所産である。電波やミサイルのなかった時代の湿度が恐怖小説の構成にちょうどかなっているわけで、オリヴァ・オニアンズ、W・H・ホジスン、ベンスン兄弟、ダンセイニ卿、ヴァーノン・リーその他等々、まことに多士済々というほかはない。

さて現代作家では、ハートリーとハーヴィーの二人を挙げておこう。ハートリーの「地獄から来た人」、ハーヴィーの「炎天」「五本の指の怪物」などは、新風の名にそむかない名作である。そのほか、コリアー、フォスター、メトカーフ、ウェイクフィールドなど、みなそれぞれ特色をもったベテランだが、メトカーフの「悪い土地」、ウェイクフィールドの「レッド・ロッヂ」は、とくに不気味な味で出色である。がしかし、とくべつに伝統を大きく踏み切ったものではない、もうここらでそろそろ新しいファンタジーが起こってもいいと思うのだが、そういう新人はまだ出ないようである。伝統を破った新風は、アメリカにこそ期待したいのだが、ここもラヴクラフト以後、どうもあまり大物は出ていない。才人はたいていS・Fか推理小説へ行ってしまうせいだろう。レイ・ブラッドベリ、ネルソン・ボンド、スティヴァン・グレンドン、マンリ・ウェルマンあたりに、なにか収穫がありそうなものだが。

以上でごく大づかみに英米の恐怖山脈の峻峰を一瞥したようなわけだが、このほかにまだまだ群峰は枚挙にいとまがないほど、たくさんある。だいたい恐怖小説の専門家と目される作家だけをあげたので、平作家で名作を残している人たち、たとえば「猿の手」のジェイコブズのような人には触れなかった。せいぜい十枚分のこんな地図には、そうは載りきれやしない。恐怖小説のもつ限界からいって、長篇のいいものがまことに乏しい。「ドラキュラ」以後、長篇の目ぼしいものといったら、ホイートリの「黒魔団」以下の三部作ぐらいのものだろう。ほかに、これは扇動的なものでないが、チャールズ・ウイリアムズの「万霊節の前夜」「地獄への道」「Many Dimensions」などは、ソフィスティケートの好きな読者には打ってつけのおもしろい作品である。

ともあれ、恐怖山脈は夏山によし、冬山によし。リュックはいらず、同伴者不要。遭難の心配なし。初心者はとかく下駄ばきで、もっと恐いの、もっと恐いのと、無謀なねだりかたをする。

（「創元」一九五九年八月号）

恐怖小説手引草拾遺

編集者からは「本邦未訳の怪奇小説」について何か書けという注文だが、これは短い枚数ではとても書き尽せないし、だいいち新しい所はブラドベリ、ブロック、グレンドンあたりぐらいまでしか読んでいないので、その点からいっても明らかに失格のわけで、とても私などの任ではない。大体自分の好みからいって、怪奇小説は少々古風なものの方が好きなので、このごろは専ら三、四十年前の作品を本国から古本で取り寄せては読んでいる次第であるが、何といってもその頃の作品には名作傑作が多いので、大いに娯しめる。以下、その後手当りしだいに読み捨てたものの中から、目ぼしい作品を二、三挙げて、大方の資に供えることにしよう。

まず私の愛好するイギリス（作家）で、H・R・WAKEFIELDという人がいる。マッケン、ブラックウッド歿き後、怪奇作家多士済々の英文壇でも、終始一貫して怪談ばかり書いている作家は、近年この人ぐらいなのではあるまいか。四、五冊の怪談集があるが、どれも屑がなく、みんなおもしろいなかで、「赤い宿」「去来する者」「塚」「小道」「ラッキーの木立」などは特に傑出している。いずれも現代の都会と田園の生活の隙間にふいに顔を出す怪異が主題で、短いものだが取材の幅が広く、べつに新奇を凝らした恐怖ではないが、文章がリアリスチックで手堅いので、緊迫した恐怖感が鮮明で、その意味では各篇みな新しい恐怖を盛り上げている。この人に「なぜ私は怪談を書くか」という感想文があるが、それによると、果せるかなこの作者は、科学万能の現代のなかに科学でまだ割り切れない未知の何物かがあることを固く信じている。この信憑を持たない怪奇作家は、どんなに筆が立っても、どんなに奇を漁ってひねりを利かしても、所詮は底の浅い思いつきに終って、ほんとうの恐怖感は望めないというのが私の持論だが、WAKEFIELDはその点数少ない本筋の怪奇作家の一人であろう。村の人から幽霊屋敷だといわれた空家へ友人と二人で押し入り、暗闇の中で友人ではないもう一人の何者かに出会うという「フロンティア・ガード」は、例のゴランツ版のセイヤーズ編「探偵・ミステリ・恐怖」の中にはいっているから、ぜひ一読をお勧めする。

ウェイクフィールドの次に、現役作家ではハートリー、メトカーフということになるが、ハートリーは近作集「ホワイト・ウォンド」を読んでいないから多くを語れないが、メトカーフは私の好きな作家で、〝SMOKING LEG〟〝JUDAS〟〝FEASTING DEAD〟などの怪奇短篇集は、今でも時々読み返している。女流作家イーヴリン・スコットの旦那で、息子のクレイトンも作家というイギリスにはよくある文学一家だが、この人は寡作ではあるが、書くと滅法筆の早い人なので、時に上滑りのした作品がないでもないが、インド人水夫の手術した脚にまつわる奇怪な呪咀を扱った「煙の出る脚」、ドッペルゲンゲルの手のこんだ変型といえる「二人の提督」、ノーフォークの海岸に近い村へ転地に行った男が、不吉な伝説のある場所を知らずに訪ねて以来、肉体的にも精神的にもだんだん崩壊していく「悪い土地」などは、永く記憶されてよい作品だろう。最近また短篇集を出したらしいが、それは未だ読んでいない。「FEASTING DEAD」は人狼に見込まれた子供の死に遭う父親の手記という形式の中篇だが、スリリングな気味悪さの盛り上げにはやはり捨て難い迫力がある。

　この世紀の初頭外二、三十年代にかけて活躍した怪奇作家たちがあらかた物故してしまった今日、現存作家ではまずこの人達が最後の人なのではなかろうか。

　ところで、女流作家の方はどうかと見ると、この方面における活躍は女性方もなかなか優勢で、鬼神学の研究では当代随一の書痴僧正モンタグ・サマズが激賞するヴァーノン・リーを筆頭に、マージョリ・ボウエン、イーディス・ネズビット、メイ・シンクレア、ヴァイオレット・ハント、イーディス・ワートンなど、まさに百花繚乱の趣があり、現存作家のなかにも、エリザベス・ボウエン、アン・ブリッヂ、マーガレット・アーウィンなどの二、三の作品が色々のアンソロジーの中に散見するけれども、現存の閨秀のなかでは私はシンシア・アスキスを挙げたい。名門の出の容姿端麗の美人で、劇作家ゼイムス・バリーの秘書を勤めた彼女には、十冊に余る怪奇小説のアンソロジーの編著があり、その道の通であるが、〝THIS MORTAL COIL〟という題の自作の怪奇小説集一巻があり、これが玄人はだしのなかなか出色の出来ばえで、九篇あるがどれも皆おもしろい。白痴の天才少女詩人を扱った「白い蛾」や、人狼の少女患者を扱った「神は静かに横わる者を嘉《よみ》し給う」もいいが、私は「角店」という一篇が好きだ。角店の骨董屋で応対に出た老人が、後にその店の若い娘から、十年前に死んだ父親だと聞かされる話だが、黴臭《かび》いそこはかとない妖気に誘いこむ静かなムードがいつまでも胸にのこる、心憎いばかりの作品である。よく怪奇小説の愛好家だと称する人のなかには、もっと恐いのはないか、もっと恐いのはないかと、無闇やたらにどぎつい恐怖を要求する人があるけれども、そういう人には、気の毒だがこういう作品の味は分るまい。総じて女流作家の怪奇小説には、シンクレアにしても、ワートンにしても、女流でなくては書けない濃《こま》やかな繊細な味があって、それが妖気を助け恐怖を強めるのに役立ち、男性作家とは自らまた別趣の味をかもし出していることは注目していいだろう。

さて最後にちょっと毛色の変った人を挙げて、この無駄話を終ることにする。といって格別耳新しい話ではない。これも三十年ほど前の作品だが、当時イギリスのB・B・Cが放送したA・J・ALANという人の放送物語集に「皆さん今晩は」正続二巻がある。この放送は当時大へんな人気を博したようで、本もずいぶん売れたらしい。このなかに怪談が五篇はいっている。それが五篇とも出色の怪談で、うっかりすると専門作家が書いた怪奇小説よりも数段まさっているのは皮肉だが、ここらに怪奇小説のナレーションの重要性が潜んでいるようにも思われる。放送ものがたりだから話術が実にうまい。ALANという人が根からの放送人なのか、あるいは名ある人の変名なのか、そのへんのことは一切私は知らないが、この五篇の怪奇談はじつに出色である。無名の人から贈られた入場券で見に行った劇場の隣の席の、贈り主とおぼしいうば桜の美人に、芝居がはねてから連れて行かれた怪しげなアパートで会う怪異を書いた「ジャーミン街の冒険」、ガレージに預った旅行者の自動車が一夜のうちに消えてなくなるという「ノーフォークの冒険」、田舎の古道具屋の店先で買う気もなく買った手箱の中から出てきた髪の毛にまつわる怪異を語る「髪」等々、どれもみな話そのものが面白い上に、何気なく語られていながら構成が確かで、伏線もあれば気を抜くところは気を抜き、しかも恐怖のカンどこは正鵠を射ているという、全く抜きさしのならない奔放無礙《むげ》の話術は、ちょっとヒチコックの人を馬鹿にしたような、投げていながらツボを外さぬあの抜け目のない緊密な演出に似ているところがある。まあ、これなどは怪奇小説の変り種として結構たのしめる逸品であるとお勧めしたい。

以上、系統もなく、順序もなく、乏しい書架を見渡しての手当りしだいの放談で、おそらく走りもののお好きであられようこの会の会員諸賢には、横町の隠居のカビのはえた世迷い言よろしく、頭からお叱りものであろうが、そのへんはご勘弁を願っておく。

（「Sealed Room Monthly」第四九号、一九六二年四月）

怪異　その日本的系譜　東西お化け考

幽霊、お化けはなぜ夏場のものか

夏になると、どういうものか幽霊お化けが花ざかりになって、お盆ごろになると、夜はどこのチャンネルをまわしても、ヒュードロドロの音楽入りで、絞切り型の髪をふりみだした恨めしやが、あいもかわらず画面に現われてくる。こういうことは西欧にはあまりないようで、あちらでは万霊節やクリスマスに関連して、幽霊は冬のときにきまっている。怪談は冬の夜さり、あかあかと燃える暖炉をかこんだ家族を相手に、老人が語りだす。ちょうど日本でも雪国の炉ばたで、語り部《べ》の老女が子供相手に語りつぐのとおなじで、どうも怪談は冬の方がしっくり行きそうである。幽霊が炎暑の娑婆《しゃば》へわざわざ涼みに出てくることもないだろうに、事の起こりは、むかし江戸の芝居は毎年夏場はいわゆる夏枯れで、人がはいらない。小屋をあけておくのももったいないので、頭のいい興行主が一策を案じて怪談劇を上演した。これが大当りをとったので、図らずも年中行事のようになったのだと、なにかの本で読んだことがあるが、そういえば、どちらが先か知らないが、寄席《よせ》の怪談ばなしなども、江戸の夏の景物であった。

演劇が幽霊に先鞭をつけたのは、東西どちらも同じらしく、イギリスあたりでもハムレットの幽霊は、怪奇小説の元祖といわれるゴシック・ロマン「オトラント城」よりもずっとまえで、オトラントの筋立やスチエーションには、演劇からの影響が多分にあるように思われる。同じように、江戸でも、京伝、馬琴の読本《よみほん》・草双紙の怪奇ものは、当時の芝居の影響のあとが歴々としている。

日本の怪異談のはじめは「古事記」

日本の怪異談の根元をたずねると、「古事記」にまでさかのぼる。それから「日本霊異記」「今昔物語」「宇治拾遺」「古今著聞集」というように、その系譜は連綿と徳川時代をへて近代にまで続いている。こういう方面のことは私は全くの素人で、ただ怪異談が好きで古今東西の諸書を読みあさってきただけの人間だから、その特質だとか何だとかいうむずかしい公式論は、専門家の研究書に譲りたい。ところで、「日本霊異記」以下「今昔」その他に見える怪異談は、当然のことながらすべて実話、もしくは実話の聞書である。のちの短篇小説とか、いわんやロマンのような形はまだ持っていない。実話が小説やロマンの形をとるまでには、かなりの時間がかかったことは、東西軌を一にしている。

英怪奇文学の濫觴「ヴィール夫人」

毎度イギリスを引合に出して恐縮であるが、イギリスでも同じであった。イギリスでは、ロビンソン・クルーソーの作者ディフォーの書いた「ヴィール夫人」という小篇が、近代怪奇文学の濫觴《らんしょう》であるというのが今日では定説になっているが、このディフォーの「ヴィール夫人」は実話であり、記録《ドキュメント》なのである。体の弱いヴィール夫人が死んだのち、その死を知らなかった仲よしのバーグレイヴ夫人のとこへ幽霊になって現われた事実と事情を、正確な資料の上に立って、即物的に書いたもので、しかも大文豪の雄渾緊迫の大文章で書かれている点、人物の描出といい、事件の的確な把握といい、私の愛読するものの一つだが、小説ではない。小説家の眼をもってした実話であり、記録である。これが発表されたのが一七〇六年のことで、それからウォルポールの「オトラント城」が出るまでに半世紀ちょっとかかっている。

中国文学の飜案さかんな徳川期

おもしろいことに、イギリスのゴシック・ロマンがドイツのロマン派文学からつよい影響をうけたように、徳川期の怪異文学はお隣りの中国文学から影響をうけた。元禄時代には浪人や僧侶などの漢籍に素養のあるものが、唐代の「剪燈《せんとう》新話」や「余話」、明代の「今古《きんこ》奇観」などをさかんに続んで、これをわが国のものに翻案して著わした。浅井了意の「伽婢子《とぎぼうこ》」や「狗《いぬ》張子《はりこ》」がそれで、すこし降《くだ》っては当時の大儒者林羅山までが、中国の「捜神記」など多くの志怪の書を読み下しにした「怪談全書」というものを著わしたりして、しばらくの間、徳川期の怪異文学は中国に粉本をかりた翻案期がつづき、その流れのなかから上田秋成の「雨月物語」のようなすぐれたものも出てきたのであった。「雨月」の価値については誰も知らないものはないだろうが、秋成にくらべたらそのあとの馬琴や京伝の因果怪談は、強力灯の下の蠟燭の灯にもおよぶまい。秋成の師といわれる都賀庭鐘《つがていしょう》にも「英草紙《はなぶさぞうし》」「繁野話《しげしげやわ》」以下の著があるが、秋成にはかなうべくもなかった。秋成のあとに一人の秋成も出なかったのである。

このあと、江戸の怪異文学は、仏教を背景にした通俗因果教訓ものがたりのようなものに堕していくのであるが、なかには日本の怪談を逆に漢文で書いた石川鴻斎《こうさい》の「夜窓鬼談」のような変り種もないではないが、概して文学性に乏しいものが多い。そういう俗書を素材にして、あれだけ文学性の高い怪談文学を書いたラフカジオ・ハーン（小泉八雲）は、今さらながら、やはりすぐれた怪談作者だったと思う。

珍重すべき綾足の諸国紀行随筆

秋成と同時代の人に建部綾足《たけべあやたり》がある。二人とも一癖《ひとくせ》も二癖《ふたくせ》もある人物だから、ことごとにいがみあっていたが、この綾足の諸国の奇談をあつめた「折々草《おりおりぐさ》」という紀行随筆のなかに、「根岸《ねぎし》に女の住家《すみか》をもとめし条《くだり》」と「狐の傀儡《くぐつ》をたぶらかせし条《くだり》」という佳品がある。「根岸の女」の方は、契《ちぎ》った女の家をたずねたが家が見あたらず、近所で聞いたら女は三年まえに死んだという。死女と契った話で、佐藤春夫氏に現代訳があるが、「狐」の話の方は狐が旅まわりの人形つかい達を招《よ》んで人形芝居を見るという妖《あや》しくも美しい話で、私は珍重している。綾足といえば、この人の書いた「本朝水滸伝」は、のちの京伝・馬琴の読本《よみほん》（歴史小説）の元祖ということになっているので、今から四、五十年ほどまえ私はウォルポールの「オトラント城」

を読んだとき、これがゴシック・ロマンの開祖ということから、これはぜひ「本朝水滸伝」に擬した擬古文で翻訳しようと思い立ち、ようやく最近曲りなりにもそれができたので本にしたが、綾足の衒学的な文章はどうも鼻につくので、翻訳にあたっては石川六樹園《ろくじゅえん》の「近江県《おうみあがた》」や「飛弾匠《ひだのたくみ》」あたりを目標においた。一度はやっておこうと思ったからやったまでのことで、今はまた現代語でなんとかあの古怪な味わいを出したいと考え、そのうちまた取り組んでみたいと思っている。

さて余談になったが、ここらで一足飛びに明治以後に移ることにしよう。円朝の「牡丹灯籠」や「累《かさね》が淵《ふち》」はしばらく措《お》くとして、妖怪味というと誰しも鏡花をすぐ挙げるが、これは私だけの意見で体質的なものかもしれないが、私は鏡花の妖怪味はどうも草双紙趣味を出ていないような気がして、ついて行けない。挙げるとすれば、ごく短かいものだが、「親子そば三人客」などが、この種のものとしては名品のように思う。

イギリスあたりだと怪奇専門の作家、マッケン、ブラックウッド、M・R・ジェイムズは別として、普通の小説家が生涯に必らずといってもいいくらい、三つや四つは怪奇ものを書いている。たとえばヒュー・ウォルポールの「ラント夫人」、メイ・シンクレアの「デジレ荘」、W・W・ジェイコブスの「猿の手」、E・F・ベンソン、ヒッチンズ、オニオンズと挙げたら切りがない。しかも、それがどれも一流の名作である。日本にはどうもそういう現象が見られない。国民性の違い、作家の思想、傾向など、いろいろの原因があるのだろうが、東洋でいちばんそういうものが多く出る土質の国と思われるのに、なんとも不思議な気がする。

近代の怪異作家　龍之介、春夫、百閒

大正期にはいると、やはり芥川龍之介をまず挙げなければなるまい。「妖婆」は駄作だが、私は「奇怪な再会」がリアルで好きだ。晩年の病的な神経の世界を書いた「歯車」をはじめ、「蜃気楼」「悠々荘」なども忘れてはなるまい。誰も言わないようだが、私は「古千屋」という短い作品を高く買っている。家康が女スパイ（？）の死顔を検分する話だが、メリメの「シャルル十四世の幻影」に匹敵するような緊張した鬼気のただよう名品である。

佐藤春夫には、「女誡扇綺譚」もさることながら、恐怖小説としてはストレートな「化物屋敷」という作品がある。体験談をそのまま書いたものだが、私は小石川の書斎で、深夜、作者からじかにこの話を聞いたときの恐かったことを今でも忘れない。

それよりも、私は近代の怪異作家としては、内田百閒《ひゃっけん》を随一に推したい。処女作品集「冥途」以来のあの系統のもの、つまり漱石の「夢十夜」系統のもの、そこからさらに独自の境地をひらいた「青炎抄」をはじめ「サラサーテの盤」など、縹渺《ひょうびょう》とした鬼気をはらんだ作品がたくさんある。百閒さんは地下から「今さら、およしなさいな」とおっしゃるかもしれないが、それならそれでもいいでしょう。

川端康成の「離合」「無言」「弓浦市」、滝井孝作さんの「狢《むじな》」「狐つきの話」「阿呆由」なども、もし怪奇小説のアンソロジーでも編むとしたら、逸することのできない作品だろう。ことに「阿呆由」は、ポルターガイストを題材にしたものとして、日本で珍しい例ではないかと思

う。

編集部から課せられた「日本文学に現われた怪異」ということになると、まだまだたくさん言うことがある。「源氏」のすだま、陰陽師のこと、天狗、狐、鵺《ぬえ》、土蜘蛛というような妖怪変化《へんげ》、こういうものを古代信仰の見地から、西欧の吸血鬼や人狼や魔女などの悪魔思想と比較して考えたら、おもしろいと思うが、私のような素人の任ではない。

化物総出演の篤胤「雷太郎物語」

イギリスあたりでは、牧師の職にある人が人間の死後の霊魂の不思議について、実験談をいろいろ書きのこしているが、日本ではあまり仏僧の書いたものは見受けない。神道の方では、平田篤胤《あつたね》が怪異に興味をもって、「天狗」や「神かくし」の克明な調査記録をのこしている。篤胤には「雷太郎物語」という妖怪ハンターの物語もあって、これはまるで妖怪変化の競技会みたいで、ラヴクラフトなんかも舌を巻くくらい、見るものすべてが変化《へんげ》になるという、化物総出演の無類におもしろいものである。

(「ほるぷ新聞」一九七二年七月二十五日)

英文人の夢と営為語る

由良君美『椿説泰西浪曼派文学談義』評

まず書題からして日夏耿之介《こうのすけ》もどきで、著者の学殖と人となり、その批評的角度が思いうかがわれる。型にはまった官学亜流派の祖述と分類の死んだ文学史を小気味よく脱し、そうかといって近時流行の孫引き資料を芸もなく並べたてた犬も喰わない卑俗なこまぎれ雑文にも堕さず、英文学の本街道裏街道に通暁して、独自の饒舌を達文にとらえた絢爛たる十二章は近頃読みごたえのある快著といってよかろう。この本の何よりの特色は、近代の原点ともいうべき浪曼派運動と、それに参画したイギリス文人群の夢と営為と思考を、今日的時点、もしくは今日的時粧から捉えているその発想であろう。マリハナも、サイケも、秘境にあこがれる若い精神も——人間の魂の欲求は今も昔もいっこうに変りがない。ただ現代はそれを推進する情熱が昔にくらべると稀薄で脆弱である。病理学者から見たら、コールリッジもド・キンシーも、ハズリットもワーズワースも、一世の文人・詩人はみな精神薄弱者か偏執狂と名づけられるにちがいないが、裏を返せばその純粋熾烈な文明悪への反抗が浪曼派運動の核であり、「自然に帰る」ことは人間の原初に帰ることと見つけた著者自身も、同じ核保有者であることは自明である。この核とは、言いかえれば、反俗精神であり、そこにこの著者のクリティックがある。おもうにこの著者は博識に鎧《よろ》われながら、異教の慨世家でもあるように見受けられる。

　私がこの著者にはじめて会ったのは、終戦後、かれがまだ成城高校の学生だったころ、私のダウスンの訳書をもって訪ねてきたときで、もう三十年近く前のことになる。そのころの彼は貴公子のような紅顔の美青年であったが、その後交情は縷々《るる》として絶えるがごとくまたつながるがごとく今に続いている。その時分からかれの漁書癖は、往年の達磨屋五一《だるまやごいち》のごとき天才的なものがあって、私は舌を巻いたものである。ダウスンがアーサー・ムーアと合作した三巻ものの小説も、どこで掘り出したのかちゃんと所蔵していて、私に読ませてくれたのもそのころのことであった。こんどの本にも、書痴としての片鱗はいくつかの挿絵によって語られているが、私などにはどれも垂涎ものばかりである。二、三年まえ筑摩書房の実話全集に、バウンティ号の航海記を翻訳していることを何かで見、これはまた妙なことをやりだしたと思っていたが、この本で見ると、ちゃんと筋道が立っていたのである。私のような気まぐれ屋は大いに学ぶべきであろう。

　この本をもし衒学的だというものがあったら、それは言うものの物知らずを暴露したもので、衒学とは馬鹿の二つ覚えか三つ覚えをひけらかすのが衒学で、この著者の多識とは本質的にちがう。分野はちがうけれども、私はこの著者の博識と語学力には、私の尊敬する今は亡き江戸文学者の山口剛《たけし》との近似をふと考える。

　何にせよ、この「椿説談義」はビアボームの「続」「続々」のように、第二、第三と巻を重ねることが最も望ましい。風流志道軒ではないが、そのうち木兎斎が泰西エロス談義でも開講したら、木戸銭をはらって半日聴きに行きたいと思っている。季違いで恐縮だが新著の心ばかりの賤《はなむ》けに一句。

木兎《づく》啼くや机の下のかくし酒

（「ほるぷ新聞」一九七二年八月五日）

※由良君美『椿説泰西浪曼派文学談義』（青土社、一九七二）の書評。

怪奇文学の魅惑　『ブラックウッド傑作集』評

紀田君から『ブラックウッド傑作集』の特装本を贈られて、一読した。原作者の解題を序文にかかげ、訳者の懇切な解説に加うるに著作リスト（このうえ、邦訳リストもそえてあったら、読者にとって一そう便利だったろう）と、たいへん行きとどいた編さんぶりでこれまで出づべくして出なかった集の刊行されたことをまず喜びたい。大体、怪奇小説の翻訳というものは特殊なジャンルのものだけに、怪奇恐怖にたいする訳者自身の愛好の度合がきめ手になるのでそう誰にでもできるというものではない。その例を私なども今までにたくさん見てきている。その点訳者紀田君は、十数年前、まだ海外推理小説の紹介が全盛だったころに、早くも怪奇文学に魅了されて怪獣博士の大伴昌司君などとともに、「ホラー」というガリ版の同人研究誌を出したほどの、ほとんど戦後の草分けともいうべき古い怪奇愛好家《マニア》で、私とのつきあいもそのころからはじまった。かれは八面六臂《ろっぴ》の、ちょっと見ると危っかしいと思われるほどレパートリーの広い才人であるが、それぞれの畑で必らず人のやらない究極のものを摑んで追究する、ひたむきな執念みたいなものを持ちあわせているから、けっしてただのブック・メイカーではない。ゴシック・ロマンの体系的な翻訳出版を早くから提唱しているのなども、原点をさぐるかれの純粋熾烈な意欲のあらわれの一つだが、日本の商業主義的出版界がまだそこまで成長していないから、実現が難行している。それらを思い併せると、この奇特な執念人も時代の半歩ぐらい先を行く宿命を負うているようである。こんどの翻訳など、なかなか精密だし、また巻末の解説中、ブラックウッドの自然観、宇宙観、心霊観の特徴を解析しているあたりも、狂いのない正説であることは誰も認めるだろうが、ただしかし、こうあんまり割り切ってしまうと、文学は逃げて行ってしまう。計算の無限なところに文学はあるはずだが、作品の戦慄を写すという点で、欲をいえば、訳文にもうひと息というところがあるのは、あるいはそのせいなのかもしれない。ブラックウッドは周知のように、いわゆるイギリス怪奇三羽烏の他の二人、マッケン、M・R・ジェイムズが狭い世界を攻めているのとは対照的に、動物、植物、自然――海、山、砂漠、雪原と、万霊的世界の題材と視野は宇宙的に広いから、作品のヴァラエティも非常に豊かで、作品数も格段に多い。今回訳出されたものは、その何十分の一にすぎないし、これが代表的傑作とはいいがたいことは、訳者も断わっているとおりである。こういう作家こそ、すくなくともこの三倍ぐらいの分量で、処女作の「空家」から、できるだけ多くのテーマのものを、この作家に打ちこんでいる紀田君のような訳者のまとまった訳業で紹介してもらいたいものだと思う。これだけで終らずに、続、続々のブラックウッド作品集の翻訳を、紀田君にぜひ切望する一人である。それには理解ある出版社の協力がまず必要だが、もうそろそろそういう日が来てもいいのではないか。

（「ほるぷ新聞」一九七二年十月十五日号）

※『ブラックウッド傑作集』（紀田順一郎訳、創土社、一九七二年）の書評。

平井呈一と怪奇小説のルネッサンス

紀田順一郎

平井呈一はラフカディオ・ハーンが日本の説話を翻訳した際の姿勢について、「単なる逐字《ちくじ》訳でもなければ、また訳述でもない。『怪談』の諸篇はじつは骨をかれに籍《か》りたハーン自身の真個の創作である」（『怪談』解説）と喝破《かっぱ》しているが、これは同時に平井自身の行った翻訳者としての姿勢、境地を語っていたともいえる。しかし、没後四十年以上を経て、個性的な文学者が蒙《こうむ》りがちの譏誹褒貶《きひほうへん》も収まったかに見える今日、かえってその実体が薄れてきたように思えるのは、私だけだろうか。

平井呈一は明治三十五年（一九〇二）、神奈川県中郡平塚町《なかごおりひらつかちょう》（戸籍上は東京市下谷区谷中三崎町）の谷口喜作方に双生児の弟として出生、程一《ていいち》と名付けられた。兄の名は彌之助である。谷口の始祖は富山だが、『横浜成功名誉鑑』（一九一〇）には大阪で銀行や船具商に勤務した後、さらに横浜に出て蠟燭商を営み、屋号を自らの干支に因《ちな》んで兎屋としたとある。その後上京、浅草に居住して川上音二郎《かわかみおとじろう》の番頭をつとめたが、最終的には上野で菓子店「うさぎや」を創業、長男を二代目喜作とした。一方、次男程一は生後一年目に日本橋区濱町《はまちょう》三丁目の薪炭商・平井政吉の養子にされた。幼い程一が、浜町河岸で凧《たこ》揚げや独楽《こま》まわしに興じていたことが『明治の末っ子』という草稿の発端に記されている（未刊のまま、現在は所在不明となっている）。

平井兄弟は別れて育ったが、たがいに文学好きだったので、そろって河東碧梧桐《かわひがしへきごとう》（一八七三～一九三七）の門をくぐっている。ただし両人とも自由律の俳句には深入りせず、喜作は私小説風の身辺随筆に力を入れるようになる。

平井はいつ怪奇小説に目覚めたのか。「私の履歴書」（一九七一）によると、物ごころのつく以前から俗信や怪異《かいい》に囲まれ、迷信深い祖母からは「大入道」や「化け猫」などの話を聞かされて育ったことが回顧されている。中学の終わりごろにラフカディオ・ハーンの『怪談』を、ついでアーサー・マッケンの『パンの大神』にふれたことが、怪奇小説に軸足を置く契機となった。平井はハーンが怪談を愛した理由として、生まれながらの多感でロマンチックな気質の上に、境遇的に孤愁に陥りがちであったこと、時代もいまだ近代の薄明の中の疑似科学や中世魔術などが流行する、いわゆるオカルトブームであったことなどを指摘しているが、これはとりもなおさず、平井自身を語ったものと見てよい。

ハーンと並んで傾倒したマッケンについては、貧窮に耐えながら、異次元的な恐怖に分け入り、前人未踏の境地に達している点を高く評価している。マッケンに出会ったのは、大正半ばから昭和初期にかけてのことだが、読後興奮のあまり夜半の東京市中をさ迷い歩いた。語学の才能を自覚して早稲田《わせだ》大学の英米文学科に入り、ベアリング＝グールドの『フォークロアの本』（邦訳『民俗学の話』）に影響を受け、ひとしきり同系のイギリス民俗学者の本に読みふけった。

　ここまではよかったが、元来研究者肌の平井が、余裕をもって英文学者の道を歩むというストーリーにはならなかった。養家の事情により文学部を中退させられた上に、妻帯まで余儀《よぎ》なくされたのである。平井は、いきなり活計の問題に悩まされることになった。

　そのころの文学青年は有力文士の弟子となって精進するという習慣があったので、平井もある時期から佐藤春夫（一八九二〜一九六四）の門に入り、ようやく一九三三年（昭和八）、春陽堂の「世界名作文庫」として『メリメの手紙』（年少の女性との往復書簡集）、ホフマン『古城物語』（英訳からの重訳）などを、上梓するまでに漕ぎつけた。初出版である。怪奇小説では、佐藤春夫の名義でポリドリの『吸血鬼』の下訳を引き受けながら、イギリスの世紀末詩人アーネスト・ダウスンの小品やオスカー・ワイルドの童話などを細々と訳し続けた。

　そのほか文壇の機関誌や地域ＰＲ誌の編集を依頼されたり、週刊誌のインタビュー記事など雑文書きに追われていたが、たまたま平井の後半生を大きく変える事件が生じた。一九三七年（昭和一二）、永井荷風《ながいかふう》の『濹東綺譚』が発表されたのである。隅田川東岸にあった玉の井（私娼窟）を舞台に、荷風を彷彿させる老残の作家と、汚れた環境の中にも純朴さを失わない娼婦との束の間の恋を描いたもので、作者の反俗的、反時代的な感性が横溢していた。感銘を受けた平井は熱烈な「礼讃《オマージュ》」とともに、結論に近い箇所で、主人公の影に「しこりの如くこびりついている孤独の切なさ」を感じるという、屈折した自己アピールを行った（「永井荷風論――読『濹東綺譚』」一九三七）。

荷風は、平井が自分と気質を同じうし、江戸文学にも通じた教養の持ち主と知ると、ただちに肝胆《かんたん》あい照らす仲となり、自身の反体制的な言辞を含む日記の清書など、立ち入った仕事まで委ねるようになった。念願のハーン翻訳に対しても喜んで版元を紹介し、訳稿に朱を入れる労を惜しまなかったほどである（『怪談』『骨董』各岩波文庫、一九四〇）。

しかし、このうるわしい師弟関係も、わずか四年足らずで解消される運命にあった。当時金策に苦しんでいた平井が、書写した草稿や短冊のあるものを、愛好家に売却するという挙に出たのである。荷風が当初寛大な態度の上に、若干の金子《きんす》まで用立てられた平井は、油断して秘本「四畳半襖の下張」（一九一七）の偽筆にまで及んだことから師匠の怒りを蒙り、あっけなく破門されてしまった。もともと平井は、妻と共通の知り合いだった一寡婦の身の上を同情するあまり、やがて抜き差しならない関係となったものだが、それでいて妻子との関係を断つこともなく、一方正妻の側でも離縁を回避するという解決策をとった。荷風がこのような経緯を納得するわけもなく、ついに平井とその愛人を極悪人扱いしたばかりか、愛人が怪談めいた最期を遂げるという俗悪なパロディー『来訪者』（一九四六）を発表、平井を文壇から葬り去ったのである。

すでに戦中から兵糧《ひょうろう》の道を絶たれた平井が、空襲の激しくなる市中を必死に奔走、かろうじて児童書の執筆を続けながら、料理店の仲居をして平井を助ける愛人にデスパレートな書信を送っていた様子は、ある蔵書機関に蔵された資料（未公開）から窺うことができる。ちなみに芥川賞作家・岡松和夫《おかまつかずお》（一九三一～二〇一二）にとって、平井は妻の伯父にあたるが、モデル小説『断弦』（一九九三）には、平井（仮名は白井）の文学修行時代を岡松自身の体験と重ね合わせながら、その前途を閉ざしたものへの怒りを代弁している。

戦争末期に新潟県中越地方に疎開し、小千谷中学校の教鞭《きょうべん》をとった平井は、演劇指導などで生徒から大いに慕われたが、そのまま地方に身を埋める気はなく、戦火の跡も癒えない東京へと舞い戻り、新しい文学活動を模索した。しかし、荷風とのトラブルを知った出版社の反応は冷たく、例外的に手をさしのべた学術出版の大手による『小泉八雲全集』の企画も、学者の妨害により中絶してしまった（戦後から、「呈一」の筆名を用いる）。

このとき、膨大な訳稿をかかえて途方に暮れた平井にとり、文字通り救いの神となったのが小千谷中学校出身の池田恒雄（一九一一～二〇〇二）だった。平井の導きでハーンに傾倒し、戦後早稲田大学を卒業、ベースボール・マガジン社を興《おこ》した人だが、平井の不遇に同情し、畑ちがいの『全訳 小泉八雲作品集』（全十二巻）の出版を引き受け、一九六七年（昭和四二）に兄弟会社恒文社より刊行した（同年、日本翻訳文化賞を受賞）。ただし、売れ行きのほうはサッパリで、平井は再び窮地に陥りかけたが、それに先だつ東京創元社の企画（『世界大ロマン全集』および『世界推理小説全集』）が救いの神となった。とりわけ前者に収録のストーカー『魔人ドラキュラ』（一九五六）と江戸川乱歩編『怪奇小説傑作集Ⅰ』（一九五七）が、新時代のエンターテインメント読者から意外な支持を受けたのである。

当時の編集者厚木淳《あつぎじゅん》（のち、翻訳家、一九三〇～二〇〇三）が、江戸川乱歩の提案に従い、平井に翻訳を依頼したところ、『ドラキュラ』を知らなかったと証言している（『東京創元社文庫解説目録』二〇一〇）のは意外だが、それまでにハーンやマッケンならいざ知らず、群小の怪談作家を体系的に読むことはしていなかったのが真実なところだろう。逆にいえば、その後の短期間で、他の追随を許さない専門家になり得たということは、余人には想像もできない怪奇小説への愛着や拘りの深さを物語ってはいないだろうか。その上に立って『世界恐怖小説全集』全十二巻（一九五八〜一九五九）が実現したのである。

私が平井の名を知ったのはこのころだが、折から発表された平井の創作『真夜中の檻』（一九六〇、後「創元推理文庫」）に多大な感銘を受けたこと、および『荷風全集』（岩波書店）中の『断腸亭日乗』に、平井の愛人の件が悪しざまに記されていることを知り、一度会ってみたくなった。そこで私とともに怪奇小説同人誌の創刊を考えていた大伴昌司《おおともしょうじ》（一九三六〜一九七三）と諮り、平井にその顧問就任を依頼する目的も兼ね、一九六三年（昭和三八）秋、両人そろって千葉県下の農村に、当年六十一歳の平井を訪ねた。

私たちを待っていたのは、小柄な和服姿の老人だった。総白髪の浅黒い頬には深いしわが刻まれていた。同じく小柄な、一見お手伝いさんのような婦人が茶菓を運んできた（無論、それはお手伝いさんではなかった）。平井は腰が低く、洒脱で、古今《ここん》の怪奇小説について論じているうちに顔が紅潮してきた。「あたしゃあね、『オトラント』の訳なんかコツコツ完成して、何どきでも出せるようにしてるんだよ。けど、本屋がね……」

本屋を見つけて来ましょうか、という私たちの提案に、平井は疑わしそうに首をかしげるだけだったが、同人誌の顧問になることは承諾してくれた。“THE HORROR”と無愛想に名付けた同人誌が出たのは一九六四年（昭和二九）一月で、創刊号に掲載した平井のエッセイは好評を博したものの、予期した通り財政的には大赤字だった。

しかし、会員の一人に、このときはまだ学生だった荒俣宏の名があったことで、ホラーの道はまっすぐにつながった。六年後の一九六九年（昭和四四）、私は荒俣と図《はか》って『オトラント城綺譚』を中心とする体系的な叢書『怪奇幻想の文学』全三巻（後に七巻）を企画し、新人物往来社による刊行が決まった。東京駅前のビル内で、平井との打ち合わせが行われた。七階の応接室で待つうちに、エレベーターの止まる音、続いてピタピタと草履《ぞうり》の音がしたかと思うと、扉が半分開き、和服姿の老人の顔がヒョイと斜《はす》かいに覗いた。編集者が「うーん」と唸った。私は五十年後の今でも、あのオフィスの平板な光の中に、疾《と》うに忘れられた前近代の耀《かがや》く闇が奇跡のように射し込んだ瞬間を忘れることはできない。

企画は成功し、七〇年代に向けての怪奇小説ルネッサンスの中で、大きな役割を果したと思う。以後晩年の十年足らずを、平井は念願の『アーサー・マッケン作品集成』全六巻（牧神社、一九七三〜七五）ほかの訳業に精進し、一九七六年（昭和五一）五月十九日、七十六歳を一期として世を去った。身内だけの、しめやかな葬儀であった。（敬称略）

平井呈一の生涯および事績については、現在荒俣宏氏の努力により、従来不明な点を解明した年表が作成されつつあることを付記しておきたい。

出典一覧

「アウトサイダー」H・P・ラヴクラフト　※『怪奇小説傑作集1』、東京創元社〈世界大ロマン全集24〉、一九五七
「幽霊島」アルジャーノン・ブラックウッド　※『幽霊島』、東京創元社〈世界恐怖小説全集2〉、一九五八
「吸血鬼」ジョン・ポリドリ　※『怪奇幻想の文学Ⅰ　深紅の法悦』、新人物往来社、一九六九
「塔のなかの部屋」E・F・ベンソン　※同右
「サラの墓」F・G・ローリング　※同右
「血こそ命なれば」F・マリオン・クロフォード　※同右
「サラー・ベネットの憑きもの」W・F・ハーヴェイ　※『怪奇幻想の文学Ⅱ　暗黒の祭祀』、新人物往来社、一九六九
「ライデンの一室」リチャード・バーラム　※同右
「〝若者よ、笛吹かばわれ行かん〟」M・R・ジェイムズ　※『怪奇幻想の文学Ⅳ　恐怖の探究』、新人物往来社、一九七〇
「のど斬り農場」J・D・ベリスフォード　※同右
「死骨の咲顔」F・マリオン・クロフォード　※同右
「鎮魂曲」シンシア・アスキス　※同右

「カンタヴィルの幽霊」オスカー・ワイルド　※「牧神」三号、牧神社、一九七五年八月

＊

「対談・恐怖小説夜話」平井呈一・生田耕作　※「牧神」一号、牧神社、一九七五年一月
「怪奇小説のむずかしさ」Ｌ・Ｐ・ハートリー　※「THE HORROR」一号、一九六四年一月（発行日記載なし）
「試作のこと」Ｍ・Ｒ・ジェイムス　※「THE HORROR」四号、一九六四年一一月
「森のなかの池」オーガスト・ダレット　※「THE HORROR」二号、一九六四年四月
「聴いているもの」ウオルター・デ・ラ・メア　※「THE HORROR」三号、一九六四年七月
「怪談つれづれ草Ｉ　古城」※「THE HORROR」一号、一九六四年一月（発行日記載なし）
「怪談つれづれ草Ⅱ　英米恐怖小説ベスト・テン」※「THE HORROR」二号、一九六四年四月
「八雲手引草」※「文庫」四三号、岩波書店、一九五五年四月
「英米恐怖小説手引草」※「創元」一九五九年八月号、東京創元社
「恐怖小説手引草拾遺」※「Sealed Room Monthly」四九号、ＳＲの会、一九六二年四月
「怪異　その日本的系譜　東西お化け考」※「ほるぷ新聞」一九七二年七月二五日
「英文人の夢と営為語る」※「ほるぷ新聞」一九七二年八月五日
「怪奇文学の魅惑」※「ほるぷ新聞」一九七二年一〇月一五日

編集注記

用字、送り仮名等はそれぞれの底本に従い、但し、明らかな誤字・脱字等はこれを訂正し、また読みやすさに配慮して適宜ルビを追加・整理しました。付録の対談・エッセー等で挙げられている作家名・書名には現在一般的な表記と異なるものもありますが、これらについては明らかな誤記・不統一を除いて初出時の表記に従い、そのままとしています。

また、リチャード・バーラム「ライデンの一室」には、「フランシス」と「連れの男」を取り違えている等の箇所があり、このままでは読者の混乱を招くので、原文と照合して訳文を修正しました。

なお、本文中には現在では穏当を欠くと思われる表現も含まれますが、発表当時の事情を考慮し、かつ文学作品の原文を尊重する観点から、原則としてそのまま掲載しました。

企画編集＝藤原編集室

訳者紹介　1902年東京に生まれる。早稲田大学中退。67年、〈小泉八雲作品集〉12巻完成により日本翻訳文化賞を受賞。主な訳書は『吸血鬼ドラキュラ』『吸血鬼カーミラ』『怪奇小説傑作集1』など。著書に『真夜中の檻』。76年没。

検印
廃止

幽霊島
平井呈一怪談翻訳集成

2019年8月30日　初版
2020年8月21日　3版

著　者　A・ブラックウッド他

訳　者　平《ひら》　井《い》　呈《てい》　一《いち》

発行所　(株)東京創元社
代表者　渋谷健太郎

162-0814/東京都新宿区新小川町1-5
電　話　03・3268・8231-営業部
03・3268・8204-編集部
URL　http://www.tsogen.co.jp
フォレスト・本間製本

ISBN978-4-488-58508-2　C0197

もうひとつの『レベッカ』

MY COUSIN RACHEL◆Daphne du Maurier

レイチェル

ダフネ・デュ・モーリア
務台夏子 訳 創元推理文庫

◆

従兄アンブローズ――両親を亡くしたわたしにとって、彼は父でもあり兄でもある、いやそれ以上の存在だった。

彼がフィレンツェで結婚したと聞いたとき、わたしは孤独を感じた。

そして急逝したときには、妻となったレイチェルを、顔も知らぬまま恨んだ。

が、彼女がコーンウォールを訪れたとき、わたしはその美しさに心を奪われる。

二十五歳になり財産を相続したら、彼女を妻に迎えよう。

しかし、遺されたアンブローズの手紙が想いに影を落とす。

彼は殺されたのか？　レイチェルの結婚は財産目当てか？

せめぎあう愛と疑惑のなか、わたしが選んだ答えは……。

もうひとつの『レベッカ』として世評高い傑作。

最大にして最良の推理小説

THE MOONSTONE◆Wilkie Collins

月長石

ウィルキー・コリンズ
中村能三 訳 創元推理文庫

◆

丸谷才一氏推薦

「こくのある、たっぷりした、探偵小説を読みたい人に、ぼくは中村能三訳の『月長石』を心からおすすめする。」

ドロシー・L・セイヤーズ推薦

「史上屈指の探偵小説」

インド寺院の宝〈月長石〉は数奇な運命の果て、イギリスに渡ってきた。だがその行くところ、常に無気味なインド人の影がつきまとう。そしてある晩、秘宝は持ち主の家から忽然と消失してしまった。警視庁の懸命の捜査もむなしく〈月長石〉の行方は杳として知れない。「最大にして最良の推理小説」と語られる古典名作。

アメリカ恐怖小説史にその名を残す
「魔女」による傑作群

Shirley Jackson

シャーリイ・ジャクスン

丘の屋敷

心霊学者の調査のため、幽霊屋敷と呼ばれる〈丘の屋敷〉に招かれた協力者たち。次々と怪異が起きる中、協力者の一人、エレーナは次第に魅了されてゆく。恐怖小説の古典的名作。

ずっとお城で暮らしてる

あたしはメアリ・キャサリン・ブラックウッド。ほかの家族が殺されたこの館で、姉と一緒に暮らしている……超自然的要素を排し、少女の視線から人間心理に潜む邪悪を描いた傑作。

なんでもない一日

シャーリイ・ジャクスン短編集

ネズミを退治するだけだったのに……ぞっとする幕切れの「ネズミ」や犯罪実話風の発端から意外な結末に至る「行方不明の少女」など、悪意と恐怖が彩る23編にエッセイ５編を付す。

処刑人

息詰まる家を出て大学寮に入ったナタリーは、周囲の無理解に耐える中、ただ一人心を許せる「彼女」と出会う。思春期の少女の心を覆う不安と恐怖、そして憧憬を描く幻想長編小説。